Marion Pauw

Daglicht

Anthos | Amsterdam

Voor Gerco en Leonie,
de liefste familie die je je maar kunt wensen

ISBN 978 90 414 1073 3

Omslagontwerp Roald Triebels, Amsterdam
Omslagillustratie Deepol/Imagestore (voorplat),
Gregor Schuster/Stone/Getty Images (achterplat)
Foto auteur © Xclusivo Magazine Aruba

Verspreiding voor België:
Veen Bosch & Keuning uitgevers n.v., Wommelgem

I

De bovenlip van Peter van Benschop werd niet meer aan het zicht onttrokken door een enorme snor. Toch herkende ik hem al van een afstand aan de zelfingenomen grijns op zijn gezicht. Hij zat aan een tafeltje voor het raam en rookte een sigaar.

'Mevrouw Kastelein, aangenaam kennis met u te maken.' Hij was opgestaan en sprak dermate luid dat ik me afvroeg of hij problemen had met zijn gehoor. Zijn handdruk was, zoals te verwachten viel, dwingend.

Hij ging weer zitten. 'Hebt u er bezwaar tegen als ik rook?'

Ik keek naar de enorme cubaan die hij tussen duim en wijsvinger hield. 'Sigaren? Eerlijk gezegd wel.'

Hij deed er eindeloos lang over om het ding uit te drukken in het asbakje van maagdelijk wit porselein. Vervolgens zat hij me spottend aan te kijken.

Het was Lodes idee geweest dat ik met Peter van Benschop zou lunchen 'om elkaar beter te leren kennen'. 'In ons vak draait alles om persoonlijke contacten,' had hij er dreigend aan toegevoegd.

'O god,' had ik gezegd. Ik geef toe dat het geen sterk tegenargument was. Waarschijnlijk hoopte ik nog steeds dat Lode de zaak aan iemand anders zou toewijzen.

Maar Lode had het een briljante zet gevonden om een vrouwelijke advocaat toe te wijzen aan Van Benschop. En Martha Peters, zijn vennote, had het 'toevallig' te druk, terwijl zij normaal gesproken alle zaken voor de familie Van Benschop afhandelde en daar erg gewichtig over deed.

Nu was Peter van Benschop een stuk minder deftig dan de overige Van Benschops. De enige nazaat die niet in het bloeiende scheepsbouwbedrijf van de familie werkte, had voor een meer omstreden carrièrepad gekozen: dat van de hardcore porno-industrie.

'Peter van Benschop wil graag weten wat voor vlees hij in de kuip heeft. Al is dat een wat ongelukkige uitdrukking in dezen.' Lode wachtte op de obligate glimlach van mijn kant en vervolgde: 'Dickie's, halfeen *sharp*.'

Ik ben een professional. Althans, ik neem me iedere dag voor om er een te zijn. Dus ook als ik veertigplussers moet vertegenwoordigen die hele nare dingen doen met naïeve jonge vrouwen om er financieel beter van te worden. Ik hing mijn handtas aan mijn stoel, vouwde mijn handen samen en zei vriendelijk: 'Meneer Van Benschop, wat kan ik voor u doen?'

Een ober kwam bij onze tafel staan en vroeg wat we wilden drinken. Ik bestelde een jus d'orange. Van Benschop nam een dubbele espresso.

'Ik neem aan dat je het dossier hebt gezien?'

'Ik heb de brief van de advocaat van de wederpartij gelezen, ja.'

'En de dvd's?' Weer die grijns.

'Ook die heb ik ontvangen.'

'Wat vond je ervan?'

'Laten we het erop houden dat het niet mijn favoriete genre is. Maar juridisch gezien is dit een interessante zaak.'

'Jij vindt mij een vieze man, hè? Een vieze ouwe man die het fijn vindt om vrouwen pijn te doen.'

'Is dat hoe u uzelf zou omschrijven?'

'Nee, maar dat is wel hoe jij me ziet.'

Ik dacht even na. Hij had een punt. Maar ik glimlachte en zei: 'Zo oud bent u toch nog niet?'

'Je mag het wel toegeven. Sterker nog, het zou me verbazen als het niet zo was. Je walgt van me. Je vindt mij het laagste van het laagste. En toch krijg ik stapels fanmail van vrouwen. Hoogopgeleide, slimme vrouwen zoals jij.'

De ober zette onze drankjes neer. 'Hebt u al een keuze kunnen maken uit het menu?'

'Ik eet nooit overdag,' zei Peter.

'Voor mij de tomatensoep, graag,' zei ik.

'Maar voor deze ene keer doe ik met je mee. De clubsandwich. En een portie friet. Met ketchup in plaats van mayonaise.'

De ober knikte vriendelijk en maakte zich uit de voeten.

Ik nam een slok van mijn jus d'orange. 'Er zijn een hoop labiele mensen op deze wereld. Ook vrouwen. Dat u stapels fanmail ontvangt, bevestigt dat alleen maar.'

Hij lachte. 'Moet je labiel zijn om van seks te houden, Iris?'

'Dit gaat wel iets verder dan huis-, tuin- en keukenseks.'

'Is het weleens bij je opgekomen dat sommige vrouwen dat fijn vinden?'

'Sommige *labiele* vrouwen, misschien,' zei ik.

'Die vrouwen hebben toch ook hun pleziertjes nodig?'

Ik kon er niets aan doen, ik moest lachen. 'Wilt u beweren dat u een soort weldoener bent voor de in psychische nood verkerende medemens?'

'Misschien wel.'

'Interessant.'

'Maar hoe zit het met jou? Ben je weleens vastgebonden in bed?'

Ik voelde mijn gezicht verstrakken. 'Nu wordt u te persoonlijk.'

'Ik moet toch weten wie de mens is die mij verdedigt?'

'Ik denk dat u in uw situatie meer hebt aan een bekwame advocate dan aan welk type mens dan ook.'

'Het lijkt me nogal logisch dat ik je moet leren kennen. Ik moet toch jouw standpunt kennen over porno? Ik moet toch weten of je geschikt bent om mijn belangen te behartigen?'

Ik haalde diep adem en probeerde neutraal te kijken. 'Laten we het eerst maar eens over uw zaak hebben dan. Bent u zich ervan bewust dat het vervaardigen van pornografisch materiaal met minderjarigen in de hoofdrol strafbaar is? We hebben er zelfs een naam voor: kinderporno.'

'Op haar identiteitsbewijs stond dat ze achttien was. En ze had de kut van een meerderjarige. Onmiskenbaar.'

Ik wenste dat Van Benschop iets minder luid zou praten. 'Wilt u zeggen dat ze haar paspoort had vervalst? Hebt u er een kopie van gemaakt?'

'Ja.'

'Kan ik die zo snel mogelijk krijgen?'

'Tsss. Dat wordt lastig. Mijn compagnon heeft hem.'

'Zou uw compagnon hem dan kunnen verstrekken? Als we kunnen aantonen dat het meisje...'

'Niets "meisje". Jonge vrouw. Ik sta erop dat je haar jonge vrouw noemt.'

'Wat u wilt.' Ik glimlachte naar ik hoopte gedecideerd. 'Als we kunnen aantonen dat de *jonge vrouw* u misleid heeft met een vervalst identiteitsbewijs, vermindert de kans aanzienlijk dat u wordt veroordeeld wegens het vervaardigen van kinderporno. Bovendien toont het de vrijwilligheid van de *jonge vrouw* aan.'

'Mijn compagnon is verdwenen. Met de contracten en een deel van mijn investering.' Van Benschop slurpte van zijn espresso en lachte. 'Maar maak je geen zorgen, er is meer dan genoeg over voor de factuur die je me gaat sturen. En wellicht nog voor een leuk reisje. Ben je ooit op de Bahama's geweest?'

Ik schraapte mijn keel. 'Over de zaak: dat u niet in het bezit bent van die kopie, maakt het wat lastiger. Ik neem aan dat het,' ik wilde bijna zeggen 'slachtoffer' maar hield me in, 'het meis... pardon, de *jonge vrouw* een *quit claim* heeft getekend waarin de aard van haar...' ook hier moest ik naar het juiste woord zoeken, '... werkzaamheden omschreven stond?'

Mijn telefoon begon in mijn broekzak te trillen. Ik keek onder tafel naar het telefoonnummer in het display. Daar stond het nummer dat ik het meest vreesde van alle telefoonnummers in de wereld. De crèche.

'Je zou er eens naartoe moeten, naar de Bahama's. De zee is er prachtig.'

'Sorry. Ik moet een telefoontje aannemen.' Ik stond op en liep naar buiten. 'Ja?'

'Met Maaike.' De hysterie sloeg van haar stem. Ik wist exact hoe ze zich voelde, al was dit niet het moment voor inlevingsvermogen.

Niet nu. Zoek het uit. Los het op. Laat me gewoon even mijn werk doen. Alsjeblieft.

'Aron is helemaal door het lint gegaan. Hij zat te kleuren en een van de jongere kindjes pakte zijn stiftjes af. Hij heeft haar keihard gebeten, dóórgebeten, tot bloedens toe. Hij zit nu met zijn hoofd op de grond te bonken en wil niet ophouden. Petra zegt dat je hem nú moet komen halen.'

Het was duidelijk dat het geen zin had om te onderhandelen. Laat staan om te zeggen: 'Ik betaal een substantieel deel van mijn netto-inkomen om mijn kind drie dagen per week bij jullie onder te brengen. Kunnen jullie het dan niet éven volhouden?'

'Nu, Iris,' herhaalde ze. Alsof ik dat niet al wist. 'Niet over een halfuur. Nú.'

'Ik ga mijn best doen.'

Ik belde eerst de verwekker, al schatte ik in dat dat weinig zin had. Van gemeenschappelijke kennissen wist ik dat hij regelmatig met tranen in zijn ogen vertelde hoe weinig hij zijn zoon zag. Maar zoals altijd kreeg ik zijn voicemail. Vervolgens belde ik mijn moeder. Die zat bij de pedicure. Ze beloofde me dat zodra haar teennagels droog waren, ze Aron bij me op zou halen.

'Kun je echt niet eerder komen? Je krijgt van mij een nieuwe pedicurebehandeling. Inclusief champagne en een voetmassage. Alsjeblieft?'

'Sorry, schat. Dat gaat nou eenmaal niet.'

Ik zou willen dat ik dat kon zeggen. Wat zou dat heerlijk zijn. 'Mam, ik zit met een cliënt. Heb je enig idee wat een figuur ik sla als ik nu wegloop?'

'Je kunt anders niet verwachten dat ík alles uit mijn handen laat vallen. Ik wil je best helpen en dat doe ik ook zeer regelmatig, mocht je dat vergeten zijn. Maar Aron is en blijft wél jouw verantwoordelijkheid. Een zware verantwoordelijkheid, dat is zeker, maar jij bent nou eenmaal zijn moeder.'

'Dat hoef je me niet te vertellen,' snauwde ik. Door het raam zat Peter van Benschop me geamuseerd te observeren. Hij hief zijn beide handen alsof hij wilde zeggen: Waar blijf je nou? Ik draaide me om, zodat ik met mijn rug naar hem toe stond. Tegelijkertijd hoorde ik mijn moeder 'Nou zeg!' in mijn oor briesen.

'Sorry.' Ik haatte het als ik sorry tegen haar moest zeggen. Helaas kwam het regelmatig voor. 'Kom je Aron dan zo bij mij thuis ophalen? Zo snel mogelijk? Alsjeblieft?'

'Ik zal mijn best doen,' zei ze minzaam.

In plaats van heel hard te gillen en een baksteen door de ruit van Dickie's te gooien die Van Benschop vol in zijn vervelende tronie zou raken, haalde ik diep adem. Ik rechtte mijn rug en liep Dickie's binnen, terug naar de tafel waar het eten inmiddels stond te wachten.

'Ik ben alvast maar begonnen,' zei Van Benschop. 'Het duurde zo lang.' Er kleefde een stukje avocado aan zijn bovenlip.

'Mijn excuses. En ook mijn excuses voor het feit dat ik onze afspraak nu af moet breken. Ik moet meteen weg. Een noodgeval.' Ik was me ervan bewust hoe ongehoord het was een cliënt tijdens een lunch te laten zitten. Lode zou zeer ontstemd zijn.

'Je kind zeker.'

'Ik bel u vanmiddag nog voor een nieuwe afspraak. Nogmaals, het spijt me zeer.'

'Alleenstaande moeder. Dat zie je aan alles. Ik ben een expert in het lezen van vrouwen. Zo zie ik ook aan jou dat je een voorkeur hebt voor zwart ondergoed. En waarschijnlijk probeer je iedere avond voor het slapengaan te lezen, maar val je boven je boek in slaap.'

Ik onderdrukte een geïrriteerde zucht. 'Ik zal de rekening betalen en dan ga ik weg.'

Hij greep me bij mijn pols. 'Bij mij heeft een vrouw nog nooit de rekening betaald. Dus nu ook niet.'

'Kantoorpolicy.' Ik rukte mijn arm los en haalde mijn creditcard tevoorschijn. 'Ik bel u vanmiddag. Nog duizendmaal excuses.'

2

Er is weinig verschil tussen het vervoeren van een gedetineerde en het vervoeren van een varken. Beiden dienen heelhuids de plaats van bestemming te bereiken. Daar is meteen ook alles mee gezegd.

Mijn handen waren geboeid. Ik voelde me onwennig en onhandig. Het vereiste concentratie om mijn evenwicht niet te verliezen bij het instappen van het busje. Mijn begeleider, een man met een vierkant hoofd, gaf me een zetje. Niet per se hardhandig, maar met de ruwheid van een onverschillige.

'Opschieten.' Het enige woord dat rechtstreeks tot mij gericht werd. Ik wankelde, hervond mijn evenwicht en ging zitten op het kunstlederen bankje.

Demonstratief gerinkel van een sleutelbos. Het geluid van metaal dat op metaal valt. De kooi zat dicht, ze vervoerden me in een kooi.

Ik had acht jaar opgesloten gezeten. Ik was gehecht geraakt aan het eentonige ritme van de dagen. Maar aan de tralies wende ik nooit.

De ramen van het busje waren geblindeerd. Ik zou de buitenwereld voor het eerst weer zien, maar dan wel door een donkergrijs waas. Toch verheugde ik me op dit ritje. Om auto's te zien rijden, en bomen, en tieners die tegen de wind in fietsten. Ik hoopte op een trein die evenwijdig aan de snelweg een wedstrijd zou doen om het hardst. Ik hoopte op jongens op viaducten die naar voorbijrazende auto's schreeuwden. Dingen die je niet op televisie ziet, omdat ze te normaal zijn, maar die mij ziek maakten van verlangen naar de buitenwereld.

Het busje zette zich in beweging. Ik werd overgebracht van de penitentiaire inrichting in Amersfoort naar de Hopperkliniek in Haarlem.

Ik had van tevoren niet geweten of mijn overplaatsing naar de tbskliniek iets was om me op te verheugen. Om te beginnen had ik veel te veel tijd gehad om erover na te denken. Zoals ik voor alles veel te veel tijd had. Er waren dagen dat ik optimistisch gestemd was. Een minder streng regime. Een cel voor mezelf. Een gevarieerder dagprogramma. Een stap dichter bij mijn vrijheid.

Er waren ook dagen dat ik zo boos en gefrustreerd was dat ik nergens meer de voordelen van kon zien. Dan wilde ik naar huis. Naar mijn vissen. Ik maakte me ernstige zorgen over mijn vissen. 's Nachts zag ik ze drijven. Een rottende berg van *zebrasomae, holocanthi* en *amphiprion*. Dan schreeuwde ik net zo lang tot het hele cellencomplex wakker was.

'Het is die viezerik weer.'

'Vuile klootzak, hou je bek!'

'Ik pak jou morgen wel, hoerenjong.'

Maar in de praktijk had nog nooit iemand me met één vinger aangeraakt. We waren hier niet in Amerika. De gevangenen brachten het grootste deel van hun dag door met slap ouwehoeren. Af en toe werd er ruzie gemaakt over futiliteiten als een verdwenen pakje sigaretten. Maar wij deden niet aan anale verkrachtingen en sloegen elkaar ook geen tanden uit de mond om het pijpen te vergemakkelijken.

Ik werd gemeden en uitgelachen. Mijn kleding werd eens gestolen terwijl ik aan het douchen was. Mijn brieven werden soms afgepakt en luidkeels voorgelezen in de recreatiezaal. Er werd bijna dagelijks in mijn eten gespuugd. Maar werd ik gemolesteerd? Nee.

Als ik niet uit mijzelf al ophield met schreeuwen, kreeg ik een pil om rustig te worden. En de volgende dag deden we alsof er niets aan de hand was. Al waren er maanden dat niemand naast me wilde zitten bij het eten. Het raakte me niet. Het enige wat ik wilde was met rust gelaten worden.

De A28 en de A1 waren weinig veranderd sinds 1999. Ik duwde

mijn neus tegen de ruit en probeerde zo veel mogelijk indrukken op te doen. De wolken, al had ik die in de gevangenis ook genoeg kunnen zien, de weilanden, en vooral ook het water.

'Je maakt het raam vies,' zei de begeleider. Hij zat naast de chauffeur op de voorbank en had zich half naar me omgedraaid. 'Rechtop zitten.'

Ik wilde naar buiten kijken. Ik was niet van plan om me dat te laten afpakken, na alles wat al afgenomen was.

'Een ongepaste houding betekent koppelboeien.' De begeleider wendde zich van me af. 'Lul.' Hij zei het zachtjes, het was niet veel meer dan een nauwelijks waarneembare vervorming van zijn mond, maar ik hoorde het toch. Uiteraard was hij helemaal niet bevoegd om iets dergelijks te zeggen. Ik had de protocollen gelezen. Veel te veel tijd voor alles, dan doe je dat soort dingen. Er stond in dat de begeleiders zich ervan dienden te verzekeren dat 'de reis de bestaande stressniveaus niet verder verhoogt'.

Nu was ik eraan gewend om uitgescholden te worden, en nog voor veel ergere dingen ook. Je zou dus kunnen redeneren dat het woord 'lul' geen extra stress bij mij opwekte en dat de begeleider derhalve geen overtreding beging. Maar discutabel was het zeker. Ik zou er een brief over kunnen schrijven. Al wist ik niet of ik in de kliniek nog steeds veel te veel tijd zou hebben. Ik kwam er per slot van rekening voor de dwangverpleging. Ik zou therapieën volgen om op den duur te re-integreren in de samenleving. Aldus de folder die ik enkele weken voor mijn overplaatsing had ontvangen.

'Weet je wie dit is?' vroeg de bestuurder aan de begeleider met een knikje in mijn richting.

Het leek me zeer te betwijfelen of het geoorloofd was om over mij te praten in mijn bijzijn.

'Het heeft uitgebreid in de kranten gestaan, misschien kun je het je nog herinneren: *Loser* wordt afgewezen door de buurvrouw en wordt een beetje boos. Heeft zich eerst uitgeleefd op het buurvrouwtje zelf en daarna op het zesjarige dochtertje. Nadat hij klaar was met hakken en snijden, is hij doodgemoedereerd een sigaret gaan roken. Kun je het je voorstellen? Er lag as op beide lijken, en hij heeft de peuk op het dode kind uitgedrukt.'

De begeleider draaide zich weer naar mij om. 'Vond je dat lekker? Kreeg je er een stijve van?'

Ik drukte mijn neus harder tegen het raam. Naast ons reed een SUV. Ik had er weleens een op televisie gezien, maar nog nooit in het echt. In 1999 reden de mensen gewoon nog in een stationcar als ze ruimte wilden voor golfspullen, campingbedden en een kinderwagen. De modernste kinderwagen was een Bugaboo, maar ook die had ik nog nooit in het echt gezien.

Achter in de auto zaten twee kinderen ingesnoerd op stoeltjes met zebraprint. Een jongen en een meisje, een tweeling zo te zien, van een jaar of drie. Ze hadden allebei blonde krullen en het meisje deed me denken aan Anna, mijn buurmeisje. Ik slikte de metaalsmaak van bloed in mijn mond weg.

Op luide toon zei de bestuurder: 'We kunnen ook gewoon de wagen de sloot in laten rijden zodat die klootzak verzuipt in zijn kooi.'

'Ongelukje, sorry!' De begeleider keek even opzij om zich ervan te verzekeren dat ik hem zou horen.

'En dan lekker een peuk roken.'

'Een dikke vette joint, zul je bedoelen.'

Ik keek nog steeds naar het kleine meisje in de SUV. Het leek of we contact hadden, maar dat was onmogelijk aangezien ik achter geblindeerd glas zat. Haar ogen stonden wijd open en ze had lange wimpers. Als van een pop. Zo'n Baby Born. Ogen die je onbewogen aanstaarden en alleen maar dichtgingen als je de pop op haar rug legde.

We kwamen aan bij hoge muren met ijzeren pinnen erop. Een poort ging open en we reden een sluis in. Een seconde lang stonden we stil in een door tl verlichte betonnen ruimte. Van weerskanten zoomden camera's op ons in.

'Lachen naar het vogeltje!' zei de bestuurder. Gegrinnik. De poort ging open en we konden doorrijden.

We arriveerden bij een zandkleurig gebouw in een hoefijzervorm. Het busje werd voor de ingang geparkeerd. De begeleider stapte uit en rammelde met zijn sleutelbos tot hij de juiste sleutel had gevonden. De kooi werd opengemaakt.

'Uitstappen.'

Met moeite kwam ik overeind. De handboeien zaten strak om mijn polsen, mijn handen tintelden. Ik viel zowat naar buiten toen ik uitstapte. De begeleider ving me op, om me zo snel mogelijk weer los te laten. Zoals een vuilnisman met vuilnis omgaat. Weg met die rottigheid.

Hij dreef me vooruit, een trapje op. Ik had buikpijn. En ik was misselijk. Heel erg misselijk.

Elektronische deuren schoven open. We kwamen een kleine hal binnen, met een balie aan de zijkant waarachter een vrouw zat met haar in de kleur van marasquin-kersen. Ze wierp een snelle blik in onze richting en ging onverstoorbaar door met telefoneren. Met wie praatte ze? Had ze het over mij?

Een bewaker stapte op ons af en begon me zonder iets te zeggen te fouilleren. Hij betastte mijn hele lichaam met zijn grote handen. Ik probeerde rustig te blijven. Me niet door hem te laten raken, alhoewel hij met zijn handen over mijn kruis en de binnenkant van mijn bovenbenen ging. Vervolgens werd ik door een detectiepoortje heen geloodst.

Daar stond een man in een rood T-shirt op me te wachten. 'Welkom, Ray,' zei hij. 'Welkom. Ik ben Mohammed de Vries, sociotherapeut van de introductieafdeling. Dat is de afdeling waar je voorlopig zult verblijven. Noem me maar Mo.'

'Mo,' herhaalde ik. Ik kende ze. De jovialen. Degenen die deden alsof ze je vriend waren en je daarna keihard lieten vallen.

'Ik breng je eerst langs de medische post voor alcohol- en drugscontrole. Daarna ga je door naar de afdeling.'

'Mogen die boeien af?' vroeg ik.

'Nog niet.'

'Waarom niet?'

Niemand beantwoordde mijn vraag.

'Waarom niet?' vroeg ik weer.

'Wilt u tekenen voor ontvangst?' Mijn begeleider schoof de man die ik Mo mocht noemen een vel papier op een klembord onder zijn neus. Mo schreef zijn naam op en zette zijn handtekening. 'Het lijkt wel of ik een FedEx-pakketje krijg, of niet Ray?' Hij knipoogde erbij.

'Tot ziens dan.' De begeleider liep door de schuifdeuren weer naar buiten.

'Loop je met me mee?' vroeg Mo.

Alsof ik iets te kiezen had.

3

Een kind verrijkt je gevoelsleven. Daar zat een kern van waarheid in. Sinds ik Aron had werd ik bijvoorbeeld vaak overvallen door een gevoel van totale machteloosheid. Het resultaat daarvan was dat ik veelvuldig vloekte – natuurlijk nooit waar hij zelf bij was, stel je voor. En ook in het klagen had ik me bekwaamd. Al met al kon ik niet zeggen dat ik door het moederschap een leuker mens was geworden.

Op weg naar de crèche klaagde en vloekte ik afwisselend. Het was de derde keer die maand dat ik Aron voortijdig op moest halen omdat hij zich had misdragen. Er waren nog drie andere incidenten geweest, maar toen had mijn moeder kunnen inspringen.

Ik dacht aan Arons verwekker. Die hoefde zich maar eens in de twee weken druk om hem te maken. Tussendoor nam hij niet eens de telefoon op. Al vond hij zichzelf een echte heer. Hij had het kind immers erkend en betaalde 250 euro per maand aan kinderalimentatie. Het voelde als smartengeld. We hadden allebei exact evenveel inbreng gehad aan het bestaan van Aron, toch was mijn leven voorgoed veranderd en kon hij op dezelfde voet doorgaan.

Ik had me veel ellende kunnen besparen als Aron er niet was geweest. Maar ik zat al in de veertiende week toen ik ontdekte dat ik zwanger was. Dat krijg je ervan als je zestig uur per week werkt. Je houdt je cyclus niet bij. De dossiers lopen in elkaar over. Besprekingen, rapporten, verweren, zaken volgen elkaar in rap tempo op totdat je geen flauw idee meer hebt wat je aan het doen bent, maar je doet het, en op de een of andere manier doe je het nog goed ook.

Ik liet een echo maken. Op het scherm zag ik zwaaiende armpjes en beentjes. Een kloppend hartje. Een echt kindje. Hoe had ik dat weg kunnen laten halen?

De verwekker was op z'n minst niet gecharmeerd van het vooruitzicht van het vaderschap, maakte me zelfs verwijten. Het kind kon niet van hem zijn, ik neukte maar wat in het rond. Of ik geen abortus wilde, vroeg hij. Hij bood zelfs aan die te betalen, ware het niet dat abortus gratis is in Nederland. En alsof dat de doorslaggevende factor was, eindigde hij zijn betoog met de beschuldiging dat hij nog nooit zulke slechte seks had gehad.

Dan ben je je carrière kwijt, je taille, je gehele leven en dan krijg je dat ook nog te horen. Ik wilde niet dat het me raakte omdat het zo ontzettend kinderachtig was. Maar dat deed het toch. Ik zei: 'Ik heb hier geen zin in. Zoek het lekker uit, klootzak.'

In die dagen had ik nog een soort overlevingsinstinct. Ik was alleen, maar ik was jong, sterk en slim en zou dat varkentje wel even wassen. Ik zou het toonbeeld worden van een stoere, zelfstandige vrouw met een schát van een kind. Ik zou moeder en vader, verzorger en kostwinnaar tegelijk worden. Ik was trots op mijn groeiende buik. Huilde van geluk toen ik Aron voor het eerst in mijn armen hield. Huilde enkele dagen later van ellende omdat ik er nog niet in was geslaagd om langer dan twee uur achter elkaar door te slapen.

Een maand na de bevalling kwam er een brief. Op verongelijkte toon eiste de verwekker contact met zíjn kind. Ik had daar geen bezwaar tegen.

Samen met zijn moeder kwam hij op bezoek. Ze had een verbeten blik in haar ogen, hij sjokte erachteraan. Ik heb ze maar geen beschuit met muisjes aangeboden.

Zonder het aan mij te vragen griste zijn moeder Aron uit de wieg en duwde hem in de handen van de verwekker. Daar stond hij dan. Hij had geen flauw idee wat hij met het kind aanmoest en ik had geen flauw idee wat ik moest zeggen. Maar zijn moeder wel. Die had het hele scenario al klaar. Met gedragen stem zei ze: 'Dit is nou je papa, Aron.' Ze sprak de naam 'Aron' verkeerd uit, met de klemtoon op 'on'. Als ik niet zo uitgeput was geweest, had ik er misschien wel om gelachen.

'Het is Áron,' zei ik.

'We moeten natuurlijk nog een beetje wennen aan je naam,' zei ze op kirrende toon tegen het kind.

'Mama, alsjeblieft,' zei de verwekker. Tegen mij zei hij: 'Ik vind het mooi, Áron.'

We glimlachten voorzichtig naar elkaar.

Inmiddels hadden de verwekker en ik een modus operandi gevonden. We bleken heel goed in staat om op losse conversatietoon mededelingen uit te wisselen in de trant van 'Aron heeft zijn flesje pap al gehad vandaag' of 'hij wilde niet slapen en heeft toen poep op de muren gesmeerd'. Soms dronken we samen een kop koffie, al had de verwekker zich goed ingeprent dat hij mij geen hoop wilde geven, wist een gezamenlijke kennis me te vertellen.

De verwekker had mij welgeteld één keer in mijn leven aantrekkelijk geleken, en dat was na het nuttigen van behoorlijk wat cocktails tijdens een feest van de Jonge Balie zo'n vier jaar geleden. De arrogantie waarmee hij er blindelings van uitging dat ik stond te popelen om een relatie met hem te beginnen, irriteerde me. Toch was ik blij dat hij me 'geen hoop wilde geven'. Het leek me uitermate vermoeiend als hij dat wel zou doen.

Op de crèche zat Aron in een hoekje te spelen met een stapel felgekleurde blokken. Toen hij mij ontwaarde, brak er een brede lach door op zijn gezicht. 'Mama!' Hij rende stuntelig op me af, zoals driejarigen dat doen, en wierp zijn armen om mijn nek. Ik tilde hem op en knuffelde hem. Hij rook lekker, ik zou zijn lichaamsgeur uit duizenden kunnen herkennen.

'Dag schattebout! Ben je lekker aan het spelen?'

Hij gaf me een demonstratie van hoe de blokkentoren helemaal omviel als je het onderste blok eruit trok.

'Knap, hoor.'

Hij was meteen weer zo verdiept in zijn spel dat hij niet doorhad dat ik wegliep. Petra, Maaike en Emily stonden gezamenlijk fruithapjes te bereiden aan het keukenblok midden in de ruimte.

'Zo te zien gaat het weer,' zei ik tegen Petra, de overrijpe moederoverste van een stel twintigjarige crècheleidsters met navelpiercings van wie het me een raadsel was waarom ze hun dag kleiend wilden doorbrengen met driejarigen.

'Ja, omdat hij wist dat jij zou komen,' antwoordde ze met een superieure ondertoon.

'Petra.' Ik haalde diep adem. 'Ik begrijp dat het niet altijd makkelijk is met Aron. Jullie doen ontzettend je best en ik heb er bewondering voor hoe jullie deze crèche runnen. Maar ik kan niet voor ieder akkefietje komen opdraven en vandaag al helemaal niet. Ik zat nota bene in een bespreking met een cliënt.' Ik zei het zo vriendelijk mogelijk. Wij-zijn-allebei-volwassen-en-kunnen-hier-best-over-praten. Al vind je mij de meest mislukte moeder die je ooit hebt ontmoet, met een draak van een kind. En verdenk ik jou ervan dat je crècheleidster bent geworden zodat je niet alleen over de kinderen, maar ook over hun ouders de baas kunt spelen.

Ze zette haar handen in haar zij. 'Iris, iemand bijten is geen akkefietje. Dat is behoorlijk extreem gedrag. Als volwassenen dat bij elkaar zouden doen, zouden ze voor de rechter moeten verschijnen. Dat zou jij moeten weten.'

'Het zijn dan ook geen volwassenen.'

'Nu moet je even luisteren. Ik ben al twintig jaar crècheleidster en heb heel wat kinderen voorbij zien komen. Aron is een uitzonderlijk geval. Ik denk dat je moet overwegen om met hem naar een kinderpsycholoog te gaan.'

'Ik geef toe dat hij moeilijk is. En zoals je weet is Aron al doorverwezen door de huisarts, en staat hij op de wachtlijst.'

'Het zou natuurlijk enorm schelen als hij thuis niet overal mee weg zou komen. Als je hem wat meer discipline zou bijbrengen.'

De fruithapjes werden door Maaike en Emily op tafel gezet. Ik zag hoe Aron op een Triptrap-stoel klom en een stukje appel uit het schaaltje pakte. Zichtbaar tevreden kauwde hij erop.

'Je hebt geen idee hoe het er bij mij thuis aan toegaat.'

'Je moet blij zijn dat we hem hier nog willen hebben. En over wachtlijsten gesproken, wist je dat *wíj* tegenwoordig een wachtlijst hebben van anderhalf jaar?'

'Natuurlijk, natuurlijk. Ik ben je heel dankbaar dat Aron hier mag blijven. Dat is de bedoeling, toch? Dat ik nu inbind en jou ga vertellen wat voor een Moeder Teresa je bent.' Ik was als advocate getraind in onderhandelen, in het vinden van de juiste argumenten, het treffen van de juiste toon, het raken van de gevoelige snaar. Maar ik verpestte het bij de crècheleidster van mijn zoon.

'Het lijkt me beter dat je Aron nu meeneemt en hem de rest van de week lekker thuishoudt. Dan proberen we het volgende week gewoon opnieuw.' Ze liet haar tanden zien, de glimlach van een agressieve aap. 'Succes ermee.'

Ik had verloren. Ik had deze zaak dik verloren.

Op de een of andere manier reageerde Aron heel goed op mijn moeder. Waarschijnlijk omdat hij net als de rest van de wereld een beetje bang voor haar was. Zelfs ik, haar eigen dochter, voelde me nooit helemaal op mijn gemak bij haar. Ze was volstrekt onpeilbaar. Alsof ze een aantal onzichtbare grenzen in zich had die ieder moment overschreden konden worden. Alleen wist je nooit wanneer en waar en hoe. Ik vermoedde dat ze het heerlijk vond dat ik haar nodig had.

Mijn moeder arriveerde met felrood gelakte teennagels in witte sandaaltjes, hoorde mijn verhaal aan en herinnerde me geïrriteerd aan het feit dat ze over twee dagen op vakantie ging. 'Sterker nog, jij zou dan iets voor mij doen. Op mijn huis passen, weet je nog?'

Ze tilde Aron op en liep naar haar auto. 'Je hebt vanmiddag en morgen om iets voor hem te regelen. En anders neem je maar eens vrij. Of meld je je ziek.'

Ze gespte Aron vast in het stoeltje. Daaraan herken je de toegewijde oma. Ze hebben een nog uitgebreidere uitrusting voor je kind dan jijzelf.

'Niemand gaat dood van een paar dagen niet werken. Zelfs jij niet.'

4

Ik werd naar een kamertje gebracht met in het midden een urinoir. Daarnaast stond een grote spiegel. Een bewaker deed mijn handboeien af. Ik zwaaide met mijn armen om mijn verkrampte ledematen weer soepel te krijgen.

Een verpleegkundige zonder witte jas of iets anders waardoor ze als medisch personeel te herkennen was, gaf me instructies. Ze zei dat ik mijn broek tot onder mijn knieën moest laten zakken. Dat ik mijn shirt moest optillen tot halverwege de borst. Dat ik vervolgens moest plassen in een speciale opvangbak.

'Kunt u even weggaan?'

'Nee.' Geen verontschuldiging, geen uitleg, niets.

Ik was gewend om te plassen waar anderen bij waren. Maar geen vrouwen.

'Dit is even vervelend,' zei Mo. 'Maar we moeten alle nieuwe bewoners controleren op drugs en alcohol.'

'Nogmaals: trek je broek uit en doe je shirt omhoog zodat ik je buik kan zien.' De verpleegkundige had dan geen witte jas, maar wel een autoritaire stem.

Ik trok mijn broek en onderbroek naar beneden en daar stond ik met een slappe witte piemel. Het maakte me kwaad. Waarom moest ik plassen waar deze vrouw bij was die niet eens het fatsoen had om zich gepast te kleden? Waarom werd me dit aangedaan?

'Rustig maar,' zei Mo. 'Dit is zo voorbij.'

'Nu plas je in de bak,' zei de vrouw.

Ik probeerde me te ontspannen, ondanks mijn kwaadheid, en de plas te laten komen, maar er gebeurde niets.

'Relax nou maar,' zei Mo. 'Het komt vanzelf wel.'

Ik voelde een lichte paniek opkomen. Via de spiegel zag ik de verpleegkundige non-stop naar mijn kruis staren.

'Kan zij niet de andere kant op kijken?'

'Nee, dat kan ik niet.'

'Zij moet zeker weten dat je de boel niet belazert,' legde Mo mij uit. 'Dat je niet snel iemand anders' urine in het bakje gooit.'

Ik had geen idee hoe ik dat zou moeten doen, los van het feit dat ik andermans urine of welk lichaamsvocht dan ook bij voorkeur meed.

'Het lukt echt niet. Zij moet weg. Of ten minste de andere kant op kijken. Zo kan ik het niet.'

'En het ging nog wel zo goed tot nu toe,' begon Mo, maar de verpleegkundige onderbrak hem: 'Niet zeuren, maar zeiken. Nu.'

Ik zag dat Mo lachte. Ook hij was tegen mij.

'Als je niet kunt plassen, moet je naar de separeer tot je het wel kunt,' zei de verpleegkundige.

In de gevangenis hadden we ook een separeer. Ik was er één keer naartoe gebracht, toen ik net vastzat en niet wist dat je beter maar kunt doen wat ze zeggen. Ze hadden me er drie hele dagen laten zitten, net zo lang totdat ik niet meer wist wie ik was en waar ik was en of ik überhaupt nog bestond.

Ik haalde diep adem. Met de grootst mogelijke krachtsinspanning wist ik enkele druppels door mijn urinebuis te persen.

'Jij hebt jezelf op het nippertje gered. En trek nu je broek maar weer aan.'

Nadat ik aangekleed was, kon ik weer helder denken. Ik bedacht dat verpleegkundigen er hoogstwaarschijnlijk niets over te zeggen hadden of je wel of niet de separeer in moest. Althans, in de gevangenis was dat zeer zeker niet het geval. Ik besloot het zodra ik tijd had tot op de bodem uit te zoeken.

Ik kreeg een eigen cel toebedeeld. Hij was niet groot, hooguit twee bij drieënhalve meter, maar er was alles wat ik nodig had. Een bed. Een bureau om aan te schrijven, al hoopte ik dat ik niet weer opgezadeld zou worden met veel te veel tijd. Een douche, een wastafel en een wc in een apart hokje. Het had geen normale deur, maar kleine klapdeurtjes. Ik zou dus mogen douchen, poepen en plassen op mijn eigen plekje. Ik was erop vooruitgegaan.

Neem nou de slaapzaal op de Dwingelerheide waar ik mijn jeugd had doorgebracht, met gezamenlijke douches en wc's waarvan de deuren te klein waren, zodat iedereen van je stoelgang kon meegenieten. Als je daar een scheet liet op het toilet, begon iedereen te applaudisseren. Als je gewonnen had met de masturbatiewedstrijden onder de douches ook, al kreeg ik mijn pik amper overeind in het bijzijn van al die anderen en won ik dus nooit. Maar scheten laten kon ik als de beste.

Dan de penitentiaire inrichting in Harderwijk, waar ik in de loop der jaren met telkens een andere man een cel en een toilet had gedeeld. Mijn laatste celgenoot stónk. Terwijl hij toch aan hetzelfde dieet was onderworpen als iedereen. Tweemaal per dag nam hij bezit van de pot, alwaar hij de meest smerige, gore luchten produceerde. Het toilet kon je afsluiten, maar de stank drong door alle kieren naar buiten. Ik heb er regelmatig over geklaagd, ja, zelfs brieven over geschreven. Naar hemzelf, maar ook naar de directeur en de koningin.

Mijn celgenoot lachte me keihard uit. 'Dit is nou hoe een echte man schijt, Reetje. Doe jij me dat maar 'ns na.' Vanaf de dag dat ik had geklaagd, verzuimde hij de deur achter zich dicht te doen en werd de stank nog ondraaglijker.

De directeur had me mondeling laten weten dat ik niet moest zeuren en van de koningin had ik nooit iets vernomen.

Een half jaar lang had ik tweemaal per dag die geur moeten inademen. Mijn eigen systeem ging ervan op slot. Ik kreeg steeds meer moeite met mijn stoelgang. Van een modale eens per dag ging ik naar drie keer per week, totdat ik helemaal niet meer kon. Mijn buik zwol op als een ballon, ik leed immense pijnen. Ik wilde niet meer eten, niet meer drinken en me zelfs niet meer bewegen. Ik lag daar maar op mijn bed, terwijl mijn celgenoot vrolijker dan ooit doorscheet met de deur wagenwijd open.

Ik werd opgenomen in de ziekenboeg en kreeg een klysma. Het

was vernederend en pijnlijk, maar er kwam een ontlading. De stank die zich door het groen betegelde toilet van de ziekenboeg verspreidde was nog erger dan die van mijn celgenoot. Dat gaf me voldoening, op een vreemde manier.

Toen ik terugkwam in mijn cel, was mijn celgenoot verdwenen en bracht ik het laatste halfjaar door in relatieve rust, maar nog steeds met veel te veel tijd.

Ooit had ik mijn eigen wc. Twee zelfs, één in de badkamer boven en één in de gang beneden. Ik hield van die wc's. Ik verzorgde die wc's, die wc's waren mijn heiligdom.

'Je spullen worden vanmiddag gebracht,' zei Mo. Ik schrok op, ik was helemaal vergeten dat hij er nog was. 'Dan kun je je verblijf inrichten zoals je wilt. Misschien heb je persoonlijke spullen die je neer wilt zetten. Of wat leuks om aan de muur te hangen. Al hebben we wel een streng pornobeleid. Bloot bovenkantje ja, bloot onderkantje nee. Andere regels zijn: geen drank, geen drugs, geen mobiele telefoon en geen internet.'

'En mijn vissen?'

'Heb je vissen? Wat voor soort?' Mo ging op de rand van mijn bed zitten, als een moeder die even gezellig met haar tienerkind wilde babbelen, tenminste zo had ik het op televisie gezien. Mijn moeder had me regelmatig bezocht op de Dwingelerheide, maar was dan altijd ruim voor bedtijd naar huis gegaan.

'Ik heb een zoutwateraquarium.'

Mo floot tussen zijn tanden. 'Dure hobby.'

Ik wist niet goed wat ik daarop moest zeggen.

'Wat heb je er allemaal in zitten?'

'Verschillende soorten: doktersvissen, anemoonvissen, dwergkeizers, koffervisjes...'

'Ik zal het opnemen met de leiding, oké? Zolang het aquarium niet te groot is, kan ik me voorstellen dat het mogelijk is.' Mo sloeg zichzelf op zijn bovenbenen en stond op. 'Ik laat je twintig minuten alleen. Dan kun je bijkomen van de rit en een beetje acclimatiseren. Straks kom ik je halen voor een intakegesprek met de psychiater.'

'Goed.'

‘Daarna zal ik je alles vertellen over onze dagindeling. En morgen, als het mag van de psychiater, stel ik je voor aan de andere bewoners.’

De stalen deur van mijn cel viel in het slot. Er zat op ooghoogte een klepje dat open kon. Zo konden ze je bekijken wanneer ze maar wilden.

Ik kon precies vijf stappen zetten van de stalen deur tot aan de muur. Met normale wandelpassen. Ik liep een paar keer heen en weer om zeker te weten dat ik het goed gemeten had. Daarna ging ik op het bed zitten en staarde naar de pas geverfde witte muren.

5

'Mijn bloem!'

Ik stond bij de receptie te wachten op mijn post, toen Lode Bartels zijn entree maakte. Lode in zijn fladderende donkerblauwe trenchcoat die hij op maat had laten maken in een gehucht in Italië. Welk gehucht hield hij angstvallig geheim, uit angst dat de rest van de wereld zich massaal op deze onontdekte parel zou storten. Als een talkshowhost kwam hij met gespreide armen op me af. 'Goedemiddag, lieve amice. Kom mee naar mijn kamer.'

Al gedroeg Lode zich als de vleesgeworden vriendelijkheid, ik vroeg me af wat me te wachten stond. Het was goed mogelijk dat Peter van Benschop zijn beklag over mij had gedaan. Het was niet te rechtvaardigen dat ik hem halverwege onze afspraak had laten zitten, zelfs al was hij een nare man die het fijn vond om zwakbegaafde meisjes onder te pissen. En ritjes naar de crèche waren niet bepaald declarabel.

Er waren weinig advocatenkantoren die opereerden vanuit liefde voor de medemens. Bartels & Peters deed dat in ieder geval niet. Alles ging om het maken van facturabele uren. Al was het werken hier een stuk beter te doen dan op mijn vorige kantoor, een internationale mergers & acquisitions-praktijk. Daar werd ik 's nachts uit mijn bed gebeld omdat een Amerikaanse cliënt nog iets af te handelen had *for close of business*. Bracht ik avond aan avond door met een stuk koude pizza op de muismat. Moest ik regelmatig een vakantie annuleren.

Toen Aron zich aankondigde was het duidelijk dat ik een stap terug moest doen. Alsof iemand in de hemel zich persoonlijk over mijn situatie had gebogen, werd ik benaderd voor een baan bij Bartels & Peters. Vlak bij mijn appartement en voor drie dagen per week, een unicum in de advocatenwereld. Mijn leven had nu makkelijker moeten zijn. Maar laat ik het hierop houden: de frontlinie van de advocatuur is niets vergeleken met de eisen die een driejarige stelt.

Lode had een directiekamer zoals het een succesvolle advocaat betaamde. Midden in de kamer stond een bureau ter grootte van een biljarttafel en op de vloer lag een antiek Perzisch tapijt. Aan de muur hing een onbegrijpelijk, maar ongetwijfeld kostbaar kunstwerk.

'Ga zitten, ga zitten!' Lode sprak alsof hij op het toneel van een theater stond en de bewondering van een tweehonderdkoppig publiek moest afdwingen.

'Krijg ik er nu van langs?'

'Waar heb je het over? Peter van Benschop heeft me zojuist gebeld en hij is laaiend enthousiast. Zelden heeft hij zo'n krachtige vrouw ontmoet, vertelde hij. Al is dat natuurlijk niet zo vreemd gezien de aard van zijn oeuvre, zullen we maar zeggen. De man is dól op je.'

'Dus hij heeft niets gezegd over het feit dat ik eerder ben weggegaan?'

Lode wuifde geïrriteerd met zijn hand. 'Dat wil ik helemaal niet weten. Hoe vaak heb ik tegen je gezegd dat je niet zo eerlijk moet zijn? Geloofwáárdig, daar gaat het om. Eerlijkheid is een slechte eigenschap voor een advocaat. Dat weet je toch?'

'Neem me niet kwalijk.'

Hij begon hard te lachen. 'Bovendien bied je niet je excuses aan. Dat doe je gewoon niet. Punt.'

'Als ik hier niet ben om op de vingers getikt te worden en je te smeken om vergeving, waarvoor dan wel?'

'Omdat, lieve Iris, ik je wilde complimenteren met je succes van vandaag. Waarom zou ik daar geen nadruk op leggen? Vandaar dit kleine tête-à-tête. Niets om je zorgen over te maken. Wat ik wil zeggen is: goed gedaan. Het kan me niet schelen wat je hebt gedaan, maar je hebt het goed gedaan en daar gaat het om.'

'In dat geval: dank je.'

'Nu. Peter van Benschop komt morgen naar kantoor en wil dan de beoogde strategie horen. Het liefst rondt hij deze zaak nog voor het einde van de week af.'

'Dat zal niet gaan.'

'Pardon?'

Ik twijfelde of ik hem de waarheid zou vertellen, maar besloot het bij de feiten te houden. 'Ik kan woensdag en donderdag niet op kantoor komen, en vrijdag is sowieso mijn vrije dag. Ik kan wel thuis werken. Maar daar krijg ik minder voor elkaar dan hier.'

'Was dit al overlegd?'

'Nee. Overmacht.'

Lode schudde zwijgend zijn hoofd vol weerbarstige grijze krullen, of wat daar nog van over was. Zijn kaalheid bleef hij hardnekkig ontkennen.

'Het spijt me,' voegde ik eraan toe.

'Ik heb je al verteld dat ik geen excuses wil horen!' barstte hij uit. 'Verdomme, Iris. Verdomme nog aan toe.' Op zijn onderlip bleef een kloddertje speeksel hangen. Met een groot gevoel voor drama stond hij op en ging met zijn rug naar me toe bij het raam staan. Excentriek. Flamboyant. Dodelijk vermoeiend.

'Dan spijt het me niet. En trouwens, het spijt me ook niet. Heb je weleens van calamiteitenverlof gehoord? Ouderschapsverlof? Of zal ik al mijn dertig openstaande vakantiedagen in één keer opnemen?'

Lode hapte naar adem. 'Goed dan,' zei hij ten slotte. 'Ik heb je eerder gezegd dat het me niet kan schelen wat je doet, als je het maar goed doet. Dus al ga je op de Noordpool werken, doe wat je moet doen. Als Peter van Benschop maar blij is en als ik maar blij ben met de rekening die ik na afloop kan sturen.'

'Maak je geen zorgen.'

'Je raadt nooit wie mijn nieuwste cliënt is...' Het was zeven uur 's avonds en omdat Aron bij mijn moeder bleef slapen, stond ik met een vriendin in de kroeg. Zoals normale advocaten dat doen.

'Geen idee. Imca Marina? Margarita? O nee, wacht even.' Bienie hield haar wijsvinger in de lucht. 'Je moeder wordt eindelijk aangeklaagd wegens ontoelaatbare kilheid.'

'Ha ha.' Bienie en ik kenden elkaar al vanaf de lagere school. Sinds mijn moeder haar had verzocht om 'Goedemiddag mevrouw Kastelein' te zeggen in plaats van Bienies uitbundige 'Hallooo!' was het nooit meer goed gekomen tussen die twee. Zo ingetogen en keurig als mijn moeder was, zo uitbundig en slordig was Bienie, die eigenlijk Brigitte heette, maar die naam verafschuwde. Hoe ze aan de naam Bienie was gekomen, wist eigenlijk niemand meer.

'Zeg het dan.'

'Peter van Benschop.'

'En?'

'Peter van Benschop van de puissant rijke redersfamilie Van Benschop.'

Bienies ogen begonnen te glimmen. 'Is hij single?'

'Geen idee.'

'Dat is toch het eerste wat je uitzoekt als zo'n man je cliënt wordt. Hoe ziet hij eruit? Leeftijd? Lengte?'

'In de veertig... zo'n één meter negentig... Nu ik erover nadenk, is hij misschien wel wat voor je. Jij houdt er toch wel van als een man een beetje dominant is?'

'Heerlijk.'

Ik verloor bijna mijn evenwicht omdat ik werd aangestoten door een jongeman die naast ons aan de bar wilde bestellen. Hij leek me het type dat bij een makelaarskantoor werkt. Lelijk pak aan en een brutale blik in zijn ogen. Witte wijn vloog uit zijn glas en maakte een vlek op mijn borst, ter hoogte van mijn tepel. Of de man zich er nou van bewust was of niet, hij negeerde het voorval volkomen.

'Kijk even uit,' snauwde Bienie hem toe. 'Je hebt een enorme vlek gemaakt op haar shirt.'

Hij draaide zich naar ons toe en nam Bienie van top tot teen op. 'Jezus, wat ben jij lang.'

'Nee? Echt?'

Ik rolde met mijn ogen.

'Sjongejonge wat ben jij lang,' herhaalde de jongen.

'Lang genoeg om te zien dat je kruin al behoorlijk aan het uitdunnen is. Wat denk jij, Iris? Hoe zou kaal hem staan?'

'Laat hem maar.' Ik pakte een servetje en depte de ergste nattigheid weg. Ik zag eruit als iemand die was vergeten een zoogkompres in haar voedingsbeha te stoppen. Charmant.

'Ik denk niet dat hij er het type voor is.' Bienie plaatste haar hand tegen haar kin en keek bedenkelijk. 'Hij heeft zo'n raar rond hoofdje. Het spijt me, maar iemand zal het toch moeten vertellen. Ik ben bang dat je er binnen vijf jaar uitziet als een biggetje.'

Ik schoot in de lach.

'Als ik jou was zou ik optimaal gebruikmaken van de paar goede jaren die je nog te gaan hebt. Om te beginnen zou ik me wat minder lomp gedragen. Dus uitkijken waar je loopt, en als je dan toch per ongeluk een kleine ramp veroorzaakt met witte wijn op een delicate plek, zou ik uitgebreid mijn excuses maken.'

Hij keek haar een paar tellen wezenloos aan. 'Trut.'

'Ik vond het ook enig om jou te ontmoeten.' Bienie draaide zich naar me toe. 'Peter van Benschop, de miljonair. Ik zie het al helemaal voor me. Ik ben zó toe aan een rijke man. Want journalist zijn is leuk. Helemaal wat ik ervan had verwacht. Ja, ik héb Nelson Mandela de hand geschud en ja, George Clooney is ook in het echt beeldig, en ja, ik heb fraude aan het licht gebracht en indrukwekkende artikelen geschreven over amfetaminegebruik bij Sharpei's. Maar waar ik nooit bij stilgestaan had, was dat je de voldoening moet halen uit prestige en de grote journalistieke prijzen die ik ongetwijfeld ooit ga winnen. Want het betaalt natuurlijk gewoon kut. Hoe lang moet ik nog een appartement blijven delen? Dan weer zit de wastafel onder de zelfbruiner, dan weer ligt Marie-Ellen luidruchtig te rampetampen om twee uur 's middags terwijl ik een deadline probeer te halen. O Iris, als Peter en ik gaan trouwen, mag jij mijn bruidsmeisje zijn.'

'Ben je er ook aan toe om opgehangen te worden in een sm-kelder?'

'Wat?'

'Een pik in je mond geramd te krijgen tot kotsens toe, pis te drinken vers van de bron, wurgseks...'

'Wát?'

Ik pauzeerde even om het maximaal op haar in te laten werken.

'Vertel! Vertel! Vertel!'

'Peter van Benschop maakt hele rare filmpjes. Googel de naam *Pissing Peter* maar eens. Meer kan ik je niet vertellen. Beroepsgeheim.'

'Hmm. Maar is hij knap?'

'Als je van het Peter R. de Vries-achtige type houdt.'

'Eerlijk gezegd val ik op mediterrane mannen met mooie, fijne handen. Alleen vallen die nooit op mij en is het ook niet sexy als hun erectie tegen mijn knieschijven aan drukt bij het tongzoenen. Hoe gaat het eigenlijk met jouw liefdesleven?'

'Dramatisch slecht.'

'O, kom op. Jij die continu mannen in nood ontmoet. Ik denk dat advocate en tandartsassistente de beste beroepen zijn om mannen te versieren.'

'Hou toch op.'

'Mannen die in een hulpeloze situatie verkeren en volledig afhankelijk van je zijn. Ze zijn kwetsbaar en bang, hunkerend naar warmte en veiligheid.'

'Ik kan je verzekeren dat hun hoofd doorgaans niet naar romantiek staat.'

'Nee schat, jóúw hoofd staat niet naar romantiek. Sinds je een kind hebt, heb je bedacht dat je voorgoed bent afgeschreven op de relatiemarkt. Word wakker! Je bent jong, leuk, zelfstandig, grappig en je hebt geen in het oog springende afwijkingen. Over tien jaar heeft Aron helemaal geen zin meer om bemoederd te worden, omdat hij het te druk heeft met brommers en meisjes, en dan denk je: wat heb ik in vredesnaam al die jaren gedaan? Waarom ga je niet internetdaten?'

'*O, please.*'

'Volgens mij ben je helemaal niet gelukkig.'

Ik haalde mijn schouders op.

Bienie keek me bezorgd aan. 'Gaat het wel?'

Ik haalde weer mijn schouders op. 'Gedoe met Aron. Ik vrees dat hij binnenkort van de crèche afgeschopt zal worden.'

'Hoezo?'

'Laat maar. Ik ben juist blij dat ik er nu even niet over na hoef te denken.'

Bienie legde haar hand op mijn arm. 'Het komt heus wel goed.'

'Dat probeer ik mezelf ook wijs te maken.' Alleen lukt dat steeds minder, voegde ik er in gedachten aan toe.

6

Ik was weleens eerder bij een psychiater geweest. Herhaaldelijk zelfs. Ze hadden me onderzocht in het Pieter Baan Centrum. Na dagenlange verhoren door schreeuwende politieagenten was ik op het ergste voorbereid geweest. Maar deze psychiaters deden alsof ik hun vriend was. Ze zeiden dat ze me probeerden te begrijpen. Bij alles wat ik zei knikten ze, of uitten ze een instemmend 'hm-hm'.

De gesprekken waren prettig. Ik was nooit een prater geweest, maar na alles wat er gebeurd was, vond ik het fijn om te praten.

Tijdens de rechtszaak werd het rapport voorgelezen. Hoe had ik kunnen weten dat ik verraden zou worden? De enige psychiater met wie ik daarvóór ooit te maken had gehad was die van de Dwingelerheide. En die was heel aardig. Hij stelde je vragen als: 'Hoe gaat het met je?' Al kon ik daar nooit goed antwoord op geven. Ik voelde me doorgaans wel redelijk. Soms werd ik boos of was ik bang. Maar meestal ging het wel oké. Dat zei ik dan en daarna praatten we over de vogels in het bos en welke haaiensoort het gevaarlijkst was, de witte of de zambezi. Maar nooit verklaarde hij achter mijn rug om dat ik gek was. Want ze kunnen moeilijke woorden verzinnen wat ze willen, maar daar gaat het om: ben je gek of niet?

Dokter Römerman gaf me een hand en liet me in een stoel tegenover hem zitten. Op zijn bureau lag een hoornen leesbril. En een dik rapport.

'U bent hier nu enkele uren, meneer Boelens. Wat is uw eerste indruk?'

Ik had geen idee wat ik moest zeggen.

'Weet u waarom u hier bent?'

'Ja,' zei ik.

'Kunt u het in uw eigen woorden uitleggen?'

'In wiens woorden zou ik het anders moeten uitleggen?'

Hij glimlachte. 'Heel scherp opgemerkt. In dat geval vraag ik u gewoon om mij te vertellen waarom u hier bent.'

'Omdat ik daartoe veroordeeld ben door de rechter. En omdat mijn gevangenisstraf erop zit.'

'En waarvoor bent u veroordeeld?'

'Voor de moord op Rosita en Anna de Jong. Op 17 mei 1999 om precies te zijn. Hoe laat het gebeurd is, weet ik niet.'

Hij noteerde iets op een velletje. Ik probeerde mee te lezen om te voorkomen dat ik straks weer onaangenaam verrast zou worden door woorden als psychotisch, dwangmatig, contactgestoord en disfunctioneel.

'Weet u welke dag het vandaag is?'

'Jazeker.'

'Kunt u het me vertellen?'

'1 juni 2007.' Ik keek op mijn horloge. 'Het is drie uur 's middags of om precies te zijn twee minuten en drieëntwintig seconden over drie. Is er nog meer dat u wilt weten?'

'U bent wel heel precies.'

Ik knikte.

Hij schreef weer iets op. Zijn handschrift was kriebelig en onleesbaar. Dat alleen al baarde me zorgen.

'Hebt u zelf nog vragen?'

Ik was even van mijn stuk gebracht. Het was nog niet in me opgekomen dat ík ook vragen mocht stellen. Nadat ik aan het idee gewend was geraakt, kwam er maar één vraag bij me op. 'Is het toegestaan om vissen te houden? Ik heb een zoutwateraquarium, ziet u.'

'Dat zal ik moeten overleggen. Vindt u het prettig om voor dieren te zorgen? Bent u een zorgzaam iemand?'

'Ja.'

'Zorgt u ook goed voor mensen?'

Het was een gevaarlijke vraag. Een vraag zoals de mensen van het

Pieter Baan Centrum ook gesteld hadden. Ogenschijnlijk nonchalant, maar vervolgens trokken ze allerlei vreselijke conclusies uit je antwoord. Ik besloot om helemaal niet te reageren en focuste me op de hoornen leesbril.

'Voor wie hebt u zoal gezorgd?' probeerde de dokter nogmaals.

'Dat weet ik niet.'

Dokter Römerman leunde achterover met zijn armen over elkaar gevouwen. 'Juist. Weet u het niet of wilt u de vraag liever niet beantwoorden?'

'Het enige wat ik wil is mijn aquarium. Dat of zo snel mogelijk weg hier.'

'Natuurlijk wilt u terug naar uw normale leven. En dat behoort zeker tot de mogelijkheden, maar dan moet er wel het een en ander gebeuren.'

'Het een en ander?'

'Om te beginnen heb ik uw volledige medewerking nodig. Dus als ik u een vraag stel, probeert u die te beantwoorden.'

'Ik heb al duizend keer dezelfde vragen beantwoord, duizend keer gezegd dat het niet mijn schuld is dat Rosita en Anna dood zijn, en het resultaat is dat ik al heel lang vastzit.'

'Meneer Boelens, ik zit hier niet om voor rechter te spelen. We kunnen het er lang over hebben of u wel of niet schuldig bent. Maar niettemin weten we allebei dat er wel degelijk iets met u aan de hand is.'

Ik schudde mijn hoofd. Als ik sinds de moord op Anna en Rosita één ding had geprobeerd duidelijk te maken, dan was het wel dat ik normáál was. Normaal genoeg tenminste. 'Er is niets met mij aan de hand! Wanneer dringt dat eindelijk eens tot iedereen door.' Ik sloeg op tafel. De hoornen leesbril van dokter Römerman maakte een sprongetje.

De dokter zelf vertrok geen spier. 'Nogmaals, wij zijn geen rechercheurs. We gaan niet het werk van de politie of van de rechter overdoen. Dus of u schuldig bent of niet, doet niet ter zake. Ik zeg u wel dat het niet verstandig is om het delict te blijven ontkennen. Dat zou uw verblijf hier nogal eens kunnen verlengen.'

Ik probeerde te bevatten wat hij zei.

'Als u overtuigd bent van uw onschuld, kunt u natuurlijk om een herziening vragen bij de Hoge Raad. Als er gerede twijfel is, zal de rechter u wellicht het voordeel gunnen. Maar ook dan helpt onberispelijk gedrag. Dus therapieën volgen, medicatie innemen en geen agressieve uitbarstingen, verbaal noch non-verbaal. En dat geldt al helemaal tijdens ónze besprekingen. U wilt natuurlijk niet dat ik een negatieve rapportage over u schrijf.'

Ik moest meewerken aan iets waar ik het niet mee eens was. Maar als ik niet meewerkte, zou alles erger worden. Het kwam altijd op hetzelfde neer.

'Over twee jaar vindt de eerste evaluatie plaats. Als er inderdaad niets met u aan de hand is, zoals u beweert, mag u de kliniek verlaten.'

Twee jaar was lang. Maar minder lang dan acht jaar in de gevangenis. 'Wat moet ik doen om hier weg te komen?'

'U aan de regels houden. Begint u daar eerst eens mee.'

Dat kon ik. Heel goed zelfs. 'En wat nog meer?'

Dokter Römerman dacht even na. 'U houdt van brieven schrijven, hè? Ik heb begrepen dat u dat heel goed kunt. Uw eerste opdracht is om een brief te schrijven aan uw buurvrouw...' hij rommelde even tussen zijn papieren, '... Rosita.'

'Zij is dood. Waarom zou je een brief sturen aan iemand die dood is?'

'Doe maar alsof u een brief naar de hemel stuurt.'

'Maar wat moet ik dan schrijven?'

'Dat mag u helemaal zelf weten. Schrijf wat er in u opkomt. Vertel haar maar hoe u over haar denkt. Wat u voelt. Hoe het met u gaat nu zij en haar dochtertje er niet meer zijn.'

Ik knikte.

'Overmorgen bij ons volgende gesprek mag u de brief inleveren. Maar als u meer tijd nodig hebt, mag dat ook later in de week of volgende week.'

Meer tijd. Het laatste wat ik nodig had, was meer tijd. Maar ik dacht aan de volledige medewerking die ik zou verlenen en zei: 'Het komt voor mekaar.'

7

De afspraak met Peter van Benschop stond gepland om halfelf. Hij arriveerde keurig op tijd, gekleed in spijkerbroek en een hemelsblauw jasje dat er duur uitzag.

Ik liet koffie voor hem halen en ging tegenover hem zitten.

'Zo, meneer Van Benschop. Ik heb uw zaak grondig bestudeerd.'

'En? Wat vond je ervan? Heb je nou eindelijk naar de dvd's gekeken? Kan ik je verblijden met een leuk rolletje in mijn volgende productie?'

'Ik heb me meer verdiept in het juridische aspect van het verhaal.'

'Ik heb je baas niet verteld dat je eerder bent weggegaan gisteren. Ik zei dat we een reuze interessant gesprek hadden.' Hij knipoogde. 'Maar nu ga je wel extra je best doen voor mij, hè?'

Ik slikte mijn ergernis weg. 'Zullen we het over de zaak hebben?'

'Vooruit dan maar. Hoe sta ik ervoor?' Hij legde een notitieblok voor zich op tafel.

'Kort gezegd: niet best.' Ik liet een stilte vallen, in de hoop dat hij bang zou worden en zijn joviale gedrag zou laten varen. 'De risico's die u loopt zijn dermate groot, dat ik u aanraad om te schikken.'

Hij was even stil. Tot mijn genoegen zag ik zijn gezicht verstrakken. Hij klikte een paar keer nerveus met het dopje van zijn gouden balpen. 'Wat zou dat inhouden dan?'

'Ik kan me voorstellen dat u de opnamen van het internet afhaalt. En dat u mejuffrouw De Boer een schadevergoeding betaalt.'

'Ik heb haar anders al betaald. En niet zo'n klein beetje ook:

tweeduizend euro. Dat is toch al mooi zat?'

'Zullen we eerst de zaak even doorlopen?'

Hij klikte weer een paar keer met de dop van zijn balpen. Op het notitieblok dat voor hem lag schreef hij in blokletters: SCHIKKEN.

'We hebben te maken met een aantal mogelijke gronden waarop een rechter u zou kunnen veroordelen. De eerste is het vervaardigen en verspreiden van kinderporno.' Ik zag hem braaf KINDERPORNO noteren.

'De tweede is mishandeling, verkrachting en wellicht zelfs poging tot moord.' Ik gaf hem even de tijd om ook deze trefwoorden op te schrijven.

'Mejuffrouw De Boer zal u er hoogstwaarschijnlijk van betichten dat u haar gedwongen hebt haar medewerking aan de film te verlenen. Ze zal claimen dat ze naïef was en u haar hebt overgehaald.'

'Ze kwam anders zelf naar me toe.'

'Kunt u dat bewijzen?'

Hij dacht na. 'Dat weet ik niet. Misschien wel.'

'Ik hoor het graag. Als u daar geen onomstotelijk bewijs voor hebt, zal een rechter eerder geneigd zijn het verhaal van de wederpartij te geloven. Een meisje van achttien komt wat sympathieker over dan een veertigplusser met een hangbuik in een te strakke lederen broek.' Ik glimlachte vriendelijk. Peter van Benschop gaf geen krimp.

'Laten we eerst eens praten over het feit dat mejuffrouw De Boer minderjarig was tijdens haar werkzaamheden. Het is strafbaar om opnamen te maken van seksuele handelingen met een minderjarige. Ook is het strafbaar om minderjarigen te betálen voor het verrichten van seksuele handelingen. U mag wel gemeenschap hebben op vrijwillige basis met iemand die ouder is dan zestien. Maar ervoor betalen, waardoor het onder de noemer prostitutie valt, mag dan weer niet.'

'Idioot toch?'

'Vindt u dat? Hebt u zelf kinderen?'

Hij schudde zijn hoofd. 'Niet dat ik weet.'

'Dat dacht ik al. In uw voordeel spreekt dat het het meisje niet aan te zien was dat ze minderjarig was.'

'Jonge vrouw, weet je nog.' Peter van Benschop klonk behoorlijk geagiteerd. 'Jonge vrouw. En ze was behoorlijk door de wol geverfd, als je begrijpt wat ik bedoel.'

Ik negeerde zijn commentaar en vervolgde op droge toon: 'Bovendien zijn de films die u hebt gemaakt niet bedoeld als kinderporno en ook niet als zodanig vermarkt.'

'Kinderporno doe ik niet. Nooit gedaan ook.' Hij keek erbij alsof hij vond dat hij een Nobelprijs verdiende.

'Fijn, meneer Van Benschop.'

Hij klikte weer enkele malen met zijn pen.

'Het vervaardigen van kinderporno is strafbaar. Dat mejuffrouw De Boer geen aangifte tegen u heeft gedaan zodat u strafrechtelijk vervolgd kunt worden, spreekt niet in haar voordeel. Het zal bij een rechter zeker vragen oproepen over haar motieven.'

Van Benschop zat enthousiast mee te knikken. Zo was hij gepikeerd, zo was hij weer blij. Net een klein kind.

'De vraag is waarom ze geen aangifte heeft gedaan. Waarom is ze niet naar de politie gegaan? Ik denk dat dat maar één ding kan betekenen.'

Mijn cliënt leunde voorover om geen woord te hoeven missen.

'Ze wil geld zien. U kent het verschil tussen strafrecht en civiel recht, mag ik aannemen? Een strafrechtelijke zaak is een zaak tussen de officier van justitie en een verdachte van een misdrijf. Bij civiel recht, spant de ene burger een proces aan tegen een andere burger. Zoals mejuffrouw De Boer een zaak tegen u aanspant.'

Van Benschop schreef de woorden STRAFRECHT en CIVIEL RECHT op.

'Nu is het tegenwoordig mogelijk om een civielrechtelijke invoeging mee te nemen in een strafzaak. Dat houdt in dat een schadevergoeding aan het slachtoffer wordt meegenomen in de uitspraak van de rechter. In dit soort gevallen liggen schadevergoedingen echter niet zo hoog. Vandaar mijn conclusie dat mejuffrouw De Boer de civielrechtelijke weg bewandelt omdat ze véél geld wil zien.'

'Altijd weer hetzelfde,' zei Peter van Benschop vermoeid.

'En daar mag u blij om zijn. Want als mejuffrouw De Boer aangifte tegen u zou doen, moet ik nog zien wat de strafrechter zegt. Mocht de rechter inderdaad oordelen dat er sprake is van verkrachting, mishandeling of van een van de andere strafbare feiten die ik net noemde, dan kunt u zomaar vier jaar of meer vast komen te zitten. En wie weet wat er nog meer naar boven komt als de politie werk van u maakt.'

'Zoals?'

'Dat kunt u mij beter vertellen. U reist graag naar de Bahama's hebt u mij gisteren nog verteld. Kan ik daaruit afleiden dat u wellicht nog een buitenlands bankrekeningetje hebt?'

Hij zweeg.

'Dat bedoel ik.'

'Schikken dus.' Hij onderstreepte het woord op zijn notitieblok.

8

Die nacht in bed was het alsof ik terug was in de Franse bakkerij Pain de Provence in de Prinses Irenestraat. Bakker Pierre Henri was in de jaren zeventig zijn Nederlandse vakantieliefde achterna gereisd om met zijn bakkerij in een naoorlogse rijtjeshuizenwijk neer te strijken. Bewoners van de Prinsessenbuurt hadden in die tijd nog nooit een croissant, baguette of brioche gegeten, laat staan dat ze wisten waar de Provence überhaupt lag. Toch was Pain de Provence een redelijk succes, dankzij de toenemende stroom bewoners van de villawijk aan de andere kant van de stad.

Toen hij de bakkerij niet meer alleen kon draaien, nam Pierre mij in dienst als zijn knecht. Zijn vrouw Margreet stond in de winkel en praatte altijd dermate hard dat we iedere bestelling letterlijk konden volgen. 'Vier croissants en twee chocoladebroodjes voor mevrouw. Het kommeraan, hoor.'

'Croissants in de middag,' zei Pierre dan. 'Jullie Nederlanders zijn gek. In Frankrijk verkoop ik misschien zo'n honderdvijftig croissants per dag. Hier vijfhonderd, zeshonderd, en in het weekend soms wel duizend. Jullie zijn *vraiment* dol op croissants.'

Niets wat ik op de bakkersschool had geleerd vond Pierre zinvol of zelfs juist. Zo werkten ze daar met gist om het brood te laten rijzen.

'*Tout le monde* kan met gist werken,' zei Pierre. 'Gist is voor de bakker zonder persoonlijkheid. Gist is voor de fabriek, voor de robot, voor de bakker die liever metselaar had willen worden. *Incroyable* dat ze je al op school leren om middelmatig te zijn. *Incroyable.*'

Zelf werkte Pierre met een moederdeeg dat hij dertig jaar geleden van zíjn vader had gekregen. De eerste twee jaar mocht ik niet eens in de buurt komen van *La Souche*, zoals Pierre het deeg noemde. Het werd in een speciale temperatuurkast bewaard, ver van alle gevaren. Iedere dag gebruikte Pierre er een deel van om het brood, de baguettes en het croissantdeeg mee te maken. Het moederdeeg zelf moest dan weer aangevuld worden, anders zou het opraken.

La Souche kreeg op nauwgezette tijden te eten en werd dan weer op de juiste temperatuur gebracht. Pierre praatte zelfs tegen het deeg. 'Hoe voel jij je vandaag, mijn schatje? Ben je comfortabel genoeg?'

Tegen mij zei hij: 'Het is als wijn maken, Ray. Alles draait om tijd en temperatuur. Onthoud dat: tijd en temperatuur.'

Op een dag riep hij me bij zich. 'Ruik eens.' Hij hield de aardewerken pot onder mijn neus.

Ik boog me voorover, sloot mijn ogen en snoof voorzichtig de geur op.

'Ruik je hoe zoet zij is? Fris, maar niet zuur? Zij is wie ik ben, Ray. Door haar is ons brood zo knapperig vanbuiten en zo zacht vanbinnen. Zij geeft het die friszoete smaak. Zonder haar is brood water en meel. Zonder haar is het niets, *mon fils*.'

Hij leerde me hoe ik met *La Souche* moest omgaan, want het was een veeleisend stuk deeg, nog erger dan een vrouw, zei Pierre. Hij leerde me precies wat ze lekker vond en wat niet. Op welke temperatuur ze het beste gedijde en hoe laat je haar hoeveel te eten moest geven.

Een jaar later kreeg ik de volledige verantwoordelijkheid voor *La Souche*. Ik was veel secuurder dan hijzelf met het afwegen van haar voeding en het instellen van de juiste temperatuur, vond Pierre. Hij had nog nooit eerder iemand ontmoet die zo secuur was als ik.

Na vijf jaar kon ik de hele bakkerij alleen draaien. Iedere ochtend begon ik om kwart over drie met bakken. Terwijl de baguettes, de *pains aux noix*, de *pains aux céréales*, de *pains au chocolat*, de *chapatas*, de croissants en de brioches in de oven stonden, hield ik me bezig met wegen. In kleine bakjes zette ik alle benodigdheden voor de nieuwe dag klaar: het meel, de noten, de chocola, de rozijnen, de zonnebloempitten, de kaas, het amandelschaafsel.

Om halfzeven arriveerden Margreet en Pierre om de versgebakken waar in de winkel te leggen. Als die om zeven uur openging en de villawijkbewoners een rij vormden met hier en daar een vooruitstrevende Prinsessenbuurtbewoner ('Ze zijn gék!' riep Pierre meestal uit), prepareerden Pierre en ik het deeg voor acht verschillende soorten brood en bakten we *canelés* en *tartelettes*. De middag was gereserveerd voor het croissantdeeg. We vouwden net zo lang boter in het deeg tot er honderden kleine laagjes waren ontstaan. 'Dit is perfectie,' zei Pierre dan. 'Absolute perfectie.'

Nadat ik er jarenlang had gewerkt, verhuisden Pierre en Margreet naar Frankrijk. De zaak werd overgenomen door een man met een aanstellerige bril die me de hele tijd op mijn schouders sloeg. Volgens Margreet deed hij dat omdat hij graag mijn vriend wilde zijn. Zonder mij was de bakkerswinkel immers niets waard, zei ze.

Op de dag voor hun vertrek riep Pierre mij bij zich. In zijn armen hield hij de aardewerken pot met het moederdeeg. 'Dit is mijn kostbaarste bezit, mijn *bébé*. Ik heb haar van mijn vader gekregen toen ik mijn eerste *boulangerie* begon. Zij heeft mij gemaakt wie ik ben.

Omdat ik geen zonen heb en Margreet ze ook niet meer zal baren, geef ik haar nu aan jou.' De tranen liepen over zijn wangen.

Zout is funest voor moederdeeg. Ik nam de aardewerken pot snel aan om te voorkomen dat zijn tranen in *La Souche* zouden vallen.

'Geniet van haar. Gebruik haar. Koester haar. Ik vertrouw erop dat jij op jouw beurt iemand zult vinden aan wie je haar kunt overdragen. En als er niemand is, vertrouw ik erop dat je haar vernietigt. Beloof je dat, Ray? *Tu me promets?*'

'*Oui,*' antwoordde ik.

Nadat Pierre en Margreet vertrokken waren, liet de eigenaar de bakkerswinkel ingrijpend verbouwen. Eerder was de bakkerij een afgesloten ruimte geweest, achter de winkel. De nieuwe eigenaar had bedacht dat het leuk zou zijn als de klanten mij aan het werk zagen. Zodat ze wisten dat alles vers en zelfgebakken was en niet uit een fabriek kwam. De muur tussen de winkel en de bakkerij werd uitgebroken en gedeeltelijk vervangen door een glazen wand.

Opeens stonden er mensen te kijken hoe ik de appels schilde om ze in *tartelettes* te verwerken en hoe ik het deeg kneedde, met rustige, weloverwogen bewegingen. Het maakte me verlegen. Het maakte me minder secuur.

Voorheen wogen alle *couronnes* exact 525 gram. Daar zorgde ik voor. Het was een van de dingen die belangrijk voor me waren. Na het plaatsen van de ruit kon het weleens gebeuren dat een *couronne* bijna 600 gram woog omdat mijn handen te zeer hadden getrild bij het afwegen van de ingrediënten. Of dat ik de *canelés* liet aanbranden. Dat vond ik erg. Tot ik Rosita leerde kennen. Vanaf dat moment hield ik altijd een half oog op de glazen wand om geen minuut te missen als zij in de winkel kwam. En op een gegeven moment wende ik vanzelf aan de nieuwsgierige blikken en kreeg alles weer zijn vertrouwde gewicht.

Ik had nooit veel contact met de andere buurtbewoners. Ik wist niet wat ik met hen aanmoest. Ze zeiden me weleens gedag op straat en dan groette ik terug. Daar hield ik het bij. Ik had genoeg aan mijn dagelijkse bezigheden. De bakkerij. Mijn vissen. Eten. Slapen. Douchen. Schoonmaken. Wassen. Strijken. Boodschappen doen. Ademen.

Op de dag dat Rosita naast mij kwam wonen, scheen de zon. Het was een warme dag. Rosita had weinig kleren aan. Een heel korte broek en een hemdje. Ze droeg geen beha, dacht ik. Ze arriveerde in een aftands bestelbusje met een kind in een verschoten blauw kinderstoeltje en een man met kort haar van voren en lang haar van achteren. Samen met hem sjouwde ze enkele meubels naar binnen. Een bruin bankstel. Een tafeltje met twee stoelen. Het grootste tweepersoonsbed dat ik ooit had gezien.

De man zag er vermoeid en oud uit. Nog verweerder dan het matras en het bruinlederen bankstel. Zuchtend en steunend droeg hij het schaarse meubilair naar binnen. Rosita daarentegen lachte veel. Zelfs al liep het zweet van onder haar donkere krullen door tot in haar hemdje en zat er een natte plek op haar rug.

Ik besloot in één oogopslag dat ze de mooiste vrouw was die ik ooit had gezien. Mooier dan de vrouwen op televisie en al helemaal mooier dan de andere vrouwen in de straat. Die hadden allemaal gele tanden en droegen eveneens geen beha. Maar de bonbons stonden er niet zo goed bij als die van Rosita. Ook hoorde ik de vrouwen in de straat vaak schreeuwen. Tegen hun man. Tegen hun kinderen. Tegen de grote schare loslopende honden die in de voortuinen poepten en een misselijkmakende geur produceerden die met name in het voorjaar constant in de Koningin Wilhelminastraat hing. Ik hield niet van mensen die schreeuwden.

Bovendien stoorde ik me mateloos aan de onverzorgde voortuinen. Af en toe maakte ik 's nachts voor ik naar mijn werk ging een ronde met de heggenschaar. Aan de voortuintjes zelf kon ik niet gaan beginnen, maar in ieder geval waren alle heggen van de Koningin Wilhelminastraat recht.

De oude man met het vreemde haar zag ik tot mijn opluchting niet vaak meer. Rosita daarentegen zag ik regelmatig. Ik keek graag naar haar vanachter de donkerrode gordijnen die mijn moeder voor me had uitgezocht. Zodra ik uit mijn werk thuiskwam, en dat was meestal om een uur of drie 's middags, nestelde ik me in een stoel achter het keukenraam en keek naar buiten in de hoop haar te zien.

Als het droog was, kwam ze meestal wel naar buiten om te wandelen met de kinderwagen. Vanaf mijn plekje kon ik haar de hele straat door volgen, totdat ze de hoek om ging, de Prinses Beatrixstraat in.

Hoe ze liep... haar hoofd recht, en op hoge hakken die luid klikklakten bij iedere stap die ze zette. En dan haar heupen. Hoe ze heen en weer wiegden op een onhoorbaar ritme. Ik heb weleens hardop meegeteld: één, twee, drie, vier. Eén, twee, drie, vier. Ze liep nooit uit de maat, zelfs niet in de kleinste betekenisvolle lengte van tijd.

Af en toe bleef ze staan en maakte een praatje met een buurvrouw. Of stopte het speentje weer terug in de mond van het kind. Maar meestal liep ze in één ononderbroken lijn de straat uit.

De eerste keer dat ik haar die hoek om zag gaan, ben ik meteen naar haar huis gerend om op het naambordje te bekijken. 'Rosita en Anna Angeli' stond er. Het was een plaat van bruin natuursteen waar de letters ingegraveerd stonden. Ik zei haar naam wel honderd keer hardop: Rosita, Rosita, Rosita. Het klonk als de naam van een hartige brioche. Met jonge kaas erin en provençaalse kruiden.

Mijn favoriete moment was als ze terugkwam van haar wandeling. Dan kon ik haar gezicht zien, al vond ik het kuiltje onder aan haar hals, tussen haar twee sleutelbeenderen in, misschien wel nog mooier.

Ze zwaaide weleens naar me. Dan dook ik weg achter het gordijn. Alleen al het idee dat ik terug zou zwaaien maakte me nerveus. Laat staan dat ik het kon.

9

Mijn moeder woonde nog steeds in het huis waar ik geboren was, een niet onaardige bungalow met tuin in Amsterdam Buitenveldert. Mijn vader was tien jaar geleden overleden, kort na zijn pensionering. Hij had zich verheugd op de reisjes die hij met mijn moeder zou maken, de uren die hij tuinierend zou doorbrengen en de boeken die hij zou lezen. Hij was amper halverwege *Anna Karenina* toen hij in elkaar stortte. Twee dagen later was hij dood. Hartinfarct.

Mijn moeder vond het prettig als ik in haar huis verbleef tijdens haar vakanties. Nu ik enkele dagen met Aron thuis moest doorbrengen én het mooi weer was, vond ik het niet erg. Zelf had ik een dakterras van tien vierkante meter. Niet genoeg om een kind van bijna vier zoet te houden. In de tuin van mijn moeder kon ik een zwembadje neerzetten, zodat Aron lekker kon poedelen met zijn plastic walviscollectie en ik onder een parasol een poging kon doen tot werken.

De tuin was fijn, maar het huis werkte behoorlijk op mijn zenuwen. Mijn moeder was verschrikkelijk pietluttig met haar spullen. Zo dwong ze me een grand foulard over de bank te leggen als Aron er was. 'Ik koop uitsluitend kwaliteit,' zei ze. 'Als je daar zuinig op bent, gaat alles jarenlang mee.' Zodoende had alles een eigen behandelingsmiddel. Er waren speciale zeepvlokken voor de keukenvloer, boenwas voor de houten eettafel, een reiniger voor de Swarovski-collectie, *polish* voor het roestvrijstalen fornuis, impregneer voor het bankstel; het arsenaal aan schoonmaakmiddelen vulde de hele gangkast. 'Gelukkig' had mijn moeder een handleiding van vijf A4'tjes voor me achtergelaten, zodat haar kostbare spulletjes de behandeling zouden krijgen die ze verdienden.

Bij mooi weer woog de tuin tegen alle ongemakken op. Bovendien was Aron dol op het aquarium. Het idioot grote aquarium dat zonder aankondiging op een dag in de huiskamer van de bungalow was verschenen. Het was alweer een aantal jaren geleden. Aron was nog niet geboren. Ik was pas afgestudeerd en voelde me veelbelovend.

'Ik wist niet dat jij iets met vissen had,' had ik tegen mijn moeder gezegd.

'Er is zoveel wat jij niet weet,' had ze geantwoord.

Het was niet eens een normaal aquarium, maar een zoutwaterinstallatie met de hoeveelheid apparatuur van een intensivecareafdeling. Het fragiele ecosysteem van koralen, tropische vissen en zeeanemonen moest continu op dezelfde temperatuur gehouden worden, en dan had ik het nog niet over het in stand houden van het zoutgehalte, de pH-waarde van het water, het wekelijks verversen, de speciale vitamines die eraan toegevoegd moesten worden. Uiteraard had mijn moeder een mannetje dat het leeuwendeel van het werk deed.

'Wat is er mis met een leuke goudvis in een decoratieve kom?' had ik gevraagd.

'Hou toch op.'

'Of een hondje. Neem zo'n gezellig teckeltje.'

'En dan dat getrut zeker? Ik kan er nog steeds niet over uit dat ik volwassenen "goed zo, lieverd!" tegen hun hond hoor roepen als het beest midden op straat een drol draait op klaarlichte dag. Nee, dank je.'

Ik kon niet beslissen of het aquarium nou bij mijn moeder paste of niet. Het leek onnodig gecompliceerd, maar daardoor misschien wel passend bij haar Swarovski-verzameling die immer moest stralen, en het houten aanrechtblad dat iedere maand in de olie gezet moest worden.

Na de geboorte van Aron ging ik de lol van het kolossale gevaarte inzien. Als Aron niet wilde ophouden met huilen, en dat gebeurde nogal eens, reed ik naar het huis van mijn moeder en zette hem in zijn Maxi-Cosi voor het aquarium. Het maakte hem rustig. En nog steeds was het aquarium zijn favoriete 'speeltje', meer nog dan de Tickle me Elmo en het vliegtuig van Playmobil, om maar een aantal exemplaren te noemen uit de uitgebreide speelgoedcollectie die mijn moeder had aangeschaft. Urenlang kon hij kijken naar het levende schilderij van wuivend koraal en felgekleurde vissen.

Toen hij drie werd, had mijn moeder hem een zoutwatervissenencyclopedie gegeven. Iedere avond moest ik hem voortaan uit het boek voorlezen. Het resultaat was dat hij naar een willekeurige vis kon wijzen en met een verrukte uitdrukking op zijn gezicht kon zeggen: 'Kijk, een zijlvin blennie.' Of: 'Een doktersvis.'

Vanuit de achtertuin van mijn moeders huis formuleerde ik een voorstel aan de advocaat van Kim de Boer. In heldere bewoordingen zette ik uiteen dat mejuffrouw De Boer volledig van de aard van haar werkzaamheden op de hoogte was geweest en mijn cliënt derhalve niets te verwijten viel. Ik had in de jurisprudentie gezocht naar een vergelijkbare zaak. Al was het maar een pornoactrice die spijt had van haar rol of een slaaf die zijn meesteres aanklaagde. Maar er was niets te vinden geweest.

De beelden van de hardcore activiteiten van *Pissing Peter* hadden me geschokt. Ik had ze vluchtig gescand en daarna geprobeerd om ze zo snel mogelijk te vergeten. Vooral omdat op de opnamen duidelijk te zien was dat 'de jonge vrouw' volledig overstuur en in later stadium ronduit apathisch was. Maar contract is contract, al kon Van Benschop het dan niet meteen tevoorschijn toveren. Ik concentreerde me op prachtige, juridisch verantwoorde volzinnen.

Ik was net het afsluitende stuk aan het schrijven waarin ik de advocaat uitnodigde voor een schikking, toen ik Aron hoorde roepen.

'Mama! Mama!'

Ik realiseerde me dat ik niet meer op hem had gelet en dat hij zonder dat ik het doorhad het huis was binnengegaan. Zijn stem klonk alarmerend. Ik rende naar binnen, anticiperend op een gesneuvelde vitrinekast of een enorme vlek op het tapijt waar zelfs geen reinigingsmiddel in de gangkast raad mee wist. Ik trof Aron aan voor het aquarium. Waar anders?

'Wat is er, schatje?'

'Kinkon is dood. Kinkon is doo-hood.'

King Kong was Arons lievelingsvis. Een donkerblauwe doktersvis van een flink formaat met een felgele staart. Hij dreef vlak aan de oppervlakte op zijn zij, met zijn bek opengesperd, alsof hij nog steeds probeerde om een laatste teug zuurstof te happen.

Een dode vis betekende ellende. De hele bak zou nagekeken en verschoond moeten worden. Mijn moeder had het een maand geleden nog aan de hand gehad. Het was het enige moment geweest dat ik haar ooit over het aquarium had horen klagen.

'Doo-hood,' zei Aron nogmaals.

'Ik weet het, lieverd. Dat is heel naar.'

'Ik wil Kinkon vasthouden.'

'Dat doen we maar niet.' Ik besloot om het aquariummannetje, Maurice genaamd, te bellen. Maurice was een rasechte zeeaquariaan, zo heette dat. Ik had hem twee keer gezien, toen ik bij mijn moeder op bezoek was. Hij was niet het gezellige type, maar zou wel weten wat hij moest doen. Niet voor niets was zijn nummer met watervaste viltstift op een stukje tape geschreven dat aan de bovenkant van het aquarium zat geplakt.

Maurice had zijn voicemail aanstaan. Ik probeerde mijn moeder te bellen, maar ook zij was niet bereikbaar. Ieder jaar ging ze twee weken met een vriendin kuren in een Sloveens oord, alwaar haar darmen werden gereinigd, haar mee-eters uitgeknepen, haar wenkbrauwen geëpileerd en ze iedere dag één kilometer moest zwemmen. Ik stelde me een strenge Oost-Europese badjuffrouw voor die met een haak in haar hand aan de kant van het zwembad stond te schreeuwen dat mijn moeder vol moest houden. Mijn moeder haatte het kuuroord, toch ging ze ieder jaar opnieuw.

Het zag ernaar uit dat ik zelf een plan moest trekken. Ik tilde de loodzware deksel van het aquarium en schepte King Kong met een netje uit het water. Dode vissen mag je nooit laten liggen, dat kon ik zelf ook nog wel bedenken. Hij zag er wat vlekkerig uit en het leek wel of hij wat minder donkerblauw was dan de laatste keer dat ik hem had zien zwemmen.

'Hebben!' gilde Aron. 'Ik wil hem hebben!'

'Vissen zijn niet om vast te houden, schat. En al helemaal niet als ze dood zijn.'

Ik liep met King Kong naar de keuken, wikkelde hem in keukenpapier met een vrolijk jongepoesjesmotief en legde hem in de koelkast. De vorige vis die dood was gegaan, Hannibal, was door mijn moeder opgestuurd naar de faculteit diergeneeskunde in Utrecht. Ik kon me niet herinneren of er iets uit voortgekomen was, maar wellicht zou King Kong ook onderzocht moeten worden.

'Kijken! Ik wil kijken!'

'Hij ligt al in de koelkast, Aron,' zei ik. 'Zullen we samen een puzzeltje doen?'

'Ik wil Kinkon!'

'Weet je nog die hele mooie haaienpuzzel? Die met die grote gevaarlijke haai die zijn bek zo wijd open heeft staan dat je al zijn tanden kunt zien?'

'Kinkon.' Gelukkig liep hij aan mijn hand mee naar de woonkamer.

Focussen. Ik moest meer op hem focussen. Een moeder van de crèche had ooit tegen me gezegd dat ik problemen met hem had omdat ik te veel tegelijkertijd wilde. 'Als je je erop instelt dat je niets anders meer kunt doen dan je met hem bezighouden, zelfs geen krant lezen, niets, dan zul je zien dat het allemaal een stuk makkelijker gaat.' Maar welk mens ter wereld heeft daar nou de tijd voor? Dezelfde moeder had me trouwens ook verteld dat als háár zoon een woedeaanval kreeg, ze hem onder een koude douche zette. Ze keek erbij alsof ze er trots op was.

Toch besloot ik haar focus-advies nu te volgen. Voor minstens de komende twee uur. De zaak Van Benschop en de dode vis in de koelkast konden wachten.

Aron was dol op puzzelen en hij was er nog goed in ook. We waren de haaienpuzzel, toch vijfenzeventig stukjes die onder zijn strenge leiding in een bepaalde volgorde gelegd moesten worden, voor de derde keer aan het leggen toen de telefoon ging.

'Ja, ik zit op de camping,' zei een mannenstem zonder nadere introductie. Ik ging er maar van uit dat het Maurice was.

'Dat is vervelend,' zei ik. 'Wat nu?'

'Wat nu? Weet ik veel. Ik heb nog tegen je moeder gezegd dat ik deze dagen weg ben. Bel een aquariumspeciaalzaak, zou ik zeggen.'

'Kunt u er een aanbevelen?'

'Bel Zeewaterwereld Van de Akker in Amersfoort. Daar komt het aquarium vandaan per slot van rekening.'

Meneer Van de Akker bleek zeer hulpvaardig te zijn. Hij bood meteen aan na sluitingstijd langs te komen.

'Helemaal uit Amersfoort?'

'Het zeeaquarium is een serieuze zaak. Kunt u ervoor zorgen dat u het logboek bij de hand hebt?'

'Logboek?'

'Als dat nog steeds wordt bijgehouden tenminste.'

'Ik ga zoeken.'

Ik belde nogmaals mijn moeder, nu om te vragen waar het logboek lag. Ze nam deze keer wel op. Nadat ze haar naam gezegd had, klonk er luidruchtig gekraak.

'Mama?' probeerde ik. 'Hoor je me? Kun je me vertellen waar het logboek van het aquarium is?'

Mijn moeder zei iets door het kabaal heen, maar het was volstrekt onverstaanbaar.

'Mama?'

Na een luide zoemtoon werd de verbinding verbroken. Ik probeerde haar opnieuw te bereiken, maar kreeg haar voicemail.

Ik zou zelf het logboek moeten vinden.

Los van haar angst voor onverwijderbare vlekken, barsten, deuken en krassen, had mijn moeder er een hekel aan als je aan haar spullen zat. Zo lang ik me kon herinneren, had ze een kamer ingericht als haar studeerkamer, al ontging het me wat ze dan precies studeerde, en die zat altijd op slot. Zelfs mijn vader mocht er niet komen.

'Verberg je er een lijk of zo?'

'Dan hadden jullie dat vast wel geroken.'

Op een onbewaakt ogenblik – ik geloof dat mijn moeder naar de wc was – had ik als kind mijn hoofd om de hoek van haar Fort Knox gestoken. Wat ik zag was teleurstellend. Een bureau met stoel en een enorme kast. In de kast stonden mappen. Ik ging naar binnen en fantaseerde over de inhoud ervan. Ik probeerde mijn moeder voor te stellen als hoofd van een internationale bende, al was die gedachte moeilijk verenigbaar met haar immer gewatergolfde haar en keurig gepoetste schoenen. Toen mijn moeder me betrapte, was ze boos geworden. Ze had me zelfs een tik voor mijn billen gegeven.

'Wat verstop je toch in die kamer? Wat is er nou zo erg aan dat dat kind even binnenkomt?' vroeg mijn vader. Het was een van de zeldzame keren dat hij mijn moeder ooit tegensprak.

'Jij hebt je werk. Iris heeft haar school. Vind je het gek dat ik óók een plekje voor mezelf wil?' Ze liep de kamer in en we hoorden hoe ze de deur op slot draaide.

'Laat haar maar,' zei mijn vader tegen mij. 'We breken wel een keer 's nachts in als ze slaapt.' Maar natuurlijk hadden we dat nooit gedaan.

Vanaf die dag had ik mijn moeder nauwlettend in de gaten gehouden, maar ik kon haar niet op verdachte activiteiten betrappen. Ik legde me bij de gedachte neer dat ze in die kamer de administratie bijhield of borduurde. Een spannend leven zou ik zelf moeten regelen.

Het leek me logisch dat de spullen die met het aquarium te maken hadden bij het aquarium zouden liggen. Ik opende het kastje waar het voer en de teststrips om de pH-waarde van het water mee te bepalen in lagen, evenals de watten voor het filter, de sporenelementen en de borstel om algen mee te verwijderen. Geen logboek. Wel lag er een handleiding voor de eiwitafschuimer. 'R. Boelens' stond er in een net handschrift op de voorkant geschreven.

Boelens was de meisjesnaam van mijn moeder. Maar haar voornaam was Ageeth en haar tweede naam Antonia. A.A. Boelens. Niet R. Boelens. Mijn opa en oma hadden Truus en Jan geheten. Zover ik me kon herinneren, hadden ze nooit enige interesse voor welke diersoort dan ook betoond.

'Geen logboek,' zei ik tegen Aron. Niet dat hij begreep wat ik bedoelde. ‘Zullen we in de boekenkast kijken? En in het gangkastje? Of wat dacht je van de keukenkastjes? En als we daar helemaal niets vinden, weet je wat we dan gaan doen?’ Ik tilde Aron op en drukte zijn neus tegen de mijne. ‘Dan gaan we lekker in de geheime kamer van oma kijken. Wat dacht je daarvan?’

‘Kinkon. Ik wil Kinkon zien.’

‘Misschien vinden we nog wel veel spannendere dingen dan een dode vis.’

Ik vond het logboek in de bovenste la van mijn moeders dressoir in de woonkamer. Ook hier stond in hetzelfde handschrift de naam ‘R. Boelens’ op geschreven. Ik bladerde het vluchtig door. Het logboek werd al bijgehouden sinds 1990. R. Boelens had negen jaar lang nauwgezet alles genoteerd wat met het aquarium te maken had. De aanschaf van de vissen, het zoutgehalte van het water, de temperatuur. Halverwege 1999 veranderde het handschrift. Was dat niet het jaar waarin het aquarium op wonderbaarlijke wijze bij mijn moeder was verschenen? Ook in het nieuwe handschrift was het aanschaffen en het sterven van de vissen onverstoord doorgegaan evenals de metingen. Slordiger geschreven, dat wel.

Ik had nog nooit van R. Boelens gehoord. Ik bedacht dat hij een oom zou kunnen zijn die naar een bejaardenhuis was verhuisd. Of wellicht had mijn moeder het aquarium overgenomen van iemand met dezelfde achternaam. Hoe dan ook, het was vreemd.

Om halfzeven, ik was net een maaltijd van geprakte aardappelen en gemalen sperziebonen bij Aron naar binnen aan het werken, stond de heer Van de Akker op de stoep.

‘Ach, prachtig,’ zei hij met eerbiedige stem alsof hij in de kerk stond. ‘Werkelijk een van de meest indrukwekkende zeeaquaria van Nederland in particulier bezit. Tsss. Ik weet nog goed dat het in 1997 de eerste prijs behaalde bij de Nederlandse Bond van Zeewater Aquarianen. Ik moet eerlijk zeggen dat het aquarium er toen wel heel mooi bijstond. Maar nog steeds is het prachtig.’

‘Het is bij u aangeschaft, hè?’

‘Ja,’ zei hij met enige trots in zijn stem. ‘Hij was een van mijn trouwste klanten. U lijkt op hem. Maar uw zoon lijkt nog meer op hem.’

'Kinkon,' zei Aron, die achter mij aan getrippeld was. 'Kinkon doo-hood.'

'Op wie? R. Boelens?'

'Tja.' Van de Akker staarde even voor zich uit. 'Verschrikkelijk wat er is gebeurd. Verschrikkelijk.' Hij zette een stap dichter bij het aquarium en bestudeerde een van de zeeanemonen. 'Kunt u mij het logboek geven?'

Ik gaf hem het schriftje met de harde kaft. Natuurlijk wilde ik vragen wat er dan was gebeurd, maar het leek niet het juiste moment.

Van de Akker bestudeerde de laatste bladzijde. 'De waarden zijn goed, ik zie wel dat er anderhalve maand geleden vers levend steen is geplaatst. Kort daarop is er ook een klein vriendje gestorven. Dat zou op verontreiniging van het water kunnen duiden. Maar in dat geval zouden ook andere vissen aangetast moeten zijn.'

Hij haalde een thermometer of iets wat erop leek tevoorschijn en stak hem in het water. Op een kastje las hij het resultaat af. 'Het zoutgehalte van het water is in orde. Dus daar ligt het niet aan.'

'Wilt u King Kong zien?'

'Kinkon zien,' benadrukte Aron.

'Ja, jij mag ook King Kong zien. Als je je eten op hebt. Dus eerst terug aan tafel.'

'Nee.'

'Ja.'

'Nee!'

Ik greep hem bij zijn arm en zette hem op zijn stoeltje. 'Eerst opeten, dan King Kong zien.' Ik zei het heel vriendelijk en beheerst, echt zoals een goede moeder dat doet.

De telefoon ging. Ik nam op, maar hoorde niets anders dan een hoop gekraak. Vast mijn moeder. 'Hallo?' zei ik een paar keer. Een hoge fluittoon was het antwoord. Ik legde de hoorn terug op de haak.

Inmiddels was Aron van zijn stoeltje opgestaan en naar het aquarium gelopen. 'Nee!' zei ik ferm. 'Eerst eten.' Ik tilde hem op en zette hem terug op zijn stoeltje.

Aron zette het op een brullen. Ik kreeg er meteen spijt van dat ik hem niet gewoon had laten gaan. Maar ik moest consequent zijn. Als je eenmaal iets hebt gezegd, moet je doorzetten. Er was geen opvoedkundig boek dat dat niet benadrukte.

'Je blijft zitten. Hoor je dat? Je blijft zitten tot je bord leeg is.' Het was moeilijk om boven het gebrul van Aron uit te komen. Ik wenste dat ik een afstandsbediening had waarmee ik hem kon uitzetten.

Ik liep naar de koelkast en haalde het papieren bundeltje waar King Kong in lag tevoorschijn.

'Alstublieft,' zei ik, luid genoeg om de herrie van Aron te overstemmen tegen meneer Van de Akker. 'Hier is hij.'

Hij zette zijn leesbril op en maakte het papier open.

'Sorry voor de herrie,' zei ik beschaamd.

'Geeft niets,' zei hij op hetzelfde harde volume terug. Maar ik zag dat hij rode vlekken in zijn nek kreeg. Hij leek me niet het type dat tegen veel lawaai kon. Niet voor niets werkte hij met vissen.

De telefoon ging weer, nog meer lawaai. Ik nam hem op en gooide hem meteen weer op de haak. Aron brulde nu nog harder. Ik liep naar hem toe en probeerde zo waardig en streng mogelijk te zeggen, terwijl ik eigenlijk wilde gillen: 'Je moet nu echt ophouden. Als je niet ophoudt, zet ik je op je kamer en krijg je King Kong helemaal niet meer te zien. Hoor je dat? Ophouden!'

Hij keek dwars door me heen en bleef maar doorbrullen. Als een machine.

Ik pakte zijn arm vast, behoorlijk hardhandig geef ik toe. 'Hou nou op! Hou in vredesnaam op!'

Nog steeds had hij die glazige blik in zijn ogen, zonder een spoortje angst of zelfs maar iets wat op ontzag leek. Het maakte me nog kwader.

'Goed. Jij gaat naar je kamer!' Ik tilde hem uit zijn stoel. Hij begon wild met zijn armen te maaien. Eerst sloeg hij zijn bord eten van tafel en daarna ging hij mij te lijf.

'Sorry!' schreeuwde ik naar Van de Akker. 'Ik ben zo terug!'

Aron schopte blauwe plekken op mijn heupen en beet me hard in mijn rechterschouder. Maar ik liet niet los. Ik gooide hem zijn kamer in en smeet de deur achter hem dicht. Helaas had mijn moeder hier geen slot op, anders had ik zeker de sleutel omgedraaid.

Ik hoorde hoe hij met spullen gooide.

Ik deed de deur open. 'Stop! Hou op! Blijf verdomme overal van af!' We waren nu dan eindelijk op het punt gekomen dat ik niet meer in staat was mezelf in bedwang te houden. Hysterisch stond ik te gillen tegen mijn kind, terwijl meneer Van de Akker helemaal uit Amersfoort was komen rijden.

Ik smeet de deur weer dicht, drukte even mijn handen tegen mijn slapen en haalde diep adem. Ik wás consequent, verdomme. En nog steeds werkte het niet. Waarom lukte het me niet? Wat deed ik verkeerd?

Achter de deur hoorde ik Aron onverminderd doorgaan in een orgie van scheurend papier, gebonk en gekrijs. Alsof er een wilde baviaan in de kamer zat. Ik vermande me en liep terug naar de woonkamer.

'Zo,' zei ik tegen Van de Akker, die zo vriendelijk was om te doen alsof er niets aan de hand was. Het gebrul van Aron was nog hoorbaar, maar we konden nu een conversatie op normaal volume hebben. Ik dwong mezelf om niet te gaan huilen van woede en vernedering en vroeg: 'Hebt u iets kunnen vinden?'

'Ik ben er niet helemaal zeker van. Er zou sprake kunnen zijn van een bacteriële infectie. Als u er geen bezwaar tegen hebt, zou ik graag een monster van het water willen nemen en deze hier' – hij knikte naar King Kong – 'willen opsturen naar het lab voor onderzoek.'

'Prima,' zei ik. 'Dat lijkt me een uitstekend idee.'

Het gebrul hield abrupt op, alsof eindelijk iemand de uitknop had weten te vinden. Ik merkte dat ik daardoor beter kon ademhalen.

'Goed dan.'

'Nog even over R. Boelens,' zei ik. 'Wie is dat en wat is er met hem gebeurd?'

'Weet u dat dan niet?' Van de Akker zette zijn leesbril af en keek me onderzoekend aan.

Ik schudde mijn hoofd.

Hij aarzelde. 'Ik denk niet dat ik de aangewezen persoon ben om het u te vertellen. Ik uh...'

'Waarom niet?'

'Het spijt me,' zei hij toen resoluut. 'Ik kan er niets over zeggen.'

'Ik begrijp het niet. Klaarblijkelijk is de man familie. Mijn zoon lijkt op hem, zei u net.'

'Ik stel voor dat u dit met uw moeder bespreekt.' Hij haalde zenuwachtig zijn hand door zijn haar. 'Over het aquarium: u kunt het beste ten minste vijfentwintig procent van het water verversen en het overige water flink door de filter laten gaan. Ik bel u zodra ik uitslag heb van de testen.' Hij leek opeens veel haast te hebben om weg te gaan.

'Is hij dood?' probeerde ik nog.

Van de Akker gaf geen antwoord.

Arons kamer was een slagveld. Hij lag in een hoek met zijn duim in zijn mond. Hij zag er kwetsbaar uit. Net had ik hem nog willen vermoorden, nu voelde ik weer die verraderlijke moederliefde.

'Hé.' Ik ging naast hem liggen en trok hem dicht tegen me aan. 'Wat was dat nou, mannetje?'

Hij zei niets terug, maar het was fijn om hem te voelen, zijn geur van donkerbruine karamel in te ademen en te luisteren naar zijn ademhaling. Na een kwartiertje viel hij in slaap. Ik besloot om het zo te laten. Voorzichtig tilde ik hem in zijn bed en aaide nog even over zijn warrige bruine haar. 'Ik hou heel veel van je,' fluisterde ik en ik hoopte dat hij het zou horen en zou weten dat het waar was. 'Meer dan van wie dan ook ter wereld. Dat weet je toch?'

Ik ruimde de overblijfselen op van wederom een verloren maaltijd en ging in de gangkast op zoek naar een adequaat schoonmaakmiddel voor de groentevlekken in het tapijt. Die stond er nog ook. Terwijl het stinkende spul aan het intrekken was, dacht ik na over de mysterieuze R. Boelens. Ik wist maar een paar dingen. Dat hij in 1990 een aquarium bij Van de Akker in Amersfoort had aangeschaft. Dat het aquarium in 1999 was overgebracht naar mijn moeder. Dat er iets verschrikkelijks met R. Boelens aan de hand was. Iets wat blijkbaar verborgen moest blijven, als een onverwijderbare vlek waar haastig een meubelstuk overheen was geplaatst. Wie was

R. Boelens? Een oom van wie ik niets af wist?

Ik bleef staan voor de deur van de studeerkamer, die nog steeds op slot zat, en twijfelde of ik zou proberen hem te openen. Uiteraard had ik niet het recht om de geheimen van mijn moeder te ontrafelen. Ik vroeg me bovendien af of het slim zou zijn om een oorlog te riskeren met de enige betrouwbare oppas die ik voor Aron had. Ooit was ik erin geslaagd geweest me aan haar te ontworstelen. Maar die tijd was voorbij. Ik had haar verdomme nodig, en niet zo'n klein beetje ook.

Ik bleef een tijdje staan met mijn hand op de deurklink. Ik zou kunnen proberen om met ijzerdraad het slot open te peuteren. Ik zou een slotenmaker kunnen bellen met een smoes dat ik de sleutel kwijt was. Het was verleidelijk.

Toen kreeg ik een ingeving. Had Van de Akker niet gezegd dat het aquarium in 1997 de eerste prijs had gewonnen bij de Nederlandse Bond van Zeewater Aquarianen? Ik zette mijn laptop aan en toetste het in samen met de naam Boelens. Ik kreeg twee hits. De eerste was een lijst van de leden van de Bond. R. Boelens stond ergens in het midden op de pagina. Ray Boelens, naam en adres. Hij woonde in een klein dorp vlak bij Amersfoort. Ik wist waar het lag, maar kon me niet herinneren er ooit geweest te zijn.

De tweede hit was een adressenlijst van het jeugdelftal van de Maastrichtse Soccer Boys. Deze Boelens was slechts elf jaar oud. Hem kon ik wegstrepen.

Ik zei de naam een paar keer hardop. 'Ray, Ray Boelens. Ray.' De naam klonk vertrouwd, al begreep ik niet waarom.

10

De Hopperkliniek had diverse afdelingen, vertelde Mo. We waren onderweg van de medische post naar de introductieafdeling. Deze keer had een arts naar mijn hart geluisterd en was er bloed bij me afgenomen voor een hiv-test.

Overdag hielden twee sociotherapeuten, van wie Mo er ook een was, toezicht. Naast op de afdeling rond te hangen – men was dol op kwartetten, zei Mo – werd je geacht een aantal uren per dag arbeid te verrichten en therapieën te volgen. Je mocht ook sporten en je opgeven voor diverse activiteiten, zoals de toneelvereniging en de tuincommissie.

Maar voorlopig zou ik voornamelijk op de introductieafdeling blijven, zodat ik langzaam kon wennen aan de kliniek en ze me konden observeren en onderzoeken. Van daaruit zouden ze kijken welke afdeling het geschiktst voor me was. 'De kliniek is ingedeeld per stoornis, mensen met autisme hebben andere behoeften dan mensen met psychopathie,' zei Mo.

De gangen van de kliniek waren in onbestemde kleuren geverfd. Op de Dwingelerheide oefenden we vaak met kleur. Dan liet de psychiater mij een kleur zien en moest ik er een naam aan geven. Het mocht een reële, bestaande naam zijn, zoals baksteenrood, maar het mocht ook een verzonnen naam zijn, zoals hoebahoeba, en dat was dan ook meteen de enige fantasienaam die ik ooit had kunnen bedenken. Ik zou zeggen dat deze gang van de Hopperkliniek geverfd was in de kleur roze van de kop van de *agapornis rosseicolli.*

'Eten doe je nu nog op de afdeling. Dat is doorgaans een broodmaaltijd met soep of salade voor de lunch en een warme maaltijd 's avonds. Het menu is heel gevarieerd. Behalve op dinsdag, dan is het patatdag.'

Mo haalde een pasje tevoorschijn en zwaaide ermee heen en weer voor een grijs plastic apparaat. Je hoorde een elektronische piep en de deuren zwenkten open. 'De afdeling,' zei Mo. 'Zie je het zitten?'

De patiënten, ofwel de gestoorde, levensgevaarlijke criminelen, zaten aan een grote tafel te lunchen. Ze aten met mes en vork en gaven elkaar de kaas door en boter en hagelslag. Toen ik binnenkwam, keek iedereen op.

'Jongens,' zei Mo, 'mag ik jullie voorstellen aan Ray Boelens, de nieuwe bewoner.'

Ik keek naar mijn schoenen. Bruine, afgetrapte veterschoenen die mijn moeder voor me had gekocht toen ik pas in de gevangenis zat.

'Reetje,' zei een bekende stem. 'Daar hebben we Reetje.'

'Jullie kennen elkaar?' vroeg Mo.

'Jazeker. Reetje met zijn verstopte reetje. Vertel ik jullie nog wel, jongens.' Ik hoorde gelach. Het maakte me bang.

'Ray.' Mo zei mijn naam met zeer veel nadruk. 'Vind je het prettig om iedereen een hand te geven of doe je dat liever niet?'

'Ga toch gewoon lekker zitten, man.' Een brede man met een zilveren bliksemschicht in zijn oor, schoof de stoel naast hem naar achteren.

'Dat is aardig van je, Henk,' zei Mo.

Ik nam plaats aan tafel en Mo ging op een vrije stoel aan de andere kant zitten.

'Bruin of wit?' De man met de bliksemschicht hield het broodmandje voor mijn neus. Ik zag karakterloos fabrieksbrood liggen. 'Met bijna geen verschil tussen de buiten- en de binnenkant. Bah,' zou Pierre zeggen.

'Bruin.'

'Wit stopt te veel, wat jij,' zei mijn ex-celgenoot.

'Zo, Reetje,' zei een jongeman met een gezicht waar alles aan opengesperd was. Grote neusgaten waarin je zonder enige moeite een knikker naar binnen zou kunnen duwen, mocht je dat willen. Ogen die zo ver open stonden dat rondom de iris wit te zien was. ‘Laat me raden: je kon niet van de kleine meisjes afblijven.’

‘Volgens mij is dat ook niet jouw sterkste kant, Melvin,’ zei Mo. ‘En nu laten we Ray rustig zijn boterham opeten.’

Ik smeerde pindakaas op mijn boterham. Niet omdat ik daar zin in had, maar omdat het de enige pot was die binnen mijn bereik stond. Ik probeerde mijn mes in weloverwogen rustige streken over het brood te laten glijden, maar mijn hand trilde. Iedereen zou het zien en ze zouden weten dat ik bang was.

‘Hebben jullie gisteren naar *America's Next Top Model* gekeken?’ vroeg een man met een klein snorretje.

Vanaf dat moment begon tot mijn grote opluchting iedereen door elkaar heen te praten. Er waren twee kampen. Het ene was op de hand van Erica, het andere was voor Beverly, wie deze vrouwen ook mochten zijn. Ik at mijn boterham op en nam er daarna nog een met leverworst, omdat die inmiddels in de buurt was komen te liggen. De pindakaas was weg.

‘Voor wie ben jij, Ray?’ vroeg Henk, de bliksemschichtman.

‘Ik heb het niet gezien,’ zei ik. ‘Ik interesseer me meer voor Animal Planet en Discovery Channel.’

‘Ik zal je een kleine tip geven.’ Henk boog zijn kolossale lichaam naar me toe. Ik rook de geur van zware shag en zag een dun litteken lopen van het midden van zijn bovenlip tot onder aan zijn neus. Hij fluisterde: ‘Jij bent voor Beverly. Dat is het handigst op dit moment.’

Na de lunch zei Henk dat hij zo naar sociale vaardigheidstraining zou gaan, maar eerst nog een shagje wilde roken op de binnenplaats. ‘Ga je mee?’

Ik keek vragend naar Mo. Hij zei dat het goed was. ‘Maar daarna mag je weer rustig bijkomen in je verblijf.’

De binnenplaats was een troosteloze grindbak die evenwijdig aan de woonkamer liep. Je kon door de glazen pui naar binnen kijken. Twee mannen waren de lunchtafel aan het afruimen. In het midden van de binnenplaats stond een grote emmer die vol lag met sigarettenpeuken. Henk bood me een shagje aan, maar ik bedankte.

Een camera draaide zich naar ons toe en zoomde op ons in.

'Luister, Ray,' zei Henk. Nu ik naast hem stond, viel het nog meer op hoe lang en breed de man was. Hij zou me met een welgemikte vuistslag kunnen vermorzelen.

'Ik ben hier al wat langer, dus ik zal je een beetje helpen met de ongeschreven regels. De officiële regels leer je van Mo en van al die andere therapeuten, psychologen, psychiaters en verplegers. Maar het zijn de dingen die je niet in een boekje kunt vinden. Dáár gaat het om, wil je een beetje een prettige tijd hebben. Gelukkig heb je mij om je te helpen. Ik zal je vertellen bij wie je uit de buurt moet blijven en wat je wel en niet kunt zeggen. Ook zal ik je leren hoe je je moet gedragen om sneller op verlof te mogen en bezoek te ontvangen, vooral een bepaald soort bezoek, weet je wat ik bedoel?'

Ik knikte.

'Het kan me niet schelen wat je hebt gedaan, we hebben allemaal zo onze zwakke momenten, maar je lijkt me een lieve jongen.' Hij wierp zijn peuk in de emmer en benadrukte: 'Een lieve jongen.'

Op dat moment stak Mo zijn hoofd naar buiten. 'Ga je mee?'

Henk legde zijn grote hand op mijn schouder. 'Onthou wat ik heb gezegd. Ik ben een van de weinigen die je kunt vertrouwen hier.'

Mo zei: 'Heel fijn dat je Ray een beetje wegwijs maakt, Henk.' Maar nog geen minuut later, toen we terugliepen naar mijn verblijf, zei hij tegen mij: 'Kijk een beetje uit voor die man.'

Dit maakte me in de war. Hoe moest ik deze Henk inschatten? Er was geen weegschaal waar ik hem op kon leggen, zodat je vervolgens de conclusie kon trekken: te veel of te weinig. Of: precies goed.

Mijn moeder zei weleens: 'Jij bent met een natte vinger te lijmen, Ray.' Maar meestal werd ze boos. 'Snap je dat dan niet, Ray, dat die vriendjes je overal voor laten opdraaien? Zij halen rottigheid uit en jij krijgt de schuld. Of ze dagen je net zo lang uit tot je door het lint gaat. En prachtig dat ze dat vinden. Voor hen ben je beter dan televisie. Denk toch eens na, Ray. Denk eens na voor je iets doet. Je dendert maar door, je hebt geen remmingen, geen inwendig alarm, geen intuïtie. Je doet zulke rare dingen dat ik nog steeds niet weet of je heel dom bent of knettergek.'

Mensen bij ons in de straat hadden een hondje. Het was een gemeen klein rotbeest dat naar je gromde en in je enkels hapte als je langsliep. Dat hondje zwierf maar wat rond over straat en soms zelfs in onze achtertuin.

Ik was bang voor hem. Mijn vriendjes zeiden: 'Wedden dat jij hem niet kunt raken met deze steen, Ray? Wedden om je moeder?'

'Wat nou om mijn moeder?' vroeg ik.

'We gaan je moeders broek naar beneden trekken zodat ze in d'r blootje staat, midden op straat. Tenzij je die hond raakt natuurlijk.'

Ik wist heel zeker dat ik niet wilde dat mijn vriendjes mijn moeders blootje zouden zien. Ik nam de steen aan. Hij was rond en glad, hij lag lekker in de hand.

'Gooien, gooien!' Ze schreeuwden in mijn oor. Er waren wel een stuk of zeven vriendjes die allemaal om me heen stonden. Ik kon niet meer helder denken.

Het hondje liep op een afstand van een meter of vijftien door een plantsoentje. Het rook aan de wikkel van een kinderijsje dat daar lag.

'Gooien! Gooien!'

Ik hief mijn arm. De steen paste precies in mijn hand. Ik draaide mijn pols lichtjes naar achteren.

'Gooien! Gooien!'

Ik lanceerde de steen, alsof mijn hand een katapult was. Het was mijn beste worp ooit. De steen zoefde door de lucht en trof het hondje precies tussen de ogen.

Het hondje maakte geen enkel geluid. Het zette een paar wankele stappen en zakte door zijn poten. Er was een moment van stilte.

'Wegwezen!' schreeuwde een van mijn vriendjes. 'Ray heeft Bonnie doodgegooid!'

Binnen een paar tellen was iedereen verdwenen en was ik alleen, met de dode hond. Ik wist niet goed wat ik moest doen. De zon scheen en het hondje zag eruit alsof het ieder moment op kon springen om naar mijn enkels te happen, maar na vijf minuten lag het daar nog steeds roerloos in het gras, naast de wikkel van het kinderijsje. Er was niet zoveel aan. Ik besloot naar huis te gaan om met mijn technisch lego te spelen.

's Avonds stond de buurman op de stoep. Ik lag al in bed, maar was wakker geworden van het geschreeuw. Toen hoorde ik mijn moeders voetstappen op de trap. Ze smeet de deur van mijn slaapkamer open en krijste: 'Is het waar dat jij die hond een steen naar z'n kop hebt gegooid?'

'Ja, mama.'

Ze beende naar mijn bed en schudde me hard door elkaar. 'Ben je godverdomme helemaal gek geworden! Hoe haal je het in je achterlijke hoofd! Er gaat geen dag voorbij of je doet iets ongelooflijk stoms. Wat moet ik nou met jou? Hoe kan ik zo een normaal leven leiden?' Ze zakte in elkaar op de rand van mijn bed en begon te huilen. Ik wist niet veel beters te doen dan haar haar te strelen. Ze had heel zacht haar in de kleur van het strand, mijn moeder.

Maar ze sloeg mijn hand weg en liep de kamer uit. Ik hoorde haar boze voetstappen op de trap en daarna gepraat met de buurman. Ik staarde naar een poster van het heelal die boven mijn bed hing en repeteerde: 'Mercurius ligt het dichtste bij de zon en daarna Venus en daarna de aarde', doordrongen van het besef dat het heel erg mis was.

Twee dagen later vertelde mijn moeder dat ik voortaan op de Dwingelerheide zou wonen. Het zou goed voor me zijn. Ze zouden me daar de hulp bieden die ik nodig had.

'Maar ik wil niet bij jou weg, mama.'

'Op een dag zul je me dankbaar zijn. Vertrouw me maar.' Omdat ze erbij glimlachte, ging ik ervan uit dat ze gelijk had.

Maar ik was haar nog altijd niet dankbaar. Ik vroeg me af hoe lang het nog ging duren tot het zover was.

Toen ik dacht aan mijn moeder en de dingen die ze voor me had gedaan, maar vooral de dingen die ze niet voor me deed, moest ik weer aan mijn vissen denken. Ik wilde echt heel graag mijn vissen terug hebben.

'Ik wil naar mijn cel,' zei ik. 'Ik ben moe. En verdrietig. Maar vooral moe.'

'Goed,' zei Mo. 'Ik laat je alleen tot het avondeten.'

11

De straat waar Ray Boelens woonde of had gewoond bestond uit mistroostige doorzonwoningen uit de jaren vijftig. Na de oorlog had de focus van stadsontwikkelaars niet op esthetiek gelegen: alles was grauw en onverzorgd. Flets en onopvallend. Ik parkeerde mijn auto voor nummer 13.

'Wat gawe doen?' vroeg Aron vanaf de achterbank.

'We zoeken Ray. Ray is de baas van de vissen.'

'Kinkon?'

Op dat moment realiseerde ik me dat het niet handig was geweest om het onderwerp vissen aan te snijden. Aron had de hele ochtend nog niet om King Kong gevraagd, hij had zich zelfs opvallend lief gedragen en dat wilde ik graag zo houden. Ik dacht weleens dat Aron te vergelijken was met een verwarmingssysteem dat af en toe ontlucht moest worden. Na een escalatie was hij opvallend lief en rustig.

Voordat hij al te lang over King Kong kon nadenken, zei ik snel: 'Zullen we straks een lekker ijsje eten? Waar heb je zin in? Een ijsje met Smarties of een raket?'

'Smarties!'

'Goed. Dat gaan we dan zo doen.' Ik tilde hem uit zijn autostoeltje en zette hem op de grond. 'Nu loop je lief met me mee om te kijken of Ray thuis is.'

Hij liep aan mijn hand naar de voordeur van nummer 13. Het huis zag er verwaarloosd uit. Ook de voortuin was verwilderd, al kon je zien dat er in een ver verleden aandacht aan was besteed. Ooit waren hier seringen geplant, hortensia's en ridderspoor. Maar de uitgebloeide bloemen werden niet meer weggeknipt, de planten waren overwoekerd door onkruid en de heg zag eruit alsof hij ieder moment kon exploderen.

Voor het raam hing een verweerd donkerrood gordijn. Het zat dicht, terwijl het al bijna middag was.

Ik voelde me ongemakkelijk, maar drukte evengoed op de bel. Er gebeurde niets. Na een halve minuut wachten besloot ik om het nog eens te proberen. Ik hoorde ergens in het huis de bel overgaan. Na een eeuwigheid zag ik door het rookglas van de voordeur een gezette gestalte de gang in sloffen.

Er werden minstens vier sloten opengedraaid. De deur ging open.

'Ja?' Voor me stond een man van een jaar of veertig met ontbloot bovenlichaam en een vieze spijkerbroek. Aan zijn voeten lag een stapel post, huis-aan-huisbladen en reclamefolders. Een muffe lucht sloeg in mijn gezicht. Ik moest me inhouden om niet mijn hand voor mijn neus te slaan.

'Ray?'

Hij antwoordde niet en bleef me agressief aanstaren vanachter een lok vet haar.

'Bent u Ray Boelens?' probeerde ik nogmaals.

'Die woont hier niet meer.' De man maakte aanstalten om de deur dicht te gooien.

'Weet u waar hij nu woont?' Inmiddels was Aron op zijn hurken gaan zitten en speelde met de enveloppen die op de grond lagen.

De man begon hard te lachen. Een onaangenaam geluid. Hij leek me het type dat alleen maar lachte om de nare dingen. 'Die is goed. Waar o waar zou Ray Boelens wonen? Probeer de gevangenis, zou ik zeggen. En de hel lijkt me een goeie tweede.'

Ik wilde iets terugzeggen, maar de man sloot de deur alweer. 'En laat dat kind met z'n tien talenten van m'n post afblijven.'

Ik tilde Aron op en zei 'klootzak' tegen de dichtslaande deur.

Terwijl we het paadje afliepen naar mijn auto, hoorde ik hoe alle vier de sloten weer werden dichtgedraaid. 'Klootzak,' zei ik nogmaals.

'Klootzak,' herhaalde Aron en begon keihard te lachen.

'Dat vind je zeker wel grappig, hè? En nu gaan we een ijsje eten.' Ik gespte Aron weer vast in zijn stoeltje en kuste hem op zijn voorhoofd. 'Wat ben jij lief vandaag. Echt heel goed van jou.'

Om de hoek van de Koningin Wilhelminastraat zat een bakkerij waar ook ijsjes werden verkocht. Terwijl we in de rij stonden te wachten, volgde ik de werkzaamheden van de bakker achter een glazen wand.

'Het is niet meer zo goed als vroeger,' zei een oude mevrouw die naast me stond. 'De bakker die ze vroeger hadden, díé was geweldig. Deze rommelt maar wat aan.'

Met onze ijsjes gingen Aron en ik op een bankje tegenover de bakkerij zitten. Ik had nog steeds geen antwoord op de vraag wie Ray Boelens was en waar ik hem zou kunnen vinden. Wel wist ik dat hij waarschijnlijk in de gevangenis zat, tenzij de vetklep die nu in zijn huis woonde het overdrachtelijk had bedoeld.

Als Ray inderdaad vastzat, moest daar iets van terug te vinden zijn. Ik zou in het logboek van het aquarium kunnen opzoeken vanaf welke datum Ray opgehouden was voor de vissen te zorgen. Vervolgens zou ik de kranten kunnen nakijken of ik iets kon vinden. Ik kon natuurlijk ook nog steeds mijn moeders studeerkamer openbreken. Of het aan mijn moeder vragen. Al had ik sterk het vermoeden dat ze me geen antwoord zou geven.

Er droop gesmolten ijs over Arons shirt. Ik haalde een Wettie uit mijn tas en veegde zijn jasje schoon. 'Je moet nu snel dooreten, schat.'

Ik bedacht dat Bienie zou kunnen helpen. Met haar connecties kon ze ongetwijfeld uitzoeken of er iets in de kranten was verschenen over een zekere Ray B. halverwege 1999. Ik besloot haar meteen te bellen.

'Dat jij je schaarse vrije tijd opoffert om detective te gaan spelen,' zei ze nadat ik de situatie had uitgelegd. 'Wat kan er in vredesnaam interessant zijn aan een zeeaquariumhouder? In welk gehucht zat je nu, zei je?'

'Doe niet zo flauw,' zei ik. 'Ik snap het zelf ook niet helemaal, maar er is iets aan de hand met Ray. Ik voel het gewoon.'

'Ik voel anders helemaal niets,' zei Bienie. 'Maar toch zal ik voor je in de archieven duiken. En over archieven gesproken: ik heb mijn aanstaande echtgenoot nagetrokken.'

'Je wat?'

'Mijn Peter is de jongste zoon van Gerrit en Lillian van Benschop. Behalve hem hebben ze nog drie zonen. Die hebben allemaal hoge functies in het familiebedrijf. De ene zit in Singapore, de andere in Dubai en de oudste is net benoemd tot CEO van het hele zootje. Ook de nichten en neven van Peter, de kinderen van Twan en Barbara van Benschop, werken in het bedrijf. Peter is de enige die een andere weg is ingeslagen.'

'En wat voor weg.' Arons gezicht zat nu onder het ijs. Ik had nog maar één Wettie in mijn tas. Ik besloot te wachten met schoonmaken tot hij het hele ijsje op had.

'Ongelooflijk, toch? Het eerste wat ik hem duidelijk ga maken als we eenmaal verloofd zijn, is dat hij best een seksslavin mag nemen voor erbij, maar dat hij toch vooral ook een leuke functie moet nemen in het bedrijf. Bij een vestiging in een warm land, zat ik zo te denken.'

Op dat moment viel het restant van Arons ijsje op mijn schoen. 'Geweldig.'

'Vind je niet?' vroeg Bienie.

'Ik moet ophangen. Ik zit op een bankje met Aron en er vindt een kleine lawine plaats.'

'Ik ga voor je op zoek naar het ware verhaal achter de mysterieuze Ray Boelens, de zeeaquariaan.'

'Heel fijn als je dat wilt doen.'

Ik drukte op het rode knopje van mijn telefoon, pakte de Wettie uit mijn tas en veegde de drab van mijn schoen. Er bleef een lelijke vlek achter. Toen realiseerde ik me dat ik het laatste doekje voor Arons gezicht had moeten gebruiken.

12

Ik was rozijnen aan het afwegen om *pains aux raisins* te maken. Het was maandag, tegen het einde van de ochtend. Ik was zo geconcentreerd bezig dat ik van haar schrok. 'Mag ik binnenkomen?'

Ik herkende haar stem, al had ze nooit eerder tegen me gesproken. Ze stond daar met Anna in de kinderwagen in de opening van de glazen wand die de bakkerij van de winkel scheidde.

Ik liet het pak dat ik in mijn handen had vallen. Rozijnen rolden over de vloer.

'Liet ik je schrikken?' Ze bukte zich meteen en begon te rapen. Een stukje onderbroek stak boven haar spijkerbroek uit, een minuscuul reepje rode stof.

'Laat ze maar liggen,' zei ik snel, terwijl ik mijn ogen van haar uitpuilende bilpartij en het verwarrende textiel probeerde af te wenden. 'Niet dat er zomaar rozijnen op de vloer mogen blijven liggen. Dat mag zelfs absoluut niet. Laat ze maar liggen, dan zal ik ze straks oprapen. Straks, als je weg bent. Niet dat ik wil dat je gaat, begrijp me goed. Maar ik kan me voorstellen dat je op een gegeven moment wel naar huis wilt, ook voor de kleine, en dán raap ik ze op.' Ik schrok zelf van de hoeveelheid woorden.

Ze kwam overeind en schonk me een brede glimlach. 'Wat jij wilt.'

Mijn oog viel op Anna. Ze moet toen drie of vier jaar zijn geweest. Ze zat me aan te kijken met van die heldere oogjes. Er zat een beetje snot onder haar neus. 'Wil zij soms iets lekkers?'

'Vraag het haar maar.'

Ik ging op mijn hurken voor de buggy zitten en realiseerde me dat het de eerste keer was dat ik tegen een kind sprak sinds ik zelf volwassen was geworden. 'Wil jij een croissantje? Of een lekkere *pain aux amandes*, brioche, *tartelette*...'

Ze zat me maar aan te kijken.

'Ik denk dat ze wel een wit puntje wil,' zei Rosita. 'Heb je dat?'

'De broodjes die ik heb zijn vrij hard, *petits pains* heten ze, die horen zo. Maar morgen bak ik er speciaal één voor haar, goed?'

'Dan lust ze nu vast wel een croissantje.'

'Een croissantje? Wil je dat?' Ik zat nog steeds op mijn hurken voor de buggy en praatte op een hogere toon dan normaal, zoals ik dat mensen had horen doen tegen kleine kinderen.

'Croissant,' herhaalde Anna. Het was werkelijk een intelligent kind.

Ik haastte me naar de plaat met croissants die ik even tevoren uit de oven had gehaald. Een van mijn kwaliteiten was dat al mijn croissants precies gelijk waren. Alsof ze uit een mal kwamen, maar ik had ze zelf met de hand gerold. Het was zelfs zo dat mijn baas in de dagen voor de komst van de glazen wand eens tegen mij zei: 'Ray, die croissants zien er te perfect uit. Zo lijken ze niet vers en zelfgebakken.' Sinds de wand er was, kon iedereen met eigen ogen zien hoe ik het zachte fluffige deeg omtoverde in perfecte croissants, en had mijn baas geen klachten meer.

Ik deed mijn uiterste best om van die plaat met exact gelijkende croissants toch de beste te kiezen voor Anna en gaf hem aan haar.

Ze zette meteen haar tanden erin.

'Lekker, hè schat?' zei Rosita. 'En wat zeg je dan tegen de buurman?'

'Dank je wel,' zei het kind op blijde toon.

'Ik had je hier al een paar keer gezien,' zei Rosita. 'Maar je kijkt niet op of om. Altijd maar met je werk bezig. Wist je dat de mensen vanuit de wijde omtrek naar deze bakkerij komen voor jouw brood?'

Ik kreeg het warm.

'Dat is toch iets om trots op te zijn?'

'Ja?'

Ze barstte in lachen uit. 'Je bent een rare, maar ik mag jou wel.' Ze stak een hand uit. 'Rosita.'

'Ehm... Ray.'

'En dit is Anna.'

Ik twijfelde of ik het kind nu ook een hand moest geven, maar zij had het druk met haar croissant. Er lagen nu allemaal kruimels op de vloer van de bakkerij, tezamen met de rozijnen. Maar dat was niet erg. Niet écht erg.

'Ik zag trouwens dat je een brood naar mij vernoemd hebt. Ik hou alleen niet zo van kaas.'

'Het spijt me.'

Weer begon ze te lachen. Ik had nog nooit iemand ontmoet die zoveel lachte als zij. Het werkte aanstekelijk. Ook ik begon te lachen. Eerst lachte ik voorzichtig mee, meer nog om haar te plezieren dan dat ik werkelijk moest lachen, er was per slot van rekening niets grappigs aan de hand, maar dat ging over in echt lachen. Zo erg zelfs dat mijn baas zijn hoofd om de hoek stak. 'Kan het wat zachter!'

Dit leek Rosita weer heel grappig te vinden.

We moesten werkelijk ongehoord lang lachen totdat Rosita de tranen van haar wangen veegde. 'Ik moet gaan, Ray. En als ik nou binnenkort naar je zwaai, moet je wel terugzwaaien vanachter dat gordijntje van je, goed?'

De volgende dag bracht ik een madeleine mee voor Anna. Het was geen wit puntje, want witte puntjes behoorden nou eenmaal niet tot het repertoire van de Franse bakker. Pierre verafschuwde ze. 'Dat smakeloze kleffe fabrieksbrood. Het is een schande dat mensen dat moeten eten. *Abominable*!'

Ik belde aan bij Rosita en Anna. Ik was bang, maar ook opgewonden.

Rosita deed open. Ze droeg een trainingsbroek en een bloot topje waardoor het kuiltje onder aan haar hals heel goed zichtbaar was. Ik kon mijn ogen er bijna niet van afhouden. Ze pakte me bij mijn kin en tilde mijn gezicht op. 'Hier ben ik.'

'Ehm, ja.' Ik stak de madeleine naar voren. Ik had hem in een servetje verpakt en dat weer in een papieren zakje van de bakkerij gedaan.

Ze nam het aan. 'Wat is dit?'

'Het is voor Anna. Een madeleine. Dat is lekkerder dan een wit puntje. Tenminste, dat zei je gister. Dat ze van witte puntjes houdt. Een madeleine is zacht en zoet. Dat leek me gepast.'

'Wat lief van je. Waarom geef je het haar zelf niet even?'

Ze duwde het zakje weer terug in mijn handen en liep de gang in naar de woonkamer. Het was dezelfde gang als die ik had. Alleen stond er bij mij geen kinderwagen en had ik vaste vloerbedekking. Zij had helemaal niets op de vloer liggen. Je liep gewoon over het beton. Halverwege draaide ze zich om. 'Je mag meelopen, hoor.'

In de woonkamer lag evenmin vaste vloerbedekking. Alleen het grote tapijt dat ik haar en de oude man met het lange haar naar binnen had zien sjouwen. Ook herkende ik het oude lederen bankstel, de houten tafel en de plastic stoelen. Aan de muur hing een foto van Rosita toen ze zwanger was. Ze had geen kleren aan en een enorme buik. Haar bonbons bedekte ze met haar handen en ze was van de zijkant gefotografeerd zodat je haar blootje niet kon zien. Maar ze was evengoed nog steeds hartstikke naakt. De foto was prachtig en beangstigend tegelijk.

'Kijk eens wie hier is. Ome Ray, de buurman.'

Ik maakte mijn blik los van de kolossale buik van Rosita en haar sensationele heupen en richtte me op Anna, die op de bank televisie zat te kijken.

Ze was verdiept in vier gekleurde poppen die om de haverklap 'uh oh', zeiden. *De Teletubbies*, zou ik later leren.

'Anna? Kijk je even?' vroeg Rosita.

Ik duwde haar het zakje in de handen. 'Voor jou.'

Ze maakte het open en rolde de madeleine uit het servet.

'Wat zeg je dan?' vroeg Rosita streng.

'Dank je wel.' Het kind hapte in het cakeje zonder haar blik van de televisie af te wenden.

Ik keek toe hoe haar kleine tanden stukjes niet te kleffe, niet te droge, precies goede cake afscheurden, terwijl ze onafgebroken naar het scherm staarde.

'Het is een perfect stukje patisserie,' zei ik. 'Beter dan dit krijg je het nergens. Zelfs niet in Frankrijk.'

'Kleine kinderen zien dat soort dingen niet,' zei Rosita. 'Dat kun je ze niet kwalijk nemen.'

'Wat ben je aan het doen?' vroeg Mo. Opeens stond hij in mijn cel. Ik had de deur niet eens open horen gaan.

Ik begreep niet wat hij bedoelde.

'Die bewegingen die je maakt. Het samenknijpen van je vingers. Wat is dat?'

Nu pas zag ik wat mijn handen aan het doen waren. Ze waren deeg aan het kneden.

'Niets,' zei ik tegen Mo.

'Ik kom je vertellen dat mijn dienst er voor vandaag opzit. Janneke neemt mijn taken over. Ze komt je zo halen voor het avondeten.'

'Kom maar naast mij zitten, Reetje.' Henk schoof de stoel naast hem naar achteren.

Ik keek onzeker om me heen. Misschien zou de vrouw die Janneke heette me te hulp schieten, maar dat deed ze niet. Ze stond te praten met de andere sociotherapeut.

'Waar wacht je op?' Henk klopte ongeduldig op de plastic zitting van de stoel.

Ik wist niets beters te doen dan te gaan zitten.

'Zo, laten ze je een beetje met rust hier?'

'Ik zit voornamelijk in mijn cel.'

'Verblijf,' zei Janneke. Ze kwam aan de andere kant naast me zitten. Ze rook naar lelietjes-van-dalen. Ik vroeg me af of het voor vrouwelijke medewerkers was toegestaan om parfum te dragen. Het leek me van niet.

'Noem het wat je wilt, jongen.' Henk knipoogde.

Er werden twee karren naar binnen gereden. Ik rook de lucht van doorgekookte groente en karbonades.

'Gadverdamme, wanneer krijgen we nou eens normaal te vreten hier,' zei iemand aan de andere kant van de tafel.

'Alsof die rijst met smurrie van jullie zo lekker is,' zei mijn ex-celgenoot. 'Dit is tenminste normale Hollandse pot. Zoals gebruikelijk als je in Nederland bent, ja.'

'Zullen we het gezellig houden?' zei Janneke. 'Ze serveren hier geen haute cuisine, maar het lijkt me niet nodig om er ruzie over te maken.'

'Waar moeten we anders ruzie over maken?' vroeg mijn ex-celgenoot op luide toon. 'Dat ik iedere dag in de bibliotheek te horen krijg dat de *Seventeen* is uitgeleend? Alweer? Wie heeft dat ding eigenlijk?'

'Eddie...' Meer zei Janneke niet.

'Ja, lieverd?'

'Ik snap dat je af en toe opstandig wordt. Maar weet wel dat als je zo doorgaat, daar maatregelen tegenover zullen staan.'

'Tuurlijk, tuurlijk.'

Er werd eten opgeschept en doorgegeven.

'Er gaat niets boven een lekker stuk vlees.' Henk begon meteen in zijn karbonade te zagen. De bliksemschicht in zijn oor trilde mee. 'Wat jij, Ray?'

Ik nam een hap van mijn aardappelen. Ze smaakten nergens naar. *Abominable.*

Henk keek nadrukkelijk naar Janneke, maar ze zat te praten met degene die naast haar zat. 'Verwacht jij nog bezoek?' vroeg hij vervolgens aan mij.

'Niet echt,' zei ik. 'Misschien.'

'O. Nou, als je bezoek verwacht, laat het me dan even weten.'

'Hoezo?'

Hij wierp weer een blik op Janneke. 'Omdat er bepaalde dingen zijn die je niet kunt krijgen hier. Maar die je wel nodig hebt, als je begrijpt wat ik bedoel.'

Ik sneed een stuk van de karbonade af en stak het vlees in mijn mond. De smaak viel mee.

'Ik zal je exact vertellen hoe je die spullen binnen kunt krijgen. Maar daar staat natuurlijk wel wat tegenover. Dat snap je wel, hè? Voor wat, hoort wat.'

Als groente hadden we sperziebonen waar de draadjes nog aan zaten.

‘Zeg Ray.’ Janneke wendde zich tot mij. ‘Klopt het dat je bakker bent geweest?’

Ik keek vlug om me heen. Ik wilde liever niet dat iemand iets over mij zou weten. ‘Ja,’ fluisterde ik.

‘Vertel eens. Ik heb thuis een broodbakmachine. Ik doe exact wat het recept me voorschrijft, maar toch wordt het brood klef.’

‘Gebruik je gist?’

‘Ja.’

‘Zuurdesem. Je moet zuurdesem gebruiken.’

‘Werkelijk?’ Ze had mooie ogen, waarmee ze me aankeek op een manier waar ik warm van werd. Ik had dat al lang niet meer gevoeld. Wat wilde ze van me?

‘Ik kan je het recept geven. Het is makkelijk zelf te maken.’ Ik stotterde een beetje.

‘Reetje probeert indruk te maken op de vrouwtjes,’ riep mijn excelgenoot zo hard over tafel dat iedereen het kon horen. Er werd gelachen.

‘Eddie, dit is je laatste waarschuwing,’ zei Janneke. ‘Nog één overtreding en je kunt de rest van de week bloktijden in je verblijf doorbrengen.’

‘Pas op met haar.’ Henk leunde naar voren en fluisterde in mijn oor. Ik had liever niet dat hij dat deed. Zijn tanden waren bruin, liever hield ik een dergelijk rottingsproces op afstand. ‘Zij is de meest linke hier. Maar ondertussen vindt ze het bloedjegeil om hier te werken. Dat zie je aan alles.’

13

'Pardon? Wát zeg je?'

'Je weet heel goed waar ik het over heb, mam. Wie is Ray Boelens?' Aron lag in bed en eindelijk stond het Sloveense telefoonnetwerk ons een gesprek toe.

Het was even stil aan de andere kant van de lijn. Een verontwaardigde stilte waarin naar een waterval van woorden werd gezocht. 'Jezus, Iris. Ik dacht dat er iets érgs aan de hand was. Ik heb honderd keer geprobeerd je te bellen. Besef je niet dat ik op vakantie ben? En nu kom je aan met die onzin over een zekere Ray Boelens. Moet je me daar nou mee lastigvallen?'

'Wie is het dan?'

'Dat is totaal niet belangrijk.'

'Aha! Je wilt het me niet vertellen. Zo maak je het des te interessanter .'

'Iris, hou op. Heb je geen belangrijker dingen om je mee bezig te houden? Je eigen zoon bijvoorbeeld. Dit gaat je niets aan.'

Ik was niet van plan om me te laten afleiden door bijzaken, al maakte de opmerking over Aron me woedend. Wat bedoelde ze daarmee? 'Ik weet niet of dit mij iets aangaat of niet, want als ik niet weet wie Ray Boelens is, kan ik ook niet beoordelen of het gerechtvaardigd is dat ik me ermee bemoei.'

'Ik zeg het je nu. Luid en duidelijk. Dit gaat je niets aan. En als je zo in mijn leven blijft rondsnuffelen, ga je maar terug naar je eigen huis. Ik bel de buurvrouw wel of ze de planten en het aquarium wil doen.'

'Dus Ray Boelens maakt deel uit van je leven. Hoe dan?'

'En die advocatenslimmigheidjes bewaar je maar voor in de rechtszaal.'

'Waarom maak je je zo druk? Waar ben je bang voor?'

'Nergens voor,' zei ze ferm, maar net iets te snel.

'Kom op. Wat is hier zo erg aan? Waarom mag ik niet weten wie hij is? Ben je bang dat ik erachter kom dat je toch niet zo volmaakt en onfeilbaar bent als je doet voorkomen?'

Ze drukte me weg. Dat, of de Sloveense telefoonmensen moesten exact op dat moment besloten hebben ons gesprek te beëindigen.

Ik belde terug, maar kreeg haar voicemail. 'We waren nog niet klaar, moedertje. Bel me terug,' sprak ik in, wetende dat ze dat toch niet zou doen.

Als ik mijn moeder zou moeten omschrijven, zou ik zeggen dat ze adequaat was. Ze had alles volgens het boekje gedaan. De kopjes thee na schooltijd, de verantwoorde maaltijden, gezond schoeisel, het halen en brengen naar verantwoorde activiteiten en een aardig bedrag om mijn eerste kamer in te richten toen ik het huis uit ging. Ik had geen enkel recht om me te beklagen met een moeder als zij.

Toch kon ik me niet aan de indruk onttrekken dat het haar daar juist om te doen was geweest. Haar uitgangspunt van de opvoeding: als mij maar niets te verwijten valt.

Toen ik een jaar of vijftien was, had Bienie een joint gekregen van haar oudere broer. Ze liet hem zien in een vrij uur tussen Frans en Economie II. We rookten in die tijd weleens stiekem een sigaretje achter het fietsenhok, maar een joint hadden we nog nooit gerookt. Volgens Bienie deed haar broer het bijna iedere dag en werd je er *mellow* van.

Ik keek naar het tuitvormige ding. 'Waar wil je hem oproken? En wanneer?'

'Na school, in het Amsterdamse Bos,' zei Bienie. Ze deed het klinken alsof het de normaalste zaak van de wereld was.

Ik was geschokt, maar toch ook wel nieuwsgierig. 'Oké,' zei ik toen. 'Laten we het doen.'

De stuff had niet veel effect op me. We gaven de joint aan elkaar door, zoals we dat ook altijd met onze sigaretten deden, namen een bedachtzame hijs en staarden naar de lucht, wachtend op wat er zou gebeuren. We lagen in het gras, met elk een dopje van mijn walkman in ons oor en luisterden naar Womack & Womack.

'Ik voel me heel relaxed,' zei Bienie. 'Merk jij al iets?'

'Ook wel, geloof ik.'

'Wist je dat je een lachkick kunt krijgen van een joint?' Ze giechelde er alvast maar bij.

'Echt?'

'Ja. Vooral van dit spul, zegt mijn broer.'

'Dat zou leuk zijn.'

Daarna zongen we mee met de muziek. *'Next time I'll be true. I'll be true. I'll be true.'*

Toen ik thuiskwam, had ik een beetje hoofdpijn en voelde ik me slaperig.

'Wat ben je laat.' Mijn moeder keek me aan met gefronste wenkbrauwen. 'Voel je je wel goed?'

Ik mompelde iets over huiswerk en wilde naar mijn kamer verdwijnen, maar ze hield me tegen. 'Waar ben je geweest?'

Ze sperde haar neusgaten open. 'Iris, heb je drugs gebruikt?'

Ik voelde me zo warm worden dat ik wist dat liegen al geen zin meer had.

Ze keek me een ogenblik sprakeloos aan met een geschokte uitdrukking op haar gezicht. Ik verwachtte een preek, een scheldkanonnade en minstens een week huisarrest. Maar in plaats daarvan zei ze: 'Jij en ik gaan vanavond een ritje maken. Ga je nu maar opfrissen. Je stinkt.'

Bij het avondeten zwegen we. Ik keek een paar keer naar mijn vader in de hoop dat hij me zou steunen of tenminste normaal zou doen, maar ook hij staarde stoïcijns voor zich uit en kauwde op mijn moeders maaltijd, die voor tachtig procent uit groenten bestond en voor twintig procent uit mager rundvlees.

'Kom nu maar mee. Nee, je hoeft je jas niet aan te doen, het is niet de bedoeling dat je je behaaglijk voelt.'

We reden Amsterdam in. Ik had geen flauw idee waar ze me naartoe wilde brengen, ik dacht naar een psychiater of het Riagg.

Maar in plaats daarvan reed ze het centrum in, helemaal tot aan het IJ. Ze parkeerde de auto aan de Prins Hendrikkade. 'Stap maar uit.'

Ik liep achter haar aan de Wallen op. De omgeving van de Oudezijds Voorburgwal was toen nog niet zo'n gezellig toeristisch verantwoord gebied als nu. Er waren gedeelten waar zelfs de politie niet graag kwam.

Het schemerde toen we langs de roodverlichte ramen liepen. Ik had over de hoerenbuurt gehoord, maar was er nog nooit geweest. Mijn moeder echter liep rond alsof ze in Albert Heijn was op zaterdagochtend. Ik keek zo onopvallend mogelijk naar de meisjes achter de ramen, terwijl ik bijna moest rennen om mijn moeder bij te houden.

Er waren niet veel mensen op straat. Een enkele man die uit een peeskamertje naar buiten schoot en in de avond verdween. Junks die om geld vroegen. Chinezen die in lange lederen jassen door de straten zwierven.

We sloegen een steegje in en bleven staan voor een vervallen pand. Er waren houten schotten voor de ramen getimmerd en het glas van het ruitje van de voordeur was ingeslagen.

'Hier is het. Loop maar naar binnen.'

Ik aarzelde. Ik vroeg me af wat mijn moeder in vredesnaam van plan was. Ze duwde me in mijn rug. 'Schiet op.'

We liepen de betonnen gang in, die naar schimmel en zweet rook. Op de muren waren leuzen gekladderd. *Fighting for peace is like fucking for virginity.* 'Wat gaan we hier doen?'

Mijn moeder zei niets terug, maar duwde me een donkere ruimte in. Het duurde even voordat mijn ogen gewend waren aan het schemer. Ik zag een sigaret oplichten. Toen realiseerde ik me dat er menselijke gedaanten op de grond lagen. Op versleten matrasjes zonder al te veel kleren om hun magere lijven. Een huivering trok door me heen. Wat deden we hier?

Een met huid omspannen geraamte kwam naar ons toe. Zijn gele ogen plopten bijna uit de kassen. 'Heb je wat voor me?' Hij stak zijn hand naar ons uit.

Mijn moeder duwde mij naar voren. 'Vraag maar aan haar.'

Ik was diep geschokt. Mijn moeder, die zich altijd zorgen maakte of ik mijn handen wel waste voor het eten, duwde mij in de armen van een junk.

De junk kwam nog dichter bij me staan. Hij stonk.

'Wat heb je? Geef het me. Geef me wat je hebt.'

Ik dacht: stel dat hij een mes bij zich heeft? Stel dat mijn moeder me hier achterlaat?

'Geef op.'

'Mama,' smeekte ik. Ze hield me vast. Ze liet me geen ruimte om achteruit te stappen. Ik was vijftien, maar nog steeds was mijn moeder veel sterker dan ik.

De junk stak zijn hand naar me uit. Om me aan te raken, om in mijn broekzakken te voelen, waarom weet ik niet. Ik zag de hand als in slow motion op me afkomen. De klauw van een aasgier. 'Mama, alsjeblieft.'

Op het moment dat de gelige magere hand mijn gezicht zou raken, trok mijn moeder me opzij. Ze rommelde in haar handtasje en haalde een briefje van vijfentwintig tevoorschijn. Ze gooide het op de grond. 'Hier,' zei ze. 'Leef je uit. Spuit jezelf wezenloos.'

De junk dook op het geld. Mijn moeder en ik verlieten het pand.

'Dit was het,' zei ze toen we over de Oudezijds Voorburgwal terug naar de auto liepen, wederom nagestaard door pooiers, dealers en de hoeren achter de ramen. 'Dit is alles wat ik je wilde zeggen.'

Ik staarde naar het aquarium. Naar het koraal dat met liefde en geduld was gekweekt. Het groeide maar enkele millimeters per jaar, afhankelijk van de waterkwaliteit. Ray had een volmaakte leefomgeving voor zijn vissen gecreëerd. Maar wie had er voor hem gezorgd?

Het was raar om zijn naam te gebruiken. Ray, alsof ik hem al kende. Waarom fascineerde hij me?

Ik pakte het logboek en bladerde erin. Het was bijzonder nauwgezet bijgehouden. Nooit sloeg Ray een dagje over. Nooit vlekte zijn pen of kruimelde hij met etenswaren. Totdat ik bij 1998 kwam. Er had nooit iemand anders in het boek geschreven, maar in dat jaar stond er in kinderlijke kriebelletters de naam 'King Kong' geschreven. 'King Kong' met in het handschrift van Ray erachter: 20 mei. De naam nam zo'n drie regels in beslag en vormde een raar contrast met het keurige handschrift van Ray. Een kind. Ray met een kind.

De letters die het kind had geschreven waren bibberig, alsof het kind eigenlijk nog niet in staat was om de pen goed vast te houden. Hoe oud zou het geweest zijn? Vier? Vijf? Zes? En waar was het nu? De gedachte dat er niet alleen ergens ter wereld een Ray Boelens moest rondlopen, maar ook een nazaat, gaf me een wonderlijk gevoel.

14

Voortaan nam ik iedere dag een madeleine mee voor Anna. Meestal werd ik binnengelaten. Dan zette Rosita een kop koffie voor me en praatten we tot het moment waarop ze zei dat ik moest gaan. Andere dagen nam Rosita het cakeje aan met de deur op een kier. 'Vandaag even niet, Ray.'

Ik vroeg mijn moeder om advies. Ze legde me uit dat het heel normaal was dat ik niet iedere dag mocht binnenkomen bij Rosita. Niemand heeft iedere dag tijd. Het was niets persoonlijks. Mijn moeder had immers ook al heel lang heel weinig tijd voor mij. Ze kwam eens per twee maanden langs. Dan bracht ze spullen voor me mee. Een tafelkleedje en een rood gestreept dekbedovertrek. Longdrinkglazen en een schilderij van een boot voor aan de muur. Ze vond het belangrijk dat het gezellig was in mijn huis.

De reden daarvoor ontging me. Behalve zij kwam er immers nooit iemand op bezoek.

Bij Rosita kwam ook niet vaak iemand langs, maar wel vaker dan bij mij. De oude man die haar had geholpen met de verhuizing kwam zeker eens per maand. Rosita zei dat hij haar stiefvader was.

'Waar is je moeder dan?' vroeg ik.

Ze vertelde dat haar moeder dood was. Ze was vrij kort na de bruiloft met haar tweede man overleden aan kanker. Volgens Rosita had de stiefvader heel goed voor haar moeder gezorgd en zou ze hem daarom altijd dankbaar blijven.

'Wat komt hij dan doen?' vroeg ik.

'Praten. Klusjes doen in huis. Kijken hoe het met Anna gaat.'

‘Vind je dat leuk?’

‘Als jij komt, vind ik het gezelliger. Hij is best aardig én hij is handig, en dat is natuurlijk niet verkeerd voor een alleenstaande moeder zoals ik. Maar om te zeggen dat ik veel met die man heb? Niet dus. Om eerlijk te zijn denk ik dat hij mij voornamelijk komt helpen omdat hij zelf zo eenzaam is. Anders zit hij maar thuis. Wist je trouwens dat hij vroeger heel rijk is geweest? Hij had een goedlopende handel in bloembollen, maar heeft alles verloren. Kon niet van de drank afblijven.’ Rosita stak een sigaret op en ging verder: ‘Toen hij mijn moeder ontmoette, was hij nuchter. Hij wilde eindelijk gelukkig worden, zei hij. Maar toen werd mijn moeder ziek. Dus van dat geluk is het nooit echt gekomen.’

Ik stoorde me niet aan de stiefvader. Die mocht komen zo vaak hij wilde en de gootsteen ontstoppen en het houtwerk schilderen. Het was iemand anders die me dwars zat: de vader van Anna. Hij was met een andere vrouw getrouwd en wilde niet scheiden. Daarom kon hij niet bij Rosita en Anna wonen. Maar langskomen deed hij wel regelmatig. Niet volgens vaste afspraak, zoals mijn moeder bij mij, maar op volstrekt willekeurige momenten. ‘Alleen wanneer het hém uitkomt,’ had Rosita gezegd, met een gezichtsuitdrukking die ik niet kon plaatsen. Boos? Verdrietig?

‘Maar Anna dan? Hij moet toch voor haar zorgen?’

‘Met die andere vrouw heeft hij dríé kinderen en ze zijn in gemeenschap van goederen getrouwd.’

‘Maar wil hij dan niet bij jullie wonen?’

‘Hij wil het wel, maar hij kan het niet. Weet je waarom niet?’ Rosita inhaleerde diep en blies de sigarettenrook vrijwel meteen weer uit.

Ik kon werkelijk geen enkele reden bedenken waarom iemand er niet alles voor over zou hebben om bij Rosita te zijn.

‘Omdat zij er nou eenmaal eerder was. Dus hier zit ik dan. In een huis zonder vaste vloerbedekking met zíjn kind. Terwijl zij met hem in een riante twee-onder-eenkapper woont en kan doen wat ze wil. Niet omdat ze beter is dan ik of mooier of slimmer. En zeker niet omdat ze slanker is.’ Rosita lachte met haar mond, maar niet met haar ogen. 'Niet eens omdat hij meer van haar houdt dan van mij. Maar gewoon omdat zij er eerder was.'

'Je hebt een andere man nodig,' zei ik. Ik wilde zeggen: je hebt mij nodig. Maar dat was natuurlijk niet zo. 'Jij bent niet geschikt voor een relatie,' zei mijn moeder altijd tegen mij. 'Geen vrouw zal het bij jou uithouden, dus blijf maar een beetje bij ze uit de buurt.'

'Natuurlijk moet ik ermee kappen. Maar het probleem is dat ik van hem hou. Er is niemand die ook maar bij hem in de buurt komt. Ik wil alleen maar hém. Snap je dat?'

Meestal kwam de vader van Anna midden in de nacht. Maar hij was er ook weleens als ik Anna haar madeleine kwam brengen. Dan vroeg Rosita of ik even op wilde passen.

'We hebben al zo weinig tijd samen, Victor en ik.'

Victor kwam een keer bij haar in de gang staan. Van achteren sloeg hij zijn armen om haar heen en keek me aan met zijn hoofd op haar schouder. Ze zag er zo gelukkig uit dat ik er buikpijn van kreeg. In mijn ogen was Victor niets bijzonders. Het kon best zijn dat hij een knappe man was. En hij had een auto van het type dat we zelden zagen in de Koningin Wilhelminastraat. Maar ik keek dwars door hem heen. Hij kon wel doen alsof hij het volste recht had om daar te zijn, maar ik zag een man die de moeder van zijn kind in een huis zonder vaste vloerbedekking liet wonen. Dat zag ik.

Toen Rosita Anna uit de woonkamer haalde, probeerde hij met me te praten. 'Dus jij bent bakker.'

Ik zei niets terug.

'Fijn dat je een beetje op mijn meisjes let als ik er niet ben.'

Ik keek naar mijn voeten, net zo lang tot Rosita en Anna terug de gang in kwamen lopen.

Ik nam Anna mee naar huis om samen naar de vissen te kijken. Ik wees haar aan hoe de vissen heetten en zij zei het na. 'Hannibal, François, Maria...'

Terwijl ze zo naast me zat in het blauwige licht van het aquarium, probeerde ik er niet aan te denken hoe Victor Rosita's kleren uit zou trekken. Het kuiltje tussen haar sleutelbeenderen streelde. Haar bonbons in zijn handen nam en ze zou kussen. Boven op haar zou liggen en pompende bewegingen zou maken. Haar blootje zou betasten en verontreinigen.

'Chili, Saturnus, Venus...' Ik bleef de namen van de vissen herhalen om rustig te worden.

Soms zaten Anna en ik net zo lang voor het aquarium tot het donker werd, het bed gestopt was met kraken en de auto van Victor de straat uit was gereden.

Ik zat aan mijn bureau in mijn cel met een leeg vel papier voor me. Van dokter Römerman moest ik een brief schrijven aan Rosita, maar ik had haar maar één ding te zeggen:

Ik ben nog steeds boos op je. Al mis ik je wel. Dat zeker.

15

'Dit zul je niet leuk vinden,' zei Bienie. In haar hand hield ze een plastic mapje met knipsels erin. 'Ik waarschuw je alvast. Die Ray van jou is niet bepaald een lekkertje. God, waarom ligt dat lelijke kleed op de bank? Is je moeder in de rui? Of lijdt ze aan incontinentie?'

Ik rukte de map uit haar handen en bladerde erdoorheen. Afgeslacht, las ik. En Ray B., de Beestachtige Buurman. In de *Nieuwe Revu* las ik hoe Ray een obsessie had ontwikkeld voor zijn buurvrouw, en haar en haar dochter vervolgens had vermoord toen zijn liefde onbeantwoord bleef.

Ik voelde me onpasselijk worden. Wat deed mijn moeder met het aquarium van een moordenaar die nog dezelfde achternaam had ook?

'Leuke jongen,' zei Bienie. 'Weet je al of het familie van je is?'

We zaten aan de eettafel. Een antiek mahoniehouten prachtstuk dat al generaties lang in de familie van mijn vader was. Een halfjaar na zijn overlijden had zijn zuster de tafel teruggevraagd. Het was namelijk een van de weinige erfstukken die nog over waren. Ze had zelfs aangeboden om een nieuwe tafel voor mijn moeder te kopen. 'Ik pieker er niet koud over,' had mijn moeder gezegd. Sindsdien hadden we niet zoveel contact meer met de familie van mijn vader. Hoewel de desbetreffende tante een knuffelbeer had opgestuurd bij de geboorte van Aron.

Ik schonk nog een glas wijn in en las de stukken opnieuw door. Het kostte moeite de informatie in me op te nemen. Slechts fragmenten bleven hangen. De twee lichamen waren in de gang gevonden, badend in het bloed. De vrouw was eenentwintig keer met een scherp voorwerp gestoken. Het kleine meisje vijf keer. Een jong, onschuldig kind. Ik huiverde.

Maar het meest gruwelijke was wel de peuk die op het lichaam van het kleine meisje was uitgedrukt. Ray was als een dolle tekeergegaan en had daarna een sigaretje zitten roken. Welk mens was tot zoveel wreedheid in staat?

Ik dacht aan het logboek dat Ray al die jaren griezelig nauwgezet had bijgehouden. Maar ook aan de kriebelige kinderletters waarmee hij King Kong de orde in zijn logboek had laten doorbreken. Wie was hij?

'Je hebt mijn vraag nog niet beantwoord,' zei Bienie. 'Is hij nou familie van je of niet?'

'Zo te lezen is hij elf jaar ouder dan ik.'

'Misschien is hij je broer wel.'

'Dat kan niet.' Maar tegelijkertijd realiseerde ik me hoe weinig ik wist van het leven van mijn moeder in de periode voordat ze mijn vader had ontmoet. Ik wist wel dat ze vrij snel na hun huwelijk mij had gekregen.

'Denk even na dan. Je opa en oma. Kan het zijn dat zij na je moeder nog een nakomertje hebben gekregen?'

Ik begon te rekenen. Mijn opa en oma waren kort na elkaar gestorven, enkele jaren voor mijn vader. Ze hadden allebei een respectabele leeftijd bereikt. Ik geloof dat mijn oma zelfs ruim in de tachtig was geworden.

'Schrijf de jaartallen op,' zei Bienie, doortastend als altijd.

Ik pakte een pen en een leeg vel papier. 'Het vermoedelijke geboortejaar van mijn oma: 1918, het geboortejaar van mijn moeder: 1941, het geboortejaar van Ray: 1962, mijn geboortejaar: 1973.'

'Als Ray je oom is, dan zou je oma vierenveertig jaar oud geweest zijn toen ze hem kreeg. Dat zou kunnen.'

'Wel erg op het randje.'

'Maar het kan, al weten we natuurlijk niet het exacte geboortejaar van je oma en kunnen we ernaast zitten.'

'Als hij mijn broer is, dan zou mijn moeder hem hebben gekregen toen ze eenentwintig jaar oud was.'

'Ook niet onmogelijk.'

'Dat schiet lekker op. En dan hebben we het nog niet eens gehad over alle andere mogelijkheden. Bijvoorbeeld dat hij een neef van mijn moeder zou kunnen zijn.'

'Ik denk dat hij je broer is,' zei Bienie stellig. Ze nam een grote slok wijn. 'Waarom zou je moeder anders zoveel moeite gedaan hebben om het geheim te houden? En waarom zou ze anders zo pissig worden? Je opa en oma zijn al lang geleden overleden. Op een gegeven moment verjaart de geheimhoudingsplicht.'

Ik schonk onze wijnglazen bij. 'Ray zou inderdaad mijn oudere broer kunnen zijn.'

'Laten we in de studeerkamer gaan kijken.'

Ik voelde me duizelig worden van de mogelijkheden.

'Kom op!'

Ik giechelde. 'Dat kunnen we niet maken.'

'Je hebt een broer, Iris. Je moeder heeft jou je eigen broer ontnomen. Je hebt me vaak genoeg verteld dat je je eenzaam voelde als kind. Ik denk dat je alle recht hebt om de waarheid te weten.'

Ik aarzelde, maar Bienie stond al op. 'Hou eens op met dat bange gedoe voor je moeder.'

'Je hebt helemaal gelijk,' zei ik toen.

'Weet jij hoe je een slot moet forceren?'

'Natuurlijk niet.'

'Kom op, je bent advocate.'

'En jij bent journaliste. Wat zegt dat nou?'

'Je hebt jezelf toch weleens illegaal toegang verschaft tot geheime dossiers in afgesloten kantoren of geheime bibliotheken of iets dergelijks?'

'Dat gebeurt alleen in de film, schat. Bovendien ben ik een van de braafste mensen ter wereld. Dat weet je toch?'

Bienie haalde een haarspeldje tevoorschijn en begon in het slot te priegelen.

'Alsof je het zo open krijgt.'

'Weet je iets beters?'

'Laten we de sleutel zoeken.'
'Dat kan natuurlijk ook.'

Mijn moeder had de sleutel van de studeerkamer helemaal niet zo goed verstopt als ik had gedacht. Waarschijnlijk omdat ze alleen woonde en niet meer op haar hoede hoefde te zijn voor een nieuwsgierige dochter en echtgenoot. Hij lag gewoon in een van de keukenlaatjes, in een bakje met elastiekjes, een pincet en paperclips. Zo simpel was het dus.

Ik draaide de sleutel om in het slot en opende de deur. Mijn hart bonkte. Mijn hele leven was ik geconditioneerd geweest om vooral niet in deze kamer te komen. En nu deed ik het.

De kamer zag er nog exact hetzelfde uit als tijdens mijn eerste en enige bezoekje. Hetzelfde kersenhouten bureautje. De grote kast, die nu dicht zat. De zwarte bureaustoel.

'Ga naar binnen,' fluisterde Bienie.

'Waarom fluister je?' Ik liep het Heilige der Heiligen in. Behoedzaam, alsof mijn moeder ieder moment vanachter de deur tevoorschijn kon springen. Het rook een beetje bedompt. De ramen stonden blijkbaar zelden open.

Bienie opende de kast. 'Heb jij wat te doen de komende week?'

De planken stonden vol met ordners, stapels tijdschriften en dozen. Ik trok een willekeurige ordner uit de kast en stuitte op een stapel telefoonrekeningen uit 1995. 'Wie bewaart dat soort dingen nou?'

Een halfuur later waren we niet veel verder gekomen dan acht jaargangen *Libelle*, twee decennia aan administratie en een stapel vergeelde kruiswoordpuzzelboekjes. 'Heeft je moeder geen hobby's?' vroeg Bienie.

'Dat zie je toch? Ze verzamelt oud papier.' Ik pakte een verschoten blauwe kartonnen vouwmap die onder een doos met uitgescheurde recepten had gelegen.

'Zal ik maar aan het bureau beginnen?'

'Ga je gang.' Op de map zat een etiket waar 'Ray' op geschreven stond. Ik bleef even naar de drie letters staren om me ervan te verzekeren dat ik me niet vergiste. 'Tjezus, Bien, moet je dit zien.' Ik vouwde de map open. Er zat niets in. 'O,' zei ik teleurgesteld.

'Geef eens hier,' zei Bien en ik overhandigde haar de map. Ook zij vouwde hem open en wapperde ermee. Een foto viel naar beneden.

Ik raapte hem van de grond op. Mijn handen trilden een beetje. Op de foto stond een jongen van een jaar of vijf met warrig bruin haar. Hij zat op een rood fietsje en lachte afwezig.

Bienie legde haar hand op mijn schouder. 'Gaat het?'

'Het is net...' begon ik.

'Ik zie het. Precies Aron. Dat haar, die blik in zijn ogen en moet je die beentjes zien!'

We keken naar de stakerige benen van het jongetje die onder een bruine korte broek uitstaken.

'Ik durf te wedden dat het je broer is.'

Ik schudde mijn hoofd. Als Ray mijn broer was, waarom had mijn moeder dan nooit iets over hem gezegd? Waar had ze hem gelaten al die tijd? Het kon gewoon niet waar zijn.

'Wat ga je nu doen?' vroeg Bienie. 'Ga je hem opzoeken? Hij is natuurlijk niet meer zo klein en al helemaal niet meer zo schattig.'

'Ray, de Beestachtige Buurman,' zei ik, meer tegen mezelf dan tegen haar. Ik keek weer naar het jongetje op de foto. Hij had een grote pleister op zijn knie. 'Waar is het misgegaan? Wat zou er met hem gebeurd zijn?'

'Ik doe nu erg mijn best om een onaangename opmerking over je moeder in te slikken.'

'Dat begrijp ik.' Ik tuurde naar de foto in de hoop nog een aanknopingspunt te vinden. Maar Ray stond met zijn fietsje op een doodgewone stoep met een rozenbottelstruik op de achtergrond.

'Het helpt natuurlijk niet echt bij je ontwikkeling als je door je moeder in de steek wordt gelaten. Hoe oud was hij ook alweer toen jij geboren werd?'

'Elf.'

'Wat denk je, zou je vader van hem afgeweten hebben?'

'Nee,' zei ik met een stelligheid waarvan ik niet wist waar die vandaan kwam.

'Die jongen is al op heel jonge leeftijd het huis uitgezet door je moeder. Dat kan niet anders.'

'Misschien was hij onhandelbaar.'

'Is dat een reden om hem te verzwijgen?'

'Natuurlijk niet.'

'Dat bedoel ik.' Bienie nam de foto van Ray uit mijn handen. 'Kijk nou wat een scheetje.'

'Ik wil hem zien,' zei ik toen. 'Hoe komen we erachter waar hij is?'

'Dat zoek ik wel voor je uit.'

'Kun je dat?'

'Ik heb geen man, geen geld en geen fatsoenlijk huis. En eerlijk gezegd ook geen talent en al helemaal geen overweldigende intelligentie. Maar ik heb wel connecties. Laat het vinden van je broer maar aan mij over.'

16

Ik wende aan het ritme van mijn nieuwe omgeving. Wakker worden om zeven uur 's morgens. Douchen, aankleden. Ontbijt, therapie, lunch, arbeid, avondeten. Weer opgesloten worden in mijn verblijf om acht uur 's avonds.

Ik probeerde zo onzichtbaar mogelijk te zijn. De andere patiënten boezemden me angst in. Ze maakten lawaai. Ze stelden vragen. Ze schepten op over hun misdaden. Hoe minder ze zich met mij bezighielden, hoe beter.

Rembrandt was een klein mannetje dat nog maar drie weken in de kliniek zat, maar op de een of andere manier deed iedereen binnen enkele dagen wat hij zei.

Als hij binnenkwam, draaide de hele afdeling zich als één man naar hem toe. '*What's up, bro?*' Als hij er niet was, zeiden ze gewoon 'Hoe is het?' tegen elkaar, of 'Hé, klootzak'.

Hij liep dan binnen, kauwend op kauwgom, sigaret in zijn mond. Als een zwarte cowboy die een saloon betrad.

'Wat een armzalige kutzooi hier, man.'

Zelfs de sociotherapeuten grepen minder snel in bij hem. Ik zag dat Mo hem in de gaten hield, maar hij zei niets.

'Kom ik daar net bij zo'n lekker wijf, een psychiater. Vraagt ze me wat ik voel als ik iemand omleg.'

Hij plofte neer op de bank. Iedereen ging om hem heen staan, behalve Richard en ik. Richard zat op de grond tegen de televisie te praten en ik stond voor het raam naar de grauwe bakstenen muur te kijken, met mijn rug naar iedereen toe. Maar in de weerspiegeling van de ruit kon ik precies volgen wat er in de kamer gebeurde.

'Ik zei: "Schatje, kun jij mij uitleggen wat jij voelt als je een propje papier in de prullenbak gooit?" Ze had natuurlijk geen idee wat ze moest zeggen. "Schatje," zei ik, "zoiets moet je je er dus bij voorstellen. Ik leg net zo makkelijk iemand om als dat ik een scheet laat of de plantjes water geef."'

De andere patiënten begonnen te lachen.

'Ik word er anders bloedje-*horny* van,' zei mijn ex-celgenoot. 'Er is niets geilers dan je handen om iemands nek te leggen en door te drukken. Drukken, drukken, drukken totdat je voelt dat het hele lichaam slap wordt.' Hij gaf er een kleine demonstratie bij.

'Zo is het wel genoeg,' zei Mo. 'Bewaar deze verhalen maar voor bij de psychiater.'

'Natuurlijk gozer,' zei Rembrandt. 'Jij doet ook alleen maar je werk. Net als ik dat vroeger deed. Grondig, maar zonder emotie.'

Weer begonnen de anderen te lachen.

Volgens Henk was Rembrandt huurmoordenaar geweest. Hij had met alle grote criminelen gewerkt. 'Hij heeft vast goeie contacten, we moeten zorgen dat we dicht bij hem in de buurt blijven,' had hij gezegd op het rookpleintje. Regelmatig vroeg hij of ik met hem meeging, hoewel ik niet rookte. Dan vertelde hij me wat iedereen had gedaan. Hijzelf had een reeks gewelddadige overvallen gepleegd, Richard had zijn eigen moeder met een bijl bewerkt en mijn ex-celgenoot hield ervan om vrouwen te verkrachten en dan te vermoorden. Ik hoorde zijn verhalen aan omdat ik hem niet durfde te vertellen dat hij stonk en ik het koud vond op het tochtige binnenplaatsje.

'Je vindt jezelf wel heel stoer, hè,' zei Mo tegen Rembrandt. 'Helaas schiet je daar binnen deze muren niets mee op.'

'O nee?'

'Zeker niet,' zei Mo. Het verbaasde me hoe rustig hij klonk. Zelf was ik erg zenuwachtig geworden. Mijn handen wreven onrustig over elkaar. 'Je weet dat als ik maatregelen tegen je moet nemen omdat je de orde verstoort, je er alleen maar slechter van afkomt.'

'Is dat zo? Nu maak je me wel heel erg bang.' De zwarte cowboy stond op van de bank en liep met langzame passen naar Mo toe.

Ik voelde hoe de haartjes in mijn nek rechtovereind gingen staan. Zelfs Richard had door dat er iets aan de hand was. Hij stopte met praten. Alleen de televisie produceerde nog geluid.

'Je houdt je niet aan de regels,' zei Mo zonder ook maar een spier in zijn gezicht te vertrekken. 'Ik heb je een waarschuwing gegeven. Die heb je genegeerd. Als maatregel zul je een week lang in bloktijden in je verblijf doorbrengen. Met ingang van nu.'

Rembrandt bleef gewoon staan. 'Over welke regels heb jij het, Mohammed? Dat wij almaar als makke schaapjes moeten doen wat ons gezegd wordt? Dat wij alleen maar over koetjes en kalfjes mogen praten, omdat het anders ordeverstorend is? Dat wij godverdomme niet eens de beschikking hebben over fatsoenlijk pornomateriaal, zodat we allemaal met een overvolle zak rondlopen? Is dat soms wat je bedoelt?' Hij was op enkele meters van Mo blijven staan. Zijn armen hingen losjes langs zijn lichaam. Maar je voelde dat hij ieder moment kon toeslaan.

'Zo is het maar net,' zei mijn ex-celgenoot, maar naar hem luisterde verder niemand.

'Oké, Rembrandt, nu ga je te ver. Dat wordt twéé weken bloktijden.' Janneke was erbij komen staan. Ze droeg een bloesje waar je een glimp van haar beha doorheen opving. Het leek me geen gepaste kledij in een kliniek vol delinquenten.

Rembrandt verlegde zijn aandacht naar haar. 'Ben jij nog weleens goed geneukt de laatste tijd? Want je gedraagt je alsof je hard aan een beurt toe bent.'

'Zo is het genoeg,' zei Janneke. 'Ik bel de bewaking.'

'Moet je lekker doen, schatje. Denk je dat het mij een reet kan schelen om een paar dagen in mijn verblijf door te brengen? Graag zelfs. Pak me maar, hoor.'

Mo drukte demonstratief op de *beeper* die aan zijn broekriem bevestigd was. Ik hoorde een luide zoemtoon en deuren die in het slot sprongen.

'Wel verdomme!' Rembrandt pakte Mo bij zijn kraag. 'Ik zit je toch gewoon een beetje te dollen. Wat ben je nou voor een *pussy*.' Bij ieder woord schudde hij Mo door elkaar. De ketting waar Mo's naamplaatje aan hing brak en viel op de grond.

‘Rustig nou maar,’ zei Janneke. Zelf klonk ze helemaal niet rustig. Haar borsten gingen snel op en neer onder dat witte bloesje. Ik kon mijn ogen er niet van afhouden.‘Laat hem nou maar los, voordat je echt in de problemen komt.’

‘Waar bemoei jij je mee.’ Hij liet Mo los en het leek erop dat Janneke de volgende zou zijn die hij te pakken zou nemen. Ik draaide me om. Misschien kon ik Janneke helpen als ik durfde.

Op dat moment gingen de deuren van de afdeling open en stormden er zes bewakers binnen met knuppels in de aanslag.

Richard begon luidkeels te jammeren. ‘Daar heb je ze. Neem me niet mee! Neem me niet mee!’

‘Dit gaat niet om jou, sukkel,’ zei mijn ex-celgenoot.

Rembrandt werd hardhandig vastgegrepen en geboeid. Hij schreeuwde verschrikkelijke dingen. Over god en de kut van Mo’s moeder en ‘ze zouden jou eens goed in je hol moeten pakken’.

De bewakers sleurden hem mee. Vlak voordat ze Rembrandt met geweld door de deuren naar buiten voerden, keek hij opeens naar mij. Ik keek om me heen. Ik was de enige die aan die kant van de kamer stond.

‘Ik pak je nog wel! Ik pak je nog wel!’ Zijn stem sloeg over, zo hard krijste hij. Rembrandt die nergens bang voor was en die niets voelde als hij de trekker overhaalde.

Ik weet niet waarom hij naar mij keek, ik weet niet eens zeker óf hij wel echt naar mij keek, of naar de grijze bakstenen muur. Ik weet wel dat ik er bang van werd.

‘Die zit voorlopig wel op de separeer.’ Henk kwam naar me toe gelopen. ‘Daar gaat onze connectie.’

Ik zei niets terug. Waarom zou Rembrandt het op mij voorzien hebben, zoals altijd iedereen het uiteindelijk op mij voorzien had? Ik kon geen reden bedenken. Had ik de signalen weer eens niet opgepikt?

Op de Dwingelerheide had ik daarover gepraat met de psychiater. Hij had me plaatjes van gezichten laten zien. Dan moest ik zeggen of de mensen op de plaatjes blij waren, boos of bang. Later kwamen daar nog verbaasd, opgelucht, sarcastisch en ongelovig bij.

Die laatste drie waren moeilijk. Ik was er nog steeds niet goed in, al kon ik dat nooit zeker weten. Ik was niet het type dat aan iemand vroeg: 'Klopt het dat je nu de emotie afschuw voelt?'

Mo herschikte zijn kraag en Janneke had tranen in haar ogen. Ze was verdrietig, dat was een makkelijke. Iedereen stond er maar een beetje bij. Wat was de bedoeling? Moesten we onze normale bezigheden voortzetten?

'Iedereen naar zijn verblijf,' zei Mo. 'We gaan allemaal even afkoelen.'

We liepen naar onze verblijven. Niemand maakte nog grappen. Er werd zelfs niet geklaagd. Er klonk een zoemgeluid en de deuren vielen in het slot. Ik stond in mijn lege cel en bedacht hoe fijn het zou zijn als de vissen er geweest waren.

'Hé Reetje,' hoorde ik mijn ex-celgenoot toen roepen. 'Hadden ze toch bijna je liefie te grazen gehad.'

Ik liep naar het douchehokje, ging op de dichte wc-bril zitten met mijn handen tegen mijn oren gedrukt. 'Saturnus, Maria, Hannibal, François, Margje, Peanut, Venus en Rozijn. En laten we King Kong niet vergeten. We mogen King Kong nooit vergeten.'

17

De advocaat van Kim de Boer had ons een voorstel gedaan. Van Benschop diende de dvd uit te handel te nemen, zes maanden salaris te betalen omdat Kim de Boer al die tijd niet meer had kunnen werken plus nog zesduizend euro smartengeld. Daarbij moest hij de kosten van haar advocaat op zich nemen. In totaal hadden we het over een bedrag van zo'n twintigduizend euro.

Het voorstel was per Falk-koerier bezorgd. Aron zat in een opblaaszwembadje met een klein laagje water erin te spelen met plastic walvissen. Op een tuinstoel in de zon had ik het voorstel gelezen.

'Ik loop even naar binnen, goed?' zei ik tegen Aron. 'Mama moet bellen.'

Hij reageerde nauwelijks omdat hij alweer verdiept was in een nieuw spel, waarbij hij hele passages van *Finding Nemo* citeerde.

Met een handdoek om me heen geslagen ging ik aan het bureau van mijn moeder zitten en belde Peter van Benschop.

Hij was niet blij. 'Ik héb haar al betaald. Ik heb haar exact betaald wat we van tevoren hebben afgesproken. Ze heeft getekend, ze heeft niets laten blijken tijdens de opnamen...'

'Omdat ze in shock was misschien?' Ik had al spijt nog voor ik het gezegd had. Ik keek door het raam naar buiten. Aron speelde ongestoord verder. Hij leek niet te merken dat ik naar binnen was gegaan.

'Heel grappig,' zei Van Benschop gepikeerd.

'Neem me niet kwalijk. Ik zal de sarcastische opmerkingen verder achterwege laten. Nu...'

'Wat heb ik aan een advocaat die me de hele tijd veroordeelt?'

'Ik veroordeel u niet.'

'Dat doe je wél.'

'Omdat ik een grap maak?'

'Dat was geen grap. Je betitelde het zelf als een "sarcastische opmerking".'

Ik zuchtte en keek weer door het raam naar buiten. Aron gooide nu de walvissen hoog in de lucht om ze met een enorme plons in het badje te laten landen. Het was te mooi weer voor dit soort conversaties. 'Over de zaak. Ik heb al een aardige indruk kunnen opdoen van de staat waarin mejuffrouw De Boer verkeerde tijdens de opnamen en nee, dit is niet sarcastisch bedoeld.' In het filmpje had ze er in eerste instantie nog vrolijk uitgezien. Giechelend en gekleed in hotpants en een doorschijnend T-shirtje had ze op een bruin lederen bankstel gezeten. Nog geen drie minuten later zag je de angst en walging op haar gezicht. Aan het einde van de film leek ze apathisch. Het had me veel moeite gekost om de film tot het einde toe te bekijken. 'Maar kunt u me vertellen hoe ze was ná de opnamen? Is ze meteen naar huis gegaan?'

'Ze heeft gedoucht, een colaatje gedronken...'

'Samen met u?'

'Gedoucht?' Het was duidelijk dat ik geen woord meer verkeerd mocht zeggen.

'Ik had het over het colaatje.'

'We hebben met z'n allen nog wat gedronken achteraf.'

Het kwam me vreemd voor dat nadat je was ondergepist en er allerlei andere nare dingen met je gedaan waren, je nog zin had in een gezellige nazit. Maar ik besloot om geen opmerkingen te maken die het gesprek met Van Benschop onnodig zouden verlengen. 'We kunnen dus concluderen dat na afloop van de opnamen mejuffrouw De Boer naar omstandigheden in goeden doen was,' vervolgde ik opgewekt.

'Ja, hoor.'

'Dan nog iets. U zei tijdens de lunch dat ze zich zelf bij u had aangemeld. Kunt u me vertellen hoe dat is gegaan?'

'Haar vriendje belde me. Hij zei dat zijn vriendin graag wat wilde bijverdienen.'

Ik onderdrukte mijn irritatie. 'Dat is niet hetzelfde als iemand die zichzelf aanmeldt.'

'In ieder geval kwamen ze samen bij me langs en hebben we een deal gesloten.'

'Met wie sloot u de deal? Met de vriend of met mejuffrouw De Boer?'

'Zij heeft natuurlijk haar handtekening gezet.'

'Wie voerde de onderhandelingen?'

'Haar vriend.'

'Met zo'n vriend heb je geen vijanden nodig, lijkt me.' Ik moest leren mezelf beter in bedwang te houden.

'Wat bedoel je daarmee?'

'Valt het u ook niet op dat het meisje zelf heel weinig had in te brengen? Kunt u werkelijk zeggen dat u haar niets hebt aangedaan?'

'Daar ga je weer met je wijzende vingertje.'

Ik zuchtte. 'Ik doe alleen een beroep op uw gezonde verstand. Nogmaals, het is niet mijn taak om u te veroordelen. Daar hebben we rechters voor. Ik probeer u alleen de verschillende kanten van deze zaak te laten zien.'

'Je begrijpt het niet en je wilt het niet begrijpen. Daarom heb je ook nooit naar mijn motieven gevraagd.'

Aron was nog steeds verdiept in zijn walvissenspel. Ik begon het koud te krijgen hier binnen.

Van Benschop wachtte niet mijn reactie af. 'Het heet dan misschien hardcore, maar je moet dit zien als een vorm van de liefde bedrijven. Door grenzen op te zoeken, kom je in een soort extase. Je moet mijn films zien als een ode aan de onderwerping van het menselijk lichaam.'

Ik vroeg me af of Van Benschop een cursus filosofie in het plaatselijke dorpshuis had gevolgd. 'Natuurlijk. Zoals ik u al eerder zei, zal ik mijn uiterste best doen om uw belangen naar eer en geweten te behartigen. Ik zal in het verweer stellen dat mejuffrouw De Boer exact wist waar ze aan begon en een contract heeft ondertekend. Sterker nog, dat ze zo graag wilde meespelen dat ze haar paspoort heeft vervalst. Ook zal ik naar voren brengen dat ze na afloop nog gezellig iets met u heeft gedronken. Die vriend laten we geheel buiten beschouwing.'

‘Op hoeveel gaan we uitkomen, denk je?’

‘Hoe erg is het voor u om het filmpje van internet af te halen?’

‘Als bekend wordt dat er een zaak tegen me aangespannen is, zou het nog weleens heel hot kunnen worden.’

‘In dat geval zullen we haar een behoorlijk bedrag moeten bieden. Genoeg om te happen. Maar niet te veel. Dat zou overkomen als een schuldbekentenis.’

Aron was uit het badje gestapt en was naakt en drijfnat onderweg naar de achterdeur. ‘Meneer Van Benschop, ik ga aan de slag. Ik mail u morgenochtend het concept-tegenvoorstel.’

18

'Je krijgt vandaag een bezoeker,' zei Mo.

In al die tijd dat ik in de gevangenis had gezeten was mijn moeder enkele malen op bezoek geweest. Ook Margreet en Pierre hadden me een keer bezocht. Ieder jaar kwamen ze in de zomer een maand naar Nederland, omdat het dan te heet was in Frankrijk. Toen ze hoorden dat ik niet meer aan de Koningin Wilhelminastraat woonde, zochten ze me op in de gevangenis. Al zei Margreet er meteen bij dat het de laatste keer zou zijn, omdat Pierre te oud werd om te reizen.

Hij was veranderd, Pierre. Hij liep langzaam en moest om de zoveel stappen blijven staan om naar adem te happen. En het was maar tien stappen van de ingang van de bezoekersruimte naar de tafel waar vier stoelen omheen stonden.

'Door al die jaren in de bakkerij is hij tot op het bot versleten,' vertelde Margreet. Ze praatte nog net zo hard als vroeger. 'Hij heeft nergens meer zin in, hè Piertje?'

Al die tijd, de twintig minuten dat ze bij mij op bezoek waren, was Margreet aan het woord. Pierre zei niets, hij keek me niet eens aan. Ikzelf zei ook weinig. Ik denk dat we het alle drie fijn vonden dat Margreet de stilte vulde met informatie over de boerenmarkt in Grasse.

Rosita kwam niet ter sprake. Het moederdeeg ook niet.

'Komt mijn moeder?' Ze was nooit in de Hopperkliniek geweest, al had dokter Römerman gezegd dat hij haar binnenkort zou uitnodigen voor een gesprek. Maar dokter Römerman had ook gezegd dat het tijd was dat ik onder ogen zag wat ik had gedaan en ik had niets gedaan. Bovendien leek het me sterk dat mijn moeder zou komen, daar was ze eerder behoorlijk duidelijk over geweest.

'Nee. Er komt een andere dame voor je.' Mo keek op een lijst. 'Iris Kastelein.'

'O. Wie is dat?'

'Ken je haar niet?'

'Nee.'

'Vreemd. Ze zegt dat ze familie van je is.'

Tijdens de lunch kwam Henk naast me zitten. Hij had me de afgelopen dagen ontweken, waarom wist ik niet en ik had niet de behoefte ernaar te vragen.

Het was krokettendag. Ze lagen in een schaal aan de andere kant van de tafel, maar ik kon ze goed ruiken. Ik had zin in een kroket.

'Jij en ik zijn maatjes, hè Ray?'

De schaal kwam dichterbij, maar niet dicht genoeg om er een te pakken.

'Dat is toch zo? Ik ben toch de enige met wie je praat? De enige die naar je omkijkt?' Henk draaide zich van me af en riep: 'Geef die kroketten eens aan!'

Een nieuwe, Jamal genaamd, gooide een kroket naar hem toe. De schaal bleef staan waar hij stond.

'Jamal. Ik snap dat je nog moet wennen aan de regels hier. Maar een ervan is dat we niet gooien met het eten,' zei de sociotherapeut met de bril, zijn naam kon ik maar niet onthouden.

'Onbehoorlijk gedrag tijdens de maaltijden wordt gestraft met twee dagen bloktijden in je verblijf, we weten het,' zei Henk. Tegen deze durfde hij wel. Ik had opgevangen dat de sociotherapeut met de bril ook weleens hasj meenam. Voor twintig euro per gram kon je het krijgen. En de kwaliteit was uitstekend, had ik mijn ex-celgenoot tegen Rembrandt horen zeggen.

Henk ratelde maar door. Maar ik was afgeleid. Door de kroketten die een ingewikkelde reis maakten over de tafel maar nooit bij mij in de buurt belandden, maar ook door het nieuws over de bezoekster die ik vandaag zou krijgen. Ik wist niet of het goed nieuws was of slecht. De enige familie die ik had was mijn moeder. En die heette niet Iris Kastelein.

'Luister je?' Henk ademde recht in mijn gezicht. Kroket vermengd met zware shag.

Ik knikte.

'Ik zou het logisch vinden als je mij mee laat profiteren. Aangezien we maten zijn en alles. Snap je dat?'

'Ja, ja,' zei ik snel.

'Het handigste is...' Henk stopte omdat de sociotherapeut hem nadrukkelijk aan zat te kijken. 'Zeg, wil je ook een kroket?'

'Graag.'

'Verdomme Deepak, geef die kroketten eens door, wil je?'

Henk hield me de schaal met kroketten voor. Er zat er nog maar één in. Hij was een beetje gebarsten, met bruingrijs spul aan de buitenkant. Ik pakte hem eruit en nam een hap. Hij smaakte goed. Ik hield van de knapperige structuur van de buitenkant en de warme zachte binnenkant waarin stukjes gaar vlees zaten.

'Kijk die jongen nou tekeergaan op die kroket!' gilde mijn excelgenoot. 'Hé Reetje, ga je lekker?'

'Zo kan het wel weer,' zei de sociotherapeut met de bril.

'Ze komen me halen,' zei Richard. 'Ik weet het zeker.'

'Moeten ze jou niet wat meer pilletjes geven?' vroeg mijn ex-celgenoot.

Dat vond iedereen reuzegrappig.

Ze hadden mij al aan de bezoekerstafel klaargezet toen de vrouw die Iris Kastelein heette binnenkwam. Mo volgde haar en ging op een stoeltje bij de deur zitten, naast de bewaker. Hij knikte naar me. 'Alles goed, Ray?'

Iris Kastelein was een jonge, mooie vrouw. Het soort dat op zaterdagochtend speciaal vanuit de villawijk naar de bakkerij kwam om in de rij te staan voor vier croissants en twee chocoladebroodjes.

'Grappig,' was het eerste wat ze zei.

Ze was nog maar net binnen en nu al lachte ze me uit. Ik zei niets terug en concentreerde me op het in bedwang houden van mijn handen.

'Mijn zoon lijkt echt sprekend op je.'

Ik voelde me boos worden. Nu maakte ze me ook nog in de war. Wat wilde ze van me?

Ze ging op de plastic stoel tegenover me zitten en keek naar me zoals de psychiater van de Dwingelerheide ook wel naar me kon kijken. Alsof ze door mijn ogen heen een glimp van mijn hersenen hoopte op te vangen. Ik vond het niet prettig. 'Je zult je wel afvragen wie ik ben en wat ik hier kom doen.' Ze had een mooie, rustige stem, dat moest ik haar nageven. Ze praatte als een nieuwslezeres, heel anders dan de mensen in de Koningin Wilhelminastraat. En al helemaal anders dan de mannen op de afdeling. 'Of wist je al van mijn bestaan? Heb je het al die tijd geweten?'

Ik wierp een korte blik op haar gezicht. Ze had donkere wenkbrauwen en zwartgeverfde wimpers. Rosita had dat ook altijd.

'Ik denk dat ik je zusje ben.' Haar stem trilde.

Het duurde even voordat haar woorden tot me doordrongen. Het klopte niet. Het kon niet. Deze vrouw was overduidelijk niet goed snik.

'Kun je iets terugzeggen?'

'Ik heb geen zusje. En ik ben niet goed met vrouwen bovendien.'

Ze lachte, al was het meer een kort snuivend geluid. 'Vertel eens, hoe heet je moeder?'

'Ageeth Antonia Boelens,' dreunde ik op. Meer omdat Mo me met gefronste wenkbrauwen zat te observeren dan dat ik deze vrouw die beweerde dat ze mijn zusje was een plezier wilde doen.

'Ageeth Antonia Boelens is ook mijn moeder. Ik ben geboren in 1973. Maar waar was jij toen?'

Het werd me te veel. Mijn handen sloegen alle kanten op.

Ze pakte ze beet, net zoals Rosita dat vroeger vaak had gedaan.

Ik trok meteen mijn handen weer los.

'Sorry,' zei deze vrouw die Iris Kastelein heette en beweerde dat ze mijn zusje was. 'Rustig maar. Wil je een glaasje water of zo? Kan dat?' vroeg ze aan de bewaker.

Het antwoord was nee. Niet tijdens het bezoek.

Iris Kastelein die zei dat ze mijn zusje was keek me aan. Ze leek op mijn moeder, dat wel. Het verbaasde me dat ik het niet meteen had gezien. Ik wendde snel mijn blik af.

'Je mag me aankijken, hoor. Ik snap dat dit je allemaal rauw op je dak valt. En het spijt me dat ik je zo overval. Maar...'

Ik keek weer naar haar gezicht en zag dat haar ogen vochtig waren. Waarom zou ze huilen? En wat verwachtte ze van mij?

'Wat is er met je gebeurd, Ray? Waar ben je al die tijd geweest?'

Ik dwong mijn handen naar beneden en ging erbovenop zitten. Dat hielp.

'Je kunt beter afgebakende concrete vragen stellen,' zei Mo vanuit de hoek van de kamer.

'Goed,' zei Iris Kastelein die zei dat ze mijn zusje was. 'Tot welke leeftijd heb je bij mama gewoond?' Ze sprak nu heel langzaam, alsof ik gek was, maar toch beantwoordde ik de vraag.

'Tot en met ik negen was.'

'Waar... ben... je... daarna... gaan... wonen?'

'Je kunt normaal praten.'

'Sorry. Natuurlijk. Waar ben je daarna gaan wonen?'

Het werd me allemaal te veel. Deze vrouwspersoon die zomaar binnenkwam en allerlei vragen begon te stellen. Wie kon mij nou garanderen dat zij inderdaad mijn zusje was? Mijn moeder had het nooit over een ander kind gehad. Laat staan een gloednieuw beter kind dat voor mij in de plaats was gekomen. Een vrouw nog wel in een keurige broek met een jasje. Waarom zou mijn moeder een ander kind gewild hebben als ze mij had weggedaan?

'Het is moeilijk voor Ray om met emoties om te gaan,' legde Mo uit. 'Het is ook nogal heftig wat je hier op tafel gooit.'

'Ik begrijp het. Mag ik nog even met je praten, Ray? Of wordt het te veel?'

Ik zei niets.

'Waar heb je na je negende gewoond? Toen je bij mama wegging?'

'De Dwingelerheide.'

'Wat is dat?'

'Een huis voor jongens.'

'Ray heeft op een internaat voor zeer moeilijk opvoedbare kinderen gezeten,' verduidelijkte Mo. Ik betwijfelde of hij gemachtigd was om vertrouwelijke informatie over mij door te geven aan anderen. Voor wie was hij eigenlijk? Voor mij of voor haar?

'Wat naar,' zei Iris Kastelein die zei dat ze mijn zusje was, met nog altijd vochtige ogen. 'Ik weet gewoon niet wat ik moet zeggen. Ongelooflijk dat mama nooit iets over je heeft verteld. Ongelooflijk. Kwam ze weleens bij je op bezoek toen je op het internaat zat? En heb je nu nog contact met haar?'

Het gesprek was vermoeiend en verwarrend. Vooral als ze mijn moeder 'mama' noemde. Ik kon het niet meer opbrengen om haar vragen nog te beantwoorden. Mijn oog viel op een *pholcus phalangioides,* een veelvoorkomende trilspin, die op de muur liep.

'Zal ik anders een keer terugkomen? Zodat je het kunt laten bezinken?'

De trilspin zou een web maken tegen het plafond. Vervolgens zou hij wachten tot een andere spin of een insect erin verstrikt zou raken, om hem in te snoeren in nieuwe draden. Ik had het vaak genoeg gezien op Discovery Channel.

'Ray?' vroeg Mo. 'Iris vroeg je iets.'

'Sorry.' Iris Kastelein die zei dat ze mijn zusje was zat me maar aan te staren met het gezicht van mijn moeder waar ik niet bang, maar wel zenuwachtig van werd.

'Ik ben moe. Ik wil terug naar mijn verblijf.' Ik stond op.

'Wacht.' Ze rommelde in haar tas en haalde er een stapel foto's uit. 'Ik heb iets voor je meegebracht.'

'U mag niet zomaar iets overhandigen,' zei de bewaker. 'Geeft u die foto's maar, dan zorgen wij ervoor dat de bewoner ze krijgt.'

'O.'

'Sorry,' zei Mo. 'Dat zijn nou eenmaal de regels hier. Er zijn nogal wat problemen met drugsgebruik onder patiënten.'

'Ik begrijp het.' Ze wendde zich tot mij. 'Ik heb foto's gemaakt van je aquarium, Ray. Ik dacht dat je dat misschien leuk zou vinden.'

King Kong, Hannibal, Saturnus en Maria! Peanut en François! Ik ging weer zitten.

'Het gaat goed met het aquarium. Mama heeft een mannetje, Maurice, die er iedere week voor zorgt. Het koraal is behoorlijk gegroeid. En meneer Van de Akker, die is laatst ook langsgekomen.'

'Van de Akker?'

'Ja.' Ze kreeg een gezichtsuitdrukking die ik niet kon plaatsen. Was het angst, bezorgdheid? 'Hij zei dat het aquarium er niet zo magnifiek bijstond als toen jij het had, maar dat het nog steeds heel mooi was.'

'En de vissen. Vertel er eens over.' Ik boog voorover om geen woord te hoeven missen.

'Wat kan ik je vertellen? Saturnus en Chili zitten het grootste deel van de dag in de zeeanemonen en...'

'Ja?' Alleen al om hun namen te horen uit de mond van iemand anders vervulde me met blijdschap.

'En Margje. Die zwemt de hele dag kleine rondjes. Heeft ze dat altijd al gedaan?'

'Altijd.'

'Nou, dat doet ze nu nog steeds. Af en toe heeft ze ruzie met François. Ik denk dat hun territoria elkaar overlappen.'

Ik sloot mijn ogen en luisterde naar de verhalen. Het was alsof ik nog klein was en mijn moeder me voorlas, vlak voor het slapengaan. Toen was alles nog goed.

'... Aron, mijn zoontje, is dol op het aquarium. Hij is bijna vier en wil niets liever dan de hele dag vissen kijken. Hij kent alle soorten uit zijn hoofd. Zijn favorieten zijn de doktersvissen.' Ze liet een stilte vallen. 'Je zult ze wel missen.'

'Wie?'

'De vissen.'

'Ik denk er iedere dag aan. Iedere dag zeg ik hun namen hardop.'

'Ze denken vast ook aan jou.'

'Vissen denken niet. Althans niet zoals wij. Ze zijn zeker niet in staat om personen van elkaar te onderscheiden, laat staan dat ze aan personen kunnen dénken.'

'Ik denk dat je zusje dat aardig bedoelde,' zei Mo. 'Ik denk dat ze wilde zeggen dat je heel goed voor je vissen hebt gezorgd en niemand je plaats kan innemen.'

'Je bent heel precies, hè?' zei Iris Kastelein die zei dat ze mijn zusje was.

Maar ik kon niet aan haar denken als mijn zusje. Ik had altijd in mijn hoofd gehad dat zusjes kleine meisjes waren, zoals Anna.

De bewaker gaf me de stapel foto's. 'Het is in orde, hoor.'

Ik pakte ze aan en drukte ze tegen mijn borst.

'Wil je ze niet meteen bekijken?'

'Als ik alleen ben.'

'Kan ik verder nog iets voor je doen? Heb je iets nodig? Geld? Eten? Kleding?'

'Het enige wat ik wil is naar huis. Naar mijn vissen.'

Ze keek verdrietig. 'Sorry. Daar kan ik je niet bij helpen.'

'Ik heb het niet gedaan. Ze blijven me maar vasthouden en vasthouden. Terwijl ik onschuldig ben.'

Ze zei een hele poos niets, terwijl ze me alweer zo raar aankeek. 'Ik zou natuurlijk je dossier kunnen doornemen. Als je dat wilt.'

Ik begreep niet meteen wat ze bedoelde.

'Ik ben advocate. Ik zal het doornemen en kijken of er iets is wat ik voor je kan doen. Al kan ik je niets beloven, natuurlijk.'

'Ik heb het niet gedaan.' Het was het enige wat ik nog kon bedenken.

'Nee?'

'Nee. Ik heb het niet gedaan.'

19

Ik werd door Mo de Hopperkliniek door geleid, terug naar de uitgang. Het was een labyrint van gangen, deuren die ontgrendeld moesten worden en camera's die me volgden.

'Hoe vond je het gaan?' vroeg Mo. Er was iets aan hem waardoor ik me op mijn gemak voelde. Een bepaalde vibratie in zijn stem, de geruststellende blik in zijn ogen, het was moeilijk vast te stellen wat het was, maar het werkte. Ik kon me voorstellen dat hij hetzelfde effect op de patiënten van de Hopperkliniek had.

'Moeizaam. Al had ik dat kunnen verwachten.' We liepen over een plein met in het midden een winkeltje. Het wemelde er van de starende mannen. Het was een raar idee dat elk van hen een ernstig misdrijf gepleegd had.

'Ik vind anders dat je het ontzettend goed hebt gedaan. Vooral die foto's. Een briljante zet om die mee te nemen.'

'Denk je?'

'Dat zag je toch? In eerste instantie was hij erg wantrouwig, zoals hij eigenlijk altijd wel is, maar toen je over zijn vissen begon zag je hem ontspannen. Mijn complimenten. Er zijn therapeuten hier die al maanden met hem werken en in al die tijd nog niet half zoveel bereikt hebben als jij in een halfuur.'

Ik werd een beetje verlegen. 'Het zal de bloedband wel zijn.'

'Hoe kan het nou dat je niet van zijn bestaan afwist?'

'Mijn moeder heeft me nooit verteld dat ze al een zoon had. Kun je het je voorstellen?'

'Je moet natuurlijk wel bedenken dat men in de jaren zeventig heel anders tegen zogeheten moeilijke kinderen aankeek. Nu praten we openlijk over zaken als autisme en ADHD. Destijds was dat iets om je voor te schamen, omdat er gedacht werd dat de schuld bij de moeder lag.'

'Toch vind ik het absurd dat mijn moeder zijn bestaan verzwegen heeft. Ik vraag me af wat er van hem terechtgekomen was als hij een normale jeugd had gehad. Als hij deel had kunnen uitmaken van een normaal gezin.'

Mo hield zijn pasje voor een detector. Deuren zwaaiden open. We waren bij de uitgang aangekomen.

'Dat is altijd het trieste aan mensen als Ray,' zei Mo. 'In wezen is het een lieve man.'

'Ja, hè?'

'Absoluut.'

Ik leverde mijn bezoekerspasje in en gaf Mo een hand. 'Dank je wel.'

Hij glimlachte. 'Graag gedaan.'

'Eh, Mo?'

'Ja?'

'Geloof jij dat Ray het niet heeft gedaan?'

Hij begon te lachen.

'Laat maar.'

Ik had weinig tijd om na te denken over mijn ontmoeting met Ray, mijn broer Ray, omdat de hele terugweg in beslag werd genomen door een telefoongesprek met Lode. Inmiddels was Aron weer welkom op de crèche en zou ik weer normaal op kantoor werken, voor zolang het duurde.

'Peter van Benschop heeft zich over jou beklaagd.'

Ik zette de luidspreker van de telefoon wat harder. 'O?'

'Ik wil dat je zelf nadenkt. Waarover zou Peter zich beklaagd kunnen hebben?'

'Je denkt toch niet dat ik hierop inga. Als je een strikvraag wilt stellen, zul je met iets beters moeten komen.'

'Toe maar. Lekker scherp. Zo hoort het.'

'Ik ben zo op kantoor. Zullen we dan even bij elkaar komen?'

'Dat gaat niet. De goede Werner B. verwacht mij over een halfuur.'

Werner B. was één van onze trouwste cliënten, niet bepaald een goede eigenschap. 'Zit hij nog steeds in voorarrest?'

'Zojuist weer met twee weken verlengd. Ik vrees dat vriend B. er deze keer wat minder makkelijk van af zal komen. Goede afleidingsmanoeuvre, Iris. We hadden het over Van Benschop.'

Ik kreunde. Ik had gehoopt de zaak snel en doeltreffend af te kunnen ronden, maar het was net als in een pornofilm zelf. Veel van hetzelfde en het duurde eeuwig tot het tot een ontlading kwam.

'Laat ik de vraag herformuleren: weet je zeker dat je de zaak van Peter van Benschop naar eer en geweten behandeld hebt?'

'Als ik de zaak naar eer en geweten zou behandelen, zou ik Peter van Benschop een paar dagen in een kelder opsluiten met een paar goed gefrustreerde sm-meesteressen.'

'Even serieus.'

'Beste Lode, ik kan met mijn hand op mijn hart bevestigen dat ik me volledig inzet voor de zaak van de heer Van Benschop en zal continueren dat te doen.'

'Peter van Benschop vindt dat je te snel met een schikkingsvoorstel bent gekomen. Wat vind jij daarvan?'

'Ik hoef je er niet aan te herinneren dat volgens de gedragsregels van de Orde van Advocaten schikken altijd de voorkeur heeft boven de gang naar de rechtbank. Bovendien vind ik dat laatste te riskant.'

Ik nam de afslag. Binnen een minuutje zou ik op kantoor zijn. 'We hebben weinig keus. Ik denk dat de heer Van Benschop blij mag zijn dat de wederpartij ervoor heeft gekozen de civiele weg te bewandelen. Ik moet nog zien wat er zou gebeuren als het meisje aangifte zou doen bij de politie.'

Het was even stil aan de andere kant van de lijn. 'Waar kom je eigenlijk vandaan? Er staat niets in je agenda.'

'Ik had een kennismaking met een potentiële cliënt.'

'Wie mag dat dan wel zijn?' Er klonk achterdocht in zijn stem.

'Dat laat ik nog even in het midden.'

'Of moest je weer naar de crèche?'

Ik kreeg zin om te gillen, maar in plaats daarvan zei ik zo gedecideerd mogelijk: 'De cliënt zit in de Hopperkliniek. Hij is veroordeeld wegens de moord op zijn buurvrouw en buurmeisje. Mogelijk wil hij een herziening.'

'Hmm.'

'Als het doorgaat, is het een prestigieuze zaak, Lode.' Ik wist dat hij daar gevoelig voor zou zijn.

'Toe maar. Het meisje wil detective spelen.'

'Probeer je me te beledigen?'

'Natuurlijk niet, mijn bloem. Maar je weet hoe herzieningszaken zijn. Voor je het weet is het hele kantoor ermee bezig en moeten we financieel interessantere activiteiten laten schieten. En dan heb ik het nog niet over de eventuele kosten van aanvullend forensisch onderzoek, het opsporen van nieuwe getuigen en ga zo maar door.'

'Pres-ti-ge, Lode.'

Hij zuchtte. 'Je weet hoe dol ik daar op ben.'

'Precies.' Ik parkeerde mijn auto voor de deur.

'Kindje, ik moet nu de deur uit. Laten we afspreken dat jij de komende weken neemt om vooronderzoek te doen. Nadat je een verzoek tot dekking van de kosten bij de Raad voor Rechtsbijstand hebt ingediend, natuurlijk.' Lode kwam de deur uitgelopen, exact op het moment dat ik naar binnen wilde gaan. We haalden onze mobiele telefoons van onze oren.

'Mochten er voldoende aanwijzingen zijn voor een herziening, dan kunnen we er een team op zetten. Goed?'

'Prima.'

'Dag, mijn bloem.' Lode dribbelde naar zijn SUV.

Ik zwaaide nog naar hem en liep het kantoor in. 'Briljante zet,' zei ik hardop tegen mezelf. Nu móést ik wel werk maken van Rays zaak. Het goede nieuws was dat ik daardoor wel de gelegenheid zou hebben om hem te leren kennen, en dat onder werktijd. Het slechte nieuws was dat Bartels & Peters als regel had dat we niet voor familieleden werkten. Al was Ray eigenlijk een vreemde, bedacht ik, en zou ik me niet laten verblinden door mijn eigen emoties.

Ik dacht aan de nerveuze man met het slecht geknipte haar die me nauwelijks aan had durven kijken. Ik had niet verwacht dat ik mijn arm om de Beestachtige Buurman heen had willen slaan en willen zeggen: 'Kom, we gaan naar huis.' Het was vast omdat Aron op hem leek. Dat moest het wel zijn. Wat had ik anders met Ray?

Of was het omdat hij zo gelukzalig had gekeken toen ik hem over de vissen vertelde? Als een kind dat een verhaaltje voorgelezen krijgt bij het slapengaan. Zou mijn moeder dat ooit gedaan hebben? Zou hij 's avonds met frisgewassen haartjes in zijn pyjama tegen haar aan gezeten hebben? Zou ze van hem gehouden hebben? Zou er überhaupt iemand van hem gehouden hebben? Ooit?

Ik haalde diep adem en bereidde me voor op mijn rol van de welbespraakte vrouw in mantelpak die haar cliënt naar eer en geweten verdedigde. Wat dat dan ook mocht betekenen.

20

Rosita was bijna altijd vrolijk. Maar ze kon ook verdrietig zijn. Dan deed ze de deur open en liep ze zonder iets te zeggen terug naar de woonkamer. Ik wist niet veel beters te doen dan haar te volgen, met het zakje met de madeleine in mijn hand. Ze ging dan op de bank zitten, met haar hoofd in haar handen.

'Ray!' zei Anna blij. Haar mondhoeken krulden omhoog en ze zette grote ogen op. Het eerste wat ze altijd deed was de madeleine aannemen. Ze nam niet eens de moeite om het zakje netjes open te maken, nee, ze scheurde het uit elkaar en propte de madeleine in haar mond.

'Je moet ervan genieten,' zei ik. 'Je moet het rustig in je mond nemen en er langzaam op kauwen, zodat je je optimaal bewust bent van de smaak en de structuur. Voel je dat de buitenkant net iets knapperig is en de binnenkant zacht en zoet, een beetje klef, maar toch luchtig?'

'Dat snapt dat kind toch niet,' zei Rosita dan.

Anna zat meestal op de bank televisie te kijken. Het leek me geen goede bezigheid voor een kind en mijn moeder vond dat ook niet. Daarom had ik een grote doos met Duplo voor Anna gekocht. Als ik bij haar kwam, zei ik: 'Zullen we samen iets bouwen?' En dan bouwden we paleizen, boerderijen, kastelen en luxe villa's. Daar zouden we later echt in gaan wonen, zei Anna, hoe vaak ik haar ook uitlegde dat dat niet kon.

Rosita zat dan op de bank, soms met haar hoofd in haar handen, soms keek ze naar ons, soms keek ze naar de televisie en heel soms bouwde ze mee.

Op een dag zei ze: 'Jij vraagt nooit wat er met me aan de hand is.'
'Ik wist niet dat dat moest,' zei ik. 'Sorry. Wil je dat ik dat vraag?'
'Ja. Dat is toch normaal? Normale mensen vragen elkaar hoe het ermee gaat.'
Dat deed me pijn. Ik had gedacht dat ik alles goed deed. Ik kwam iedere dag langs, ik nam altijd iets lekkers mee en de week daarvoor had ik haar tuin gedaan.
'Dat vind je niet leuk, dat ik dat zeg.'
'Nee.'
'Waarom niet? Zeg nou zelf, jij bent toch ook niet normaal? Zoals je altijd maar in je eentje thuis naar die vissen zit te loeren. Of zoals je iedere middag om precies kwart over drie hier een madeleine komt brengen. Dat is toch niet normaal?'
Ik haalde mijn schouders op. Ik kon haar niet meer aankijken.
'Hou eens op met dat gedoe met je handen. Je bent hier niet in de bakkerij.' Ze pakte ze vast en legde ze op mijn schoot. Haar handen waren warm. Zacht en warm.
'Of neem nou je moeder. Over abnormaal gesproken. Het is toch niet normaal dat je haar bijna nooit ziet of spreekt. Waarom eigenlijk niet?'
'Ze heeft het te druk,' mompelde ik.
'Wat een bullshit. Weet je wat ik vind? Ik vind dat die moeder van jou trots moet zijn. Maar wat doet ze? Ze stopt je in een internaat en laat je vervolgens verkommeren. Weet ze eigenlijk wel dat de mensen hier op zaterdagochtend in de rij staan om jouw croissants te kopen?'
'Ik denk het niet.'
'Ik zou weleens een woordje willen spreken met dat mens, die moeder van jou. Heb je haar telefoonnummer?'
Ik durfde het bijna niet te zeggen. 'Nee.'
'Je hebt het nummer van je eigen moeder niet! En waarom dan niet? Heeft ze soms geen telefoon?'
'Ik schrijf haar brieven. En ze schrijft me terug. Ze schrijft me altijd terug.'
'Schrijven. Wat is dat nou? Belt ze je nooit?'
'Soms. Als ze op een andere dag langskomt dan de gebruikelijke afspraak.'

‘Wat bedoel je daar nou weer mee?’

‘De gebruikelijke afspraak. Ze komt om de maand op de derde zaterdag.’

Rosita rolde met haar ogen. ‘Oké. Geef me haar naam en adres en we zoeken haar telefoonnummer op. Dan zal ze nog eens wat meemaken, die ouwe heks.’ Ze praatte heel hard, harder dan normaal.

‘Ben je boos op me?’

Ze lachte. ‘Natuurlijk niet, gekkie. Ik ben boos op je moeder. Hoe durft ze jou zo in de steek te laten?’ Ze boog zich naar me toe, het kuiltje tussen haar sleutelbeenderen kwam dichtbij, zo dichtbij dat ik moeite had met ademhalen, en pakte mijn hand vast. ‘Ray, ze is je móéder. Stel je voor dat ik Anna op een internaat zou doen. Hoe zou je dat vinden?’

Ik keek naar Anna, die gestopt was met bouwen en naar de televisie zat te kijken, terwijl ze zich totaal niet van onze aanwezigheid bewust leek.

‘Precies. Dat doe je gewoon niet.’

Ik had alleen het postbusnummer van mijn moeder. Dat maakte Rosita nog bozer. Ze belde de inlichtingendienst, maar die had wel veertig verschillende Boelens in Amsterdam. ‘Je vraagt haar telefoonnummer, hoor je me? In je eerstvolgende brief. En vraag dan ook haar huisadres. Ik ben benieuwd hoe ze zich daaruit lult.’

Natuurlijk durfde ik dat niet aan mijn moeder te vragen. Al vroeg Rosita keer op keer of ik het gedaan had.

Maar ik had goed geluisterd. De eerstvolgende keer dat ik Rosita aantrof met haar hoofd in haar handen, vroeg ik: ‘Hoe gaat het met je?’

Ze richtte haar hoofd een beetje op en keek me aan vanachter een pluk donker krullend haar. Haar ogen waren rood, maar toch produceerde ze een klein glimlachje. ‘Wat lief dat je dat vraagt, Ray.’

‘Hoe gaat het met je?’ herhaalde ik, ook omdat ik niet zo goed wist hoe het nou verder moest.

‘Kom even naast me zitten.’ Ze klopte op het plekje naast haar op de bank. ‘Sla je arm om me heen.’

Omdat ik niets deed, pakte ze mijn arm en trok hem over haar schouders heen. We waren nu dichter bij elkaar dan ooit.

'Niet zo stijf, Ray, pak me nou gewoon lekker vast.'

Ik sloeg mijn arm iets steviger om haar heen. Ik wilde het goed doen.

'Niet meteen zo hard. Gewoon, losjes. Schud je arm eens los en leg hem dan over mijn schouder heen. Zo doe je dat. Heel goed.'

Zo zaten we even. Rosita maakte snuffende geluiden en ik wachtte af wat er verder zou gebeuren.

'Ik zie het soms niet meer zitten,' zei ze na een tijdje. 'Ik word echt helemaal gek van dit leven.'

Het was even stil en toen zei ze: 'Nu moet je vragen waarom.'

Ik schraapte mijn keel. 'Oké. Eh, waarom is dat dan? Waarom word je eh… gek van dit leven?'

'Zie je het dan niet? Hier zit ik dan met een kind, zonder werk, zonder man. Ik kan bijna niet rondkomen. Kijk eens om je heen. Is dit wat je noemt een volwaardig huis?'

Ik keek om me heen, en mijn blik bleef hangen op de foto aan de muur van de naakte, zwangere Rosita. Ik voelde mijn piemel hard worden.

'Ik kan verdomme niet eens vaste vloerbedekking betalen. Vroeger was ik jong en mooi. De wereld lag voor me open. Ik had iedere man kunnen krijgen. Mannen met een goed inkomen. Maar ik heb gekozen voor die lul.'

Ze begon te huilen. Mijn arm schokte met haar schouders mee. Ik stak mijn hand voorzichtig uit en streelde haar haar. Ze sloeg hem niet weg. Ze liet me begaan. Haar haar was net zo zacht als dat van mijn moeder vroeger. Alleen had ze meer krullen en de kleur was donkerder.

'Wat moet ik nou? Jij moet me helpen, Ray.'

Ik voelde een lichte paniek opkomen. Wat verwachtte ze van me?

'Ik kan er niet meer tegen om zo te moeten leven. Voor mezelf niet, maar ook voor Anna niet.'

Ik vroeg me af wat ik moest zeggen. Toen kreeg ik een ingeving: 'Wij gaan morgen vaste vloerbedekking voor je kopen. De mooiste die je maar kunt vinden.'

'Dat kan ik toch niet betalen.'

'Ik betaal. Ik geef jou vaste vloerbedekking. Omdat ik wil dat je een volwaardig huis hebt.'

Ze keek me aan. 'Zou je dat voor me willen doen?'

Ik knikte. Ik kreeg een warm gevoel vanbinnen.

Ze sloeg haar armen om me heen en gaf me een kus op mijn wang. Ik rook haar zoete geur en voelde even haar borsten tegen me aan strijken. Mijn piemel ontplofte bijna.

'O Ray.' Rosita sloeg haar hand voor haar mond. 'Jij bent ook niet veel gewend, hè.'

Ik lachte met haar mee. We lachten heel lang.

21

'De wederpartij zit al in de vergaderzaal,' fluisterde Claire, de receptioniste. 'We hebben de heer Van Benschop even in jouw kamer geparkeerd.'

Ik probeerde mijn ergernis niet te laten blijken. 'Kun je daar volgende keer een andere oplossing voor bedenken? Ik heb liever geen cliënten op mijn kamer als ik er zelf niet bij ben.'

'Instructies van Lode.'

Ik rolde met mijn ogen. 'Natuurlijk.'

In mijn kamer stond een kleine vergadertafel. Maar daar zat Peter van Benschop niet aan. Hij stond voor mijn bureau en bestudeerde een foto van Aron en mij bij de ingang van Artis. 'Alleenstaande moeder, ik zei het toch.'

'Goedemiddag meneer Van Benschop.'

'Ik heb altijd gelijk wat vrouwen betreft. Ze noemen zichzelf misschien gecompliceerde wezens, maar voor mij zijn ze een open boek.'

Als je wist wat ik nu denk, zou je gillend naar je moeder rennen, dacht ik. Maar ik vroeg netjes: 'Kunt u even gaan zitten?' Ik gebaarde naar een van de stoelen die om de bespreektafel heen stonden. 'Ik wil het komende gesprek nog even met u doornemen.'

Hij deed wat ik zei, haalde zelfs zijn notitieblok tevoorschijn.

'Dat de wederpartij er de voorkeur aan geeft deze kwestie in persona af te handelen, betekent hoogstwaarschijnlijk dat ze de emoties van mejuffrouw De Boer willen uitspelen.'

'Hoe bedoel je dat?' vroeg Van Benschop op vijandige toon.

'Het is natuurlijk makkelijker om je af te sluiten voor het feit dat Kim de Boer nog een jong meisje... pardon, jonge vrouw is, als ze alleen maar op papier bestaat. Ik heb de indruk dat ze de leeftijd en kwetsbaarheid van De Boer als troefkaart in willen zetten.'

'Dat ze een lekker potje gaat janken en zo?'

'Dat zou goed kunnen. Er zullen dingen gezegd worden die in uw ogen onjuist zijn. Er zullen eisen gesteld worden waar u het niet mee eens bent. Ik kan me voorstellen dat u dan uw zegje wilt doen. Toch is mijn verzoek dat u zich zo veel mogelijk afzijdig houdt van de discussie. U zegt alleen iets wanneer ik dat aan u vraag. Is dat duidelijk?'

'Hoezo mag ik niets zeggen? Het is toch mijn zaak?'

'Zeker. Maar u hebt mij ingeschakeld als uw advocaat. Dus laat mij dan ook mijn werk doen.'

'Maar ik kén Kim.'

'En is dat niet waar alle problemen begonnen zijn? Ik blijf bij mijn verzoek. Houdt u zich alstublieft op de achtergrond. Al is het alleen maar zodat u geen dingen zegt die juridisch gezien niet handig zijn.'

'Oké.' Op het notitieblok schreef hij demonstratief BEK HOUDEN.

Ik kon er niets aan doen, ik schoot in de lach. 'Bent u er klaar voor?'

'Ik hoop het wel.'

In de vergaderzaal zaten Kim de Boer, haar ouders en haar advocaat met strakke gezichten op ons te wachten. Dit kon nog weleens lastig worden.

Ik stelde me aan hen voor en vroeg of ze het kantoor makkelijk hadden kunnen vinden, wat natuurlijk je reinste nonsens is gezien de centrale ligging.

'Ik zal me maar niet aan jullie voorstellen, hè?' zei Van Benschop.

'Helaas weten we al wie je bent,' zei de moeder.

Ik had me een asociale familie voorgesteld. Achteloze ouders die het te druk hadden met het consumeren van alcohol en alleen in actie kwamen als er geld te halen viel. Maar meneer en mevrouw De Boer vertoonden geen tekenen van alcoholisme en zagen er met hun keurig gestreken kleding uit als stabiele, degelijke mensen. Ik realiseerde me hoe pijnlijk deze toestand voor hen moest zijn.

Kim de Boer zat tussen haar ouders ingeklemd, haar gezicht vrij van make-up. Het haar in slome slierten om haar langwerpige gezicht. Ik probeerde haar uitdrukking te lezen, maar die was volstrekt blanco. Alsof ze in een klaslokaal uit het raam zat te staren terwijl de leraar het verschil tussen een meewerkend en een lijdend voorwerp uitlegde.

'We weten allemaal waarom we hier zijn,' opende ik de bespreking. 'Mejuffrouw De Boer stelt mijn cliënt, de heer Van Benschop, aansprakelijk voor geleden schade, te weten gederfde inkomsten en immateriële schade.'

'Correct,' zei Adriaan de Leeuw, de advocaat van de tegenpartij. Ik had hem weleens ontmoet op een Jonge Balie-borrel, lichtjaren geleden.

'U hebt mijn cliënt een schikkingsvoorstel gedaan, wij hebben u een tegenvoorstel gedaan en nu wilt u de zaak persoonlijk bespreken.'

'Ook dat is juist,' zei confrère De Leeuw. 'Wij denken namelijk dat deze zaak meer behelst dan bedragen en juridische termen. Waar wij het over willen hebben is dat mijn cliënte,' – hij knikte naar Kim de Boer, alsof wij niet wisten wie ze was – 'een jong meisje is met een trauma voor het leven.'

Kim de Boer staarde nog steeds voor zich uit met dezelfde blanco uitdrukking op haar gezicht

'U hebt de gemoedstoestand van uw cliënt al uitgebreid naar voren gebracht in uw brief,' zei ik droog. 'Kunt u mij uw reactie op het tegenvoorstel geven?'

'Daar kan ik kort over zijn. Als ik naar uw voorstel kijk, heb ik niet het gevoel dat u doordrongen bent van de ernst van de situatie. Mijn cliënte is emotioneel zwaar beschadigd en zal jarenlang in therapie moeten.'

'Uw cliënte heeft bewust voor deze ervaring gekozen. Ik wil u eraan herinneren dat ze zelf contact heeft gezocht met de heer Van

Benschop, uitgebreid is geïnformeerd over de aard van de productie en vervolgens een contract heeft ondertekend.'

'En we hebben alles doorgesproken. Hè, Kim? We hebben zelfs nog een colaatje gedronken na afloop.' Ik gaf Van Benschop een venijnige schop onder tafel.

'Het is zeer de vraag in hoeverre dat een minderjarig meisje kan worden aangerekend,' zei De Leeuw.

'Een minderjarig meisje dat zo graag wilde meespelen dat ze haar legitimatiebewijs heeft vervalst. Mijn cliënt had geen idee van haar werkelijke leeftijd. Dit hebt u ook in mijn tegenvoorstel kunnen lezen.'

Mevrouw De Boer zag eruit alsof ze ieder moment in huilen uit kon barsten. Van meneer De Boer vermoedde ik dat hij op het punt stond om over de tafel heen te springen om *Pissing Peter* te lynchen. Van mij mocht hij. Ik zou mijn stoel opzij schuiven en hem alle ruimte bieden. Ik zou hem zelfs mijn Mont Blanc-pen lenen, een cadeau van mijn moeder ter gelegenheid van mijn afstuderen, mocht hij behoefte hebben aan een moordwapen.

'Daar is mij niets van bekend,' zei De Leeuw.

'Dan zou u toch uw stukken eens wat beter moeten lezen.'

'Is dat zo?' vroeg meneer De Boer aan zijn dochter. 'Heb jij je legitimatiebewijs vervalst om mee te kunnen spelen in die walgelijke... vertoning?'

De gezichtsuitdrukking van Kim veranderde geen moment.

'Misschien kun je antwoord geven?' zei ik.

Ze haalde haar schouders op.

'Wie zwijgt, stemt toe, lijkt me.' Ik haatte mezelf om deze opmerking. Dit had niets met eer te maken. Laat staan met mijn geweten.

'Ik zou toch graag het antwoord van mijn cliënte zelf willen horen,' sprak De Leeuw.

'Denk je dat ik gek ben?' riep Van Benschop op verontwaardigde toon. Alsof híj ernstig getraumatiseerd was. 'Ik laat toch geen minderjarige meespelen. Heb je enig idee hoe groot het aanbod van meisjes is? Ze staan in de rij om...'

'Duidelijk.' Ik wierp Van Benschop een blik toe waar de vader van Kim nog wat van kon leren. 'Wat de heer Van Benschop probeert te zeggen, is dat er voor hem geen enkel belang was om een minderjarige te laten participeren in zijn productie. Niet voor niets zijn alle actrices verplicht zich te legitimeren.' Vraag om een kopie van het identiteitsbewijs, seinde ik De Leeuw in gedachten toe. Vraag het. Maar telepathie bleek niet zijn sterkste kant.

'Zonder het vervalste legitimatiebewijs had uw cliënte nooit een rol gekregen.' Een duidelijker voorzet kon ik niet geven.

Maar in plaats van naar het bewijsmateriaal te vragen, wendde De Leeuw zich tot zijn cliënte. 'Kim, ik wil dat je goed nadenkt. Heb jij inderdaad je legitimatiebewijs vervalst?'

Voor het eerst kwam er beweging in het meisje. Ze wiebelde op haar stoel en trok met haar mondhoeken. Ze zou breken.

Alle aanwezigen keken haar gespannen aan. Ze leek te verschrompelen.

'Rick heeft het gedaan,' zei ze ten slotte. De stem van een klein meisje.

'Wat gedaan?' vroeg De Leeuw.

Maak alsjeblieft een einde aan deze voorstelling, smeekte ik in gedachten. Ik besloot meteen dat het de laatste keer was dat ik een dergelijke zaak had aangenomen. Dan nog liever echtscheidingen.

'Rick heeft iets met de kopie van mijn paspoort gedaan.'

'Verdomme,' zei meneer De Boer. 'Verdomme, Kim. We hebben je nog zo gezegd dat je niet meer met hem om mocht gaan.'

Mevrouw De Boers keurig gestifte mond was een smalle streep geworden. Een *flatliner* op de hartbewakingsmonitor. Wat ontbrak was een schrille pieptoon.

'Ik hoop dat u lekker slaapt vannacht,' zei meneer De Boer tegen me voordat hij de vergaderzaal verliet. 'Gefeliciteerd.'

We hadden het financiële plaatje doorgenomen en waren op een totaalbedrag uitgekomen van net iets meer dan ons tegenvoorstel.

Ik wist niets gepasts om terug te zeggen. Geen excuses, geen tegenwerping, geen tegenaanval. Normaal gesproken zou ik 'tot ziens' zeggen. Of 'wel thuis'. Maar geen van beide leken me van toepassing. Ik keek hoe de dochter ondersteund door haar ouders de vergaderzaal uit werd geleid. De Leeuw knikte me kortaf toe en volgde hen naar buiten. De deur sloeg dicht.

'Zo, dat ging lekker.' Van Benschop wreef in zijn handen. 'Mag ik je een drankje aanbieden? Champagne, hou je daarvan?'

'Lekker? Het ging lékker?' vroeg ik.

'Ja. Ik moet eerlijk zeggen dat ik je niet echt hoog had zitten, maar zoals je dit hebt aangepakt... Geweldig gewoon. Ik zei je toch dat het een hoop aanstelleritis was aan de kant van Kim de Boer?'

Ik draaide me naar hem toe en keek hem vol ongeloof aan. 'Als u denkt dat het "lekker" ging, omdat u het recht aan uw zijde hebt, dan zit u helemaal verkeerd. Het is uw domme geluk dat de advocaat van de wederpartij zat te slapen, anders was er gehakt van u gemaakt.'

'Het is het resultaat dat telt, zeg ik altijd maar.'

'Het resultaat?' Het kostte me moeite om niet te gaan schreeuwen. 'Het resultaat is dat er een heel gezin naar de knoppen is geholpen, en dan heb ik het nog niet over al die zwakbegaafde mannen die denken dat het oké is om je vrouw te mishandelen omdat ze dat in uw films zien. U hebt werkelijk geen idee hoeveel schade u aanricht.'

'Pardon? Wat ben jij preuts, kortzichtig en belerend.'

'En u bent een narcistische, opportunistische, gewetenloze klootzak.'

Terwijl ik dat zei, was de deur van de vergaderzaal opengegaan. 'Is het niet goed gegaan?' vroeg Lode met gefronste wenkbrauwen. Hij snelde de zaal binnen. 'Alles in orde, meneer Van Benschop?'

Ook dat nog. 'Het is uitstekend gegaan. Meneer Van Benschop wilde net de champagne opentrekken, toch?'

'Het klonk anders niet al te gezellig,' zei Lode. Hij legde zijn hand op Van Benschops schouder. 'Gedraagt mevrouw Kastelein zich een beetje?'

Ik gaf Van Benschop geen kans om antwoord te geven. 'Je bedoelt dat ik een paar schijnbaar onaardige dingen zei? Daar moet je niets achter zoeken. Sterker nog, je moet het zien als een ode aan de onderwerping van... hoe noemde u dat ook alweer, meneer Van Benschop?'

Pissing Peter zei niets, maar keek behoorlijk kwaad.

'Ik zie het al. U wilt het er liever niet meer over hebben. Is ook goed. Ik zal de stukken vandaag nog voor u in orde maken. Die stuur ik u toe voor akkoord en daarna kunnen ze naar de wederpartij. Goed?'

'Prima,' zei Lode snel. 'Fijn dat je de zaak snel afhandelt, Iris. Goed gedaan. Misschien kun je nu de heer Van Benschop en mij de gelegenheid geven om nog even na te praten.'

Ik liep zonder hen nog een blik waardig te gunnen de kamer uit.

Ik typte als een bezetene de stukken uit. Ik was niet in mijn gewone doen, dat moest ik toegeven.

Ik had me moeten beheersen. Ik had mijn schouders op moeten halen en weg moeten lopen. Of ik had de zaak af moeten stoten. Nu had ik geen van beide gedaan. Dit was niet goed voor mijn positie. Gelukkig had ik een contract voor onbepaalde tijd.

Ik nam me voor om me de komende tijd rustig te houden.

22

Ik zag Rembrandt voor het eerst weer in de tuin. Sinds kort mocht ik meehelpen met het onderhoud. Sommige patiënten hadden een eigen groentetuintje. Of ze plantten bloemen. Ik knipte de heggen.

Er waren veel heggen op de centrale binnenplaats van de Hopperkliniek. Klein-Versailles werd het ook wel genoemd. De heggen waren geplant in een vierkant. Vanuit de hoeken liepen diagonale lijnen die weer uitmondden in een kleiner vierkant. In dat vierkant stond een beeld van een naakte man. Al had hij een lapje om zijn heupen. Geen blote onderkantjes gold ook voor de beelden in de tuin.

Eens in de twee weken mocht ik al die heggen snoeien. Onder toezicht, dat wel. Want patiënten met heggenscharen moesten goed in de gaten gehouden worden.

Ik keek altijd uit naar de dag waarop ik de heggen mocht doen. Het deed me denken aan de Koningin Wilhelminastraat. Toen ik mijn werk nog had. Toen ik Rosita en Anna nog had. Toen ik weliswaar vaak alleen was geweest, maar niet zo eenzaam als nu.

Ik was halverwege de tweede heg, toen ik Rembrandt de binnenplaats op zag wandelen. Hij was enkele dagen geleden uit de separeer gekomen en ik had hem sindsdien effectief weten te mijden.

'Zo, Reetje,' zei hij. Hij gooide een sigarettenpeuk op het gazon. Ik nam me voor om die meteen te verwijderen, zodra Rembrandt uit mijn gezichtsveld verdwenen zou zijn.

'Reetje. Wat hoor ik nou? Ben jij een beetje gek op die blonde stoot? Die, hoe heet ze, Janneke?'

Ik zei niets terug, maar knipte door. Stukjes buxus vielen in de maat op de grond. Eén, twee, drie. Eén twee drie. Telkens liet ik bij drie de ijzers door de takken snijden.

'Je vindt haar wel geil, hè?'

Eén, twee, drie. Eén, twee, drie.

'Weet je wat jij moet doen? Je moet haar gewoon eens lekker beetpakken. Dat wil ze. Dat zie je aan alles.'

Eén, twee, drie. Eén, twee, drie.

'Dat kun je toch wel? Je bent toch een echte man?'

Ik stopte met knippen en keek om me heen om te zien waar mijn begeleider gebleven was. Die stond te praten met een collega. Ik hoopte dat hij zou opkijken en Rembrandt zou wegsturen. Wist hij niet dat patiënten met heggenscharen goed in de gaten gehouden moesten worden?

Rembrandt kwam nog een stap dichterbij. 'Je moet achter haar gaan staan en even lekker in die vette reet knijpen.' Even was ik bang dat hij in mijn billen wilde knijpen. Zijn hand kwam dichtbij. Ik verstevigde mijn greep op de handvatten van de heggenschaar.

Eindelijk draaide mijn begeleider zich om. 'Gaat het goed?' vroeg hij.

'Prima,' zei Rembrandt. 'Reetje en ik staan gezellig met elkaar te babbelen.'

'Het lijkt me beter dat je hem niet afleidt.'

Rembrandt stak zijn handen in de lucht. 'Ook goed. Zie je, ik loop al weg. Niets aan de hand.'

Ik ging verder met het knippen van de heg. Het lukte niet meer om het juiste ritme te vinden.

'Als jij het niet doet, doe ik het,' riep Rembrandt nog over zijn schouder.

'Waar had hij het over?' Mijn begeleider was bij me komen staan. Ik zag dat Rembrandt ons van een afstandje in de gaten hield en probeerde me te concentreren op de heg.

'Niets,' zei ik toen maar. Mijn hoofd voelde warm, alsof ik koorts had. Ik geloofde niet dat ik gek was op Janneke. Al was ze heel aardig en had ze een stukje zelfgebakken brood voor me meegenomen. Ik had het geproefd en gezegd: 'Meer suiker.'

Ik moest eerlijk bekennen dat ik weleens aan haar dacht als ik me aftrok. Maar ze haalde het natuurlijk niet bij Rosita. Niemand kwam ook maar in de buurt van Rosita. Ik dacht aan haar witte tanden, haar kuiltje en haar nagels die altijd te lang waren, en ik voelde me verdrietig.

'Ik heb geen zin meer,' zei ik tegen mijn begeleider. 'Mag ik het morgen afmaken?'

'Natuurlijk, jongen. Geen probleem.'

Terug op de afdeling bekeek ik de foto's. Chili, Saturnus, Venus. Ik hield ze vlak bij mijn gezicht en bestudeerde ze. De vissen zagen er goed uit. En Iris Kastelein die zei dat ze mijn zusje was had gelijk gehad: het koraal was gegroeid. Mijn moeder had overduidelijk goed werk verricht met het aquarium, maar ik miste enkele dieren. Waar was King Kong? En waar was Hannibal? Ook zag ik een dwergkeizer die ik nooit eerder had gezien. Ik zou het vragen wanneer Iris Kastelein die zei dat ze mijn zusje was op bezoek kwam.

Mijn moeder was nooit goed geweest in het beantwoorden van vragen. Ik weet niet meer wanneer, maar op een gegeven moment was ik ermee gestopt ze te stellen. Als ze op bezoek kwam, stelde ze mij wel vragen. Hoe het met mijn werk ging. Of ik wel goed at. Hoe het zat met Rosita. In eerste instantie was ze blij geweest met het nieuws dat ik bevriend was geraakt met de buurvrouw. 'Misschien komt het toch nog goed met je,' had ze zelfs gezegd.

Maar toen waren Rosita en Anna een keer langsgelopen terwijl ik met mijn moeder op het tuinpad stond.

Rosita zwaaide naar mij en ik zwaaide terug.

'Is dat haar nou?' had mijn moeder gevraagd. 'Dat wordt dus helemaal niets.'

'Waarom niet?'

'Kijk nou naar dat rokje. Zo kort, dat kan toch niet. Denkt ze dat ze zestien is?'

Ik keek naar het rokje van Rosita. Het was wit en bedekte amper haar billen. Een steek ging door mijn buik. 'Ze heeft het altijd warm. En ik weet niet of ze denkt dat ze zestien is. Volgens mij is ze bijna dertig. Maar ik zal het aan haar vragen.'

Mijn moeder keek me hoofdschuddend aan. 'Kon ik er maar de humor van inzien dat je zo bent.'

Mijn moeder mocht Rosita niet en Rosita op haar beurt had weinig goeds te zeggen over míjn familie. Ik zat altijd tussen hen in. 'En waar is je vader dan?' Rosita praatte graag over moeilijke dingen. Dan ging ze naast me zitten op de nieuwe bank – 'want die heb ik nodig, Ray, kun je niet zien hoe afgesleten deze is en vaal' – haar knieën opgetrokken, zodat haar rok omhoog kroop en ik haar bruine benen kon zien, en een asbak op haar schoot. Ze rookte een sigaret en keek me aan met haar ogen een beetje samengeknepen. Mijn moeder zei dat het niet goed was om te roken en al helemaal niet waar een kind bij was.

'Hij is weg,' zei ik. 'Hij had geen zin in een kind.'

'Wat bedoel je, hij is weg? Heb je hem nooit gekend dan?'

'Nee. Hij is weggegaan toen mijn moeder wist dat ze mij zou krijgen.'

'Alle mannen zijn hetzelfde.'

Ik zou nooit weggaan. En zeker niet bij Rosita. Ik wou dat ze dat eens snapte. Maar in plaats van het te snappen liet ze zich liever keer op keer teleurstellen door de vader van Anna.

'Heeft hij nooit contact met je gezocht?'

'Nee.'

'Waarom niet?'

Ik haalde mijn schouders op. Ik wilde deze vragen niet beantwoorden, los van het feit dat ik het antwoord gewoonweg niet wist. Toch deed ik mijn best. Omdat Rosita het belangrijk vond.

'Je moet uitzoeken wie hij is. Je moet toch weten waar je vandaan komt? Daar heb je toch recht op? Neem nou de vader van Anna. Het is een klootzak, maar Anna ként hem tenminste. Heb je aan je moeder gevraagd wie hij is?'

Ik aarzelde. 'Nee,' zei ik toen.

'Aha. Je wilt het me niet vertellen, hè? Dat is het.' Ze legde een hand op mijn wang en bracht haar gezicht dicht bij het mijne. Ik rook haar zoete parfum vermengd met sigarettenrook. Het was prettig en beangstigend tegelijkertijd. 'Wij zijn vrienden. Dat weet je toch? Ik sta aan jouw kant. Kijk me aan.'

Ik verplaatste mijn blik van het kuiltje tussen haar sleutelbeenderen naar haar ogen en keek haar aan, zo lang als ik het kon volhouden.

'Dat is beter. Je moet niet bang zijn. Ik doe je toch niets, gekkie.'

'Ik ben niet gek.'

Ze liet mijn gezicht weer los. 'Natuurlijk niet, lieverd. Je bent niet gek. Helemaal niet, zelfs. Je bent misschien wel de meest normale persoon die ik ooit heb ontmoet. Hoor je dat?'

Ik knikte.

'Je kunt me vertrouwen, Ray. Waarom zou je altijd alleen met al die ellende blijven rondlopen. Vertel het gewoon. Wat is er met je vader gebeurd?'

'Hij is weg.'

'Dat weten we al. Wie is hij? Waar is hij naartoe gegaan? En wanneer?'

'Het was maar goed dat mijn vader was weggegaan, want ik huilde te veel, zei mijn moeder.'

'Baby's huilen nu eenmaal. Je had Anna moeten meemaken, die huilde ongeveer dag en nacht. Ik werd er helemaal gestoord van. Geloof me, Ray, alle baby's huilen en alle moeders worden er gek van, zelfs de trutmoeders die doen alsof ze perfect zijn. Het huilen gaat over. Voor je het weet kunnen ze kruipen en praten en dan wordt alles makkelijker.'

Ik keek naar Anna. Ze zat een tekenfilm te kijken.

'Als je vader je in de steek heeft gelaten omdat hij niet tegen het huilen kon, is hij een slappe zak. Dat heeft niets met jou te maken.'

'Ik wil Anna een vis geven,' zei ik. 'Ik wil Anna een mooie grote vis geven, omdat ze het fijn vindt om naar de vissen te kijken en dan heeft ze er zelf ook een.'

'Dat is lief van je. Maar je bent nog niet van me af. Wie is je vader nou? Wat heeft je moeder over hem verteld?'

Ik had mijn moeder weleens naar mijn vader gevraagd. Het was me op zeker moment opgevallen dat de meeste buurjongetjes en de kinderen op school een vader hadden met wie ze konden voetballen en van wie ze straf kregen. We zaten te eten en ik vroeg: 'Waarom heb ik geen vader?'

Mijn moeders mond bleef even stilstaan, daarna kauwde ze weer verder. 'Die heb je gewoon niet.'

'Maar waarom dan niet?'

'Daarom niet. Maar je moet er niet verdrietig om zijn, Ray. Wees maar blij dat hij er niet is. Hoe denk je dat je vader zou reageren als jij zo met je kop tegen de muur loopt te bonken? Of wanneer je zomaar begint te krijsen in de supermarkt, omdat je niet langs de vleeswarenafdeling durft, terwijl je al zeven jaar bent. Of hoe denk je dat je vader het zou vinden als je poep op de muren smeert? Of dan die ene keer dat je je poep opat op het kleuterschooltje. Denk je dat je vader dat leuk had gevonden?'

Dit waren dingen die ik onmogelijk aan Rosita kon vertellen. 'Ik weet het niet,' antwoordde ik dus maar.

Haar ogen knepen zich samen. 'Je weet het donders goed,' zei ze. 'Maar als je me niet vertrouwt, moet je het zelf maar weten.'

Ik wilde niet dat ze boos op me was. Uit alle macht probeerde ik iets te verzinnen waarmee ik haar tevreden kon stellen. Maar ik had niet veel fantasie. 'Mijn moeder was heel jong. Nog maar eenentwintig jaar. En mijn vader... hij is er nooit geweest.'

Rosita stak een nieuwe sigaret op en rookte met grote gebaren. 'Doodziek word ik van mannen die hun vrouw maar in de steek laten. Ze denken alleen maar aan neuken, en een condoom zit niet lekker, zeggen ze dan. "Dan voel ik minder." Weet je wanneer je pas echt weinig voelt? Als er een kind door je geboortekanaal heen is geweest. Maar dat is niet hun probleem. Het hele kind is niet hun probleem. Het was niet de bedoeling, dus kunnen ze er niets aan doen, vinden ze.'

Ik knikte om haar een plezier te doen.

'Dat zou jij nooit doen, hè? Jij bent toch zo'n lieverd.'

Ik kreeg het nogal warm en probeerde noch naar haar noch naar de foto aan de muur te kijken. Dus keek ik naar de tekenfilm van Anna.

'Heb jij eigenlijk weleens een vriendin gehad?'

'Eh, nee.'

Ze lachte. 'Ik had het kunnen weten. Zo'n lieve man als jij. En op een bepaalde manier ben je nog best knap ook. Maar toch nog nooit een vriendin gehad. Hoe kan dat nou?'

Ik voelde me ongemakkelijk. 'Morgen gaan we een vis kopen, Anna en ik. Dan nemen we de bus naar Amersfoort en gaan we naar de vissenwinkel.'

Lachte ze me uit? 'Je draait eromheen. Jij bent nog nooit met een vrouw geweest, is het wel?' Ze legde haar hand op mijn knie en boog zich naar me toe. 'Of ga je soms naar de hoeren?'

'Ik moet naar huis,' zei ik. 'Ik moet de vissen voeren en de waarden opmeten. Ik moet een quarantainebak maken voor de nieuwe vis.'

Nu lachte ze me uit. Ik wist het zeker. Ik stond op en liep de kamer uit.

'Sorry!' riep ze me na. 'Ik wilde je niet beledigen.' Maar ze lachte nog steeds.

De volgende dag gingen we niet naar Amersfoort en de dag erna ook niet. Ik kon Rosita niet meer onder ogen komen, niet na de dingen die ze tegen me had gezegd. Wel hing ik de madeleine in een zakje aan de voordeur. Ik had getwijfeld of ik het zou doen. Maar het lukte me niet om het te laten.

Ik miste Rosita. Ik miste onze middagen samen, ik miste het dat we soms begonnen te lachen om helemaal niets en dan niet meer konden ophouden, ik miste zelfs de moeilijke vragen die ze me altijd stelde.

Na twee dagen zonder haar zag ik de vader van Anna zijn auto voor haar huis parkeren. Ik zat achter mijn donkerrode gordijn te hopen op een glimp van Rosita, toen hij de straat in reed. Ik werd misselijk, zo erg zelfs dat ik dacht dat ik moest overgeven.

Hij stapte uit. Ik dacht eraan dat hij Rosita's blootje zou zien, hij wel, terwijl Rosita hem een klootzak had genoemd. Mij noemde ze lieverd, tegen mij zei ze dat ik anders was dan andere mannen. Maar híj mocht aan haar bonbons zitten, de vader van haar kind zijn, al was hij een hele slechte, en langskomen wanneer hij daar zin in had.

Ik dacht aan alle keren dat ik op Anna had gepast, omdat hij zonodig met Rosita wilde zijn, en hij tegen me had gepraat met zo'n stom lachje op zijn gezicht. Alsof hij meer was dan ik, terwijl ik degene was die vaste vloerbedekking, een nieuwe bank en een nieuwe buggy voor Anna had gekocht. Al had mijn moeder gezegd dat een kind van vier te oud was voor een buggy, zoals ze alles wat Rosita deed slecht of belachelijk vond. Ik wilde mijn moeder graag een plezier doen. Maar meer dan wat dan ook ter wereld wilde ik Rosita een plezier doen.

De vader van Anna liep het tuinpaadje op. Waarom weet ik niet, maar hij keek opzij en zwaaide naar me. Met een glimlach op zijn gezicht. Alsof ik zijn vriend was. Maar ik was zijn vriend niet. O nee, ik was absoluut niet zijn vriend.

Hij verdween uit mijn gezichtsveld. Rosita zou opendoen in haar witte badjas zonder iets eronder. Ze zou naar hem lachen, misschien wel zoals ze naar mij lachte, als ze niet moest huilen tenminste. Ik keek weer naar zijn veel te grote donkerblauwe auto. En ik dacht: ik zal ervoor zorgen dat jij niet meer kunt rijden. Als je niet meer kunt rijden, kun je ook niet meer langskomen en dan zal Rosita inzien dat ze beter af is met mij.

Ik doorzocht de keukenladen en vond een groot mes. Het was het vleesmes dat mijn moeder voor me had gekocht. Het had in een zogeheten starterspakket gezeten, samen met pannen, plastic bakjes, borden en bestek.

Ik had niet begrepen wat ik met een starterspakket aanmoest terwijl ik alweer een paar jaar op mezelf woonde. Bovendien vond ik het geen fijn mes: het was te bot en lag niet lekker in de hand. Bij de bakkerij had ik fijnere messen om appels in partjes te snijden en noten fijn te hakken. Maar voor dit karweitje zou het perfect zijn.

Ik liep naar buiten met het grote mes in mijn hand. Precies op dat moment liep de overbuurvrouw voorbij. Ze groette. Ik zei niets terug, zij had namelijk het slordigste voortuintje van allemaal. Toen zag ze het mes in mijn hand. Haar gezicht verstrakte. 'Wat ga je doen?' vroeg ze met een hoog piepstemmetje. Het was me niet eerder opgevallen dat ze zo raar praatte. Het leek alsof ze de woorden door haar strot moest persen. Ik hoorde en zag haar, maar besloot dat ze niet bestond.

De donkerblauwe auto stond daar maar te glimmen, al scheen de zon niet. Ik keek even opzij. De voordeur van Rosita was dicht. Ik stelde me voor hoe Rosita de hand van de vader van Anna zou vastpakken, hem mee de trap op zou nemen, naar boven, naar haar slaapkamer. Hij zou haar witte badjas uittrekken. En zij zou haar blootje laten besmeuren.

Ik hief mijn arm en liet met kracht het mes de rechtervoorband van de auto doorboren. Je hoorde een laf 'pffff'. Dat was alles.

Ik stak alle vier de banden lek en bleef erop insteken totdat de buurvrouw zo hard stond te gillen dat Rosita het wel moest horen.

Ik was nog niet klaar. Mijn oog viel op het roofdier dat boven op de motorkap van de grote auto stond. Een zilveren jaguar die op het punt stond om van de motorkap af te springen. Ik stelde me voor hoe het beest neer zou komen op een onschuldige prooi. Een weerloos dier waarvan hij zonder een greintje medelijden de halsslagader zou doorbijten. Ik had het vaak genoeg gezien op Discovery Channel.

Ik rukte de jaguar van de motorkap af. Het was niet makkelijk, het ding zat goed vast. Maar ik was kwaad. En als je kwaad bent, heb je veel kracht. Terwijl ik op die jaguar aan het rammen was, stootte ik kreten uit die ik van mezelf niet kende. Het kwam vanzelf, zonder dat ik mijn mond bewust had geopend. Ik brulde, misschien wel zoals een jaguar brult, en trok het zilveren beest los.

Vervolgens sloeg ik de jaguar door de voorruit van de auto. Ook dit was geen eenvoudig karweitje. De ruit hield het lang vol. Pas bij de vierde klap – hij zat al vol met sterren – sloeg de jaguar door de autoruit heen. De overbuurvrouw gilde, er klonk glasgerinkel en ik brulde weer. Eindelijk ging de deur van Rosita open.

'Wel godverdomme!' De vader van Anna rende naar buiten, in blauw-wit gestreepte boxershorts. 'Ben je helemaal gek geworden?' Zijn stem sloeg over. Hij rende naar zijn auto toe. Nu lachte hij niet meer. Nu keek hij niet meer alsof hij hier thuishoorde. Hij rende om de auto heen, de schade opnemend, jammerend, klagend, vloekend, scheldend.

Rosita kwam hem achterna, in haar witte badjas. Vanaf een afstandje bleef ze het tafereeltje bekijken. Ik kon haar gezichtsuitdrukking niet thuisbrengen. Was het woede, afschuw, schaamte, trots, vernedering of triomf?

'Het lijkt me beter als je hier voorlopig niet meer komt,' zei ik tegen de vader van Anna. Luid en duidelijk.

Terwijl de overbuurvrouw naast hem kwam staan en uitgebreid verslag begon te doen, draaide ik me om en liep mijn huis binnen. Ik borg het grote mes op in de keukenla en waste mijn handen. Ik voelde me rustig. Ik had het goed gedaan. Ik had het heel goed gedaan.

23

'Hoe ging het vandaag?' Ik vroeg het toch maar.
'Wel oké,' zei Petra. 'We houden hem in de gaten.'
'Mooi.' Wat moest ik anders zeggen?
'Je ziet toch dat hij beter functioneert na wat meer aandacht van jou.'
Ik perste een glimlach tevoorschijn. Als ze dacht dat ik me nog een keer zou laten provoceren, had ze het mooi mis. 'Tot morgen dan.'
Ik trok Aron zijn jasje aan en nam hem mee naar de auto. Het was koud. We hadden een aantal warme weken gehad, maar nu zaten we allemaal weer te wachten tot de zomer zou doorzetten.
'Ik heb honger, mama.'
'We gaan bij het restaurantje eten, lieverd.' Ik had weer eens geen tijd gehad om boodschappen te doen. Vaak rende ik tijdens de lunchpauze naar de supermarkt, maar daar was het vandaag niet van gekomen. Gelukkig vond Aron het doorgaans leuk om samen met mij uit eten te gaan.
'Ik wil niet.'
'Pizza. Daar hou je toch van? We gaan lekker een pizzaatje eten en daarna krijg je altijd een lolly van die aardige meneer, weet je nog?'
Ik gespte hem in het autostoeltje en probeerde oogcontact met hem te krijgen. Zijn ogen keken in mijn richting, maar daar was dan ook alles mee gezegd. Aron kon je aankijken zonder dat je het gevoel kreeg dat hij je ook maar een moment registreerde.

Ik reed naar de pizzeria die bij mijn moeders huis om de hoek zat. Het eten was niet geweldig, maar ze voerden een tolerant kinderbeleid, hetgeen inhield dat iedereen onder de vijftien 'schat' werd genoemd en volgepropt met lolly's.

'Je mag straks iets lekkers uitkiezen. Een pizza, lasagne, spaghetti, wat je maar wilt. We gaan gezellig eten.'

We liepen de pizzeria in. Onze jassen werden opgehangen en we werden aan een tafeltje een beetje achterin voor het raam gezet.

'Ik wil naar huis.'

Ik zuchtte geïrriteerd. 'Het is even niet anders, het spijt me. Morgen ga ik weer koken. Maar vandaag is het me niet gelukt om boodschappen te doen. En als ik je nu nog een supermarkt in moet slepen en dan pas moet gaan koken, wordt het te laat en ben je morgen moe. Daarom eten we nu pizza of wat je maar wilt. Anders vind je dat toch ook altijd lekker?'

De ober kwam langs. Ik bestelde een witte wijn en een Fristi.

'Ik wil naar huis.'

'Weet je wat? Ik vraag wel of we het eten mee kunnen nemen naar huis. Maar dan moeten we nu nog heel even geduld hebben.' Het leek hem gerust te stellen. Als ik hem nu nog tien minuten kon bezighouden, dan was deze ramp weer afgewend. 'Vertel eens. Wat heb je allemaal gedaan op de crèche? Heb je nog een mooie tekening voor me gemaakt?'

Aron stond op van zijn stoel.

'Wat ga je doen?'

'Ik ga naar huis.'

Ik stond ook op en zette hem terug op zijn plaats. 'Je blijft zitten. We gaan straks naar huis. Als we het eten hebben.'

Hij zette het op een brullen. Natuurlijk.

'Ssst,' zei ik niet bepaald zachtjes. Het was gelukkig nog vroeg. Er zaten weinig mensen om ons heen. Maar degenen die er waren keken geïrriteerd onze kant op. Ik probeerde ze te negeren.

De ober kwam eraan met onze drankjes.

'Hier is je Fristi,' zei hij. 'Lekker drinken, schat.'

'Ik wil niet,' krijste hij. 'Ga weg!'

'Het spijt me,' zei ik tegen de ober. 'Hij heeft niet zo'n goeie dag.'

'Wil hij soms een lolly?'

'Die heeft hij niet verdiend. Doe maar de rekening, dan gaan we voordat dit uit de hand loopt.'

'Ik wil een lolly! En ik wil naar huis!'

'Blijf nou rustig zitten,' siste ik. Zonder effect. Aron maaide met zijn armen en gooide de Fristi om die voor hem op tafel stond.

'Geeft niets,' zei de ober en haastte zich om een doekje te halen.

'Kijk nou wat je doet!' Ik pakte Aron bij zijn arm vast. 'En nu ga je je gedragen.'

Ik ving een blik op van een ouder echtpaar dat twee tafels verderop zat. 'Dat deden wij in onze tijd wel anders,' zei de vrouw zo hard dat ik het dwars door het kabaal van Aron heen kon verstaan.

'Kutwijf,' zei ik binnensmonds.

Aron bleef doorbrullen, ook toen de ober alsnog een lolly in zijn hand duwde, de tafel was schoongemaakt en er een nieuwe Fristi werd neergezet.

'We moeten nu echt gaan,' zei ik tegen de ober. 'Hebt u de rekening al gemaakt?'

'Laat maar zitten,' zei hij. 'Hier kun jij ook niets aan doen.'

Ik voelde dat ik bijna moest huilen.

Hij legde zijn hand op mijn schouder. 'Maak je maar geen zorgen. We zijn wel wat gewend hier.'

Vervolgens moest ik een kind het restaurant uitdragen dat alleen maar schopte, krijste en sloeg. Ik probeerde mijn hoofd omhoog te houden om nog iets van waardigheid uit te stralen. Maar het was vernederend. De publieke afgang van de mislukte moeder.

Het was een gevecht om hem in zijn stoeltje te krijgen. 'Jíj wilde toch weg? Jíj wilde toch naar huis? Wat is godverdomme je probleem!' Ik had mezelf niet meer onder controle, ik gilde nu hysterisch. 'Waarom kun je niet gewoon lief zijn!'

Ik hield me in om hem niet vol in zijn gezicht te slaan. Of hem uit de auto te gooien en keihard weg te rijden. In plaats daarvan sloeg ik met mijn vuist op de achterbank, enkele centimeters naast Arons hoofd.

Hij was meteen stil en keek me met grote ogen aan. Ik haalde diep adem en klikte zijn gordel dicht.

'Maar ik weet niet hoe ik dat moet doen, mama,' zei hij toen ik op de bestuurdersstoel zat en de motor wilde starten.

Ik draaide me om. Zag het witte gezichtje met die ernstige ogen. Ik moest alsnog huilen. Omdat ik me realiseerde dat hij gelijk had.

We aten gebakken eieren en plakjes komkommer. Daarna keken we naar het aquarium, legden we de haaienpuzzel en las ik hem voor uit de vissenencyclopedie. Toen Aron in bed lag, dacht ik terug aan de keer dat we samen op vakantie waren gegaan naar Tenerife, een jaar geleden. Hele dagen hadden we samen in de branding gezeten. We zochten schelpen en bouwden zandkastelen. We lieten ons meesleuren door de golven. En als hij aan het einde van de dag begon te krijsen omdat hij niet terug wilde naar de hotelkamer, pakte ik hem gewoon op, kietelde hem en zei: 'Hé, ouwe gek, ik ben blij dat je het zo leuk hebt gehad vandaag dat je boos wordt nu we terug moeten. Maar weet je wat? Morgen gaan we gewoon weer.'

Ik had me echt gelukkig gevoeld toen. Een goede moeder, zelfs. Ik nam me voor om binnenkort weer met hem op vakantie te gaan. Eigenlijk stom dat ik het niet al had gedaan. Misschien konden we binnenkort een last-minute nemen.

Hoe had mijn moeder zich gevoeld toen ze Ray naar het internaat gebracht had? Als een bonobo die haar eigen jong aborteerde zodra er een nieuw alfamannetje in zicht kwam? Of was ze verdrietig geweest?

Al vond ik het moederschap niet bepaald makkelijk, ik zou Aron nooit kunnen wegdoen. Omdat ik van hem hield, maar ook omdat ik niet zou kunnen omgaan met het schuldgevoel. Was moederliefde niet gewoon een vorm van het Stockholmsyndroom?

Misschien was ik wel jaloers op de teflonlaag op mijn moeders ziel.

Ik las nog een keer de knipsels over Ray door. Er was weinig achtergrondinformatie over hem te vinden, behalve dan dat hij eenzaam en contactgestoord was volgens zijn omgeving. En hij had bij een bakkerij gewerkt.

'De meeste dagen liep hij straal langs je heen,' had een buurvrouw tijdens een interview met *De Telegraaf* gezegd. 'Zelfs als je hem begroette.'

De enige met wie hij contact had gehad was Rosita. Ik bekeek een foto van haar. Een mediterraan uitziende vrouw met een brede mond en woeste krullen. Mooi in de klassieke zin des woords was ze misschien niet, maar wel sexy. En dan haar dochter. In tegenstelling tot haar moeder had die lichtblond haar. Waar Rosita uitdagend in de lens lachte, was Anna in zichzelf gekeerd.

Ik las het verhaal over de moord nog eens door. Ray had zijn buurvrouw en buurmeisje afgeslacht met een scherp voorwerp en had daarna doodgemoedereerd zitten roken. Er lag as op de lichamen en de sigaret was op de arm van het kleine meisje uitgedrukt. Wat had het te betekenen? Eerst de heftige uitbarsting van geweld en vervolgens het koelbloedige roken. Ik haalde me het gezicht van Ray voor de geest en probeerde me voor te stellen dat hij zoiets zou doen. Ray die zo zorgvuldig in een logboek schreef en zijn ogen sloot als je over zijn vissen praatte. Hij kon het niet gedaan hebben. Het paste gewoon niet bij hem.

Ik kreeg een visioen van hoe ik de daadwerkelijke moordenaar zou ontmaskeren, Ray uit de tbs-kliniek zou bevrijden en we allemaal gelukkig zouden worden. Maar sprookjes bestaan niet.

24

'Om elf uur drugscontrole,' zei de sociotherapeut met de bril tijdens het ontbijt.

Ik smeerde honing op de snee klef fabrieksbrood. Ik verlangde naar een *pain de boulogne* met knapperige korst en een luchtige binnenkant met friszure smaak. Die zou ik besmeren met roomboter. Meer had het brood niet nodig.

Hij zuchtte geïrriteerd. 'Kun je me aankijken en in ieder geval bevestigen dat je gehoord hebt wat ik zojuist zei?'

Ik richtte mijn hoofd op. 'Ja.'

'Ja, wat?'

'Ik heb het gehoord.'

'Ik haal je om vijf voor elf op. Dan lopen we samen naar de medische post. Daar word je geacht te plassen. Net als op de dag dat je hier aankwam.'

Mijn mes viel op tafel. Ik moest weer plassen met die vrouw erbij. De vrouw met de priemende ogen die niets beters te doen had dan naar mijn piemel te kijken. Vrouwen lieten je vallen, zeiden dat ze je zusje waren, lachten je uit, deden alsof ze je lief vonden en vernederden je. Ik kon meteen geen hap meer door mijn keel krijgen.

'Nerveus?' vroeg Henk. Hij keek spiedend om zich heen en vervolgde op fluistertoon: 'Je moet water drinken. Minstens drie liter. Dan is je urine zo waardeloos dat ze je niets meer kunnen maken.'

'Wat?'

'Jij bent ook niet slim, hè? Ik zal het je even uitleggen. Je moet veel drinken om je pis te verdunnen. Dan kunnen ze de dope niet meer traceren. Dat snap je toch wel?'

'Maar ik gebruik geen drugs.'

Hij lachte. 'Iedereen hier gebruikt drugs. Hoe denk je anders dat we de dagen doorkomen?'

'Wat zitten jullie weer te smiespelen?' vroeg de sociotherapeut. 'Het lijkt me beter als jullie niet meer naast elkaar zitten tijdens de maaltijden. Deepak, ruil jij even met Henk?'

Ik had het niet zo op Henk. Maar hem kende ik tenminste. Ik was vertrouwd geraakt met de geur van zware shag en de zweetplekken onder zijn oksels. Deepak was hier nog niet zo lang. Hij was zwart. 'Die Suri's kun je niet vertrouwen,' had Henk gezegd. 'Ze neuken je vrouw en schieten je vervolgens neer voor tien euro.'

Deepak plofte naast me neer. 'Waarom moet ik nou naast die gek zitten?' zei hij op luide toon. Er werd gelachen.

Hij was onbetrouwbaar en in staat om te moorden voor weinig. En toch haalde hij het in zijn hoofd om mij gek te noemen. Waarom liet hij me niet gewoon met rust? Het maakte me boos. Ik wilde hier niet zijn, ik wilde niet dat er tegen of over me gesproken werd, en ik wilde al helemaal niet voor gek uitgemaakt worden.

'Ik Ben Niet Gek.' Nog nooit had ik iets zo luid gezegd waar de anderen bij waren. In mijn cel praatte ik soms, schreeuwde ik soms. Net als vroeger in de gevangenis. Maar overdag, als ik omringd was door de jovialen, de gestoorden en de onbetrouwbaren, hield ik mijn mond zo veel mogelijk dicht.

'Toe maar, Reetje,' zei mijn ex-celgenoot en hij floot tussen zijn tanden. 'Gooi het er maar uit.'

Iedereen lachte. Deepak het hardst van allemaal.

Ik trilde. Ik pakte het mes weer op dat naast mijn bord lag en hield het in de lucht.

De sociotherapeut met de bril sprong op. 'Rustig. Leg het mes weer neer en eet nou maar gewoon lekker je boterham op.'

'Dit Brood Is Niet Lekker.' Ik zwaaide met het mes om mijn woorden te onderstrepen. 'Jullie hebben geen idee wat lekker brood is. Geen idee. Jullie zijn dus zelf gek.' Ik voelde spuug uit mijn mond komen. Kleine spetters op het niet-lekkere brood, op het bord en op de tafel.

'En wat wil je beginnen met dat stompe tafelmesje? Leg het neer. Je weet dat je door agressief gedrag in de separeer kunt belanden,' zei de sociotherapeut.

'Ga toch zitten, man,' zei Rembrandt. Als één man draaide iedereen zich naar hem toe. Het was meteen stil. 'Reetje meent het allemaal niet zo, hè Reetje? Er is niets aan de hand.'

Ik wilde zeggen dat ik niet Reetje heette en dat er van alles aan de hand was. Maar het woord 'separeer' weerhield me ervan.

'En jij deelt hier de lakens niet uit,' zei de sociotherapeut. Maar evengoed ging hij zitten.

'Ik wil geen moeilijkheden.' Het was het enige wat de sociotherapeut met de bril tegen me zei toen we door de gangen naar de medische post liepen. Een bewaker liep met ons mee.

We passeerden het plein met het winkeltje dat we eens per week onder begeleiding mochten bezoeken. Je kon er dingen kopen als potten sperziebonen, sigaretten en scheerspullen. Het winkeltje was veel duurder dan de supermarkten buiten. Dat leidde tot een hoop protest. Iemand had zelfs een hongerstaking voorgesteld, maar had weinig bijval gekregen.

Bij de medische post stond de verpleegster zonder witte jas al op me te wachten. Dokter Römerman had me verteld dat het personeel bewust geen witte jassen droeg omdat ze geen afstand wilden scheppen tot de patiënten. Alleen de bewaking had uniformen aan. Dat was verwarrend. Je kon niet zien wie er patiënt was en wie sociotherapeut, arts of verpleegster. Afgezien dan van de piepers die ze op hun heup droegen en het metalen kettinkje met hun naamlabel eraan om hun nek. Het kettinkje brak meteen af als je er een ruk aan gaf. Zo konden we het personeel niet wurgen.

'Je weet wat de bedoeling is,' zei de verpleegster streng. 'Broek op de knieën, shirt omhoog en plassen in de opvangbak.'

Ik bleef staan waar ik stond. Keek naar de opvangbak en de spiegel die ernaast stond.

‘Bewoner is wat gestrest vandaag,’ zei de sociotherapeut met de bril. ‘We hadden al een akkefietje tijdens het ontbijt.’

Ik liep langzaam naar de opvangbak toe en bleef ervoor staan.

‘Broek naar beneden.’

Ik frummelde aan het knoopje van mijn spijkerbroek. Mijn handen trilden zo dat ik moeite had ze open te maken. ‘Het lukt niet.’

‘Daar gaan we weer,’ zei de verpleegster.

Het knoopje sprong los en de rits rolde naar beneden.

‘Op je knieën met die broek.’

Het was koud in de betegelde ruimte. Ik dacht aan mijn vissen die rondzwommen in gefilterd pH-neutraal water met een temperatuur van 26 graden.

‘Wat sta je daar nou?’

Ik trok mijn broek omlaag en toen mijn onderbroek. Via de spiegel zag ik mijn piemel hulpeloos naar beneden hangen. Ik pakte hem vast en ging voor de opvangbak staan.

‘Shirt omhoog,’ beet de verpleegster me toe.

Ik liet mijn piemel los en stroopte mijn shirt op tot onder mijn oksels.

‘En nu plassen in de bak.’

De piemel wilde niet. Ik voelde het aan alles. Toch zette ik door. Uit alle macht probeerde ik te plassen.

‘Altijd weer hetzelfde liedje,’ zei de verpleegster. ‘Heeft hij genoeg gedronken vandaag?’

‘Ik geloof het wel,’ zei de sociotherapeut met de bril. ‘Overduidelijk maakt hij zich zorgen over wat we in zijn urine zullen aantreffen.’

‘De vorige keer was hij anders schoon.’

‘Ik ken mijn pappenheimers.’

Er kwamen een paar druppels vocht uit mijn piemel. En toen een heel dun straaltje.

‘Kleed je maar weer aan.’

Terwijl ik mijn broek en onderbroek omhoogtrok moest ik bijna huilen. ‘Saturnus, Maria, Hannibal en King Kong,’ zei ik hardop. ‘Margje en Peanut. Venus en Rozijn. En François.’

‘Wat bazelt hij nou?’ vroeg de bewaker.

Terwijl we terugliepen, luisterde ik naar mijn eigen stem die de namen van mijn vissen uitsprak. Telkens weer.

'Het lijkt me beter als je de rest van de dag in je verblijf doorbrengt,' zei de sociotherapeut met de bril.

Maar ze lieten me niet in mijn verblijf. In plaats van dat ik de rest van de dag naar de foto's kon kijken en ze in de juiste volgorde kon leggen, werd ik meteen apart genomen. Ik moest in het spreekkamertje komen.

Janneke zat er al op me te wachten. Ik had haar een paar dagen niet gezien. Ik miste onze gesprekken over het moederdeeg dat ze op mijn aanwijzingen aan het kweken was. Natuurlijk had ze niet de faciliteiten om haar moederdeeg op een constante temperatuur te houden, maar het klonk alsof ze op de goede weg was.

Ik vond het fijn om met Janneke te praten, als er niet al te veel mensen toekeken tenminste. Ze gaf me het gevoel dat ik iemand was die ergens iets van afwist. Aan de andere kant maakte ze me nerveus. Vooral nadat Rembrandt had gezegd dat ik in haar billen moest knijpen, omdat ze dat wilde. Misschien zelfs wel van mij verwachtte. Ik probeerde in te schatten of het echt waar was en zo ja, wanneer ik dan moest toeslaan. Ik kwam er niet uit.

Eén keer had ze me geroepen, over haar schouder heen, terwijl ze aan het kleine keukenblokje op de afdeling een boterham stond te smeren. Ze had een spijkerbroek aan die strak om haar billen zat. Haar billen waren dikker dan die van Rosita, maar misschien wel net zo mooi.

Ik was naar haar toe gelopen, terwijl ik onafgebroken naar haar ronde reet keek, haar *boules campagnes*. Mijn hart was sneller gaan kloppen. Ik kon bijna niet meer ademhalen vanwege de druk op mijn borst. Dit zou het moment kunnen zijn. Ik ging vlak achter haar staan en wilde mijn hand uitstrekken. Op dat moment draaide ze zich om. 'Wil jij de deksel van deze pot draaien? Het lukt me niet.'

'Ga zitten, Ray.' Janneke klonk anders dan al die keren dat ze met mij over haar prille bakkersactiviteiten had gesproken. Onvriendelijk. Ze klonk onvriendelijk. Ik vroeg me af waarom. Had ik iets verkeerds gedaan? Was het moederdeeg gestorven?

De bewaker bleef in de kamer staan. Normaal gesproken praatte ik alleen met de sociotherapeut in de spreekkamer. Wat deed die man hier? Wat waren ze van plan?

Janneke zette haar ellebogen op tafel, vouwde haar handen en haalde diep adem. 'Terwijl je naar de drugscontrole was, hebben we je verblijf doorzocht. Dat is een standaardprocedure. We doen het meestal nadat een bewoner voor het eerst bezoek heeft gekregen.'

Bezoek. Dat was de vrouw die Iris Kastelein heette en zei dat ze mijn zusje was. De vrouw die foto's van mijn vissen had meegebracht. Ik had het achteraf toch fijn gevonden dat ze was gekomen. Maar nu wist ik dat niet meer zo zeker. Niet nu door haar toedoen mensen in mijn verblijf waren geweest en overal aan hadden gezeten.

'Wie zijn er in mijn cel geweest?'

'Ik,' zei Janneke. 'En een bewaker. Enfin, wat doet het ertoe.'

Janneke kon ik wel verdragen. Ze rook lekker en had kleine handen. Maar de bewaker met zijn grote handen vond ik moeilijk.

'Tot mijn grote teleurstelling hebben we dit gevonden.' Ze hield een zak omhoog met wit poeder erin. Cocaïne, ik had het vaak genoeg op televisie gezien maar ook in de gevangenis. Alleen nooit in zo'n grote zak. Mijn ex-celgenoot had me destijds zijn voorraad weleens laten zien. Het zakje was zo klein geweest dat hij het opgerold in zijn neus kon verstoppen. Al leek dat me nogal pijnlijk. 'Het mooie van dit alles is,' had hij gezegd, 'dat hoe meer spul je gebruikt, hoe meer ruimte er in je neus komt om het zakje te bewaren omdat je tussenschot langzaam wegrot.' Hij had hard gelachen en ik had mijn oren dichtgedrukt omdat het gelach me gek in mijn hoofd maakte.

En nu hield Janneke een zak poeder vast.

'Van wie is dat?' vroeg ik. 'Dat past nooit in iemands neus.'

'Niet in één keer, nee,' zei Janneke.

'Hoe komt dat in mijn cel?' vroeg ik.

'Dat kan ik beter aan jou vragen.' Ze leunde achterover, met haar handen over elkaar geslagen.

'Ik weet het niet. Het is niet van mij.' Het werd wild en warrig in mijn hoofd. Ik probeerde iets te bedenken. De juiste woorden. Ik zocht ze overal, maar ze waren nergens te vinden. Daarom zei ik nog maar een paar keer: 'Ik weet het niet. Ik weet het niet. Ik weet het niet. Ik weet het niet.'

'We gaan er niet van uit dat die drugs zomaar vanzelf jouw kamer zijn binnengewandeld,' zei Janneke. 'Het valt me van je tegen, Ray. Ik had je hoger ingeschat.' Ze keek me strak aan, terwijl mijn brein en handen alle kanten uit fladderden.

Ik wist niet meer wat ik moest doen. Mijn moeder, die zou het weten. Maar zij had gezegd dat ik geen contact meer met haar mocht zoeken.

'We zullen een aantal privileges terug moeten draaien, totdat je bewezen hebt dat je ons vertrouwen aankunt. De eerstkomende vier weken breng je bloktijden in je verblijf door en komen je werkzaamheden in de tuin te vervallen.'

Haar woorden drongen langzaam tot me door. De heggen. Ik zou mijn heggen niet meer mogen knippen. Het was altijd hetzelfde liedje. Ze beschuldigden je van vreselijke dingen en namen je het enige af waar je van hield. Rosita en Anna. Mijn vissen. En nu dit.

'Niet de heggen,' zei ik. 'De bloktijden vind ik prima, helemaal niet zo erg zelfs. Maar niet de heggen. Ik heb niets gedaan. Die drugs zijn niet van mij. Echt niet.'

'De drugs zijn in jouw verblijf aangetroffen, dus ontkennen heeft geen zin. Je weet dat dat alleen maar tegen je werkt,' zei Janneke. 'Over één jaar en zeven maanden is je eerste evaluatie. Dan bekijken we onder andere of patiënten hun fouten hebben onderkend en verbeterd. Die patiënten maken kans om terug te keren in de samenleving. Niet de mensen die blijven liegen en niets willen leren.'

Leren? Wat ik tot nu toe geleerd had, was dat het niet uitmaakte wat je zei of wat je deed. Altijd vonden ze een manier om je te pakken. Altijd. Ik wilde niet meer inleveren. Ik kon niet terug naar minder dan ik nog had.

'Ik héb geen drugs op mijn kamer. Iemand anders moet het gedaan hebben. Toen ik moest plassen in de pot waar de vrouw zonder witte jas bij was, wat ik ook al niet wilde. Iemand anders heeft dit gedaan. Ik was het niet.'

'Het spijt me,' zei Janneke. 'Ik had ook liever gehad dat het anders was.'

Ik had haar het recept van *La Souche* gegeven en zij pakte mijn heggen af. Ik werd boos. Heel erg boos. 'Niet de tuin!' zei ik met overslaande stem. 'Zie je dan niet dat alles al van me afgenomen is!'

'Rustig praten, Ray.' Maar dat maakte me alleen nog maar kwader. Ik wilde Janneke beetpakken, haar door elkaar schudden zoals mijn moeder bij mij had gedaan toen ik nog een klein jongetje was dat niet naar haar kon luisteren.

'Niet de tuin!' Nu schreeuwde ik. Niet eens zozeer naar Janneke en de bewaker, maar naar de hele wereld. Misschien wel naar het standbeeld met het lendenlapje om in de tuin, naar mijn moeder of naar Iris Kastelein die zei dat ze mijn zusje was. Iemand moest mij helpen. Iemand. 'Niet de tuin!'

'Zo is het genoeg,' zei Janneke. 'De voorstelling is afgelopen. Je kunt weer terug naar je verblijf.'

Als ik terug naar mijn cel zou gaan, was alles voorbij. De bewaker legde zijn hand op mijn schouder. 'Opstaan.'

Ik moest iets zeggen. Ik moest uitleggen hoe het zat. Maar ze luisterden niet. Er werd nooit naar mij geluisterd. Mijn oog viel op het miezerige plantje dat op tafel stond. Tijdens de arbeid kon je stickers op potten van planten plakken waarop stond hoe ze heetten en hoe je ze moest verzorgen. Het was dát of boutjes in moertjes draaien. Dit plantje was een dracaena, en had veel licht nodig. Ik had het etiket al meer dan zeshonderd keer in mijn handen gehad.

Ik pakte de plant op en smeet hem tegen de muur, vlak achter Jannekes hoofd. De scherven spatten de hele kamer door, één raakte me zelfs tegen mijn voorhoofd, en de aarde liet een donkere plek achter op de witte muur.

Janneke dook in elkaar, alhoewel pot en plant haar allang waren gepasseerd en ik bovendien nooit van plan was geweest om haar te raken. Ik had de pot juist gegooid zodat ik háár niets hoefde aan te doen.

De bewaker draaide mijn beide armen hardhandig naar achteren en sloeg me in de boeien. Ik brulde. Als een beest. Misschien was ik wel een beest en werd daarom steeds alles van me afgepakt. Al waren mijn vissen ook beesten en hadden die alles wat ze maar nodig hadden.

De deur van de spreekkamer sloeg open en bewakers vulden het kleine kamertje. Ik kan me niet herinneren dat ik zelf mijn benen bewoog. Ze sleurden me mee, de afdeling af, door gangen, over pleinen en nog meer deuren door. Ik bleef brullen en probeerde me los te rukken. Ik wilde weg hier. Ik hoorde hier niet. Ik had niets gedaan.

We bereikten een cel waarin alleen een bed stond dat was opgemaakt met papieren lakens. De separeer. Het moest de separeer wel zijn. 'Laat me los! Haal me hier weg!' schreeuwde ik. Niemand luisterde. Er stonden minstens vijf mensen om me heen, en toch luisterde er helemaal niemand. 'Ik heb niets gedaan!'

Ik werd op mijn buik op het bed gesmeten. Mijn broek werd naar beneden getrokken. Ik verzette me, maar ze waren met te veel. 'We gaan je een injectie geven,' zei de verpleegster zonder witte jas. Er volgde een venijnige prik in mijn bil. Vrijwel onmiddellijk voelde ik me slap worden. En ik werd uitgekleed met kalme, efficiënte handelingen.

Daardoor moest ik aan Rosita denken.

25

Tijdens mijn eerste maanden bij Bartels & Peters had ik nog geprobeerd een band met Martha Peters op te bouwen. Aangezien het team maar uit negen personen bestond en zij naast de receptioniste de enige andere vrouw was, leek het me voor de hand liggen dat we een vriendelijke verstandhouding met elkaar zouden ontwikkelen.

Ik had haar een keer voorgesteld om te gaan lunchen om elkaar beter te leren kennen, maar ze had me aangekeken alsof er een irritante vlieg rond haar hoofd vloog.

Ik wachtte op een smoesje of zelfs een botte weigering, maar ze had gewoonweg geen antwoord gegeven.

Ik zou liegen als ik beweerde dat ik het me niet persoonlijk aantrok. Ik voelde me gekrenkt en vroeg me af wat ik verkeerd had gedaan.

Op een dag nam een van de stropdassen me in vertrouwen. 'Ik heb de hele tijd het gevoel dat Martha iets tegen mij heeft,' zei hij. 'Wat denk je, moet ik haar vragen wat er aan de hand is?'

Op dat moment werd het me duidelijk. Net zoals er juffen op de lagere school zijn die ieder kind het gevoel kunnen geven dat zij de persoonlijke favoriet zijn, had Martha Peters de bedenkelijke gave om mensen het gevoel te geven dat ze hoe dan ook iets fout deden.

Er stond een bespreking voor mij en Lode gepland tussen elf en halftwaalf. Ik kon wel raden waar die over zou gaan. Ik nam me voor om rustig te blijven, geen verontschuldigingen aan te bieden, maar wel te onderkennen dat ik mijn beheersing had verloren bij

Van Benschop en dat het in het vervolg niet meer zou gebeuren. Hoewel Lode onredelijk en zelfs gemeen kon zijn, trok hij doorgaans ook snel weer bij. Ik hoopte dat dat ook vandaag het geval zou zijn.

Toen ik de kamer van Lode in liep, stond Martha Peters bij het raam en gaf me een kort knikje.

'Ik heb Martha erbij gehaald,' zei Lode. 'Het lijkt me belangrijk dat zij ook hoort wat er is gebeurd gisteren.'

Ik vroeg me af wat haar aanwezigheid te betekenen had en schraapte mijn keel. 'Goed. Ik ga me niet verontschuldigen, maar ik realiseer me dat ik gisteren nogal emotioneel was.'

Hij zat achter zijn imposante bureau. De zitting van zijn stoel was enkele centimeters hoger dan die van de andere stoel, zodat Lode altijd boven je uit torende.

'Emotioneel is een understatement. Ik zou eerder het woord maniakaal in de mond nemen.'

'Lode...' zei Martha bestraffend, maar ik had niet het idee dat dat was om mij te helpen.

'Je gedrag was volstrekt onaanvaardbaar,' vervolgde Lode. 'Buiten proporties. Als de Van Benschops niet al heel lang een goede relatie waren geweest van dit kantoor, dan zou ik het zelfs catastrofaal noemen.'

Het wachten was nu op de officiële waarschuwing.

Hij leunde achterover in zijn stoel, zijn handen voor zich uitgestrekt op zijn bureau. 'Ik vraag me af of jij zaken en privé wel genoeg gescheiden houdt. En dan heb ik het niet alleen over je persoonlijke voorkeuren die je een te grote rol laat spelen bij het werk. Ik doel ook op het feit dat je nogal eens moet verzaken vanwege privéomstandigheden.'

Ik voelde woede en onmacht opborrelen. Maar noch schreeuwen, noch huilen was een optie. Toch klonk mijn stem schriller dan mijn bedoeling was. 'Het is niet zo dat ik er bijzonder veel plezier aan beleef als ik weer eens word weggeroepen voor mijn zoon. Als je daar een probleem mee hebt...'

'Dit zeg ik niet voor mezelf,' onderbrak hij me. 'Ik zeg dit voor jou. Je bent drieëndertig, de wereld zou aan je voeten moeten liggen. In plaats daarvan zie ik je alleen maar tobben. Je hebt enorme wallen onder je ogen, wist je dat?'

'Wat wil je daarmee zeggen? Dat ik voortaan mijn Touche Eclat bij je mag declareren?'

'Touche wat?'

'Touche Eclat,' zei Martha vanaf het raam.

'Nog een keer?'

'Laat maar,' zei ik.

'Ik overweeg om je een officiële waarschuwing te geven.'

Het hoge woord was eruit. 'Zei je nou "overweeg?"'

'Dat vind ik nou zo leuk aan haar,' zei Lode tegen Martha. 'Dat bijdehante. Doet me aan jou denken toen je nog jong was.' Hij was de enige die moest lachen.

Ik kon me vergissen, maar het leek erop dat Martha mij aankeek met een blik waar solidariteit uit sprak.

'Enfin, Iris. Je hoorde het goed. Ik zei "overweeg" en aan jou de schone taak om dat overwegen in de juiste richting te doen omslaan.'

Ik knikte. Vooralsnog zou ik niet ontslagen worden.

'En nu ik jullie toch bij elkaar heb: kunnen we het even over de herzieningszaak hebben?'

'De tbs'er,' zei Martha.

'Het is interessant,' zei ik. 'Man is veroordeeld wegens de moord op zijn buurvrouw en buurmeisje. Omdat een ontwikkelingsstoornis is vastgesteld, wordt hem ook tbs opgelegd. Maar hij beweert dat hij onschuldig is.'

'Sinds Kees B. denken we natuurlijk dat iedereen onschuldig in de gevangenis zit,' zei Lode. 'Nu kunnen we nog meer uren maken op een cliënt.'

'Precies,' zei ik, al meende ik het niet.

'Heel goed, meisje. Goed dat je zelf zaken aandraagt. Je weet dat je partner kunt worden als je zelfvoorzienend bent. Mits je aan je privéproblemen werkt en hetgeen we hiervoor besproken hebben, natuurlijk. Hoe ver ben je?'

'Niet ver. Ik heb het officiële dossier nog niet, maar heb al wel een knipselmap in mijn bezit.'

‘Laat je niet leiden door de media,’ zei Martha, die weer met haar rug naar ons toe stond. Wat voor interessants er achter het raam te zien was, ontging me.

‘Dat doe ik ook niet.’

‘Waarom heb je eigenlijk het dossier nog niet? En heeft de Raad al een toevoeging toegekend?’ vroeg Lode.

‘Nee. Maar dat is een kwestie van dagen.’

‘Blijf er bovenop zitten. Doe wat je moet doen. Een goede advocaat bijt zich vast en laat niet meer los.’

Ik knikte braaf. Misschien was het sowieso tijd om naar een andere baan uit te kijken.

‘Ingerukt mars.’

Ik belde naar de Hopperkliniek en vroeg naar Mo om een volgend bezoek te plannen. Maar Mo vertelde me dat Ray in een separeerruimte zat en daarom op dit moment geen bezoek kon ontvangen.

‘Separeer? Waarom?’ vroeg ik.

Er viel een korte stilte. ‘Na jouw vorige bezoek zijn er drugs gevonden in zijn verblijf.’

‘Wát?’

‘Je wilt niet weten hoeveel drugs hier naar binnen worden gesmokkeld. Vandaar dat we onze bewoners standaard controleren na het eerste bezoek van buiten.’

‘Ik heb anders geen drugs mee naar binnen genomen,’ zei ik.

‘Ik geloof je graag. Naar alle eerlijkheid is het ook een vreemd verhaal. Rays urine was namelijk honderd procent schoon. De meeste drugsgebruikers hebben niet het geduld om te wachten tot na de controle. Die roken of snuiven de boel meteen op. Sowieso heb ik bij Ray nog nooit tekenen van drugsgebruik gezien.’

‘Ik kan je met honderd procent zekerheid zeggen dat die drugs niet van mij afkomstig zijn,’ zei ik nog maar een keer. Ik voelde me opgelaten.

‘Gezien de grote hoeveelheid cocaïne die gevonden is, wordt er nu van uitgegaan dat Ray drugs dealde.’

‘Dat gelooft toch niemand. Kijk naar die man.’

‘Hij lijkt er inderdaad niet het type naar, maar vergis je niet. Je kunt nooit helemaal afgaan op iemands voorkomen. Er wordt voor de zekerheid een onderzoek naar de toedracht opgestart. Hoe dan ook, je hebt kans dat jij op een zwarte lijst wordt gezet.'

'Dat is absurd! Ik heb er helemaal niets mee te maken. Echt niet.'

'Je zou een brief kunnen sturen naar de directie.'

'En als ik zijn advocaat word, verandert dat de zaak?'

'Als advocaat mag je hem zo vaak bezoeken als je wilt.'

'Kijk, dat is handig.'

'Goed. Ik raad je aan om je in dat geval officieel aan te melden als zijn advocaat. Als je wilt, kan ik de formulieren faxen.'

'Graag. Je gelooft me toch? Dat ik die drugs niet heb meegenomen?'

Er viel een stilte. 'Ik geloof je,' zei hij toen.

'Fijn.'

'Vul de formulieren in en fax ze terug. Ik zal je laten weten wanneer de goedkeuring rond is voor ongelimiteerd bezoekersrecht. Meestal duurt het een dag of drie.'

'Dank je.'

'En misschien is het handig om een gesprekje in te plannen als je de volgende keer komt. Dan kan ik je wat meer vertellen over het wel en wee van Ray in de Hopperkliniek.'

'Dat zou fijn zijn.'

'Tot binnenkort dan.'

Het viel me op hoe rustig ik me voelde, terwijl het nieuws dat Mo had gebracht verre van rustgevend was. Dealde de Beestachtige Buurman drugs? Of was hij erin geluisd?

26

Een paar dagen nadat ik de banden van de vader van Anna had lekgestoken, stond Rosita bij me voor de deur. Natuurlijk had ik haar al vanachter mijn donkerrode gordijn zien aankomen, maar ik was snel achter de dubbele plooien – dat vond mijn moeder 'rijker' staan – weggedoken.

'Ik weet dat je er bent!' riep ze door de brievenbus nadat ze drie keer had aangebeld. 'Doe open, ik wil met je praten.'

Het bleef even stil. Daarna riep ze: 'Ik ben niet boos. Echt niet.'

Weer was het stil. Toen riep ze: 'Ik blijf hier net zo lang wachten tot je opendoet, hoor je me?'

Ik stond op en liep naar het halletje. Het was te koud buiten om haar te laten staan tot 's morgens vroeg, wanneer ik de deur uit moest om naar mijn werk te gaan.

Daar stond ze. Met een kort rokje aan en laarzen eronder die mensen meestal droegen als ze gingen motorrijden. Dat vroeg ik haar dan ook: 'Ga je motorrijden?'

Ze barstte in lachen uit. 'Natuurlijk niet, gekkie, dat is de mode.'

Ik vergaf haar dat ze me 'gekkie' noemde, zo blij was ik dat ze naar me lachte.

'Mag ik binnenkomen?' vroeg ze toen.

'Waar is Anna?'

'Die is met mijn stiefvader naar Bart Smit. Mag ik er nou in of niet?'

'Eh, ja, ik denk van wel.' Ik liep snel voor haar uit en legde de kussens op de bank recht.

'Mijn hemel, wat is het hier netjes. Waarom zitten we eigenlijk altijd bij mij? Bij jou is het veel gezelliger. Je hebt zelfs kaarsjes op tafel! Alleen brand je ze nooit. Waarom heb je ze dan?'

'Mijn moeder vindt dat gezellig.'

'Het is gezellig als je ze áánsteekt. Kom, we doen de gordijnen dicht zodat het een beetje donker is in de kamer. Heb je vuur?'

Voordat ik kon antwoorden, haalde ze zelf haar aansteker al tevoorschijn. 'Doe ze dicht dan.'

Terwijl ik de gordijnen, passend bij de kussens op de bank, ook dat had mijn moeder voor me uitgezocht, dichtdeed, stak ze de kaarsen aan. Daarna ging ze op de bank zitten.

'Zie je hoe gezellig dat is, Ray?' Haar gezicht was in het kaarslicht nog mooier dan anders. 'Kom naast me zitten.'

Ik deed wat ze zei. Wat kon ik anders?

Ze zuchtte. 'Ray, wat jij hebt gedaan met de Jaguar van Victor is heel erg.'

Ik hield mijn mond. Was ze nou boos? Waarom had ze dan de kaarsen aangestoken?

'Heel erg verkeerd, maar ook heel erg lief.' Ze begon te lachen. 'En ook best grappig.'

Ik lachte met haar mee. Het was onmogelijk om dat niet te doen.

Ze pakte mijn hand vast en kneep erin. Ze had een warme hand. Een warme, zachte hand. Mijn piemel reageerde meteen, zonder dat ik er iets aan kon doen. Ik wilde dat ze hem zou aanraken met die warme, zachte hand. Maar tegelijkertijd was ik er bang voor.

'Maar wat ik je vooral wil laten weten is dat ik spijt heb van wat ik zei over... nou ja, dat weet je nog wel. Ik wilde je niet voor gek zetten. Ik vind je geweldig. Dat weet je toch?'

Mijn pik stond rechtovereind nu. Ik wilde niet dat ze me nog eens uit zou lachen. Ik vouwde mijn ene been over het andere heen.

'Wat zit je nou te wiebelen? O god, laat maar.' Ze stond op en trok haar minirokje recht. 'In ieder geval wil Anna heel graag met jou een vis gaan kopen. Ze heeft het nergens anders meer over.'

Ik schraapte mijn keel. 'Morgen. Dan gaan we de vis kopen.'

Rosita gaf me een kus op mijn wang. 'Super.' Ze blies de kaarsjes uit en trok de gordijnen weer open. 'Je hebt trouwens geluk dat

Victor geen aangifte gaat doen. Hij kan natuurlijk onmogelijk uitleggen wat zijn auto hier in deze straat te zoeken had.' Ze giechelde en heupwiegde mijn woonkamer uit, mij op de bank achterlatend. Ik hoorde de deur dichtslaan en keek naar de rook die uit de gedoofde kaarsen omhoog kringelde.

Rosita en Anna stonden al op me te wachten toen ik de volgende dag uit de bakkerij thuiskwam. Ze zagen er heel netjes uit. Rosita droeg een jurkje met de donkerblauwe jas eroverheen die we laatst voor haar hadden gekocht. 'Ik voel me net een prinses,' had ze gezegd toen ze hem paste. Natuurlijk had ik hem afgerekend, al was mijn spaargeld nu bijna helemaal op.

'Ray!' Anna stak haar armpjes in de lucht en rende op me af.

Even vroeg ik me af of ze echt mij bedoelde. Ze bleef voor me staan, nog steeds met haar armpjes gestrekt. 'Hoi,' zei ik. 'Hoe gaat het met je?' Ik gaf haar het zakje met de madeleine. Maar in plaats van het meteen open te maken, bleef ze omhoog kijken naar mij.

'Til haar op,' zei Rosita. 'Zie je niet dat ze dat wil?'

Ik bukte en plaatste mijn handen onder de oksels van het kleine meisje. Voorzichtig tilde ik haar op. Het was de eerste keer dat ik dat ooit had gedaan. Anna sloeg haar armpjes om mijn nek en gaf me een zoen op mijn wang. Het was een fijn gevoel. Maar ook ongemakkelijk.

'Je wordt helemaal rood!' zei Rosita. 'Wat schattig.'

We liepen samen naar de bushalte. Anna praatte veel over de vis die ik haar zou geven.

'Weet je al wat voor een je wilt?' vroeg ik. 'Een anemoonvis, een blennie, een dwergkeizer, een doktersvis...'

'Ik wil blauw,' zei ze.

We kwamen thuis met een majestueuze doktersvis. Van de Akker had hem net binnengekregen uit de Cariben. Het was een pronkstuk, een juweel. 'King Kong,' noemde Anna hem.

Samen noteerden we de aankoop in het logboek. Ik legde mijn hand over de hare en hielp haar met de letters. De woorden 'King Kong' namen wel vier regels in beslag. Toch vond ik het niet erg.

Toen ze weggingen zei Rosita bij de deur tegen me: 'Het lijkt wel of we bijna samen een gezinnetje vormen. Jij, ik en Anna.'

Ik keek naar de grond, omdat ik haar niet aan durfde te kijken.

'Bedankt voor de dingen die je voor ons doet. Je bent een hele lieve man.'

Ze pakte me bij mijn kin, tilde mijn gezicht op en kuste me op mijn mond. Haar lippen waren zacht en plakkerig van de rode lippenstift. Wat bedoelde ze ermee? Betekende de kus dat ze van me hield? Wilde ze met me trouwen? Of was het normaal om iemand te kussen die je een 'hele lieve man' vond? En hoe zat het dan met de vader van Anna? En was het wel verstandig om elkaar te kussen waar Anna bij stond?

Ze haalde haar lippen van de mijne en keek me lachend aan. Ik durfde bijna niet terug te kijken.

'Tot morgen, Ray.'

Samen met Anna liep ze mijn tuinpad af, zette tien stappen naar rechts en liep haar eigen tuinpad op. Ik bleef naar hen zwaaien. Ook toen ze al lang door haar voordeur naar binnen verdwenen waren. Mijn gezin. Ze had het zelf gezegd. Bijna vormden we samen een gezin. Ik geloof dat ik gelukkig was die avond.

Ik deed mijn ogen open en zag dat ik in de separeer lag. Er hing een lucht van ontsmettingsmiddel. Het was geen onaangename geur. Het deed me denken aan het schoonmaakmiddel dat werd gebruikt in de bakkerij.

Mijn lichaam was gehuld in vreemde kleren. Het materiaal hield het midden tussen papier en katoen. Ik rilde. Het was koud. Niet omdat de temperatuur in de cel laag was. Ik had het koud van binnenuit.

In de cel was niets te doen, niets te zien. De enige afleiding vormde een schoolbord waar een krijtje naast lag. Ik pakte het krijtje op en begon te schrijven. Beste moeder. Ik veegde het uit. Lieve Rosita. Ik veegde het uit. Beste Iris.

Ik had nooit eerder een zusje gehad, maar ik kon me voorstellen dat je je geheimen met elkaar deelde. Had ze niet gezegd dat ze me zou helpen? Ik bleef schrijven totdat ik het bord vol geschreven had, veegde het weer uit en begon opnieuw. Ik bleef schrijven en uitvegen. Net zo lang totdat ik haar alles had verteld wat er te vertellen viel. Ook de dingen die nooit verteld mochten worden.

27

Ze zag me meteen toen ze door de elektronische schuifdeuren in aankomsthal 1 naar buiten kwam lopen. Ik weet niet of ze verrast was, ze liet in ieder geval weinig blijken. Onbewogen bleven onze ogen op elkaar rusten. Naast haar liep een van de bridgevriendinnen die mijn moeders passie voor ontslakkingsreizen deelde. Verder had Lien een voorkeur voor reusachtige broches en noemde iedereen 'lieverd', of het nou haar beste vriendin of het meisje bij de groenteman was. Mijn moeder en zij gingen al jaren met elkaar om.

Lien kreeg mij in het oog, stootte mijn moeder aan en begon enthousiast te zwaaien. 'Dat is nou eens leuk! Daar bof je maar mee, Ageeth. Ik moet grof geld bieden als ik wil dat Carla me eens op Schiphol opwacht.' Ze sloeg haar armen om me heen en gaf me een ferme zoen op mijn wang. 'Hallo lieverd! Ja, ik doe er altijd maar één. Wat goed je weer te zien. Waar is dat schattige kereltje van je?'

'Op de crèche.'

'Nou, Ageeth, wat sta je daar nou te dralen. Geef je dochter een kus!'

Ik was benieuwd wat mijn moeder zou doen. Al had ik kunnen weten dat ze zich niet zou laten kennen in het bijzijn van haar vriendin. Stijfjes gaf ze me drie zoenen.

'Wat een verrassing, hè mam?' zei ik nadrukkelijk.

Ze wierp me een venijnige blik toe.

'Zullen we naar de auto gaan? Dan breng ik jullie naar huis.'

'Heerlijk,' zei Lien. 'Die taxichauffeurs van tegenwoordig spreken nauwelijks nog Nederlands. Laat staan dat ze de weg kennen.

Fijn, hè lieverd?' Ze stootte mijn moeder aan. 'Je hebt het maar getroffen met zo'n dochter.'

'Nou en of,' zei mijn moeder op sarcastische toon.

Nadat Lien uitbundig afscheid had genomen en ik had moeten beloven om snel langs te komen met Aron, vroeg mijn moeder: 'Wat was dit voor een vertoning, Iris?'

Ik startte de auto weer. 'Heb je een fijne vakantie gehad, mama?' vroeg ik liefjes.

'Natuurlijk niet. Hoe kan ik me ontspannen als jij in mijn spullen zit te wroeten?'

'Ik vraag me eerder af hoe jij je kunt ontspannen als je zoon in een tbs-kliniek zit.'

'Dus je weet het.'

'Zo moeilijk was het anders niet.'

Mijn moeder staarde uit het autoraam. Ik hoefde niet haar gezicht te zien om te weten dat ze boos was.

'Dacht je nou echt dat je voor eeuwig verborgen had kunnen houden dat je nog een zoon hebt?'

'Totdat jij in mijn spullen begon te snuffelen is het me anders aardig goed gelukt.'

'En wat dan nog? Het pleit jou nog niet vrij van het feit dat je Ray, mijn broer, op zijn negende het huis uit hebt gegooid en hem vervolgens hebt verzwegen. Hoe kun je dat doen, mama? Jij die altijd zo je mond vol hebt over verantwoordelijkheid.'

'Ik ben jou geen uitleg verschuldigd, Iris. Je hebt geen idee hoe het was. Waar ik doorheen ben gegaan. Wat dat betreft ben je net een klein kind. Alleen maar oog voor je eigen behoeften.'

'Ik wil best aandacht besteden aan de jouwe. Maar ik kom niet veel verder dan dat je graag wilt dat we onze schoenen uittrekken omdat anders het tapijt smerig wordt. Hoe kan ik weten wat er zich in de spelonken van je hersenen afspeelt als je alles geheim houdt?'
Ik parkeerde voor het huis van mijn moeder en zette de motor uit. 'Zal ik je helpen met je koffer?'

'Dat kan ik zelf wel,' zei ze ijzig. Ze stapte uit, rukte de kofferbak open en tilde met moeite haar koffer eruit.

Ik liep achter haar aan naar de voordeur.

Ze draaide alle drie de sloten open en ging naar binnen. De koffer wankelde vervaarlijk toen ze ermee over de drempel reed. 'Had ik je uitgenodigd om mee te komen?'

'Ik heb geen uitnodiging nodig, mama. Ik ben je dochter. En ik ben nog lang niet met je uitgepraat.'

'Ik anders wel met jou. Ik kom net terug van vakantie en je gunt me geen seconde om bij te komen.'

'Zal ik maar even koffie zetten dan?' Ik liep de keuken in en zette het apparaat aan. 'Wil je die donkerbruine cupjes? Of liever de goudkleurige?'

'Doe maar de donkerbruine. Ik kan wel wat sterks gebruiken.'

Ik maakte koffie en liep ermee de woonkamer in. Mijn moeder zat op de bank, nu zonder grand foulard. Ik ging in de fauteuil tegenover haar zitten.

'Wil je me alsjeblieft vertellen hoe het zit, mam?'

Ze zuchtte diep, roerde in haar kopje, legde het lepeltje op het schoteltje en nam een slok koffie. Ogenschijnlijk was ze kalm en beheerst. Zoals altijd.

'Ik heb er niet voor niets voor gekozen om hier met niemand over te praten, Iris. Het is jammer dat je het bestaan van Ray hebt ontdekt, maar daar wil ik het graag bij laten.'

'Maar ik niet. Sterker nog, ik ga zijn zaak onderzoeken om te kijken of er een herziening in zit.'

'Wát?'

'Ray heeft me gevraagd hem te helpen. En omdat hij mijn broer is, ga ik dat doen. Dat jij hem al die jaren hebt laten stikken, is al erg genoeg. Nu is er tenminste nog iemand van de familie die naar hem omkijkt. Bovendien kan ik hem als advocate zo vaak bezoeken als hij maar wil. En ik denk dat we nogal wat in te halen hebben, denk je ook niet?'

'Ik weet niet wat jij je allemaal in je hoofd haalt, maar laat ik je dit vertellen: Ray is niet die leuke knuffelbroer die je zou wensen. Ik mag tenminste aannemen dat je ook weet waaróm hij in die kliniek zit.'

'Het is de vraag of hij wel schuldig is.'

Mijn moeder schudde haar hoofd. 'Het is mijn kind, Iris. Als iemand graag zou willen geloven dat hij onschuldig is, ben ik het wel. Maar helaas. De waarheid is anders.'

'Hoe weet je dat zo zeker?'

'Jij kent hem niet, Iris. Ray kan heel lief en leuk lijken, maar hij is gevaarlijk. Als kind was hij al onberekenbaar.'

'Was dat vóór of nadat je hem gedumpt had op de Dwingelerheide?'

'Vergeet niet dat ik heel jong was toen ik hem kreeg. Eenentwintig jaar. Er was bijna niet met hem te leven. Jij denkt dat Aron moeilijk is? Dan had je Ray moeten meemaken. Ik kon hem totaal niet aan.'

Ik had er moeite mee om te geloven dat er ook maar iets was wat mijn moeder niet aan zou kunnen. Maar ik voelde ook medelijden met haar. Het leek me vreselijk als de situatie zo onhoudbaar was dat je kind uit huis geplaatst moest worden. Ik keek naar haar gezicht. De harde lijnen rondom haar mond. Waarom toonde ze geen emotie?

'Toch had je het me moeten vertellen. Vind je niet dat ik het recht heb om te weten dat ik een oudere broer heb?'

'Grappig dat het altijd over jou moet gaan. Denk je dat ik er geen verdriet van heb gehad om mijn zoon te moeten afstaan? Want ik hou wel degelijk van Ray, ondanks wat er is gebeurd. Ik heb altijd van hem gehouden en ik zal het altijd blijven doen. Dat ik afscheid van hem heb móéten nemen, hoor je dat Iris: móéten, heeft me veel pijn gedaan. Maar nee hoor, in plaats van je te verdiepen in mijn gevoelens, betrek je het meteen alweer op jezelf. Je doet alsof ik jóú iets heb aangedaan. Terwijl je blij moet zijn dat Ray er niet meer was toen jij geboren werd. Geloof me als ik zeg dat je jeugd een stuk minder gezellig zou zijn geweest.'

'Ik vind het heel naar voor je, mama, echt. Maar kun je me alsjeblieft meer vertellen over Ray? Ik wil het zo graag begrijpen.'

'Ik heb ervoor gekozen om dit achter me te laten. En dat heb jij maar te respecteren.' Het kopje werd met een klap op tafel gezet. Ze stond op, pakte haar koffer en nam hem mee haar slaapkamer in zonder mij nog een blik waardig te keuren.

Ik volgde haar, geenszins van plan om op te geven. 'Heb je Ray al eens opgezocht? In de gevangenis of in de Hopperkliniek?'

'Ik ben in de gevangenis geweest, ja,' zei ze stijfjes. Ze had haar koffer open op haar bed gelegd. Haar kleding, veelal in felle kleuren zoals vrouwen boven de zestig die graag dragen, lag in keurige stapeltjes naast elkaar. Aan de zijkant zag ik een huidkleurige beha liggen en heupslips met een kantrandje eraan. Ze had alles blijkbaar al laten wassen op vakantie. Typisch iets voor haar.

Waarschijnlijk had mijn moeder gezien dat ik ernaar keek. Ze pakte haar ondergoed met een snibbig gebaar uit de koffer en stopte het in haar ondergoedla.

'Maar zoek je hem nu nooit meer op? Hij is hartstikke eenzaam, wist je dat?'

Mijn moeder liep met een stapel T-shirts op haar arm naar de garderobekast. Met haar rug naar me toe zei ze: 'Laat me je geheugen even opfrissen. Hij heeft iemand vermóórd, wat zeg ik, twee mensen: een moeder en een kind. Je hoeft met hem geen medelijden te hebben.' Ze draaide zich weer naar me toe, rommelde in haar koffer en pakte een cadeautje van de bodem. Ze smeet het in mijn richting. Het landde ergens bij het voeteneinde van het bed. 'Die had ik nog voor je meegenomen.'

Het was overduidelijk een fles drank. Ik haalde hem uit het dunne papier en bekeek het etiket van een obscuur Sloveens distillaat. 'Nou, bedankt.'

'Specialiteit van de streek, zeiden ze. Ik heb ook nog iets voor Aron, maar dat geef ik hem liever persoonlijk. Als hij nog hier mag komen, nu je weet wat voor vreselijk mens ik ben.'

'Leef gerust al je compensatiegedrag uit op Aron. Hij lijkt er weinig bezwaar tegen te hebben.'

'En jij anders ook niet.'

'Dat klopt.'

We zwegen.

'Er is een kans dat jouw bloedeigen zoon onschuldig in een tbskliniek zit. Doet het je niets?'

Ze schudde haar hoofd. 'Je kent Ray niet. Je hebt geen flauw idee wat je zegt.'

'Misschien kijk ik er objectiever tegenaan omdát ik hem niet ken.' Dat was natuurlijk niet waar. Net zo graag als mijn moeder wilde geloven dat Ray schuldig was, wilde ik geloven in zijn onschuld.

'Je hebt geen idee, Iris. Geen idee.'

'Toch wil ik het uitzoeken.'

Mijn moeder liep naar de aangrenzende badkamer om haar schaarse vuile was in de wasmand te gooien. Toen ze terugkwam, zei ze: 'Laat hem alsjeblieft met rust. En mijn verleden ook.'

28

'Is daar iemand?' Ik bonsde op de deur. 'Hallo?'

Er kwam geen reactie.

Ik keek om me heen op zoek naar een uitweg. Het enige wat ik zag waren witte muren en een klein raam met tralies dat uitkeek op een strook gras. Verder had de kleine ruimte een deur met twee dichte luiken erin. Ik bonsde er opnieuw tegenaan. Er gebeurde niets.

Ik dacht aan wat er zou gebeuren als ik alle lucht in deze kleine ruimte had verbruikt. Het proces was al aan de gang, ik voelde hoe mijn longen bij iedere teug minder zuurstof binnenkregen. Ik zou steeds meer moeite hebben met ademen en uiteindelijk zou ik stikken.

Eén keer was de stromingspomp van mijn aquarium stuk gegaan. Ik ontdekte het om drie uur 's nachts toen ik op het punt stond om naar mijn werk te gaan. Zoals altijd controleerde ik dan het aquarium en mat de waarden op.

Het eerste wat me opviel was de stilte. Het water was roerloos en ik miste het constante gezoem van de pomp. Ik speurde het aquarium af op zoek naar de vissen. Ze dartelden niet tussen de anemonen en graasden niet aan het koraal. Toen pas zag ik ze. Ze bevonden zich aan het wateroppervlak. Hun bekken opengesperd.

Ik moest mijn vissen redden. Wat was mijn eigen leven waard als zij zouden sterven? Gelukkig had ik nog een oude pomp liggen die ik tijdelijk aan de bak kon hangen. 'Hou nog even vol.' Ik weet nog dat ik dat tegen ze zei, al kunnen vissen niet horen, hooguit kunnen ze vibraties waarnemen. Misschien zei ik het wel meer tegen mezelf dan tegen de vissen. 'Hou nog even vol.' Ik installeerde de oude pomp en al snel begon het water te stromen en gingen de vissen verder met hun gebruikelijke bezigheden alsof er niets was gebeurd.

Mijn vissen kwamen zelden iets tekort. Daar zorgde ik wel voor.

In de separeer was geen reservepomp, geen vluchtweg. Niets. Laat staan dat er iemand was die mij zou redden.

'Is daar iemand!' riep ik nogmaals. 'Is daar alsjeblieft iemand? Ik moet eruit. Ik stik!'

Ik hoorde voetstappen in de gang. Het luikje ging open en ik zag een onbekend gezicht. 'Alles in orde daar?'

'Nee,' hijgde ik. 'Ik kan niet meer ademen. Ik...' Ik sloeg mijn handen om mijn keel. 'Doe alsjeblieft de deur open. De zuurstof is bijna op.'

'Dat kan niet,' zei het gezicht. 'Kijk maar naar het plafond. Zie je die witte dingen daar? Daar komt verse lucht uit. Je kunt dus onmogelijk stikken.'

'Ze doen het niet,' zei ik. 'Ik voel dat het niet werkt. Ik stik. Jullie willen mij dood hebben.'

'Je hebt een paniekaanval,' zei het gezicht. 'Probeer nou rustig in en uit te ademen. En als het dan nog niet gaat, zal ik vragen of de arts iets kalmerends voor je heeft, goed?'

'Jullie hebben drugs in mijn kamer geplaatst zodat je me hiernaartoe kon brengen. En nu laten jullie me doodgaan. Het is een val. Jullie hebben mij erin geluisd.'

'Rustig nou maar. Denk aan wat ik gezegd heb. Kijk maar naar de ventilatieopeningen in het plafond.'

'Ze doen het niet. Ze doen het echt niet.'

'Zal ik dan het luikje openlaten? Dan kun je daar doorheen ademen als dat je geruststelt.'

Het gezicht verdween weer en ik ging op mijn tenen staan zodat ik met mijn mond bij de opening kon. Ik was als François, Maria, Hannibal, Peanut, Rozijn, King Kong en de andere. Met opengesperde mond zoog ik de schaarse zuurstof naar binnen. Wachtend op de reservepomp.

Na een aantal uren werd ik moe van de ongemakkelijke houding. Mijn kuiten waren verkrampt en mijn nek was stijf. Ik ging op de grond zitten, ik vond het niet meer zo erg om dood te gaan. Sterker nog, het leek me een alleszins acceptabele optie op dit moment.

Toen het donker werd, kreeg ik te eten. Het grotere luik werd opengeschoven en een plastic bord met spaghetti werd op een plankje gezet, samen met plastic bestek en een beker water.

Ik schrok op. 'Hé!' riep ik. 'Hé! Is daar iemand?'

Niemand zei iets terug. Het enige wat er gebeurde was dat het luik werd dichtgeramd.

Ik zakte door mijn knieën met het bord spaghetti in mijn handen. Er droop tomatensaus op mijn witte broek. Het maakte een lelijke rode vlek. Rood op wit.

Net als Rosita toen ze dood was. Ze had haar witte topje gedragen, het topje met de dunne bandjes waar je haar bonbons heel goed in kon zien, met tepels en al. Ze was altijd te koud gekleed. Het was niet bijster warm geweest op de dag dat Rosita stierf. Maar Rosita zette nog liever de verwarming hoog dan dat ze haar lichaam bedekte. Ze hield niet van te veel kleren, zei ze. Het liefst had ze de hele dag naakt rondgelopen.

Het witte topje was gescheurd en zat onder de rode vlekken. Ook haar rokje was besmeurd met bloed. Er was zoveel bloed. Overal. Ik werd er duizelig van en moest mijn ogen een paar maal dichtdoen omdat het moeilijk was om ernaar te kijken.

Anna droeg een roze jurkje. Het was in de opruiming geweest bij C&A. Van 24,95 voor 15,95. Zij had minder bloed op zich dan Rosita. Alleen in het midden van haar bovenlichaam zat een grote natte plek. Haar ogen waren open. Het was een gezichtsuitdrukking die ik niet kon benoemen. Angst? Verbazing? Ik zag het blauw met het mooie donkere randje eromheen. Maar glanzen deden de ogen niet meer.

Rosita's ogen waren halfdicht. Haar mond stond een beetje open, alsof ze lachte. Zelfs toen ze dood was, lachte ze nog. Ik had geen flauw idee waarom. Lachte ze me uit? Lachte ze me nog steeds uit?

Om hen heen lag bloed, als een spiegelei waarvan de dooiers

doorgeprikt waren. Het bloed was niet zo heel vloeibaar meer, het kleefde aan mijn schoenen. Vervolgens maakten mijn schoenen afdrukken op de crèmekleurige vaste vloerbedekking.

'Zou u wel zo'n licht tapijt nemen met zo'n kleine meid?' had de verkoper ons gevraagd. Hij was er automatisch van uitgegaan dat we allemaal bij elkaar woonden, misschien dacht hij wel dat ik de vader van Anna was. Ik vond hem aardig, alleen daarom al. 'We hebben ook prachtige bruintinten die een beetje gemêleerd zijn.'

Maar Rosita wilde geen donkere kleuren in haar huis. 'Crème is zo chic,' zei ze. 'Alle rijke mensen in grote huizen hebben het. En als het te vuil wordt, kopen ze gewoon nieuwe.'

De vloerbedekking had bijna zesduizend gulden gekost, inclusief het leggen. Het was de helft van mijn spaargeld.

En nu was het tapijt al bedorven.

Er hing een lucht van oud ijzer. Niet heel sterk of penetrant, maar evengoed had mijn maag zich samengeknepen. Ik had nooit geweten dat bloed een geur had.

Ik keek naar het bord spaghetti op mijn schoot en wist niets beters te doen dan het op te eten.

29

Martha Peters had het fysiek van een Oost-Europese zwemster. Een brede rug, stevige bovenbenen, geen borsten van betekenis en een verbeten trek rond haar mond. Ze nam bijna het gehele halletje in beslag.

'Goedemiddag, Martha.'

Martha draaide zich om. 'Jou moest ik net hebben.'

'O ja?'

'Loop maar even met mij mee. Ik heb een verrassing voor je.'

Zonder mijn antwoord af te wachten draaide Martha zich om en marcheerde naar de trap. Ik besloot haar te volgen, al kon ik me niets voorstellen bij een 'verrassing'. Het deed me denken aan de tandarts vroeger. Als je je mond lang genoeg had opengehouden zonder te mopperen, kreeg je ook een 'verrassing': een tandenborstel. Hoera.

Martha's kamer was op de bovenste verdieping van het pand, ver weg van al het rumoer en de bemoeienissen. Ik was er misschien twee keer eerder geweest in de drie jaar die ik alweer voor Bartels & Peters werkte. Ik volgde Martha's vierkante kont de trap op.

De kamer was licht en opvallend elegant vergeleken met Martha's indrukwekkende verschijning.

'Ga zitten, ga zitten,' zei ze, zowaar op aardige toon, waardoor mijn wantrouwen meteen gewekt was. 'Ik heb met interesse het gesprek dat je onlangs met Lode had gevolgd.'

'Ja?'

'Kijk nou niet meteen of ik je ieder moment kan bijten. Wist je dat ik ook een kind heb?'

'Nee.' Het was het laatste wat ik bij haar had verwacht.

'Sam. Hij is tweeëntwintig en woont sinds kort op kamers. Ik ben dus ook ooit een werkende moeder geweest.'

Ik knikte.

'Ik heb werk en privé altijd gescheiden weten te houden. Maar dat kon ook in mijn geval. Jouw probleem is dat je te vroeg in je carrière aan kinderen bent begonnen.'

'Hoe bedoel je?'

'Je had er eerst voor moeten zorgen dat je een bepaalde positie bereikt had. Hoe hoger op de ladder je komt, hoe meer privileges en vrijheden je hebt. Neem nou deze kamer. Wie zal zeggen of ik er ben of niet?'

'Maar jij moet toch ook gewoon je declarabele uren maken?'

'Natuurlijk. Maar ik maak die uren waar en wanneer ik dat wil. Geen haan die ernaar kraait.' Ze keek me aan met een zelfingenomen uitdrukking op haar gezicht.

'Je hebt gelijk. Ik doe dit kind weg en neem weer een nieuwe als ik partner ben geworden.'

Ze schudde haar hoofd. 'Niet zo aangebrand. Dat is jouw probleem, Iris. Je trekt je alles vreselijk aan.'

'Ik maakte een grap.'

'Uiteraard.'

Er viel een stilte. Wat wilde ze van me?

'Hoe dan ook, ik denk dat je geluk hebt dat we destijds nou eenmaal weinig anders konden dan je aannemen.'

Aha. Daar had je het. 'Wat bedoel je?'

'Niets natuurlijk.' Martha wapperde met haar enorme handen alsof ze haar voorgaande opmerking daarmee dacht weg te wuiven. 'En ik zal ook niet ontkennen dat je me meegevallen bent. Je bent capabeler dan ik dacht.'

'Is dit een compliment? Ik begrijp je niet.'

'Laat maar.' Er verscheen een valse glimlach op Martha's gezicht.

Ik voelde mijn wangen gloeien en schraapte mijn keel. 'Ik moet zeggen dat dit al een zeer verrassend gesprek is geweest, maar ik neem niet aan dat dit dé verrassing was, toch?'

'O ja.' Martha rommelde in haar bureau en haalde een pak papier tevoorschijn. 'Alsjeblieft.'

'Wat is dit?'

'Je bent toch een nieuwe zaak aan het binnenhalen? Ik wilde je alvast een voorsprongetje geven.'

Ik bekeek het kartonnen omslag. 'R. Boelens, 17 mei 1999 – 3 maart 2000' stond erop.

'Hoe kom je hieraan?'

'Connecties. De enige reden waarom ik naar al die borrels ga waar jij nooit komt. Connecties, connecties, connecties. Interessante zaak trouwens. Ik weet niet of er nog wat uit te slepen valt, maar smeuïg is het zeker.'

'Dank je wel.'

'Graag gedaan. De vorige raadsheer van Ray golft met mijn man. Hij is op zich capabel, maar ook gemakzuchtig. Officieel heb ik je dit dossier niet gegeven.'

'Vanzelfsprekend.'

'Prettige dag verder,' zei ze op onprettige toon.

Aron was al naar bed en ik lag op de bank met het dossier, een kop Goedenachtrustthee en een groot stuk melkchocolade met noten. Ik was moe en had moeite de woorden in me op te nemen. Het was opvallend hoe weinig het dossier voorstelde. Er was een forensisch rapport en de politie had met enkele omwonenden gesproken. Ray zelf had drie verklaringen afgelegd waarin hij zichzelf in toenemende mate als verdachte in de kaart speelde. Dat was voor de politie voldoende geweest. Waar waren de vrienden van Rosita, familieleden, minnaars en voor mijn part de postbode?

Volgens de eerste verklaring was Ray eerder uit zijn werk naar huis gegaan omdat hij zich niet lekker voelde. Onderweg naar huis, had hij de voordeur van Rosita en Anna op een kier zien staan. Hij was ernaartoe gelopen. Het eerste wat hem opviel was een rode vlek op het crèmekleurige tapijt. Hij had de deur verder opengedaan en daar had hij de twee lichamen aangetroffen, badend in het bloed. Hij was heel erg geschrokken en had een tijdje bij de lichamen gezeten 'om te kijken wat er zou gebeuren'. Ik voelde een lichte huivering bij het lezen van die woorden.

Vervolgens was hij zo 'in de war' geraakt, dat hij naar huis was gerend. Daar had hij naar zijn vissen gekeken om rustig te worden. 'Ik heb de politie niet gebeld omdat ik daar niet aan heb gedacht.'

In de verklaringen die daarop volgden stond een aantal belastende uitspraken. 'Het was duidelijk dat Rosita en Anna met een scherp voorwerp zijn neergestoken. Ik denk aan een vleesmes zoals ik thuis ook heb.' En: 'Ik was boos op Rosita omdat ze me had afgewezen. Als ik boos ben, heb ik mezelf niet in de hand. Ik ben weleens zo boos geworden dat ik iets heb kapotgemaakt.'

Er stond nergens een expliciete bekentenis in, maar je hoefde geen rechten te hebben gestudeerd om te weten waar het procesverbaal op aanstuurde. Het eindigde met: 'Ik verklaar dat mij geen woorden in de mond zijn gelegd en dat ik deze verklaring vrijwillig en zonder dwang heb afgelegd.'

Ik legde het onder op de stapel en stuitte op een foto van de plaats delict.

Vooral het dode meisje trof me. Een onschuldig kind met een verwrongen gezichtje. In het bijbehorende rapport van de technische recherche stond te lezen dat het kind na de moeder was gedood. Haar voetafdrukken stonden in het bloed van de moeder. De conclusie was dat ze uit de woonkamer was komen rennen en vervolgens ook was neergestoken. Ik dacht aan Aron die vredig in zijn bedje lag te slapen met zijn knuffelpanda.

Het moordwapen was niet aanwezig geweest op de plaats delict. Het Nederlands Forensisch Instituut had vastgesteld dat het met grote waarschijnlijkheid een vleesmes was, afkomstig uit een starterspakket van IKEA met de weinig bloemrijke naam 'Början', Zweeds voor 'begin'. In de periode van 1983-1990 waren er alleen al in Nederland zo'n 130.000 van die pakketten verkocht. Daarna was het gerestyled en had het vleesmes een zwart heft gekregen in plaats van een bruin.

Ook Ray was in het bezit geweest van het 'Början'-pakket. Het was een cadeau van zijn moeder, stond er in de laatste verklaring.

Ik dacht aan de periode waarin ík op kamers ging wonen. In 1992. Mijn moeder vond het belachelijk dat ik niet bij haar wilde blijven, terwijl we zo dicht bij de stad woonden. 'Ik leg je toch geen strobreed in de weg?' had ze gezegd. Maar ik verlangde naar wanordelijke studentenhuizen waar je tot diep in de nacht lambrusco met elkaar dronk en vervolgens in coma raakte op een versleten matras op de grond.

De eerste keer dat mijn moeder kwam kijken in mijn kamer van drie bij vier vlak bij de Marnixkade, had ze weinig commentaar gegeven. Maar de afkeurende blik in haar ogen had alles verteld. Ze had me een groot pakket in mijn handen geduwd met de woorden: 'Heb je geen fatsoenlijke stoel om op te zitten?'

Ik had het blauwgestreepte cadeaupapier losgescheurd. Början. Ik was helemaal vergeten dat het starterspakket zo had geheten, al had de lege doos nog maanden dienstgedaan als oudpapierbak in de gang.

'Dank je, mam.' Ze had haar wang naar me toe gedraaid ten teken dat ik haar mocht kussen.

Het IKEA-servies, de pannen en de messenset werden intensief gebruikt in het studentenhuis waar ik woonde. Ik had ze in de gezamenlijke keuken gezet, waar we net zo lang wachtten met afwassen tot al het keukengoed vies was. Vervolgens verwijderden we met kokend water en afwasmiddel van de Aldi de beschimmelde etensresten en zetten we het schone servies, de pannen en het bestek weer terug in de kast. Hierna kon het proces van voren af aan beginnen.

Nu ik op mijn met Brinta-vlekken ontsierde designbank in mijn appartement in Oud-Zuid lag, kon ik me de geur van onze studentenkeuken nog probleemloos voor de geest halen. Hoe zal ik het omschrijven? Licht zurig. De geur van de kots van andermans kind.

Het idee dat mijn moeder naar IKEA was gereden en zowel voor mij als voor Ray een Början-pakket had gekocht, was bijna lachwekkend. Voor zichzelf stond ze op kwaliteit, voor anderen haalde ze graag de aanbieding van de week. Ik stelde me zo voor dat er een twee-halen-één-betalen-actie was geweest bij IKEA.

Het vleesmes van Ray, het vermoedelijke moordwapen, was gevonden in zijn keukenla. Er waren geen bloedsporen op aangetroffen, wel vingerafdrukken van Ray en een aantal materiaalresten met chemisch klinkende namen die me niets zeiden.

Ondanks het feit dat er geen DNA van Rosita en Anna op het mes was gevonden, werd het IKEA-mes gezien als een zeer belastend bewijsstuk.

Ik stak nog een stuk chocola in mijn mond. Morgen zou ik weer wortels en bleekselderij in huis halen.

Dan waren er nog de verklaringen van de omwonenden. Een van de buurvrouwen beweerde dat Ray eerder de autobanden van de vriend van Rosita met een mes bewerkt had. Rosita had dus een vriend gehad. Waar was hij in het dossier?

30

De dag nadat Rosita me gekust had, deed ze alsof er niets aan de hand was. Ik mocht binnenkomen om de madeleine aan Anna te geven, maar daarna zei ze: 'Als je het niet erg vindt, Ray... ik krijg zo bezoek.'

Ik had gehoopt dat de vader van Anna nooit meer terug zou komen. Maar hij was er alweer.

Rosita droeg een doorschijnend jurkje. Haar bonbons waren goed zichtbaar, met harde tepels en al. Het was moeilijk om mijn ogen ervan af te houden. Ik stelde me voor hoe ik de bonbons zou aanraken, ze in mijn handen zou nemen en ze zou kneden. De gedachte deed pijn aan mijn piemel.

'Victor gaat morgen op vakantie met zijn gezin. Kun je het je voorstellen, Ray? Met z'n allen naar Kreta, "alvast een voorproefje op de zomer pakken". Want deze zomer gaan ze drie weken naar Italië. Rondom kerst zijn ze nog op wintersport geweest. Maar dat Anna nooit verder is gekomen dan Zandvoort aan Zee kan hem niets schelen. "Mijn loyaliteit ligt bij mijn gezin," zegt hij. Maar wat zijn wij dan? Wat betekenen wij dan voor hem? Zijn wij niet ook zijn gezin? Heeft Anna niet net zoveel recht op een vader als zijn andere kinderen?'

'Ik weet het niet.'

'Ik weet het wél. Ga jij eigenlijk weleens op vakantie?'

'Nee.'

'Nooit geweest?'

Ik haalde mijn schouders op.

'Eigenlijk zouden wij ook naar Kreta moeten gaan. Jij, ik en Anna. Daar zou hij van opkijken.'

Er ging een schokje van blijdschap door me heen. 'Ik weet niet of ik durf te vliegen.'

'Natuurlijk durf je dat wel,' zei Rosita. 'Maar goed, hij komt nu langs en ik wilde aan je vragen of je Anna even mee kunt nemen.'

Anna zat voor de televisie. Ze had de madeleine gedachteloos naar binnen gewerkt en staarde naar het scherm alsof de rest van de wereld niet meer bestond.

Ik begreep er niks van. Rosita wilde met míj naar Kreta, maar nu moest ik Anna meenemen omdat ze haar blootje aan hém wilde laten zien.

Rosita ging op haar hurken voor Anna zitten. 'Popje? Ga je met ome Ray mee? Misschien mag je wel mee naar de bakkerij. Of samen naar de speeltuin.'

'Vissen kijken,' zei Anna. 'Ik wil King Kong zien.'

'Doe je wel je jasje aan? Het is koud buiten. En Ray?' Ze ging weer staan. 'Als je terugkomt, heb ik een verrassing voor je. Ik wil je iets vertellen over je moeder.'

'Wat dan?'

Ze gaf me een tikje op mijn neus. 'Straks.'

Anna liep aan mijn hand mee naar buiten. Haar handje voelde breekbaar, een paar kleine botjes met zacht vel eromheen. Rosita wuifde ons na. Ze stak een hand naar buiten en verschool haar schaars geklede lichaam achter de deur.

Aan de overkant stond de vrouw met het slordige tuintje door het raam naar ons te kijken. Ook zij zwaaide, maar Anna zag haar niet.

'Wat wil je doen?' vroeg ik met de hoge stem die ik me speciaal voor Anna had aangemeten.

'Vissen kijken.'

'Niet naar de speeltuin? Of wil je winkelen, net als mama?'

'King Kong,' zei ze vastbesloten.

'Goed, goed.' Toen ik de sleutel in het slot stak, hoorde ik een auto vlak voor mijn huis remmen. Ik draaide me om en zag Victor.

Hij kwam gewoon weer aanrijden in zijn protserige auto waar geen krasje, geen deukje meer aan te zien was. Hij liep Rosita's tuinpad op en ik zag haar opendoen, nog voor hij had aangebeld. Ik slikte opkomend maagzuur weg.

Anna en ik liepen het huis in en gingen voor het aquarium zitten. 'King Kong, Hannibal, Maria, Peanut...'

Ik meende voetstappen op Rosita's trap te horen. Ze nam de vader van Anna mee naar boven. Ik was nog nooit boven geweest bij Rosita. Nog nooit. Wanneer zou Rosita inzien dat ik er wél altijd voor haar zou zijn? Ze had gezegd dat we bijna een gezin waren, maar hoe lang moest ik nog wachten?

Ik weet niet hoe vaak Anna en ik de namen van de vissen opgenoemd hadden toen ze aan me vroeg of ik met haar de eendjes wilde voeren. Ik merkte dat ik helemaal vergeten was dat we voor het aquarium zaten en de vissen benoemden, zo gespitst was ik op de geluiden van voetstappen op de trap en het gekraak van Rosita's bed.

Anna keek naar me met haar ogen die bijna net zo blauw waren als het lichaam van King Kong.

'Natuurlijk,' zei ik. 'Dan lopen we langs de bakkerij en halen we oud brood. Al kun je mijn brood rustig drie dagen goed houden en is het nog steeds overheerlijk. Maar brood dat ouder is dan één dag mag niet meer verkocht worden. Dan noemen ze het "oud". Absurd.'

Ik hielp haar in haar jasje. Het was een mooi rood jasje. Het had 130 gulden gekost, maar volgens Rosita was het van goede kwaliteit en kon Anna het met gemak volgend jaar weer aan. Dat was maar goed ook, want het saldo van mijn spaarrekening was dramatisch laag geworden.

Anna huppelde aan mijn hand naar de bakkerij. Het begon te wennen dat ze het fijn vond om dicht bij mij te zijn. De auto van Victor stond nog steeds bij Rosita voor de deur. Ik voelde boosheid opkomen, maar dacht: niet nu. Niet waar kleine Anna bij is.

Het was rustig bij de bakkerij. De mensen kochten doorgaans 's ochtends hun brood. Daarom ging de winkel om halfvijf 's middags al dicht. Toen Anna en ik er kwamen was het kwart over vier. We moesten even wachten tot een mevrouw haar *pain de campagne* afgerekend had, voordat we door konden lopen naar de bakkerij. Ze nam het brood aan en draaide zich om. 'Ah, de bakker,' zei ze. 'Staat u niet aan de verkeerde kant van de toonbank?'

'Ik kom oud brood halen. Voor de eendjes,' zei ik.

'Is dat uw dochter?'

'We zijn bijna een gezin,' zei ik. 'Bijna.'

Ik geloof dat de vrouw verbaasd keek. 'Ik heb u altijd al eens willen zeggen dat ik uw brood verrukkelijk vind. Werkelijk bijzonder.'

'Dank u.' Dat zou Rosita leuk vinden. Ze wilde altijd weten of ik nog complimenten had gehad en dan zei ze: 'Zie je nou hoe geweldig je bent, Ray.'

Het licht was nog aan in het deel achter de glazen wand. Alle oppervlakken waren glanzend schoon en er was geen kruimel op de vloer te vinden. Niets wees erop dat ik gedurende de nacht en ochtend vierhonderd croissants, twaalf soorten brood en kleine patisserie bereid had. Helemaal alleen. Mijn baas had me gevraagd of ik een knecht nodig had, maar ik hield van de geborgenheid van mijn eigen gedachten en handelingen.

'Zal ik je *La Souche* laten zien?' vroeg ik Anna. 'Je weet niet wat dat betekent, maar dat is niet erg. Kom maar mee.'

Ze volgde me naar het achterste deel van de bakkerij, naar de warmtekast waar *La Souche* leefde op een constante temperatuur van zestien graden en een luchtvochtigheid van tachtig procent.

Ik opende de deur en ging op mijn hurken voor de aardewerken pot zitten.

'Ssst, ze slaapt,' zei Anna naast me.

'Dat klopt,' zei ik verrast. 'Ze slaapt. Wanneer je slaapt, dan groei je, wist je dat?' Ik lichtte voorzichtig een stukje van de vochtige katoenen doek op waarmee het moederdeeg was afgedekt. 'Ruik je haar? Probeer het maar. Haal maar heel diep adem.'

Anna snoof de geur op. 'Bah,' zei ze toen.

'Je snapt er helemaal niets van,' zei ik boos en dekte *La Souche* snel weer toe.

Anna keek me een paar tellen wezenloos aan en begon toen te huilen.

'Doe nou niet.' Ik probeerde me te herinneren wat Rosita had gezegd over wat je moest doen als iemand huilde. Het duurde even voordat het me te binnen schoot. Je moest belangstelling tonen. 'Wat is er met je aan de hand?'

'Mijn god!' Het meisje dat altijd op dinsdag hielp, was bij ons komen staan, ik had haar niet aan horen komen. 'Wat moet dit voorstellen?' Ze tilde Anna op. 'Wat is er gebeurd, meiske?'

'Ray heeft stout gedaan,' zei Anna.

'Dat is helemaal niet waar,' zei ik.

'Waarom zitten jullie in godsnaam in de temperatuurkast? Wat is dit voor een vertoning? Wat heeft Ray gedaan?' vroeg ze Anna toen.

'Stout,' zei die.

'Weet haar moeder dat ze hier is?' Het meisje keek me kwaad aan.

'Ja. Niet dat ze hier is, maar wel dat ze bij mij is.'

'Ray is boos,' zei Anna. Ze huilde al niet meer en stak haar armen naar me uit.

Ik pakte haar over van het meisje en draaide me zodanig weg dat ze niet meer bij Anna kon komen.

'Ik vind dit raar. Kleine meisjes in de temperatuurkast. Niet normaal.' Het meisje zette haar armen in haar zij. Haar aanwezigheid beviel me niet.

'We moeten nu de deur dichtdoen, anders raakt de kast ontregeld. En mocht je het nog niet weten: de bakkerij is mijn domein. Blijf in je winkel.'

'Je moet nooit gewone mensen toelaten in de bakkerij,' had Pierre altijd gezegd. 'Zij hebben geen idee hoe kwetsbaar de processen zijn. Geen idee. Zij lopen maar rond en vervuilen alles met hun lompe poten.'

Ze snoof alsof ze opeens heel erg verkouden was geworden en liep weg.

31

Het was duidelijk dat Renzo de Winter, de rechercheur die destijds hoofd van het onderzoeksteam was geweest, er niet op zat te wachten mij te ontmoeten.

'Ik kan u verzekeren dat we het onderzoek met alle zorgvuldigheid verricht hebben. Alle feiten wijzen onomstotelijk naar uw cliënt. Ik weet niet wat u nog hoopt te vinden. Bovendien hoef ik u niet uit te leggen dat ik geen mededelingen over deze zaak mag doen zonder toestemming van de procureur-generaal.'

'Toch zou ik het zeer op prijs stellen als u een afspraak met me wilde maken. Ik begrijp dat u geen officiële mededelingen mag doen, maar een informeel gesprekje moet toch kunnen?'

Ik draaide een rondje in mijn bureaustoel en keek uit het raam. Een jong stel fietste hand in hand door de straat. Ze zagen er gelukkig uit.

Renzo de Winter zuchtte diep aan de andere kant van de lijn.

'Alstublieft?'

'Goed dan. Maar *off the record*.'

'Fijn. Heel fijn.'

De rit naar Amersfoort viel nogal tegen. Er was een ongeluk gebeurd op de A1, waardoor de rechterrijstrook was afgesloten. Een halfuur te laat arriveerde ik bij het politiebureau waar Renzo de Winter werkzaam was.

'Nu zit hij alweer in een andere afspraak,' zei de mevrouw achter de balie. 'Maar u kunt natuurlijk even wachten tot hij daar uit komt.'

Ik mocht op een plastic kuipstoeltje in een wachtruimte zitten. Aan de muur hingen posters met teksten als: *Auto op slot? Buit eruit!* Op een van de kuipstoeltjes zat een vrouw met verlept bruin haar en doorgelopen mascara. Ik knikte haar vriendelijk toe en pakte een van de foldertjes over slachtofferhulp die op het bijzettafeltje lagen. Ik bladerde erdoorheen en hoopte dat het niet te lang zou duren tot Renzo de Winter tijd voor me zou hebben.

'Soms voel ik me ondergepist door het leven zelf.'

'Pardon?' Ik keek de vrouw aan, maar ze staarde uit het raam, alsof ik er niet was.

'Alsof bij alles wat ik doe, elke stap die ik zet, er altijd iemand klaarstaat die een emmer pis over me heen gooit en zegt: "Ha ha, sliep uit. Leuk geprobeerd, maar het gaat je toch nooit lukken."'

'O.'

Nu keek de vrouw me wel aan. Ze had onverwacht felle ogen in een bleek en vlekkerig gezicht. 'Kun je je dat voorstellen?'

'Het leven is niet altijd even makkelijk,' zei ik zo neutraal mogelijk. Ik richtte mijn aandacht weer op de folder. Die ging over de traumatische gevolgen die een misdrijf op je kon hebben. Nachtmerries, woedeaanvallen, angst, maar ook schuldgevoelens. Van alle emoties was schuldgevoel het lastigste. Dat hoefde je mij niet te vertellen.

'Niet altijd even makkelijk,' imiteerde ze me. Ik hoopte dat Renzo de Winter snel zou komen. 'Vertel eens. Hoe is het om "geslaagd" te zijn?'

Ik keek haar verbaasd aan.

'Ja, ontken het maar niet. Ik zie het zo. Nette kleren, dure handtas, maar vooral die houding. Je komt deze kamer binnen alsof je de baas bent. Hoe doe je dat?'

Mijn eerste ingeving was dat deze vrouw uit was op ruzie. Maar toen ik haar aankeek, realiseerde ik me dat ze het oprecht meende. 'Eh,' antwoordde ik. Toen wist ik niets meer te zeggen.

'Hoe doe je dat?' drong de vrouw nogmaals aan. Ze leunde naar voren en ik keek recht in haar decolleté. Ze droeg een beha met een woeste panterprint, in sterk contrast met de rest van haar uiterlijk.

'Ik doe niets bijzonders. Ik liep gewoon deze kamer binnen. Bovendien ben ik misschien iets minder geslaagd dan u denkt.'

'Dat vraag ik me af. Want als je geslaagd bent in de ogen van anderen, dan ben je het toch?'

'Natuurlijk niet.' Ik realiseerde me dat ik geïrriteerd begon te klinken. 'Dan zou het toch te makkelijk zijn? Als u vanaf vandaag gaat doen alsof u geslaagd bent of succesvol of populair of wat dan ook, dan hoeft u zich geen dag meer... wat zei u nou ook alweer...? "ondergepist" te voelen.'

'Precies,' zei de vrouw. Ze leunde tevreden achterover en keek me triomfantelijk aan. 'Daarom vraag ik het aan jou. Hoe doe je dat?'

Begin met je kop te houden tegen vreemden in wachtkamers, dacht ik. Maar ik zei: 'Geen idee.' Ik hield demonstratief het blaadje van slachtofferhulp voor mijn neus en begon aandachtig te lezen.

'Je scheept me af.' Ongevraagd was ík nu het leven geworden en zij het urinoir. 'Waarom? Ik mag je toch wel iets vragen?'

'Mevrouw, ik weet niet wat u zich in het hoofd haalt, maar ik ben géén expert op het gebied van levensgeluk, succes, eeuwigdurende liefde, de perfecte opvoeding, effectief afslanken of welk onderwerp dan ook. Ik doe ook maar wat. Het enige wat ik mee heb ten opzichte van u is dat ik een betere kapper heb en een kwaliteitslederen handtas.'

Ze leek even met stomheid geslagen. 'Maar...'

'Mevrouw Kastelein?' De receptioniste stond in de deuropening van de wachtkamer.

Ik haalde opgelucht adem.

'Meneer De Winter heeft nu tijd voor u.'

Ik legde het blaadje van slachtofferhulp neer en stond op. 'Tot ziens,' zei ik tegen de vrouw. Ze zei niets terug.

'Wat had ze vandaag weer?' vroeg de baliemedewerkster me.

'Wat bedoelt u?'

'Die vrouw met wie u daarstraks in gesprek was, zit hier al maandenlang iedere dag. We weten niet zo goed wat we met haar aan moeten, maar ze zit ons ook niet in de weg, dus we laten haar maar.'

'Het was wat ons betrof een duidelijke zaak. Boelens heeft een gewelddadig verleden, een motief, is bewezen op de plaats delict geweest en heeft diverse belastende verklaringen afgelegd. Dat zijn vier belangrijke aanwijzingen. Meestal brengen we de zaak al voor de rechter bij twee.' Renzo de Winter keek me vermoeid aan. Ik vermoedde dat hij jonger was dan dat hij eruitzag.

'Wat bedoelt u met een gewelddadig verleden? Mijn cliënt had geen strafblad.'

'Uw cliënt heeft zijn jeugd doorgebracht in een internaat voor zeer moeilijk opvoedbare jongens. In het dossier van het internaat staat dat hij op negenjarige leeftijd een hond heeft gedood.'

Ik hield mijn gezicht met moeite in de plooi. De gedachte aan Ray die een hond doodde was misselijkmakend. Mijn moeder had gelijk: ik had geen flauw idee wie Ray was.

'Ook hebben omwonenden verklaard dat hij de auto van de vriend van het slachtoffer eerder behoorlijk heeft toegetakeld. Laat me even kijken...' De Winter rommelde in een indrukwekkende stapel papieren die voor hem lag. 'Hier staat het: Boelens kwam met een keukenmes naar buiten en begon op de banden van de auto van de heer Asscher in te steken. Vervolgens brak hij de jaguar van de motorkap af en sloeg die door de voorruit. Daarna kalmeerde hij en liep naar binnen.'

Ik probeerde de dode hond uit mijn gedachten te verbannen en concentreerde me op de Jaguar van Asscher. 'Is daar aangifte van gedaan?'

De Winter zuchtte geïrriteerd. 'Nee.'

'Vreemd.'

'Wat doet dat er nog toe? Ongetwijfeld kunnen ze bij de Jaguargarage zo een schaderapport tevoorschijn toveren, als u probeert te insinueren dat het incident niet heeft plaatsgevonden. De heer Asscher heeft vast zijn redenen gehad om geen aangifte te doen.'

'Vast wel. Maar kunt u me vertellen wat de redenen van de politie zijn geweest om geen verklaring van Asscher over de moord af te nemen?'

'Niet nodig.'

'Want?'

'De heer Asscher was op vakantie toen de moord plaatsvond.'

'Kunt u me dan vertellen hoe de verklaringen van de heer Boelens tot stand zijn gekomen?'

'Hoe bedoelt u?'

Ik haalde míjn stapel papieren tevoorschijn. 'Eens even kijken: "Het was duidelijk dat Rosita en Anna met een scherp voorwerp zijn neergestoken. Ik denk aan een vleesmes zoals ik thuis ook heb." Zijn dat de letterlijke woorden van de heer Boelens?'

'Ja.'

'De zinnen komen nogal gekunsteld op mij over. Vooral deze: "Ik verklaar dat mij geen woorden in de mond zijn gelegd en dat ik deze verklaring vrijwillig en zonder dwang heb afgelegd." Klinkt nogal formeel voor een bakker, vindt u niet? Sterker nog, de heer Boelens kennende kan ik me niet voorstellen dat deze zinnen zo zijn mond uitgerold zijn. En ik kan me evenmin voorstellen dat de heer Boelens zo met het lot van de "sterke arm der wet" was begaan dat hij de moeite heeft genomen de verbalisant in te dekken.'

De Winter zat me aan te kijken alsof ik een kind was dat een eenvoudige rekensom niet snapte. 'Mevrouw Kastelein, u bent vast een bekwame advocate, maar werkelijk, deze zaak is zo klaar als een klontje. Ook politiewerk is mensenwerk en als u verder doorspit, komt u vast nog wel een typefoutje of een ongelukkige formulering tegen. En dan nog? Wat ons betreft is de dader opgepakt en veroordeeld. Het recht heeft gezegevierd.'

'Welke indruk maakte Boelens op u? Was hij in de war?'

De Winter keek op zijn horloge. 'Ik heb niet veel tijd meer.'

'Was Boelens aanspreekbaar? Begreep hij wat er aan de hand was?'

'Hij was in paniek. Omdat hij wist wat hij gedaan had en wist dat wij dat ook wisten. Dat is mijn overtuiging.'

'In paniek?'

'Hij bleef maar over zijn vissen praten. Hij huilde en schreeuwde erom.'

'Ach, natuurlijk...' Ik dacht aan het logboek dat Ray al die jaren zo zorgvuldig had bijgehouden. De prijzen die hij gewonnen had. De manier waarop hij met zijn vingertoppen de foto's van zijn vissen had gestreeld toen ik ze aan hem had gegeven in de Hopperkliniek. 'Hij was in paniek om zijn vissen. En toch heeft hij in prachtige volzinnen een verklaring afgelegd.'

'Natuurlijk deden we ons best om hem te kalmeren en hebben we hem beloofd om voor de vissen te zorgen. We zijn geen boemannen.'

'Of beloofde u voor de vissen te zorgen in ruil voor zijn verklaring?'

'Nu gaat u te ver.' De Winter keek weer op zijn horloge. 'Mijn tijd is om.'

'Hebt u opnamen van de verhoren gemaakt?'

De Winter keek me getergd aan. 'Ik weet dat u mij probeert te beschuldigen van tunnelvisie, van het woord alleen al krijg ik een allergische reactie, maar ik kan u verzekeren dat dit nou een van de zaken is waarbij ik zeker weet dat we de juiste dader te pakken hebben. Ik begrijp ook dat u alleen maar uw werk probeert te doen, maar ik zou u toch als advies willen meegeven een iets kritischer beleid te voeren bij de aanname van cliënten. Deze zaak is pure tijdsverspilling. Niet dat u dat iets kan schelen. Hoeveel facturabele uren hebt u al gemaakt met dit bezoekje? Drie? Vier?'

Ik probeerde rustig te blijven, terwijl ik in gedachten het volledige interieur van het politiebureau naar het hoofd van De Winter gooide.

'Ongetwijfeld zal uw baas blij met u zijn.'

'Nu gaat ú te ver.'

'Dan staan we quitte. En nogmaals, mijn tijd is om.'

Ik stond op en stak mijn hand uit. 'Tot ziens.'

'Is dat een dreigement?'

Ondanks mijn kwaadheid schoot ik toch in de lach. 'Daar kunt u op rekenen.'

Toen ik naar huis reed, vroeg ik me voor de zoveelste keer af waar ik mee bezig was. Waarom zou ik in de onschuld van Ray geloven? Omdat Ray op een bepaalde toon had gezegd dat hij het niet had gedaan? Omdat hij de ogen en het haar van Aron had? Of wilde ik de onschuld van Ray bewijzen om mijn moeder een hak te zetten?

32

Iris Kastelein die zei dat ze mijn zusje was zou nu mijn advocaat worden.

'Wat gaat ze dan doen?' vroeg ik Mo. We zaten in het spreekkamertje waar ik de dracaena tegen de muur had gegooid. Mo was een van de weinigen met wie ik nog wilde praten. Alle anderen hadden mij erin geluisd. Janneke met haar te zure, kleffe brood, Henk met zijn bliksemschicht, mijn ex-celgenoot, Rembrandt. Allemaal hadden ze de drugs in mijn kamer gelegd.

Ik wist natuurlijk niet zeker of ik Mo wel kon vertrouwen, maar je moet iemand hebben. Dat zei de directeur van de Dwingelerheide altijd. 'Ik weet dat je het moeilijk vindt om mensen te vertrouwen, maar als je dan toch een gok wilt nemen, gok dan op mij. Want je moet toch iemand hebben.' De directeur had me nooit in de steek gelaten. Nooit. Hij had ervoor gezorgd dat de anderen me met rust lieten en hij had me ingeschreven op de bakkersschool. Hij had me meegenomen naar het Planetarium en was altijd aardig geweest. Ook had hij vaak gezegd: 'Het komt wel goed met jou, Ray.' Maar het was niet goed gekomen.

'Iris wil uitzoeken of alles wel juist is verlopen met het onderzoek naar het delict en de rechtszaak.' Mo zei het heel langzaam. 'De rechtszaak waarin jij veroordeeld bent tot gevangenisstraf en tbs. Je hebt haar zelf gevraagd om je te helpen, weet je nog?'

Ik wist het inderdaad nog. Ondanks het feit dat ik ontzettend moe was van alles. 'En dan?'

'Dat weet ik niet. Het ligt eraan wat er nog naar boven komt, denk ik. In ieder geval kan je zus je vaker bezoeken als ze je advocaat is. Zou je dat prettig vinden?'

Ik staarde naar de muur, ongeveer naar de plek waar de plant het witgesausde gips geraakt had. Er was niets meer van te zien. Iris Kastelein die zei dat ze mijn zusje was wilde vaker op bezoek komen. Ze zou weer foto's meebrengen van de vissen en me erover vertellen. Maar ik zou ook vaker moeten plassen op de pot met de zuster zonder witte jas. Dan zouden ze drugs in mijn cel vinden en zou ik terug moeten naar de separeer. Dan zou het nog doodser in mij worden dan het nu al was.

'Ik weet dat je het delict blijft ontkennen bij dokter Römerman. Als je gelijk hebt, is dit je kans om je onschuld te bewijzen.'

'En dan?'

'Dan mag je naar huis.'

Ik keek naar Mo's gezicht, dat altijd vriendelijk stond. Ik dacht aan de plaatjes van de gezichten. Aan hoe je aan de mond en de ogen kon zien of iemand lachte of niet.

'Waar zit je mee, Ray? Waar ben je bang voor?'

'Ik wil niet terug naar de separeer,' zei ik. 'Nooit meer.'

'Dat ligt volledig aan jezelf,' zei Mo. 'Als je je aan de regels houdt, zal niemand je zomaar in de separeer zetten.'

'O, nee? O, nee? Wat gebeurde er dan laatst? Waarom werd ik er dan in gegooid terwijl ik niets verkeerds had gedaan? Helemaal niets!'

'Je gooide een plant naar Jannekes hoofd.'

'Ze zei dat ik niet meer in de tuin mocht werken. Je weet toch dat ik altijd de heggen knip? Het is het enige waar ik plezier aan beleef. Want mijn vissen zijn er nog steeds niet. Ook al zegt iedereen dat ze het zullen bespreken en erover na zullen denken. Maar ondertussen gaan er maanden voorbij en zit ik maar te wachten op antwoord.'

Mo lachte niet meer nu. Hij keek ernstig. Licht gefronste wenkbrauwen, zijn mondhoeken recht. 'Ray, waren die drugs van jou?'

Ik sloeg met mijn hand op tafel. 'Dat zeg ik toch de hele tijd. Ik heb geen drugs! Ik gebruik geen drugs! En ik rook ook niet en hoe kom ik hier ooit vandaan als niemand mij gelooft?' Ik praatte maar door zonder adem te halen. Het werd licht in mijn hoofd.

'Rustig, maar. Ontspan je, er is niets aan de hand.' Mo deed me voor hoe ik moest ademen. 'Goed zo. Dat is beter. Gaat het weer? Luister, het kan best dat iemand anders drugs in jouw verblijf heeft gelegd. Het zal niet de eerste keer zijn. Ik zal dit aankaarten bij het team zodat we kunnen uitzoeken wat er is gebeurd.'

'Ja?'

'Natuurlijk. Over Iris. Zullen we nog een gesprek met haar aangaan?'

'Moet ik dan op de pot plassen?'

'Die kans is aanwezig.'

Ik aarzelde. Ik wilde nooit meer met mijn blote piemel voor de vrouw zonder witte jas staan, maar ik dacht ook aan mijn vissen. Hoe graag ik wilde dat Iris Kastelein die zei dat ze mijn zusje was over ze zou vertellen.

'Maar sowieso zul je af en toe daar moeten plassen. Los van de vraag of je bezoek ontvangt of niet. Iedereen moet van tijd tot tijd langs controle.'

Ik keek Mo strak aan. Ik wilde dat ik hem kon lezen, zoals andere mensen dat kunnen. 'Normale mensen', zoals mijn moeder. Al had Rosita mijn moeder verre van normaal gevonden en vond mijn moeder Rosita weer verre van normaal. Misschien was Iris Kastelein die zei dat ze mijn zusje was wel normaal.

'Als inderdaad blijkt dat iemand anders die drugs in je verblijf gelegd heeft, zul je zien dat de controles minder frequent worden. Want tijdens je onderzoeken was je *clean*, toch?'

'Ik weet het niet.'

'Dat weet je toch wel? Hoe dan ook, je zus is echt een aardige vrouw. Ze heeft het beste met je voor.'

'Dat zegt iedereen. Iedereen heeft altijd het beste met me voor en kijk wat ervan gekomen is.'

Mo lachte. 'Vertrouw me nou maar.'

Ik kon 'nee' zeggen en hier nooit meer uitkomen. Ik kon 'ja' zeggen en hier nooit meer uitkomen en daar bovenop zou alles moeilijker zijn. Maar er was een kans dat Iris Kastelein me vrij zou krijgen en die kans zou alleen bestaan als ik 'ja' zei. Het was een risico. Ik hield niet van risico's.

Toen dacht ik aan mijn vissen. 'Laat Iris Kastelein die zegt dat ze mijn zusje is maar komen.'

Die middag mocht ik voor het eerst sinds mijn verblijf in de separeer terug naar de arbeid. De plantjes waren blijkbaar allemaal al van stickers voorzien, want nu moesten we blanco cd's in transparante doosjes doen.

Ik had de planten leuker gevonden dan de cd's. Het was fijn om te weten wat de planten nodig hadden. Veel of weinig licht, dagelijks of wekelijks water en of ze winterhard waren. Over de cd's viel weinig te leren. Ze waren van het merk DTK en er stond CD-RW op, en 4x-12x high speed, 80 minuten/700 MB.

Ik zat aan een ronde tafel met een bak cd's voor me en een bak doosjes. Ze hadden me uitgelegd dat ik minstens honderd doosjes per uur moest vullen en dat ik daar dan twee euro mee zou verdienen. Voor ieder doosje meer kreeg je twee cent extra. Als je minder doosjes vulde, verdiende je niets.

Henk zat ook in de arbeid, samen met een aantal andere mannen die ik niet kende. Sinds ik uit de separeer was gekomen, kwam Henk niet meer naast me zitten. Ik wist niet waarom. Hij had in het verleden vaak gezegd dat we 'maten' waren. Daar was nu weinig van te merken.

Henk zat als een bezetene doosjes te vullen. Ik zag dat hij zweetplekken onder zijn oksels had gekregen. Ik dacht aan de lucht van zware shag die altijd om hem heen hing en nu dan die zweetplekken. Ik zou hem moeten vertellen dat hij een verrader was. Een vieze stinkende verrader.

Aan de wand van de arbeid hing een klok. Ik was nu al een halfuur bezig en had nog maar twintig doosjes gevuld.

'Ga je lekker, Reetje?' Rembrandt kwam naast me zitten. Ik stopte weer een cd in een doosje, maar mijn handen deden niet wat ik wilde. Eerst wilde de cd niet in de uitsparing blijven zitten en vervolgens kreeg ik het doosje niet goed dicht. Ik zette wat meer kracht, waardoor een van de scharnieren brak. Snel legde ik het kapotte doosje op de stapel in de hoop dat niemand het zou zien.

'Heb je het fijn gehad in de separeer? Nog leuke tekeningen gemaakt op het schoolbord?'

Ik pakte een nieuwe cd uit de bak. Deze keer lukte me het wel om hem in het doosje te krijgen zonder de cd of het doosje te beschadigen. Ik voelde dat ik begon te zweten. Nog even en ik zou net zulke natte plekken in mijn shirt krijgen als Henk.

'Jij praat niet zoveel, hè? Dat mag ik wel. Mensen die veel praten zijn niet te vertrouwen. Hoe meer ze lullen, hoe meer ze te verbergen hebben, zeg ik altijd maar.' Hij deed een cd in een doosje en legde het met een knipoog op mijn stapel. 'Wil je niet weten wie je erin geluisd heeft?'

'Huh?'

Rembrandt boog zich naar me toe. Hij rook naar aftershave. De geur leek op die uit het blauwe flesje dat Rosita eens voor me had gekocht voor Sinterklaas. Het was sexy, zei ze. Ze had haar neus in mijn nek geduwd en de geur diep opgesnoven. 'Mmm, hij is echt heerlijk bij jou, Ray.' Nu Rembrandt zo dicht bij me zat, had ik het bijna net zo warm als toen.

'Ik weet wie die coke in je kamer heeft verstopt.'

Weer brak er een scharniertje af van een van de cd-doosjes.

'Ik zou het je kunnen vertellen. Maar ik zou het je ook niet kunnen vertellen. Het ligt er maar net aan.' Hij stak weer nonchalant een cd in een doosje en legde hem op mijn stapel.

Ik wist niet wat ik moest zeggen.

'Misschien moet je het me maar eens vragen. Maar dan wel op een vriendelijke, beleefde manier. Vraag het me op een manier waar ik geen "nee" tegen kan zeggen. Kun je dat?'

Mijn handen trilden nu en ik voelde druppels over mijn rug lopen. Begreep ik maar wat hij wilde.

Hij streek even met zijn hand over mijn schouder. Een gebaar waar ik kippenvel van kreeg, ondanks dat ik het even tevoren zo warm had gehad.

'Ik hoor het wel van je. En rustig aan met die doosjes.' Hij stak over naar de tafel van Henk en ging daar zitten. Ze begonnen met elkaar te praten en te lachen.

Ik probeerde mijn aandacht bij de doosjes te houden. Zonder er nog een kapot te maken, slaagde ik erin er eenennegentig te vullen.

'Jammer,' zei de begeleider van de arbeid. 'Wil je nog een uurtje doorgaan om te kijken of je de honderd dan wel haalt?'

'Ik wil terug naar mijn cel.'

'Naar je verblijf. In dat geval zie ik je morgen weer. Dan kun je het nog eens proberen. En overmorgen gaan we afstandsbedieningen assembleren. Dat gaat je misschien beter af.'

33

Ik parkeerde mijn auto voor het oude huis van Ray. De gordijnen waren nog steeds gesloten. Niets wees erop dat er ook maar enige activiteit had plaatsgevonden sinds de laatste keer dat ik voor de deur had gestaan.

De zon scheen, maar de wind was onaangenaam koud. Ik liep naar nummer 11, het huis van Rosita en Anna. Het leek me goed om de plaats delict te zien. De voortuin was een stuk netter dan die van Ray. Een keurig bijgewerkte coniferenheg, een klimroos, violen. Hier woonde iemand die aandacht besteedde aan details.

Op het met bloemen versierde naambordje stond 'Onno en Marjet'. Ik belde aan. Het was een elektronische bel, maar je hoorde ouderwets geklingel.

Door het matglas zag ik een rode vlek met een toef blond haar aankomen. Ik stelde me voor dat deze Marjet al bij voorbaat een glimlach op haar gezicht had, vastbesloten om wie er dan ook aan de deur zou staan een warm onthaal te geven.

'Goedemorgen,' zei ze opgewekt. 'Wat kan ik voor u doen?'

'Dag, mevrouw. Het spijt me dat ik u moet lastigvallen op zo'n mooie dag, maar ik zou u graag een paar vragen willen stellen.'

'Bent u van zo'n enquêtebureau? Want als u van zo'n enquêtebureau bent...'

'Nee, hoor,' zei ik snel. 'Het gaat over iets anders.'

'O?' vroeg de vrouw. 'Er is toch niets aan de hand met de kinderen?'

'Ook dat niet. Ik wil u wat vragen over iets wat lang geleden is gebeurd.'

'Want de kinderen zijn aan het kamperen in de Dordogne met onze kleinzoon. Noah is nog maar negen maanden, en dan al in een tent slapen. Ik weet het niet, hoor. Maar wel gezellig, toch?'

Ik wilde niet in een conversatie belanden over de gevaren van kamperen met baby's. Daarom zei ik: 'Het gaat over de vorige bewoners van het huis. Rosita en Anna Angeli.'

Marjet keek teleurgesteld.

'Het spijt me dat ik dit op moet rakelen. Maar ik ben in het kader van een mogelijke herziening onderzoek aan het doen. Vandaar dat ik met mensen uit de buurt wil praten. En daar hoort u ook bij.'

'Ik weet het niet, hoor.'

Ik haalde mijn kaartje uit mijn tas. Zwaar geschept papier met krullerige letters, helemaal volgens de smaak van Lode. Het maakte indruk. De ogen van Marjet schoten over het kaartje heen en weer.

'Komt u maar binnen dan.' Ze zwaaide de deur voor me open.

Ik volgde haar door de gang waar acht jaar geleden de lijken van Rosita en Anna gelegen hadden. Er lag eikenhouten parket en de muren waren geschilderd in een oranjeachtige kleur die vast 'Toscaans avondlicht' heette. Niets wees op het gruwelijke misdrijf dat hier had plaatsgevonden. Maar wat had ik dan verwacht? Dat de krijtstrepen van de technische recherche nog te zien zouden zijn?

Marjet dirigeerde me op de bank en rende naar de keuken om koffie te halen. Ik keek om me heen. De woonkamer was niet al te groot en lag aan de achterkant van de woning. Hij keek uit op een prachtige tuin.

'Tjongejonge, ook toevallig dat je over die zaak begint,' zei Marjet, toen ze met een Marjolein Bastin-dienblaadje met twee rammelende kopjes koffie en een koektrommel erop de keuken uit kwam. 'Weet je dat we twee weken geleden post hebben gekregen voor Rosita? Een hele deftige envelop. Ik zei nog tegen Jan: "Wat moeten we hier nou mee?" Ik dacht erover om de politie te bellen.'

Ze zette de kopjes op de glazen salontafel. Onder het glas lagen boeken met titels als *De vogels in onze tuin*.

'Toevallig inderdaad,' zei ik.

Ze liep naar het dressoir dat in de hoek van de kamer stond en pakte er een envelop van af. 'Zie je? Ik had hem hier al klaarliggen.'

'Van wie is die brief? Weet u dat?'

Ze gaf me de brief aan. 'Burley & Burley' stond er met pompeuze sierletters op. 'Notary's office'.

'Junkmail waarschijnlijk. Ik zou hem gewoon retour afzender sturen als ik u was,' zei ik.

'Zou het?' Marjet aarzelde. Ongetwijfeld was ze een vrouw die altijd het juiste wilde doen. 'Ik weet het niet, hoor.'

'Mag ik u een paar vragen stellen?'

'Natuurlijk.' Ze ging op het puntje van de fauteuil zitten.

'Wanneer bent u hier komen wonen?'

'Zo'n zeven jaar geleden.'

'U was dus de eerste die hier kwam wonen na de moord.'

'Dat klopt. Ik vond het idee nog wel een beetje eng. Maar onze Jan zei: "Daar zie je helemaal niets meer van."'

'En... zag u er nog iets van?' Een weinig elegante vraag. Wat hoopte ik eigenlijk uit dit gesprek te halen, behalve dat ik nu de plaats delict had gezien? Marjet had Anna en Rosita niet gekend en ze had Ray niet gekend. Wat zou ze me kunnen vertellen wat ik niet al in het politierapport had gelezen?

'Het huis was uitgebreid schoongemaakt door de politie en de woningcorporatie. Het tapijt hebben ze moeten verwijderen natuurlijk. Maar je zag nog steeds de vlek in het beton. Ik heb meteen hout laten leggen.' Ze boog zich naar me toe. 'Onder het hout ligt nog steeds hun bloed. Ik probeer er niet aan te denken.'

'En op de muren in de gang?'

'Die waren opnieuw geverfd.'

Ik nam een slok van mijn koffie. Marjet haastte zich om me een bastognekoek uit de trommel aan te bieden. 'En de buren? Hebben die met u over de moord gepraat?'

'Met die hiernaast praat ik niet. Dat is geen nette man. Al heb je weinig last van hem. Maar nooit hoor je de douche lopen. Nooit. En even de boel laten luchten is er ook niet bij. Zij hierover heeft Rosita wel goed gekend. Volgens haar wist Rosita wel raad met de mannen.'

'Ze had toch een vaste vriend?'

'Ja, die had ze ook. Zo'n mooie man met een chique auto. Het eerste jaar reed hij nog weleens langs. Dan bleef hij voor het huis stilstaan en loerde naar binnen. Ik kreeg er de zenuwen van.'

'Hebt u dat gemeld bij de politie?'

'Hij deed natuurlijk niets wat niet mag, hè? Alleen maar kijken. Maar prettig vond ik het niet.'

'U weet zeker dat die man de vriend van Rosita was?'

'Ook dat weet ik van zij hierover. Die houdt de boel goed in de gaten.'

'Maar u hebt hem nooit aangesproken.'

Ze schudde haar hoofd. 'Jan is weleens naar buiten gelopen. Maar toen reed hij snel weg. Ach weet je, dat was alleen maar in het begin zo. Na een tijdje hield het vanzelf op.'

'Kunt u me uitleggen wat u bedoelt met "ze wist wel raad met de mannen"?'

Marjet haalde haar schouders op en nam een hap van haar bastognekoek. 'Dat heb ik natuurlijk ook maar van horen zeggen. Ze was een flirt, vinden de mensen hier.'

'Met wie flirtte ze dan?'

'Dat weet ik ook niet, hoor.'

Ik stond op, bij gebrek aan heldere ingevingen. Mijn oog viel op de envelop die op het dressoir lag. 'Ik moet toch naar het postkantoor. Zal ik die brief voor u meenemen?'

Ze aarzelde.

'Het lijkt me dat u al genoeg ellende hebt gehad van die hele toestand. Ik regel het wel. Dat is het minste wat ik voor u kan doen.'

'Waar was u ook alweer van?'

'Van het advocatenkantoor,' zei ik met een vanzelfsprekendheid waar ze moeilijk iets tegen in kon brengen.

'O ja.' Ze gaf me de brief.

'Dank u wel voor uw tijd.' Ik stak de brief in mijn handtas en gaf haar een hand. Pas toen ik aan het einde van het tuinpad was, hoorde ik de deur dichtslaan.

'Zij van hierover' woonde op Koningin Wilhelminastraat 20. Ze stond al voor het keukenraam naar buiten te kijken. Haar ene hand in haar zij, in de andere hand hield ze een sigaret.

Ik zette een vriendelijk, maar professioneel gezicht op en wandelde haar tuinpad op.

Nog voordat ik op de bel kon drukken, werd er opengedaan. 'Ik vroeg me al af wanneer je hier zou komen.' Ze had een vreemde schorre stem.

'Ja?'

'Ja. Als er iemand in deze straat is die weet wat er speelt, ben ik het. Dus lijkt het me wel zo handig als je met mij praat.'

'Ik ben Iris Kastelein.' Ik stak mijn hand uit.

'Gerrie. Ik denk dat ik je dan maar binnen moet laten.' Ze ging me voor. We gingen in de keuken aan een klein tafeltje met een geblokt tafelkleedje voor het raam zitten. De penetrante mengeling van sigarettenrook en allesreiniger deed mijn ogen branden.

'Hier ben 'k meestal, als ik niet aan het poetsen ben tenminste. Ik zit eigenlijk nooit in de woonkamer. Wat zal ik gaan loeren naar de achtertuin? Vroeger zag je nog weleens een mussie. Die heb je nou ook niet meer. Hier voor gebeurt er nog wat.'

Het huis van Gerrie stond recht tegenover dat van Rosita. Er zat een afstand van zo'n vijftien meter tussen. Je had niet eens een verrekijker nodig om je buren in de gaten te houden.

'Dus u weet precies wat er zich in deze buurt afspeelt?'

'Nou en of. Ik zie alles,' zei ze trots. 'Ik weet ook dat jij hier vorige week was met je kleine. Een zoontje? Heel schattig. 'k Wist meteen dat je hier niet kwam om naar een huis te kijken en ook niet om de meterstanden op te nemen.' Ze lachte.

'Knap hoor, dat u dat allemaal bijhoudt.' Ik hoopte dat ik het nog even in deze lucht vol zou houden. 'Ik ben de advocate van meneer Boelens, uw oude buurman. Ik probeer me een beeld te vormen van de moord op Rosita en Anna Angeli.'

'Ik was naar de markt die ochtend. Zul je net zien, gebeurt er eens wat, ben ik sla aan het kopen voor een gulden de krop. Nu is het een euro. Alles wat eerst een gulden was, is nu een euro. Ik kan er nog steeds niet aan wennen. M'n man zegt dat ik moet stoppen met omrekenen.'

Ik knikte.

'Ik heb het dus niet gezien. Maar ik ben wel degene die de politie heeft gebeld. Ik zag de voordeur van dat mens openstaan en ik dacht: dat klopt natuurlijk niet, hè? Ik ben naar haar huis toe gelopen en daar lag ze. Samen met d'r kind. Allebei helemaal overhoop gestoken. Zoiets heb je nog nooit gezien. Ik heb er nachten niet van kunnen slapen.'

Ze stak een nieuwe sigaret op. Het was zo'n extra lange. Om het pakje zat een zwart hoesje met een gouden Playboy-logo erop. Een oude man passeerde het huis. Hij bracht zijn hand even naar zijn Humphrey Bogart-achtige hoed bij wijze van begroeting.

'Da's oude Cor. Die woonde aan de andere kant van Boelens. Zou je ook mee kunnen praten. Al is-ie niet meer zo helder deze dagen. Hij heeft me weleens verteld dat die Ray een herrie kon maken. Brullen als een beest, zei-tie.'

'Deed Ray dat vaak?'

'Af en aan. Het ging een tijdje best aardig met hem. Voordat hij met dat mens ging. Maar toen dat minder ging, nou, nou.'

'U had het niet zo op Rosita, begrijp ik?'

Ze rolde met haar ogen. 'Dat was er eentje... Je mag niks verkeerds zeggen over de dooien, maar die... Hoe zal 'k het zeggen? Die had het hoog in d'r bol. Die voelde zich heel wat beter dan een ander. Maar ondertussen had ze een kind van een getrouwde vent en zat ze in de bijstand. En maar draaien met die heupen en maar lonken naar die kerels. Gelukkig moest Kees, m'n man, er niks van hebben. Geef mij maar een gewone vrouw, zegt-ie. Niet zo'n popje.'

'Maar denkt u dat Ray haar vermoord heeft?'

'Hij was er gek genoeg voor. Weet je dat hij weleens 's nachts hier de heggen bijknipte? Mijn man is hem weleens tegengekomen met zo'n' – ze hield haar handen een kleine meter uit elkaar – 'grote heggenschaar. En dan die rare blik in zijn ogen. Die kon-ie soms hebben, hè. Mijn man is z'n eigen helemaal rot geschrokken. Maar verder had je weinig last van 'm. Hij werkte veel, hè. Die begon 's nachts al. Dan was hij 's middags een paar uurtjes thuis en zag je om een uur of acht al de lichtjes uitgaan. Wat een leven heb je dan. Geen wonder dat-ie gek werd.'

Ze inhaleerde diep. Ik begon hoofdpijn te krijgen, maar ik was te benieuwd naar wat ze me nog meer te vertellen had.

'Hij heeft weleens de banden doorgestoken van die rijke knakker. De vader van dat mens d'r kind. Ik stond er zelf bij. Helemaal door het lint, ging-ie. Je hebt nog nooit zoiets gezien. En maar steken met dat mes. En van het ene op het andere moment was het over. Werd-ie weer rustig en liep hij gewoon naar huis alsof er niets aan de hand was. Ik zei nog tegen Kees: "Daar komen nog een keer ongelukken van." En da's precies wat er gebeurd is. Maar ja, iedereen krijgt waar ie om vraagt, hè?'

En jij vraagt om longkanker, dacht ik.

Ze staarde uit het raam. 'Nachten heb ik er niet van kunnen slapen. Nachten niet.'

'Wat vreselijk.'

'Voor 't meiske vind ik het zonde. Dat was een schattig kind. Ze zwaaide weleens naar me. Maar ja, met zo'n moeder...'

'Hadden Ray en Rosita een relatie, denkt u?'

'Wie zal 't zeggen. Kijk, Ray woonde er al voordat zij kwam. Hij had nooit aanspraak, hè. Behalve zijn moeder dan. Die kwam soms nog weleens.'

Het was een raar idee dat mijn moeder in deze straat was geweest. Dat ze een heel leven had geleid waar mijn vader en ik niets van af hadden geweten. Het leek me eenzaam.

'Dus toen dat mens kwam en met d'r kont begon te draaien, ging Ray natuurlijk meteen voor de bijl. Je zag ze een tijd heel veel samen. Maar of ze 't deden? Kijk, ze liepen niet hand in hand of zo. Ze sliepen ook niet bij mekaar, tenminste niet dat ik weet... Ik heb die twee nooit samen begrepen. Nooit. Een raar stel.'

Gerrie verzekerde me dat ik altijd terug mocht komen als ik nog meer wilde weten. Ik dankte haar hartelijk en vluchtte haar huis uit. 'Ga nog langs ouwe Cor,' benadrukte ze. 'Die weet ook nog wel wat.'

Ik liet mijn longen vollopen met frisse lucht en stak de straat over. Ik belde aan bij het huis naast dat van Ray, maar er werd niet opengedaan.

Toen ik me omdraaide, stond Gerrie nog steeds naar me te kijken. Ze maakte een vragend gebaar. Haar negeren zou onaardig zijn. Ik zwaaide terug en bedacht dat ik blij was dat ze niet bij mij in de straat woonde.

Toen ik allang weer terug op kantoor was, vond ik de envelop weer. Ik was in mijn tas naar mijn sleutels aan het zoeken en zag hem opeens liggen, tussen een pak Wetties en mijn notitieblok in gemoffeld.

Ik verwachtte geen wonderen. Ik dacht aan een bedelbrief van een malafide instelling die niet eens de moeite had genomen om een recent adressenbestand aan te kopen. Maar boven aan de brief stond niet: 'U bent de gelukkige winnaar van een miljoen euro als u nu belegt in een vage teakplantage.'

Het was een zorgvuldig geformuleerde brief vol ingewikkelde woorden zoals notarissen die graag gebruiken. De inhoud kwam op het volgende neer: Rosita was de enige erfgename van een oudoom in Engeland en werd verzocht om contact op te nemen met het kantoor.

Het hoefde niets te betekenen. De kans dat de oudoom schulden had nagelaten aan zijn nichtje was even groot als de kans op een riante erfenis. Ik zette mijn computer weer aan en googelde de naam van de oudoom: Rikkert Angeli. Geen vermeldingen.

Ik keek op mijn horloge. Ik had nog een kwartier voordat de crèche dichtging. En daarvan had ik zeker tien minuten nodig om ernaartoe te rijden. Verdomme. Burley & Burley zou tot morgen moeten wachten.

34

Gekleed in een joggingbroek en een trui waar vlekken in zaten, deed Rosita de deur open. Ze zag bleek en had donkere kringen onder haar ogen die me eerder niet waren opgevallen. Voor het bezoekje van de vader van Anna had ze er beter uitgezien. Hij mocht bij haar komen wanneer hij wilde, maar voor haar zorgen, ho maar.

'Alles goed gegaan met Anna? Wat hebben jullie gedaan?'

'Waarom laat je die Victor steeds binnen?'

'Ray, alsjeblieft. Niet nu.' Ze deed Anna's jasje uit en hing het aan de kapstok. 'Vertel eens, hebben jullie de eendjes gevoerd?'

Anna zei ja. Nu wilde ze graag televisie kijken.

'En dan neem je hem ook nog mee naar boven. Waarom?' vroeg ik toen we in de woonkamer stonden en Rosita een tekenfilm voor Anna had opgezet. 'Waarom? Mocht hij aan je blootje zitten? Is dat het?'

Rosita stak een sigaret op en inhaleerde diep. 'Hou op. Alsjeblieft, Ray. Ik ben hier te moe voor. Kom, we drinken een borrel en bestellen pizza. Schenk jij een wijntje voor me in?'

Maar ik was niet van plan om me te laten afschepen. 'Waarom? Waarom laat je hem boven komen?'

'Waarom laat ik hem boven komen en jóú niet. Bedoel je dat soms?'

Ik durfde niets meer te zeggen.

Ze kwam zo dicht bij me staan dat ik een stap achteruit zette, al was ze een kop kleiner dan ik. Rook dwarrelde in mijn gezicht. 'Is dat wat je wilt, Ray? Ik dacht dat je anders was. Ik dacht dat wij echte vrienden waren.'

Ik kon niet meer zo goed ademhalen.

Ze kneep haar ogen samen en blies weer rook in mijn gezicht. Het was niet prettig. 'Kom maar mee naar boven dan, als je dat zo graag wilt. Kom maar. Ik zal je mijn kut laten zien. Want zo heet dat, Ray. Blootje is meer een woord voor kleine kinderen.'

Ze drukte haar sigaret uit in de asbak, pakte mijn hand en trok me mee de trap op. Ik wist niets beters te doen dan haar te volgen, terwijl mijn hart zo tekeerging dat zelfs de ouwe man twee huizen verderop het wel moest horen.

Haar slaapkamer was een geheimzinnige ruimte met donkerpaarse wanden en een bed met een glimmend zwarte sprei erop. Heel wat anders dan mijn slaapkamer die wit, wit, wit was. Dat staat lekker fris, vond mijn moeder.

'Ga liggen dan.' Rosita duwde me hardhandig achteruit naar het bed. Ze had veel kracht voor een vrouw van haar formaat. Ik verloor mijn evenwicht en viel achterover. Het matras veerde zachtjes mee.

Ze trok haar trui uit. Ze had geen beha aan. Haar bonbons waren niet zo rond als ik had gedacht, eerder liepen ze uit in een punt, met grote bruine tepels erop. Toch kon ik mijn ogen er niet van afhouden. Ik hoopte dat ik haar zou mogen aanraken. En ik hoopte dat ze mij zou aanraken en mijn piemel in haar mond zou nemen, net als op televisie.

'Vind je me mooi, Ray? Is dit wat je wilde zien?' Ze legde haar handen om haar bonbons en kneep erin.

Ik kon niets zeggen. Mijn keel zat dicht. Haar vingers wreven over haar tepels, zodat ze hard werden.

'En dit dan, Ray? Mijn "blootje". Wil je dat ook zien?'

Ik knikte, mijn hoofd bewoog zich als dikke pudding.

Ze trok haar broek in één ruk naar beneden. Hij bleef om haar enkels heen zitten, ze nam niet de moeite om eruit te stappen.

Ik keek naar haar mooie ronde heupen, die weinig verschilden van de foto in de woonkamer en naar het dunne streepje donkere haartjes dat vanaf ver onder haar onderbuik begon en eindigde tussen haar benen. Ik zag haar kale flappen met het uitsteekseltje ertussen. Ik zag alles wat ik nog nooit in het echt had gezien.

Het was alsof een reusachtig gewicht me op het bed drukte en ervoor zorgde dat ik kippenvel en een bonkend gevoel in mijn piemel kreeg. Ik kon me niet meer bewegen, ik kon alleen maar staren naar het blootje, het heiligdom van Rosita.

'Wat wil je, Ray? Moet ik een showtje geven? Wil je dat ik mezelf met een vibrator bevredig terwijl je toekijkt? Wil je dat ik op je gezicht ga zitten? Je zegt het maar.' Ze klonk boos, bozer dan ze ooit had geklonken.

Mijn keel was dik en mijn kaken zaten op een vreemde manier op elkaar geklemd.

'Wil je me aanraken, Ray? Is dat soms wat je wilt?' Ze strompelde naar de zijkant van het bed, gehinderd door de broek rond haar enkels. 'Steek je hand maar uit. Raak mijn kut aan. Dat wil je toch zo graag?' Ze spreidde haar benen, tot zover de broek dat toeliet.

Ik stak mijn arm naar haar uit. Mijn hand trilde.

'Niet zo bangig. Het is maar een kut. Iedere vrouw heeft er een. Zelfs je moeder. Hoe dacht je anders dat je ter wereld bent gekomen?'

Ze greep mijn hand en duwde hem tegen haar blootje aan. Ik sloot mijn ogen. Het was er warm en zacht als de binnenkant van een *canelé*. Mijn vingers bleven bewegingloos tegen haar aan liggen terwijl ik voelde, alleen maar voelde hoe het bloed door haar heen stroomde.

'Heb je enig idee hoe je een vrouw moet bevredigen, Ray?' Ze lachte, een korte harde lach. 'Vast niet.'

Ik opende mijn ogen. Ik had geen idee wat ze van me wilde.

'Aai me. Aai me zachtjes over mijn kut. Begin daar maar eens mee.'

Voorzichtig streelde ik de flappen, het uitsteeksel en het gebied rondom het gaatje dat groter kon worden. Waar enorme staven in pasten en piemels ook. Het vlees voelde zacht aan, als de huid van een dolfijn.

Rosita sloot haar ogen. 'Dat is lekker, Ray. Dat is heel lekker. Nu wil ik dat je je vinger in mijn kut steekt. Voel maar hoe nat ik word.'

Mijn hand trilde weer. Ik zocht het gaatje en duwde zachtjes een vinger naar binnen. Het was kleverig en nauw. Rosita hapte naar adem. Snel trok ik mijn vinger weer terug. 'Doe ik je pijn?' Mijn stem klonk anders dan normaal. Schor, bijna fluisterend.

'Nee, gekkie. Ga door.'

In het gat, de kut, van Rosita was het vochtig en nog warmer dan daarbuiten. 'Beweeg je vinger op en neer en ga dan weer terug naar mijn clit.'

Ik liet mijn vinger langs haar binnenkant glijden, omhoog en omlaag over het ruwe landschap van warm vlees. Toen mijn vinger weer buiten kwam, pakte ze mijn hand beet en zette hem neer waar ze hem wilde hebben. 'Dit is nou de clitoris, Ray. Misschien ken je het nog van de biologieles. Die moet je aaien.'

Ik bewoog mijn vinger een tijdje over het uitsteeksel heen en weer. Het ging soepeler nu mijn vinger nat was. Ik hoorde hoe ze zwaar begon te ademen en te kreunen. De pijn in mijn piemel was ondraaglijk nu.

'Draai nu rondjes met je vinger over mijn clit. Harder. Kom op, Ray. Maak me klaar.'

Ik keek naar haar gezicht. Naar de ogen die halfdicht waren en de mond die openstond en waar geluiden uit kwamen die ik haar nog niet eerder had horen maken.

Ze drukte mijn hand nog harder tegen zich aan. 'Doorgaan, Ray. Niet stoppen.' Ik bleef mijn vingers over het uitsteeksel heen en weer bewegen, precies zoals ze wilde. Toen gilde ze, terwijl ze mijn hand bijna platdrukte tegen haar blootje. Ze bewoog haar heupen ongecontroleerd naar voren en gilde weer.

Er gebeurde van alles tussen haar benen. Ik voelde spieren samentrekken en het werd er nog warmer en vochtiger dan het al was.

Toen was het voorbij. Ze hield op met gillen en duwde mijn hand weg. Het was even stil, afgezien van haar zware ademhaling. Toen schraapte ze haar keel en zei: 'Niet slecht voor een beginner.' Ze trok haar broek op en ik lag daar nog steeds op dat bed, hulpeloos, met een piemel die op ontploffen stond.

Ze liep om het bed heen en raapte haar trui op, die met de vlekken, en trok hem aan. 'Zo. Ik ga alvast naar beneden. Je mag je aftrekken als je wilt. Er staat Kleenex op het nachtkastje.'

Ze draaide zich om, zonder nog een moment naar me te kijken. Ik hoorde haar de trap aflopen en had geen andere keus dan mijn broek los te ritsen en mezelf te verlossen.

35

'Hij was al niet bepaald sociaal, maar sinds hij uit de separeerruimte is gekomen, is hij op het apathische af,' vertelde Mo. 'Alleen bij een-op-een gesprekken lijkt hij enigszins aanwezig.'

'Hoe komt dat?' We zaten in een spreekkamer van de tbs-kliniek. Mo had voorgesteld om voorafgaand aan mijn bezoek de stand van zaken door te nemen.

'Het is waarschijnlijk een mechanisme dat hij al op jonge leeftijd heeft ontwikkeld. Als de wereld om hem heen niet veilig aanvoelt, trekt hij zich terug in zijn eigen wereldje.'

'Maar hier zou hij zich toch juist wel veilig moeten voelen? Hij krijgt hier toch therapie en begeleiding?'

'Ik vind het ook heel triest.'

Je kon aan hem zien dat hij het meende. Hij leek me sowieso iemand die alles meende wat hij zei. Ik realiseerde me hoe weinig écht vriendelijke mensen er in mijn omgeving waren. Ook realiseerde ik me hoe onvriendelijk ik zelf vaak was.

'Ik zal je iets meer vertellen over het tbs-traject, goed? Dan kun je het beter plaatsen. Er zijn natuurlijk bewoners bij wie de behandeltrajecten geen enkele zin hebben. Neem nou psychopaten. Die zijn nauwelijks in staat om te veranderen, al merk je dat de scherpe kantjes eraf gaan naarmate ze ouder worden, kwestie van een dalende testosteronspiegel.' Hij legde even zijn hand op de mijne. 'Niet dat Ray een psychopaat is, hoor. Niet schrikken.'

Ik knikte. Was het normaal dat hij me aanraakte? Deed hij dat bij alle familieleden van patiënten? Of hadden we een wonderlijk soort klik met elkaar?

'Als een psychopaat een wonderbaarlijke "genezing" doormaakt, is dat om straf te vermijden, niet omdat hij daadwerkelijk inziet dat het fout is om anderen pijn te doen. Als je hem vrijlaat, zal hij de volgende keer nog slimmer te werk gaan om ervoor te zorgen dat hij niet wordt gepakt. Gelukkig zijn er ook bewoners bij wie therapie wél zin heeft. Die zien we op een gegeven moment de draad van hun normale leven weer oppakken.'

'Ik neem aan dat Ray tot die categorie behoort...'

Hij zweeg even. Het was duidelijk dat er geen goed nieuws zou komen. 'Ik vraag me af of hij wel opgewassen is tegen het harde regime. Dit is geen officiële theorie, maar het is me opgevallen dat een klein percentage van de bewoners het niet redt. Die komen hier nog redelijk binnen, maar binnen enkele maanden is er nog weinig van ze over. Er zijn wel afdelingen waar we ze veiligheid en structuur kunnen bieden, maar het duurt altijd even voordat we ze daar kunnen plaatsen. Soms zijn we te laat, tot mijn grote spijt.'

Het laatste wat ik wilde horen was dat Ray het niet zou redden. 'Eigenlijk hoort hij hier dus niet thuis.'

'Dat zeg ik niet. Het probleem is dat er weinig alternatieven zijn. Op een gegeven moment heeft iemand zijn straf uitgezeten, maar is het onverantwoord om die persoon vrij te laten. Dus wat kun je anders?' Hij keek me zo indringend aan met die mooie, rustige ogen dat ik er verlegen van werd. 'Nu ben ik de hele tijd aan het woord. Wat zijn jouw eerste indrukken?'

'Ik vind het heel moeilijk. Op de een of andere manier voel ik een band met hem. Dat zou ook kunnen komen doordat mijn zoontje zo op hem lijkt...'

'Hoe oud is je zoon?'

'Bijna vier. De vader en ik zijn niet samen.' Waarom vertelde ik dat er nou weer bij?

'Leuk,' zei Mo. 'Niet dat je niet meer samen bent, natuurlijk, maar dat je een zoontje hebt.'

Ik vreesde dat ik nogal rood werd en praatte zo normaal mogelijk verder. 'Ik hoor en lees de meest vreselijke dingen over Ray. Maar toen ik zo naar hem keek tijdens het bezoek, kon ik me niet voorstellen dat hij tot zoveel geweld in staat was. Hij lijkt zo naïef en onschuldig.'

'Ik denk dat hij in wezen een zachtaardig mens is.'

'Dat denk ik ook. En ik weet dat je me vast zult uitlachen, maar zou hij echt niet onschuldig kunnen zijn?'

'Lief dat je dat blijft vragen.'

'Zie je nou wel. Je neemt me niet serieus.'

Hij lachte. Een mooi gebit. 'Natuurlijk neem ik je serieus.'

Het kon niet anders of mijn hoofd was nu knalrood. Ik hoopte dat hij het niet zag.

'Hoe graag ik ook voor je zou willen dat Ray onschuldig is, je komt niet zomaar in een tbs-kliniek terecht. Ray is uitgebreid onderzocht door de beste forensisch psychiaters van Nederland bij het Pieter Baan Centrum. Als zij een tbs-indicatie geven, dan weet je echt wel dat er iets aan de hand is.'

'Natuurlijk weten we dat er iets met Ray aan de hand is. Je hoort mij niet zeggen dat hij volkomen normaal is. Maar stel je voor dat Justitie een dwaling maakt en hem ten onrechte veroordeelt. In het geval van Ray betekent dat dat hij niet alleen onschuldig in de gevangenis terechtkomt, maar aansluitend óók in de tbs-kliniek.'

Er speelde een geamuseerde glimlach rond Mo's mond.

'Dat zou toch kunnen?' Mijn hoofd ontplofte nu bijna. Waarom had deze man dit effect op me?

'Goed. Jij je zin: dat zou kunnen. In theorie.' Hij keek op zijn horloge. 'Als je me even excuseert, dan ga ik nu Ray halen.'

Misschien joeg ik een waanidee na. Een kinderlijke fantasie waarin families herenigd werden en nog lang en gelukkig leefden. Ik zag mezelf al met Ray, Aron en mijn moeder aan het kerstdiner zitten. Waarom ook niet?

Ik hoorde voetstappen op de gang en ging rechtop zitten. Mijn oksels voelden klam aan. Ik hoopte dat het zweet niet te ruiken was.

Ray kwam als eerste de kamer binnen, gevolgd door Mo en de bewaker.

Ik was op het ergste voorbereid, maar hij zag er nog precies zo uit als de vorige keer. Ik geloof dat hij zelfs dezelfde kleren droeg. Hij maakte geen oogcontact met me en leek afgeleid door de kale muren van het vertrek.

'Mag ik je een hand geven?' vroeg ik.

'Doe maar niet,' zei Mo vanuit de hoek. 'Als de bewaker en ik kunnen verklaren dat er geen fysiek contact is geweest tussen jullie, kunnen we wellicht vermijden dat Ray aan een drugscontrole wordt onderworpen.' Hij klonk neutraal en professioneel. Natuurlijk.

'Oké.' Ik ging op de stoel zitten.

'Ga ook maar zitten, Ray,' zei Mo.

Hij deed het met mechanische bewegingen.

Een stilte.

'Hoe gaat het met je?' vroeg ik.

'Niet goed.' Hij keek me niet aan, maar speelde met zijn handen.

Ik wierp een blik op Mo, die schuin achter me zat. Hij knikte me bemoedigend toe.

'Wat is er met je aan de hand dan?'

'Iedereen is tegen me. Ik weet niet hoe lang ze door blijven gaan. Tot ik dood ben?'

'Ik ben niet tegen jou,' zei ik. 'Hoor je wat ik zeg? Ik ben vóór jou.'

Hij knikte, al wist ik niet of hij dat deed omdat hij begreep wat ik zei of omdat hij slechts het geluid van mijn stem registreerde.

'Ik wil je helpen. Mag ik met je over je zaak praten, Ray? Vind je dat goed?'

Hij reageerde niet, toch besloot ik om verder te praten. 'Ik heb je dossier doorgenomen. En eerlijk gezegd is het lastig om aanknopingspunten te vinden die erop zouden kunnen wijzen dat je onschuldig bent.'

Nog steeds geen reactie. Sterker nog, Ray leek zich niet eens meer bewust van mijn aanwezigheid.

'Ray? Jij moet mij ook helpen. Ik wil heel graag je advocaat zijn en om een herziening voor je vragen, maar dan moet je wel je medewerking verlenen.'

'Wat?'

Ik was al blij met die ene lettergreep. 'Een herziening. Dat we aan het Hof vragen om jouw zaak opnieuw te beoordelen. Maar dan hebben we een "novum" nodig. Een nieuw feit. Bij een herziening is de bewijslast namelijk omgekeerd.' Ik vroeg me af of mijn verhaal niet te technisch voor hem werd. Op zijn gezicht was niet te zien of hij er ook maar iets van begreep. Gewoon door blijven praten, dacht ik. 'Bij je eerste rechtszaak en je hoger beroep moest de officier van justitie aantonen dat jij schuldig was. Nu is het andersom. Nu moet jíj aantonen dat je ónschuldig bent. Dat mag niet met gegevens uit het bestaande dossier. Daar hebben we een nieuw feit voor nodig. En dat feit wil ik graag vinden. Maar dat kan ik alleen als jij me helpt zoeken.'

'O.' Hij maakte weer diezelfde bewegingen met zijn handen die ik Aron ook weleens zag maken. Ik moest me inhouden om ze niet vast te pakken en stil te houden.

'Als je inderdaad onschuldig bent, kan ik je helpen om hieruit te komen. Begrijp je dat?'

Ik wilde het niet doen, maar ik keek toch naar Mo. Hij zat onze conversatie belangstellend gade te slaan.

'Ja.'

'Wat zeg je ervan?'

Hij keek me aan en ik zag weer de gelijkenis met de ogen van mijn moeder en die van Aron. 'Ik wil naar mijn vissen toe.'

'Ik neem aan dat dat een "ja" is.'

Hij knikte.

'Ik heb weer nieuwe foto's van de vissen meegebracht. Ik zal ze straks aan je geven. Maar eerst moeten we over je zaak praten. Wil je dat? Wil je me vertellen wat er is gebeurd op de dag dat Rosita en Anna zijn vermoord?'

Ik zag paniek in zijn ogen.

'We kunnen ook met andere vragen beginnen.'

Hij knikte heftig. Als een kleuter.

'Met wie ging Rosita om? Kreeg ze weleens bezoek?'

'Nou en of ze bezoek kreeg.' Hij klonk boos nu.

'Van wie?'

'De vader van Anna.'

'Victor Asscher. Het klinkt alsof je hem niet zo aardig vond.'

'Aardig? Hij deed alsof hij mijn vriend was. Maar ondertussen.'

'Ondertussen wat?'

‘Hij zorgde niet goed voor Rosita.’ Hij klonk nu woedend. Zijn ogen werden zwart en hij zag eruit alsof hij zou exploderen. In gedachten zag ik hem met het Början-vleesmes staan. Waren Mo en ik niet net tot de conclusie gekomen dat hij in wezen zachtaardig was? Dat zou je nu niet zeggen.

Ik haalde mijn notitieblok uit mijn tas en schreef de naam Victor Asscher op. ‘Hoezo zorgde hij niet goed voor haar?’

‘Hij wilde geen gezin met haar zijn.’

‘Hoe bedoel je?’

‘Hij kocht geen vaste vloerbedekking voor haar. En ook geen bank en geen kleding.’ Bij ieder woord leek hij kwader te worden.

‘Je kunt een time-out nemen als je voelt dat je te boos wordt, Ray. Gaat het?’ vroeg Mo achter me.

‘Ja,’ zei hij.

Ik trok mijn wenkbrauwen op en maakte aanstalten om iets te noteren, tot ik bedacht dat er niet zoveel op te schrijven viel. Ik draaide me om naar Mo. ‘Kan ik doorvragen?’

‘Ik denk het wel.’

‘Oké. Ray, ging het goed tussen Victor en Rosita?’

Hij haalde zijn schouders op en herhaalde koppig: ‘Hij zorgde niet goed voor haar.’

‘En zijn auto? Klopt het dat je de banden van zijn auto hebt lekgestoken?’

‘En of.’ Hij leek er nog trots op ook.

‘Waarom?’

‘Zodat hij niet meer terug zou komen.’

‘Heeft het geholpen?’

Hij antwoordde niet. Ik voelde dat ik op dood spoor zat.

‘En wie was er nog meer? De stiefvader van Rosita bijvoorbeeld, kwam die weleens op bezoek?’

‘Soms. Hij deed klusjes voor haar.’

‘Wat voor iemand is die stiefvader?’

Hij haalde zijn schouders op. ‘Oud. En heel grijs. Zijn haar was kort van voren en lang van achteren.’

‘Charmant. Heeft Rosita weleens iets over hem verteld? Dat hij agressief was, bijvoorbeeld? Of dat hij geldproblemen had?’

'Waarom?'

'Omdat Rosita heel erg veel geld heeft geërfd van een oudoom. Heeft ze je dat weleens verteld? Dat ze een rijke oudoom in Engeland had?'

'Nee. Wat heeft dat te maken met de stiefvader?'

'Hij heeft nu al het geld gekregen.'

Ray leek het verband niet te zien. Ik liet het maar zo.

'Vrienden, vriendinnen?'

'Nee.'

'Iedereen heeft toch wel vrienden en vriendinnen?'

'Ik niet.'

Ik bedacht dat ik er zelf eigenlijk ook niet veel had. Ray en ik hadden duidelijk geen van beiden het sociale succes-gen van mijn moeder geërfd. Voor ons geen golfreisjes met vrienden, clubjes, etentjes en eindeloze telefoongesprekken. Ik had het geprobeerd. Ik was zelfs lid geweest van een studentenvereniging. Ik had in dezelfde donkerblauwe bodywarmer rondgelopen als mijn jaarclubgenoten, met het woord 'Heroin' erop geborduurd. Achteraf schaam ik me daar nogal voor. Maar destijds leek het of ik ergens bij hoorde. Dat had een fijn gevoel moeten geven, maar ik herinner me vooral de dreiging die ervan uitging. Eén verkeerde beweging en je lag eruit.

'Iemand anders?'

'Nee.'

'Nou, dat houdt het lekker overzichtelijk.'

'Wat bedoel je?'

'Dat ik niet al te veel mensen hoef te spreken om een goed beeld te vormen van Rosita.'

'O.'

'En jij en Rosita dan. Waren jullie goede vrienden?'

Het gezicht van Ray betrok en hij perste zijn lippen op elkaar.

Nadat ik enkele seconden had gewacht tot hij iets zou zeggen, besloot ik het nogmaals te proberen. 'Ging je weleens bij haar op bezoek?'

'Ja.'

'En? Wat deden jullie dan?'

‘Praten.’

‘Waarover?’

Hij haalde zijn schouders op. ‘Over van alles.’

Ik zuchtte en keek op mijn horloge. ‘Dit schiet niet op, Ray. Ik begrijp dat het heel moeilijk voor je is om over Rosita te praten. Maar als je wilt dat ik je help, zul je toch echt je mond open moeten doen.’ Ik borg mijn notitieblok op in mijn tas en dacht: dit was het dan. Hij kan wel roepen dat hij onschuldig is, maar als hij met niets komt om het te onderbouwen, houdt het op. Wat moest ik Lode vertellen: ‘Hij kan zo schattig kijken’?

‘Ik heb het echt niet gedaan,’ zei hij toen. ‘Ik kan alleen niet goed praten over die dingen. Over Rosita en A...’ zijn stem brak even. ‘Omdat ze met gevoel te maken hebben. Ik ben daar niet goed in.’

Ik sloot even mijn ogen. Hij wist het me wel moeilijk te maken. ‘Weet je echt zeker dat je hen niet vermoord hebt? Ook niet per ongeluk?’

Hij schudde zijn hoofd. ‘Ze waren al dood. Echt waar.’

Ik keek hem aan en had de indruk dat hij werkelijk zijn best deed om terug te kijken. Misschien dat ik hem daarom geloofde. Het was een gevoel dat nergens op was gebaseerd, maar toch geloofde ik op dat moment dat hij de waarheid sprak. ‘Goed dan,’ zei ik. ‘We laten het hierbij voor vandaag. Overmorgen ben ik terug en dan móéten we praten over de dag dat Rosita doodging. Goed?’

Hij zei ja en vroeg naar de foto’s van de vissen.

‘Natuurlijk,’ zei ik en overhandigde ze aan de bewaker. ‘Het gaat heel goed met ze en mama heeft een nieuwe eiwitafschuimer gekocht.’

‘Waar zijn Hannibal en King Kong?’

Ik was al bang geweest dat die vraag zou komen.

‘Staan ze niet op de foto’s?’ vroeg ik laf.

Hij schudde zijn hoofd.

‘Wat vervelend. Ik beloof je dat ik de volgende keer wel een foto van ze mee zal nemen, goed?’ Hoe had ik hem kunnen vertellen dat ze niet meer leefden?

'Geweldig gedaan,' zei Mo. 'Echt heel goed.'

We liepen door de eindeloze gangen van de Hopperkliniek. 'Vind je? Er zijn betonnen tuinkabouters met wie je makkelijker een gesprek kunt voeren dan met hem.'

'Aan de psychiater vertelt hij ook niet veel. Hij is gewoon niet zo spraakzaam.'

'Ik wou dat ik aan mijn moeder kon vragen of hij altijd zo is geweest. Maar zij weigert over hem te praten.'

'Dat is niet zo vreemd, hoor. De meeste van onze patiënten hebben een moeizaam contact met hun familie. De schaamte is vaak te groot. Aan beide kanten overigens.'

Ik dacht aan mijn moeder. Dat ze zich wellicht schaamde voor het feit dat ze haar eigen zoon niet had aangekund, kon ik nog begrijpen. Maar niet hoe ze haar leven radicaal had omgegooid nadat ze Ray naar de Dwingelerheide had gebracht. Ze had hem uitgewist en was opnieuw begonnen.

'Je bent stil,' merkte Mo op. We waren al bijna bij de uitgang.

'Ik heb veel om over na te denken.'

'Dat snap ik. Niet alleen heb je een broer die je wilt leren kennen, ik kan me voorstellen dat je opeens ook niet meer weet wie je moeder is.'

Ik keek hem verrast aan. 'Dat klopt.'

'Als je wilt praten, weet je me te vinden.' Hij keek professioneel-vriendelijk, zoals ik ook altijd naar mijn cliënten keek.

'Dank je wel.'

36

Ik liep de trap af naar de woonkamer. Rosita zat op de bank televisie te kijken, met haar arm om Anna heen geslagen. Ze keken samen naar een geel beest dat niet normaal kon praten. Ik kon niet goed tegen deze Pikihatsjoe of hoe hij ook mocht heten en zijn irritante vriendjes met grote ogen. Ik kreeg er hoofdpijn van.

Beneden aan de trap bleef ik staan, niet wetend wat ik moest doen. Het was niet normaal wat Rosita gedaan had. Dat was zeker. Ze kon mij wel 'gekkie' noemen, maar wat zij deed klopte ook van geen kanten. Moest ik nou met haar praten? Moest ik vragen hoe het met haar ging? Of moest ik boos zijn? Ik dacht diep na, maar wist het werkelijk niet.

'Je moet op je gevoel vertrouwen,' had Margreet altijd gezegd. 'Je gevoel is je beste raadgever.' Wat ik op dat moment voelde was pijn in mijn piemel. Wat kon ik daar nou van maken?

Mijn ogen vielen op de foto van de naakte Rosita. Het maakte me nog banger en verwarder nu ik wist welke gevaren er achter het naar voren gestoken dijbeen schuilgingen.

'Ray?' zei Rosita zonder om te kijken. Haar hoofd bewoog nog geen honderdste millimeter. 'Het lijkt me beter dat je naar huis gaat.' Op televisie waren het stekelige gele ding en zijn witte vriendje met de roze wangen aan het vechten met een draak. Uit hun vingers kwamen bliksemschichten. 'Ik zie je morgen wel.'

'Kijk me aan als je tegen me praat.' Het was alsof ik de stem van mijn moeder hoorde. Ik had mijn mond geopend, mijn lippen bewogen, maar de stem die uit me kwam was die van mijn moeder.

'Pardon?'
'Je hebt me gehoord.'

Je moest oogcontact maken. Dat hoorde zo. Het was me al verteld sinds ik een kleine jongen was en nog thuis mocht wonen. De psychiater van de Dwingelerheide had het me herhaaldelijk gezegd. En Rosita zelf ook.

'Doe jij eens even normaal zeg.' Nu keek ze me wel aan. Het viel me op dat ze nog minder kleur had dan voordat ze haar broek naar beneden had getrokken en... Zelfs haar mond was bleek.

'Jij tilt mijn hoofd omhoog als ik je niet aankijk. En nu zit je naar die stomme Pokémon te kijken, terwijl je tegen míj praat.'

'Ik til je hoofd op omdat je anders naar mijn tieten zit te staren.' Het was even stil. Toen zuchtte ze diep. 'Ray, het spijt me van daarnet. Ik had het niet moeten doen. Ga alsjeblieft naar huis. Dan drinken we morgen een kop koffie en is alles weer normaal.'

'Nee.'

Rosita draaide haar hele bovenlichaam naar me toe, zodat Anna niet meer tegen haar aan kon zitten en bijna omviel. Haar ogen boorden zich in de mijne. 'Ogen zijn de spiegels van de ziel.' Ook dat had Margreet altijd gezegd. Maar ik zag geen ziel. Ik zag alleen een dof soort bruin.

Oogcontact was altijd een probleem voor me geweest, maar die dag had ik het uren vol kunnen houden. En misschien duurde het ook wel uren.

Ik won.

'Wat jij wilt. Blijf maar lekker staan.' Rosita draaide zich terug naar de televisie en zette het geluid harder.

Ik deed mijn handen voor mijn oren. De piepstemmen van Pikiklootzakhatsjoe en de zijnen maakten me gek, zoals ik ook niet tegen muziek kon.

Om mezelf af te leiden keek ik naar buiten. Het was al donker geworden, maar door de buitenverlichting was alles in de tuin nog goed zichtbaar. Mijn oog viel op de waterval in de hoek. Hij mondde uit in een piepklein, ondiep vijvertje. Zo konden de vogels erin baden en zou Anna er niet in verdrinken.

Ik dacht terug aan de zomer ervoor. Wekenlang had ik iedere dag na mijn werk in de tuin gewerkt, dwars door de rugpijn heen. Ik wilde dat de tuin perfect was voor Rosita. Ik wilde dat ze naar buiten zou kijken en zich niet meer zo verdrietig zou voelen. En ik wilde bij haar zijn. Vooral dat. Meestal zat ze binnen, maar met mooi weer ging ze in haar bikini op een stoel in de tuin liggen. Dat waren de beste dagen van allemaal.

Op een dag stond mijn moeder in de tuin van Rosita. Ik was heesters aan het planten toen ik haar stem hoorde. 'Ray! Wat doe jij hier?'

Ik schrok zo erg dat ik de schep uit mijn handen liet vallen. 'Je had me niet verteld dat je op bezoek zou komen.'

'Moet dat dan altijd? Waarom ben je niet gewoon in je eigen huis?'

'Omdat hij mij aan het helpen is met de tuin,' zei Rosita, die naar buiten was komen lopen. 'Misschien zou hij u ook komen helpen als hij uw adres zou hebben. Zoals u ziet is hij er behoorlijk goed in.' Ze droeg een heel kort broekje en had een zonnehoed op. Zo'n grote flaphoed. Ze had gezegd dat dat 'helemaal Jennifer Lopez' was, wat dat ook mocht betekenen.

'Vind je het erg als ik even alleen met mijn zoon praat?'

Rosita zette haar handen in haar zij. 'Hij is nogal druk bezig op dit moment. En we bevinden ons in míjn tuin. Dus...'

'Kom, we gaan naar huis,' zei mijn moeder tegen mij. 'Hier heb ik geen zin in.'

'Ik heb hier anders wel zin in,' zei Rosita. 'Ik heb u altijd al willen aanspreken op uw, hoe zal ik het zeggen, typische moederschap.'

'Een kind van vier dat de hele dag voor de televisie zit en nog in een buggy rondgereden wordt, vind ik anders ook geen toonbeeld van goed ouderschap.'

'U bent goed geïnformeerd,' zei Rosita. 'Toe maar. Onze Ray vertelt u nog eens wat, zo te horen. Toch zou ik wel willen weten waarom u nauwelijks naar hem omkijkt. De arme jongen heeft niet eens uw telefoonnummer. Waar slaat dat op?'

'Ik heb absoluut geen trek in deze conversatie. Misschien moet je eens een baan zoeken in plaats van je te mengen in het leven van anderen. Kom Ray, we gaan.'

Ik wilde de schep in het schuurtje opbergen om mijn moeder naar huis te volgen, maar Rosita hield me tegen. 'Ben jij helemaal gek geworden? Laat je moeder eerst de vraag maar eens beantwoorden. Waarom heeft Ray uw telefoonnummer en adres niet? Waar slaat dat op?'

'Ray.' Ik kende de manier waarop ze het zei. Het was de toon van de Laatste Waarschuwing. Als ik niet naar haar luisterde, zou ze me slaan, net als vroeger. Ze had me vaak moeten slaan, al deed ik echt mijn best. 'Ik word gek van je, Ray!' schreeuwde mijn moeder dan. 'Wat moet ik nou met een kind als jij?'

Ik had op de Dwingelerheide geleerd om me beter te beheersen. We hadden oefeningen gedaan met een stopwatch. Ik mocht tekenen en als de stopwatch begon te piepen, moest ik stoppen. Daarna mocht ik weer opnieuw beginnen. Stoppen. Opnieuw beginnen. Stoppen. En opnieuw en opnieuw en opnieuw.

'Je doet het niet,' zei Rosita. 'Je gaat niet met haar mee tot ze je antwoord geeft. Hoor je me?'

Ik keek van mijn moeder naar Rosita en terug. Ze waren allebei boos. Gefronste wenkbrauwen, een strakke mond. Wat moest ik doen? Ik had helemaal niets aan de stopwatchmethode nu. Hoe kon ik tussen beiden kiezen?

Ik kon maar één ding bedenken. Ik rende weg. Door de woonkamer, waar Anna blij 'Ray!' riep, door de gang, over het tuinpad naar buiten. Ik ben naar de bakkerij gerend en bleef daar op de grond zitten, naast de vuilcontainer totdat het drie uur 's nachts was en ik kon beginnen met brood bakken.

Pas toen ik die middag thuiskwam, realiseerde ik me dat ik vergeten was de vissen te verzorgen. Het was de eerste en enige keer dat dat me overkwam. Ik riep hun namen uit tot ik rustig werd. Daarna heb ik de madeleine bij Anna langsgebracht.

'Ga je vandaag nog in de tuin werken?' vroeg Rosita.

'Morgen weer.'

Van mijn moeder hoorde ik een paar weken niets. Toen ze eindelijk weer kwam, was de tuin klaar en trof ze me aan op mijn vertrouwde plek voor het keukenraam achter het donkerrode gordijn. Ik wist niet of ik blij was om haar te zien of niet.

Mijn moeder kwam binnen, legde een nieuw kleed op tafel, herschikte de kussens op de bank en verschoof een plant. Daarna wilde ze theedrinken. Als ik van tevoren had geweten dat ze kwam, had ik *tartelettes* meegenomen. Het enige wat ik haar nu kon aanbieden was brioche van de dag ervoor. Ik besmeerde het brood met verse roomkaas en wachtte haar reactie af.

Ze nam een hap en kauwde zonder ook maar een moment van gezichtsuitdrukking te veranderen. 'Die vrouw is niet goed voor jou,' zei mijn moeder met volle mond. 'Ze gebruikt je gewoon. Ze maakt je helemaal gek, trekt je helemaal leeg en dan dumpt ze je. En dan ga jij door het lint met alle gevolgen van dien. Snap je dat dan niet?'

'We zijn anders bijna familie.'

'Ík ben je familie. Hoor je dat, Ray? Ik ben je familie en niemand anders.'

'Maar jij hebt me in de steek gelaten.' Het was de allereerste keer dat ik zoiets tegen mijn moeder had gezegd.

'Wat?' Ze was even stil en haar gezicht werd rood. 'Dat mag je nooit meer zeggen. Waarom ben ik anders hier? Ik ben er toch nog steeds?' Er liep een traan over haar wang. 'Ik hou van je, Ray. Vergeet nooit dat ik de enige ben die echt van je houdt.'

Terwijl ik op de onderste trede van de trap van Rosita met mijn handen voor mijn oren stond zonder nog goed te weten waarom, vroeg ik me af of mijn moeder toch gelijk had gehad. Ik keek naar het roerloze achterhoofd van Rosita die nu weer naar een of ander stom praatprogramma zat te kijken en voelde de aandrang om haar pijn te doen. Ik dacht weer aan de woorden van Margreet. Volg je gevoel. Maar ik wist dat het niet goed was om iemand pijn te doen. Ik ben misschien niet normaal, maar ik ben ook niet gek.

Ik haalde mijn handen van mijn oren af en zei: 'Ik moet de vissen verzorgen.'

Niemand zei iets terug, dus liep ik maar gewoon weg. Ik deed de deur niet achter me dicht. Dat mocht zíj doen.

37

'Wist je dat Rosita miljonaire zou zijn geweest, als ze nu nog had geleefd?'

Mijn moeder stond in de keuken een ovenschotel te bereiden. Aron zat op de bank die uiteraard weer door de grand foulard bedekt was, naar het aquarium te kijken. Uit Utrecht was inmiddels het bericht gekomen dat de doodsoorzaak van King Kong en Hannibal het gevolg van een tot nu toe onbekend organisme was. Binnenkort zou er een delegatie langskomen om monsters van het water te nemen en de andere vissen te observeren. Blijkbaar was de dood van de twee vissen een nogal opzienbarende gebeurtenis in de visgeneeskunde.

Mijn moeder reageerde niet op mijn opmerking. Fanatiek stond ze gekookte aardappelen in plakjes te snijden, om ze vervolgens in laagjes in een glazen schaal te schikken, afgewisseld met een laagje aubergine-tomatenprutje. Het was een gerecht dat ze regelmatig klaarmaakte. Het leek op moussaka, al ontkende mijn moeder iedere gelijkenis met een onverbiddelijkheid die in geen enkele verhouding stond tot het onderwerp.

'Blijkbaar had Rosita's moeder een oom in Engeland die een klein fortuin heeft verdiend in de wondere wereld van de kippenslachterij. Hij heeft Rosita twee miljoen pond nagelaten.'

'Dat is nou wat je noemt domme pech,' zei mijn moeder korzelig. 'Kunnen we het over iets anders hebben?'

'Nee, hoezo?'

Mijn moeder strooide met driftige gebaren geraspte kaas over de ovenschotel.

'We zijn hier nog lang niet over uitgepraat,' vervolgde ik. 'Ik ben nog maar net met de zaak bezig en nu al komt het ene na het andere belangwekkende feit naar boven. Weet je wie nu de twee miljoen pond van Rosita erft? Je mag drie maal raden.'

Mijn moeder zette de schaal in de oven en knalde de deur dicht. 'Ik heb geen zin in spelletjes, noch in deze conversatie.'

'Haar stiefvader. Normaal gesproken zou Anna, haar dochter, alles erven. Maar die leeft dus ook niet meer. De volgende wettige erfgename zou Rosita's moeder zijn. Ook dood. Dus wie blijft er over? De stiefvader van Rosita. Hij was in gemeenschap van goederen met haar moeder getrouwd en heeft derhalve recht op haar bezittingen. K-tsjing!'

'Trouw met hem, zou ik zeggen.'

'Hij zit meer in jouw leeftijdscategorie, mam. Het enige wat ik je probeer te vertellen is dat er mensen zijn die belang hadden bij de dood van Rosita. Al geef ik toe dat het vrij onwaarschijnlijk is dat Ray de moord niet heeft gepleegd, toch vind ik dat we aan hem verplicht zijn het te onderzoeken.'

Mijn moeder liep naar de woonkamer en had het opeens erg druk met het opruimen van speelgoed.

'Ik wil gewoon weten wat er werkelijk is gebeurd. Dat kun je me onmogelijk kwalijk nemen.'

Mijn moeder wierp me een getergde blik toe en smeet handenvol lego in de daarvoor bestemde bak.

Ik ging op mijn hurken naast haar zitten om haar te helpen. 'Wat weet je eigenlijk over die Rosita?'

'Iris... Het is nou wel weer even mooi geweest. Ander onderwerp graag.'

'Help me nou. Alsjeblieft. Heb je haar weleens ontmoet? Volgens de buurvrouw kwam je nog weleens bij Ray over de vloer.'

'Ik heb haar een paar keer gezien.'

'En?'

'Wat wil je dat ik zeg? Een geslepen tante. Dat was ze. Ze wist precies hoe ze alles van Ray gedaan moest krijgen.'

'Wat deed ze dan?'

Mijn moeder stond op en zuchtte geïrriteerd. 'Zoals ik je net al zei, heb ik hier geen zin in. Als je alleen nog maar kunt zeuren over Ray, kom dan maar liever niet meer.' Ze opende de buffetkast om het servies op tafel te zetten.

'Ik begrijp dat je het vervelend vindt dat ik erover door blijf gaan. Maar leg me dan tenminste uit waarom je ons nooit verteld hebt over Ray? En waarom je nu geen contact meer met hem hebt. Hij blijft toch je zoon...'

Mijn moeder draaide zich met een ruk om. 'Ik hoef jou geen verantwoording af te leggen, Iris. Je hebt geen idee wat ik heb doorgemaakt met Ray. Geen idee.'

'Gééf me dan een idee. Want geloof me, ik blijf er net zo lang over doorzagen totdat je me antwoord geeft.'

Mijn moeder zuchtte demonstratief.

'Wat heb je meegemaakt dan? Hoe was Ray als kind?'

Mijn moeder zette haar handen in haar zij. 'Ray was een voortdenderende trein die met de beste wil van de wereld niet tot stilstand was te brengen. Het lukte me op geen enkele manier om vat op hem te krijgen. Hij maakte alles kapot, poepte overal in huis, zelfs toen hij al acht jaar was, en kon soms uren met zijn hoofd tegen de muur bonken.' Ze dreunde de feiten op alsof ze ze vanbuiten had geleerd.

'Wat erg voor je, mama.' Ik méénde het.

Met zachtere stem vervolgde ze: 'Ik wist nooit van tevoren waardoor hij op tilt zou slaan. Hij kon zo hard krijsen dat het door merg en been ging. Het was alsof ik met een wild dier in huis leefde. Al kon hij ook ontzettend lief zijn. Dan zat hij uren met zijn lego te spelen en maakte hij prachtige tekeningen. Van vogels tot ruimteschepen, en alles heel gedetailleerd. Maar als ik dan tegen hem zei dat het tijd was om de kleurtjes op te bergen, kreeg hij een woedeaanval.'

Ik keek naar Aron die nog steeds naar het aquarium staarde met een blik alsof hij uit zijn lichaam was getreden. Misschien zweefde hij ergens rond, ver voorbij de Melkweg, tussen miljoenen zonnen en exoplaneten.

'En dan de toestanden met andere kinderen. Iedere dag was er ruzie. Want het treiteren van Ray was altijd goed voor een interessante voorstelling. De agressie die er dan bij hem uit kwam. Je wilt niet weten hoe vaak ik mijn hoofd heb moeten buigen en "sorry" heb moeten zeggen. "Je moet strenger zijn," zei opa altijd. "Geef hem maar eens een pak voor de billen als hij niet wil luisteren." En de buren zeiden: "Alleenstaande moeder. Kan er geen snars van." Ik heb hem zo vaak straf gegeven, ik heb geschreeuwd, gesmeekt, gehuild, hem gechanteerd, genegeerd, geslagen, hard geslagen zelfs, te hard... Het was afschuwelijk.'

Ik herkende het verhaal van mijn moeder. Ook ik had vaak genoeg het gevoel dat ik faalde als opvoeder, alle goedbedoelde adviezen ten spijt.

'Toen het niet meer ging, heb ik hem naar de Dwingelerheide gebracht, een internaat voor zeer moeilijk opvoedbare kinderen. Dat was...' – mijn moeder slikte moeizaam – '... nadat hij een hond had gedood.'

Het was anders om dat van die hond uit de mond van mijn moeder te horen, anders dan toen De Winter het had verteld. Ik realiseerde me de afschuw, de schaamte en de onmacht van mijn moeder die erachter schuilging. Hoe zou ik me voelen als Aron zoiets zou doen?

'De hond van de buren,' ging mijn moeder verder. 'Het was eng. Het feit op zich dat hij in staat was om te doden. Maar nog zorgwekkender was dat hij zich er totaal niet van bewust leek te zijn dat hij iets verkeerds had gedaan. Op dat moment realiseerde ik me dat Ray gevaarlijk was. En dat ik niet meer voor hem in kon staan.' Ze gaf me een beverig lachje. 'Zo, nu heb ik het je verteld.'

Mijn moeder en ik raakten elkaar zelden aan. Maar nu sloeg zij haar armen om me heen en hielden we elkaar een tijdje vast. Het was onwennig, maar we worstelden ons er dapper doorheen.

'Wat doen jullie?' vroeg Aron vanaf de bank.

Snel lieten mijn moeder en ik elkaar los, alsof we betrapt waren op een perverse daad.

'We gaan zo eten, lieverd,' zei mijn moeder. Ze liep naar hem toe en streek met haar hand door zijn haar. Ik verbaasde me er altijd over hoe makkelijk het haar afging om genegenheid aan Aron te tonen in vergelijking met de overduidelijke moeite die ze met mij had. ‘Hoe gaat het met de visjes?’

‘Venus doet raar,’ zei Aron.

Venus was een Braziliaanse feeënbaars: fuchsiakleurig van voren en felgeel van achteren. Samen met haar man Peanut bracht ze het grootste deel van haar tijd door in de grot, een plastic ding dat begroeid was met koraal en anemonen. Het was een visje dat je ondanks haar felle kleuren makkelijk over het hoofd zou kunnen zien.

Nu hing ze aan het wateroppervlak met haar bek wijd opengesperd. Net zoals ik King Kong had aangetroffen. Ze leefde, maar de vraag was hoe lang nog.

‘Die rotvissen ook,’ zei mijn moeder. ‘Wat moeten we nou weer doen?’

‘Antibiotica in het water?’

Mijn moeder schudde haar hoofd en liep naar het dressoir toe. ‘Ik schrijf even op dat ik morgen Utrecht moet bellen, anders vergeet ik het. Als mijn hoofd niet aan mijn lichaam vastzat, zou ik het nog vergeten. Het kost me de laatste tijd zoveel moeite om me te concentreren.’

‘Ray zou ze anders graag weer willen hebben.’

‘Zie je het al voor je? Dit enorme ding in een cel?’ Mijn moeder legde haar pen neer, een opzichtig goudkleurig geval.

‘Misschien komt hij er binnenkort wel uit.’

‘Wil je nog steeds doorgaan met die onzin?’

‘Ja.’

‘Je weet dat het zinloos is.’

‘De meeste van de zaken die ik doe zijn zinloos, mam.’

We hoorden een ‘ping’ uit de keuken komen. De op moussaka gelijkende ovenschotel was klaar.

38

'Vind je het goed als ik naast je kom zitten?' Janneke keek me aan. Het was vriendelijk bedoeld, want haar mondhoeken waren opgekruld en ze had haar ogen lichtjes samengeknepen.

Iedereen keek naar ons. Janneke had me met rust moeten laten. Snapte ze dan niet dat ik niet meer met haar wilde praten? Ik wilde met niemand meer praten, behalve dan met Iris Kastelein die zei dat ze mijn zusje was en misschien met Mo die ik vertrouwde omdat je nou eenmaal iemand moest vertrouwen. Maar Mo zat al naast Jamal.

Misschien zou ik ook nog wel met mijn moeder willen praten. Ik had haar al heel lang niet meer gezien. De laatste keer dat ze er was, zat ik nog in de gevangenis. Ze had gezegd: 'Maak je geen illusies, Ray. Je bent beter af hier. Nu hoef ik me eindelijk geen zorgen meer over je te maken.'

Omdat ik Janneke geen antwoord had gegeven, vond ze blijkbaar dat ze naast me mocht komen zitten. Ik smeerde leverworst op mijn boterham. Nog steeds at ik uitsluitend het broodbeleg dat binnen handbereik stond, terwijl ik eigenlijk alleen maar de chocoladepasta eetbaar vond.

'Je bent boos, hè?'

Ik knikte met een mond vol brood.

'Ik snap dat je hier geen boodschap aan hebt, maar ik vond het heel erg dat ik je naar de separeer moest sturen. Omdat je agressief werd, had ik nou eenmaal geen andere keus.'

Ik keek uit het raam in de hoop dat ze vanzelf op zou houden met praten. Er zat een koolmees op de muur. Die zag je hier niet veel. Sowieso zag je hier niet veel vogels, ook niet in de tuin. Zelfs zíj wilden hier niet zijn.

Ik dacht terug aan mijn tuin aan de Koningin Wilhelminastraat, waar het altijd wemelde van de mussen, koolmezen en roodborstjes. Daarna dacht ik aan mijn vissen. Ik wilde echt heel graag mijn vissen terug.

'Luister je wel naar me?'

Ik zag beelden in mijn hoofd van Venus, Saturnus, King Kong en François die tegen de ruiten op zwommen. Iedere keer als hun kopjes de glazen wand raakten, hoorde ik een bonk.

'Ray?'

Het bonken werd luider en luider en de vissen tolden door mijn hoofd. Ze wilden eruit. Naar buiten.

Ik kon niet helpen dat ik begon te schreeuwen. Of was het meer huilen? Ik weet alleen dat er een verschrikkelijk geluid uit mijn mond kwam.

'Rustig nou,' hoorde ik Janneke in de verte zeggen. Ze legde haar hand op mijn arm, maar ik sloeg hem weg. Ik wilde niet aangeraakt worden en al helemaal niet door haar.

De zoemer ging. De zoemer die klonk als mensen met elkaar vochten of als Richard servies naar de televisie gooide. Binnen enkele seconden gingen de deuren van de afdeling open en renden er twee bewakers naar binnen.

Ze draaiden mijn handen op mijn rug. Omdat mijn bovenlichaam daardoor naar voren helde, vielen er druppels vocht uit mijn ogen op tafel. Ik huilde. Dat was het. Ik was gewoon aan het huilen. Dat deed je als je verdrietig was. Die wetenschap maakte me rustiger, vreemd genoeg. Ik stopte met brullen en snifte alleen nog maar.

'Ga staan.' Een van de bewakers rukte aan mijn armen. Het deed gemeen pijn. Ik kon niet anders dan doen wat hij me opdroeg.

'Wacht even.' Mo liep naar ons toe en hield iets voor mijn gezicht. Het was een wit doekje. 'Wil je je neus snuiten, Ray?'

Ik knikte.

'Laat hem even los, dan kan hij zijn gezicht droogmaken.'

De bewakers deden wat Mo zei.

Ik nam het servetje aan, bette mijn ogen en snoot daarna mijn neus. Ik voelde me licht in mijn hoofd, maar ik huilde niet meer.

'Ik geloof dat hij al gekalmeerd is,' zei Mo tegen de bewakers. 'Laat hem maar hier blijven. Ik geloof niet dat het zinvol is om hem naar de separeerruimte te brengen. Evengoed bedankt voor jullie komst.'

'Mo,' zei Janneke op een toon die ik niet kon plaatsen. 'Wat doe jij nou?'

'We hebben het er straks nog wel over.'

De bewakers verlieten de afdeling en het was even stil. Daarna zei Rembrandt: 'Applaus voor Mo.' En iedereen begon te klappen.

Het voelde alsof ze ook een beetje voor mij klapten.

Ik mocht van Mo voor de rest van de dag naar mijn cel om bij te komen. De deur hoefde niet op slot, als ik wilde kon ik er weer uit. Ik bekeek de foto's van mijn vissen een paar keer en hing ze aan de wand bij de andere. Eerst sorteerde ik de foto's op alfabetische volgorde van de namen van de vissen, daarna op kleur.

Het nam zoveel tijd in beslag om telkens een nieuwe manier te bedenken om de vissenfoto's te sorteren dat ik de avondmaaltijd maar oversloeg. Mo bood me aan om het eten bij me in de cel te laten brengen, maar ik had geen honger.

'Morgen moet je wel gewoon weer eten, hoor,' zei Mo en hij liet me verder met rust.

Meer dan een uur later was er een klopje op de deur en stond de sociotherapeut met de bril ineens voor mijn cel.

'Goedenavond, Ray.'

Ik haalde haastig de foto's van de wand. Je wist maar nooit wat de sociotherapeut met de bril van plan was.

'Ik wilde je alleen laten weten dat ik de dienst van Mo heb overgenomen.'

'Oké.' Ik wachtte tot hij weer weg zou gaan. Maar hij liep mijn cel in en deed de deur achter zich dicht. Ik klemde mijn handen om de rand van mijn bed om te voorkomen dat ze al te wilde gebaren zouden maken.

De sociotherapeut met de bril kwam naast me zitten.

Ik schoof een stukje verder bij hem vandaan, nog steeds de rand van het bed vasthoudend zoals toen ik tien jaar oud was en mijn moeders hand vasthield toen ze me naar de Dwingelerheide bracht. *Kijk Ray, een pingpongtafel. Je zult het vast fijn krijgen hier.*

'Zo,' zei hij.

'Zo,' imiteerde ik hem.

'Alles goed?'

Ik knikte.

'Ben je weer bijgekomen sinds de separeer?'

Ik knikte opnieuw.

'Vreemd dat er drugs bij jou zijn gevonden.' De sociotherapeut krabde aan zijn kin. 'Heb je enig idee hoe ze in je kamer terechtgekomen zijn?'

Ik schudde mijn hoofd.

'Echt niet?'

'Nee.'

'Weet je dat heel erg zeker?'

Ik knikte.

'Mooi.' Hij stond op, deed de deur open, maar leek zich te bedenken. 'En niemand heeft er met je over gesproken?'

Ik schudde mijn hoofd, terwijl ik op datzelfde moment bedacht dat dat niet waar was. Wel degelijk had iemand er iets over gezegd. Rembrandt.

De sociotherapeut met de bril deed de deur weer dicht. 'Je lijkt niet erg zeker van je zaak. Denk nog eens goed na.'

Ik liet de rand van het bed los en mijn handen sloegen onmiddellijk op hol. 'Laat me met rust,' zei ik toen.

De zoemer klonk, het teken dat de deuren van de cellen over een minuut op het nachtslot zouden gaan.

De sociotherapeut kneep zijn ogen samen achter de bril. 'Ik hou je in de gaten, Boelens. Geen geintjes.' Hij verliet de cel.

In tegenstelling tot andere dagen kwam het nachtslot deze keer als een opluchting.

39

Zowel het dossier als het gesprek met Ray had weinig nieuws opgeleverd. Ik hoopte dat Ray de volgende keer wat scheutiger zou zijn met informatie, al kon ik me niet voorstellen dat hij zich zou ontpoppen tot een spraakwaterval. Ik moest zelf op zoek gaan naar nieuwe informatie. Om te beginnen zou ik praten met de stiefvader van Rosita.

Auke Kool was nergens in de papieren voorgekomen. Toch moest hij Rosita goed gekend hebben, en had hij, weliswaar acht jaar na dato, een motief.

Ray had hem goed omschreven. Hoewel hij toch ver in de zestig moest zijn, droeg Auke Kool zijn haar aan de achterkant lang. Aan de voorkant was het in een korte pony geknipt. Hij had de grauwe perkamenten huid van iemand die zijn leven lang zware shag had gerookt. Toen ik hem opzocht, was hij op het erf hout aan het hakken.

'En? Hebt u het grote nieuws al gehoord?'

De oude man gaf geen krimp. Hij zei niet 'ja' of 'nee', hij bleef me enkel chagrijnig aanstaren met een bijl in zijn hand.

'Ik heb begrepen dat u een leuk bedrag hebt geërfd. Toch?'

'Wat wilt u van me? Als u komt bedelen, dan kan ik u nu al vertellen dat u aan het verkeerde adres bent.' De bijl zwaaide hoog in de lucht en daalde met kracht neer op een stuk hout. Er vlogen splinters op mijn jas. Ik deed een stap achteruit.

'Ik kom om over Rosita en Anna te praten. Ik ben de advocate van Ray Boelens.'

'Ray Boelens.'

'Die kent u toch?'

'Een best jong.'

Ik voelde mijn gezicht oplichten. 'Een beste jongen?' herhaalde ik. Al die tijd had ik gehoopt op iets positiefs over Ray, zoals een afgewezen minnares tegen beter weten in naast de telefoon blijft zitten wachten. En nu ging eindelijk de telefoon over.

'Zo is dat. Totdat hij die twee neerstak natuurlijk.'

'Juist.' Verkeerd verbonden. De moedeloosheid was meteen weer terug.

Kool woonde in een kleine boerderij, al was bouwval een gepastere benaming. In het rieten dak zaten gaten en het houtwerk smeekte om een verfbeurt. Op het kleine erf stonden machines die eruitzagen alsof ze sinds de jaren zestig niet meer waren gebruikt.

Hij legde een nieuw stuk hout op het hakblok en liet de bijl neerdalen. Het viel me op hoe schoon en blinkend het stuk gereedschap was vergeleken met de omgeving en de smoezelige overall van Kool zelf. Het hout spleet in tweeën.

'U bent een van de eersten die een positief geluid over hem laat horen.'

Weer zei hij niets.

'Grappig dat u Ray Boelens een "beste jongen" noemde,' probeerde ik nog maar een keer.

'Hij had niet moeten doen wat hij gedaan heeft. Dat staat als een paal boven water. Maar zij heeft hem wel helemaal gek gemaakt. Wat dat betreft was ze precies d'r moeder. Daar kon je ook helemaal schijtziek van worden.'

Ik wist hier niets op te zeggen. Maar Kool had opeens de smaak van het praten te pakken. 'Begrijp me niet verkeerd: het waren allebei topwijven. Maar wel met een gebruiksaanwijzing. Het wordt een koude winter,' voegde hij er zonder pauze aan toe. 'Ze kunnen wel zeggen dat de aarde opwarmt, maar mijn botten vertellen me iets anders.'

'Hebt u een open haard?'

'Houtkachel.'

'Gezellig.'

'Het scheelt aanzienlijk in de stookkosten. Gezelligheid doe ik niet meer aan.'

'Bent u alleen gebleven na de dood van Rosita's moeder?'

'Jawel. Af en aan. Maar verdriet is niet aantrekkelijk, hè. In eerste instantie wel. Dan willen vrouwen voor je zorgen en de pijn wegnemen. Ze bakken appeltaarten en schenken je borrel in. Ze willen uren met je praten. Voor de zoveelste keer vertel je exact hetzelfde verhaal en je weet al op welk punt ze gaan janken. Maar na een maand of wat word je geacht eroverheen te zijn. Dan moet het maar eens afgelopen zijn met het gezeur en gechagrijn, vinden ze. "Het is gewoon niet gezellig." Daar heb je het weer. Gezellig. Alsof het me een reet kan schelen of het gezellig is.' Hij spuugde om zijn woorden kracht bij te zetten. Een bruingetinte rochel landde op nog geen tien centimeter van mijn suède laarzen.

'Waarom heeft Ray Rosita en Anna vermoord, denkt u?'

Auke Kool legde zijn bijl op het hakblok. 'Dat zei ik u al. Ze heeft hem helemaal gek gemaakt. Het was een mooie meid, ziet u. Die heeft die jongen alle kanten op gemanipuleerd. Dan weer stond er een nieuwe bank, dan weer een nieuwe televisie. "Cadeautje van de buurman," zei ze stralend. "Hij wil ook weleens iets terug," heb ik gezegd. "Je maakt die man hoorndol." Daar moest ze hard om lachen. Volgens haar gaf Ray al die spullen omdat hij geen betere bestemming had voor zijn geld. "Ik geef hem af en toe een aai over zijn bol," zei ze. "Daar moet hij het maar mee doen."' Hij schudde zijn hoofd. 'Precies d'r moeder. Nemen, nemen, nemen. Maar geven, ho maar.'

'Klinkt niet echt romantisch.'

'Romantiek bestaat niet. Daar kom je nog wel achter.'

'Wist u van het bestaan van de oom van uw overleden vrouw af, Rikkert Angeli?'

'Ik heb hem één keer gezien. Op onze bruiloft. Verder had Elisa niet veel contact met hem. Ze stuurden elkaar een kaartje met kerst.'

'En Rosita? Kende zij hem?'

'Ze was op onze bruiloft, dus ze heeft hem in ieder geval daar gezien. Maar verder was die familie niet zo hecht. Eerlijk gezegd keek mijn vrouw ook niet veel naar Rosita om. Al weet ik niet hoe dat geweest zou zijn als ze de kleine gekend had. Dat had ze leuk gevonden, een meidje om mee te pronken.'

'Was uw vrouw ervan op de hoogte dat Rikkert vermogend was?'

'Ze heeft weleens gezegd dat ie geld zat had. Maar meer ook niet,' zei hij achteloos. Te achteloos?

'Hij had inderdaad geld zat.'

Auke Kool pakte zijn bijl weer op. Op het deel tussen zijn duim en wijsvinger waren drie stippen getatoeëerd. 'Dat had-ie zeker.'

'Met het geld kunt u mooi uw boerderij opknappen.'

'Zoiets.' Hij legde weer een vers stuk hout op het hakblok. Het was duidelijk dat wat hem betrof de conversatie ten einde was. De houtspaanders vlogen in het rond en er vormden zich enkele zweetdruppels op het voorhoofd van de oude baas. Hij keurde me geen blik meer waardig. Ik besefte dat als ik nog langer met hem wilde praten, ik een nieuw onderwerp zou moeten aansnijden.

'Had Rosita vijanden, dat u weet?'

Hij bleef doorhakken, dus herhaalde ik, op luidere toon: 'Of Rosita vijanden had!'

Het werkte. Hij legde de bijl neer. 'Ben je nou nog niet weg?'

'Nee. Ik zou graag nog willen weten of Rosita vijanden had.'

'Tja.' Hij pulkte even aan zijn neus. Weer viel mijn oog op de drie stippen op zijn hand. 'Ik geloof niet dat er veel mensen echt dol op haar waren. Maar vijanden is een groot woord.'

'En vrienden? Had ze vrienden dan?'

'Jawel. Of toch ook niet echt. Denk bijvoorbeeld niet dat toen ze naar de Koningin Wilhelminastraat verhuisde, er ook maar iemand kwam helpen. Nee, daar was de ouwe Auke dan wel weer goed genoeg voor. En als er iets kapot was in huis, wist ze me ook wel te vinden.'

'Dus ze had geen vrienden en ook geen vijanden en u deed de klusjes in huis. Kwam er weleens iemand over de vloer dan?'

'Ray natuurlijk. En die klootzak. Asscher.'

'De vader van Anna.'

'Vader is een groot woord voor iemand die een vrouwtje heeft bevrucht en vervolgens de boel laat stikken.'

'Hij zorgde toch voor haar? En hij kwam toch ook nog weleens langs?'

Kool snoof luidruchtig. 'Geen fatsoen. Geld zat, maar normen en waarden, ho maar. Dat deden we in mijn tijd wel anders.'

'Zou er een mogelijkheid kunnen zijn dat iemand anders de moord heeft gepleegd?'

Hij lachte smalend. 'Je kan me wat. Die Boelens heeft het gewoon gedaan. Geen twijfel over mogelijk.' Hij pakte zijn bijl op en begon als een bezetene te hakken. Het was niet moeilijk om hem met een vleesmes voor te stellen. Zou hij in staat zijn tot moord? Een kille, berekenende moord die Kool het vooruitzicht gaf op veel geld op een onbepaald moment in de toekomst. Tenzij hij Rikkert Angeli ook een handje had geholpen. Dat kon natuurlijk. In dat geval had hij in ieder geval wel veel geduld gehad. Maar liefst acht jaar, en dat terwijl hij zelf ook niet meer zo piep was.

Ik keek naar de drie stippen op zijn hand. Ik had ze vaak genoeg gezien bij onze strafzaakcliënten. De uitleg die eraan gegeven werd, verschilde. Een veelvoorkomende verklaring was dat het 'fuck the police' betekende. Meestal werd deze tatoeage in de gevangenis door gevangenen bij elkaar aangebracht. Had Kool soms ook gezeten?

40

Toen ik thuiskwam nadat ik uren bij Rosita onder aan de trap had gestaan, keek ik naar de vissen. Hoe ze rondzwommen en altijd gelukkig waren, al weet je dat natuurlijk nooit helemaal zeker. Maar ik dacht dat ze wel vrolijk moesten zijn, want er was altijd iemand die voor ze zorgde. En die iemand was ik.

Ik mat voor de zekerheid alle waarden op, al had ik het vroeg in de ochtend nog gedaan en zou ik het vannacht voor ik naar mijn werk ging weer doen. Alles was prima in orde. Die wetenschap maakte me rustig. Ik heb me gedoucht en ben gaan slapen.

Normaal gesproken stond ik om drie uur 's nachts op, maar die nacht werd ik om halfeen wakker omdat ik geschreeuw hoorde in het huis van Rosita. Het kwam uit de slaapkamer. Ik pakte een glas en zette het tegen de muur om te horen wat er werd gezegd.

'Ben je helemaal gek geworden! Hoe durf je contact met haar op te nemen? Hoe durf je! Heb je enig idee in welke positie je me brengt?' Ik dacht dat het de stem van de vader van Anna was. Ik had zijn auto weleens vaker voor de deur zien staan 's nachts. Volgens Rosita ging zijn vrouw af en toe bij haar moeder logeren met de kinderen. En dan kwam Victor 's nachts bij haar.

Ik hoorde Rosita iets terugzeggen. Zij schreeuwde niet, ze praatte zachtjes. Het was onmogelijk haar te verstaan, hoe ik mijn oor ook tegen het glas aan perste.

'Wat een gelul!' schreeuwde Victor terug. 'Weet je wat jij doet? Je zoekt het maar uit ook. Ik ben het helemaal spuugzat! Morgen ga ik op vakantie en daarna is het voorbij. Hoor je me?'

Daarna weer de stem van Rosita. Ze huilde, dat kon ik er wel uit opmaken. Maar wat ze zei was onduidelijk. Ook Victor praatte nu zachter.

Ik bleef nog een tijdje staan met het glas aan mijn oor en luisterde ingespannen. Maar ik kon niets meer verstaan. Op een gegeven moment hoorde ik voetstappen op de trap en werd de voordeur dichtgeslagen. Ik keek uit het raam en zag de belachelijke auto van Victor Asscher de Koningin Wilhelminastraat uit rijden. Tegelijkertijd hoorde ik Rosita huilen.

Victor was boos op Rosita. Hij had geroepen dat het na de vakantie voorbij zou zijn. Ik bedacht dat dit goed nieuws was. Erg goed nieuws.

Er was nu niets meer wat Rosita, Anna en mij nog belemmerde om een gezin te vormen. We waren het al bijna, dat had Rosita zelf gezegd. Bovendien waren er nog genoeg andere aanwijzingen: ik kwam er al iedere dag; ik had aan Rosita's blootje gezeten; Anna vond mij lief. Nu zouden we écht samen zijn.

Ik kon niet meer slapen van opwinding. Veel te vroeg ging ik naar de bakkerij en bakte veel te veel croissants.

'Dacht je dat het zaterdag was?' vroeg mijn baas.

Na afloop van mijn werk selecteerde ik een madeleine voor Anna. Deze keer deed ik een rood lintje om het zakje. Het was een feestdag per slot van rekening. Ik kon me er bijna niet toe zetten om normaal te lopen. Ik huppelde naar de Koningin Wilhelminastraat en drukte op de bel bij Anna en Rosita.

Het duurde lang. Misschien zat Rosita op de wc. Na een tijdje drukte ik opnieuw op de bel. En opnieuw. Er werd niet opengedaan. Ik hing de madeleine in het zakje aan de deur en liep naar huis. Waarom was ze er nou uitgerekend vandaag niet? Binnen schopte ik tegen een deur aan en gooide een vaas die ik van mijn moeder had gekregen kapot. Het hielp helemaal niets. Ik dwong mezelf om rustig te worden. Ik noemde een paar keer alle namen van de vissen. Het hielp. Mijn hartslag daalde en ik voelde me niet meer zo wild in mijn hoofd. Ik besloot om iets lekkers voor mezelf klaar te maken.

De dag tevoren had ik een *pain de figues* meegenomen en die was verrukkelijk met Hollandse schapenkaas. Terwijl ik met de kaasschaaf plakken afsneed, meende ik iets te horen in het huis van Rosita. Het was vaag en ver weg, maar onmiskenbaar: 'Tinky Winky... Dipsy... Laa-Laa... Po...'

Ik kende dat liedje. Ik nam een hap van de overheerlijke *pain de figues* en bedacht dat als de televisie aanstond, Rosita en Anna thuis moesten zijn. En dat betekende dat Rosita expres de deur niet voor mij had opengedaan.

Ik klom over het lage hekje naar haar tuin en ging voor haar raam staan. Rosita zat naast Anna op de bank. Ze had een joggingbroek aan, een hemdje en blote voeten. Ze rookte een sigaret. Alsof ze daar al uren zat. Terwijl ze zojuist de deur niet open had gedaan. Anna kauwde op de madeleine. Het rode lintje lag aan haar voeten op de grond.

Toen zag Rosita mij. Ze keek me aan. Ik dacht dat ze schrok, want haar schouders gingen omhoog en ze liet haar sigaret op de bank vallen. De bank die ik voor haar had gekocht. Snel raapte ze de brandende peuk op en veegde over de plek waar hij was geland. Ook Anna zag mij. Haar mond vormde zich tot een 'Ray!'. Ze zwaaide zelfs naar me.

Ik bleef voor het raam staan, ik wist niet goed wat ik moest doen. Rosita stond op van de bank. Ik dacht dat ze me binnen zou laten, want ze liep naar de achterdeur. Ze deed hem open tot op een kier en stak haar hoofd om de hoek. 'Wat kom je doen, Ray? Kun je me niet gewoon één dag met rust laten?'

Ik haalde diep adem en besloot het gewoon maar te zeggen. Datgene waar ik al zo lang op had gewacht. Ik had erop gehoopt en erover gedroomd, en nu was het moment daar. 'Ik kom om een gezin met je te vormen. Met jou en met Anna.'

Een ogenblik zei ze niets. Daarna barstte ze in lachen uit.

Maar wat ik had gezegd was niet grappig.

Toen ze bijgekomen was, zei ze: 'Ray! Je denkt toch niet werkelijk dat we een gezin gaan vormen? Echt, hoe haal je het in je hoofd. Ik vind je heel lief en leuk, al vond ik je gisteren een stuk minder leuk toen je zo onder aan de trap bleef staan, maar goed, dat had ik misschien ook wel aan mezelf te wijten. Maar nu draaf je door. We zijn búren. Misschien ook wel vrienden. Maar een gezin? Doe jij eens even normaal, zeg.'

'Maar je hebt het zelf gezegd.' Ik liep naar de deur toe en wilde haar vastpakken. Haar omhelzen en haar zoenen, zoals mensen die bij elkaar horen dat doen.

Maar ze deinsde achteruit. 'Van m'n leven niet!' Ze smeet de deur achter zich dicht, deed hem op slot en rukte de gordijnen dicht.

Ik keek naar de goudkleurige stof, terwijl haar woorden door mijn hoofd tolden als rozijnen door het deeg in de kneedmachine. De verschrikkelijke waarheid drong tot me door. Ze had me voor de gek gehouden. Ze had me verteld dat we bijna een gezin waren. Bijna betekende: nog een klein beetje meer en je bent er. Maar dat kleine beetje meer bestond helemaal niet. Nu niet, morgen niet en nooit niet.

Het werd weer helder in mijn hoofd. Ik wist wat me te doen stond.

41

De volgende die op mijn lijstje stond was Asscher. Het had me veel moeite gekost om hem over te halen tot een afspraak. Al hielp het dat ik een beetje dreigend had gezegd dat ik hem ook thuis kon bellen over deze kwestie als dat beter schikte. Uiteindelijk was hij akkoord gegaan met een ontmoeting in een wegrestaurant dat voornamelijk werd bezocht door, vermoedde ik, vertegenwoordigers en mensen op internetdate. Op de tafeltjes met zalmroze kleedjes stonden vaasjes met een enkele gerbera omsloten door het blad van een vingerplant. Een optimistische poging om het gezellig te maken.

Ik kon me wel voorstellen wat Rosita in Victor Asscher had gezien. Niet dat hij per se knap was, maar hij straalde onmiskenbaar viriliteit uit. En dat voor een accountant. Hij was van bovengemiddelde lengte, stevig gebouwd en droeg zijn haar langer dan te verwachten was bij zijn grijze maatkostuum en gestreepte zijden stropdas.

'Zoals ik u al zei over de telefoon, heb ik niets te vertellen. Alles wat ik weet heb ik al aan de politie verteld. Bovendien heb ik heel weinig tijd.'

'U hebt de politie gesproken? Wat vreemd...'

Hij deed geen moeite zijn irritatie te verbergen. 'Hoe bedoelt u?'

'Uw verklaring komt niet in het dossier voor.'

'Dat klopt. En?'

Ik bleef hem net zo lang vragend aankijken tot hij uit zichzelf verder praatte. 'Toen Rosita en Anna vermoord werden, zat ik met mijn gezin op Kreta. Ik moest het in de krant lezen.' Hij slikte.

'Toen u nog op Kreta was of nadat u thuis was gekomen?'

'Ik zag op een terrasje in zo'n Grieks vissersdorpje een drie dagen oude *Telegraaf* liggen. Daar stond het in.'

'Wat verschrikkelijk voor u.' Ik stelde me Asscher voor omringd door vrouw en kinderen, terwijl hij het vreselijke nieuws las over zijn minnares. 'Wat moet dat afschuwelijk zijn geweest.'

Ik zag dat hij het moeilijk had. 'Zal ik een glas water voor u halen?'

Hij knikte.

Toen ik terugkwam met het water, zat Asscher zijn neus te snuiten in een lichtblauwe zakdoek waar scherpe vouwen in waren gestreken. De ouderwetsheid ervan trof me. Ik kende niemand die nog katoenen zakdoeken gebruikte, laat staan iemand die zin had om die dingen te strijken.

'Het spijt me,' zei Asscher. 'Ik ben niet gewend om hierover te praten.'

'Ik begrijp het. Het lijkt me heel eenzaam om zo'n geheim mee te dragen.'

'Dat is het ook.' Zijn ogen werden weer waterig. 'En nou even geen dingen meer zeggen waar ik emotioneel van word, goed?'

'Dan houden we het bij de feiten. U was aan het vertellen waarom uw verklaring niet in het dossier was opgenomen.'

'Zeg maar "je".' Hij glimlachte waterig. 'In eerste instantie was ik niet van plan om naar de politie te gaan. Niet vanwege mezelf, maar vanwege mijn vrouw, Milly. Haar hart zou breken als ze wist dat ik een minnares en een kind heb gehad.'

Ik maakte een instemmend geluid. Lode had weleens gezegd: 'Een vertrouwensband met iemand opbouwen is voornamelijk een kwestie van de juiste geruststellende geluiden maken op de juiste momenten.'

'Na een paar weken kreeg ik wroeging,' vervolgde Asscher. 'Ik dacht: wat nou als ik net het ontbrekende stukje informatie heb? Ik heb me gemeld bij het rechercheteam, maar ze leken niet bijster geïnteresseerd te zijn. Ze hebben het verhaal aangehoord en daarmee was de kous af. Ik heb nog gevraagd of ik iets moest ondertekenen of zo, maar de zaak was al rond, zeiden ze.'

Ik trok mijn wenkbrauwen op. 'Zo.'

'Het was natuurlijk zo klaar als een klontje dat Boelens het heeft gedaan. Die vent is gestoord.'

'Hij heeft uw banden toch een keer lekgestoken?'

'Ik heb haar nog zo voor hem gewaarschuwd. Vooral na dat bandenincident. Zoals hij als een demon tekeerging... angstaanjagend. "Die vent is hartstikke gevaarlijk," zei ik tegen Siet. "Blijf bij hem uit de buurt." Maar nee hoor. Volgens haar was hij een vriend... Een vriend! Hij is niet zoals jij en ik, zei ze altijd, maar hij heeft een goed hart. Dat hebben we gemerkt, ja. Weet u hoe vaak Rosita was gestoken? Eenentwintig keer.'

'Hebt u enig idee waarom Rosita hem als een vriend zag?'

Hij haalde zijn schouders op. 'Voornamelijk om mij jaloers te maken. Alsof ik jaloers zou kunnen zijn op iemand als Boelens. Ik zie hem nog uit zijn werk komen met zo'n vies cakeje voor Anna. Iedere dag bracht hij zo'n ding langs. Kun je het je voorstellen? Hij paste ook weleens op Anna. Ik vond dat geen goed idee, maar volgens Rosita kon het geen kwaad. Achteraf gezien...' Hij snoot weer zijn neus.

'Neem rustig de tijd.'

'Dit is moeilijk voor me.'

'Ik begrijp het.'

'Hè. Normaal ben ik niet zo'n emotionele dweil.'

'Als accountant zul je niet zo vaak op je gevoel worden aangesproken, neem ik aan.'

Hij lachte.

'Had Rosita nog andere vijanden? Of had ze schulden?'

Asscher dacht even na en schudde toen zijn hoofd. 'Ze was pittig. Laat ik dat er wel bij vertellen. Af en toe een ongeleid projectiel zelfs. Maar vijanden, nee.'

'Ik begrijp niet helemaal wat je bedoelt. In welk opzicht was ze een ongeleid projectiel?'

Een aarzeling. 'Gewoon. Mediterraan temperament.'

'Ik had de indruk dat je iets specifiekers in je hoofd had toen je zei dat ze "pittig" was.'

'Nee hoor.'

'Een pittig type als Rosita, vond die het niet moeilijk om altijd de tweede viool te spelen? Ten opzichte van je vrouw, bedoel ik?'

Had ik even tevoren nog het vertrouwen gehad van Asscher, nu sloegen de ijzeren rolluiken met een razend geweld dicht. 'Ik zie de relevantie van deze vragen niet. Waar wil je eigenlijk naartoe met dit gesprek?'

'Ik probeer een beter beeld te krijgen van de mensen om Rosita Angeli heen. En daar hoor jij ook bij.'

'Ik was bijna vergeten dat je zijn advocaat bent. Doe hem maar de groeten. En vertel hem dat zijn echte straf nog zal komen als hij uit die kliniek vrijkomt.'

Ik probeerde iets te bedenken waardoor ik Asscher weer aan het praten zou krijgen, maar hij was al gaan staan en stak zijn hand naar me uit. 'Dag, mevrouw.'

Een beetje perplex bleef ik achter. Overduidelijk had ik een heikel onderwerp aangesneden. Ik kon me niet voorstellen dat Rosita blij was geweest met haar minnaressenstatus. Ze kwam op me over als iemand die graag op nummer één stond. Waarom zou Asscher anders zeggen dat ze hem jaloers wilde maken?

Ik vroeg de ober om de rekening en pakte alvast mijn portemonnee uit mijn tas. Een nieuwe gedachte viel me in. Zou Rosita gedreigd hebben om hun verhouding op te biechten aan de vrouw van Asscher? Dat was zeker niet ondenkbaar.

42

'Vertel eens,' zei Iris Kastelein. 'Hoe was mama toen je nog bij haar woonde?'

'Boos,' gaf ik als antwoord. 'Ze was bijna altijd boos.'

Ze lachte, al snapte ik niet waarom. Lachte ze me uit?

'Waarom was ze boos dan?'

Ik haalde weer mijn schouders op. 'Ik ben hier niet goed in.'

'Wat bedoel je?'

'Je wilt steeds praten over gevoelens en zo. Ik ben niet goed in gevoelens. Dat weet je toch?'

Weer glimlachte ze. 'Het is niet mijn bedoeling om je in de war te maken. Zal ik je iets over mezelf vertellen? Ik ben je zusje per slot van rekening.'

Ik wilde 'nee' zeggen, maar dacht aan de psychiater van de Dwingelerheide: het is aardig om belangstelling voor anderen te tonen. Daarom knikte ik.

'Mama was niet vaak boos op mij. Ik zou haar eerder omschrijven als gevoelloos. Alsof ik een project was dat moest worden voltooid. Gelukkig had ik papa. Mijn vader.' Ze zweeg even en trok een fronsrimpel in haar voorhoofd. 'Mijn vader is tien jaar geleden overleden. Weet jij wie jouw vader is?'

Ik kreeg het warm. Zo warm dat ik bijna niet meer kon ademen. 'Mag ik mijn trui uittrekken?' vroeg ik aan Mo.

'Hoezo?' vroeg die.

'Ik stik bijna.'

'Heb jij daar bezwaar tegen?' vroeg hij aan Iris Kastelein.

‘Nee, hoor.’

Ik trok mijn trui uit, zodat ik in mijn witte hemd tegenover haar zat. Het hielp iets, maar nog steeds had ik het warm.

‘We hadden het over je vader,’ zei Iris Kastelein. ‘Weet je wie hij is?’

Ik schoof met mijn kiezen over elkaar heen. Het maakte een knarsend geluid.

‘Mama heeft je nooit iets verteld?’

Waarom stelde iedereen vragen die ik niet kon beantwoorden? Wie is je vader, wie is je vader, terwijl ik dat niet wist. Dacht iedereen dat ik het zelf nooit had gevraagd? Dachten ze dat ik gek was?

‘Sorry,’ zei Iris Kastelein. ‘Ik zal niet doorzeuren, oké? Weet je dat ik altijd het gevoel heb gehad dat er iets niet klopte? Achteraf gezien kan ik veel dingen verklaren. Waarom mama af en toe naar tuinbeurzen ging op zaterdag en pertinent niet wilde dat papa mee zou gaan. Haar geheime kantoor. Wist je dat ze dat had? Er was een kamer waar ik nooit mocht komen. Ze deed daar vreselijk spastisch over.’

Ze keek over mijn schouder heen naar iets in de kamer. Ik draaide mijn hoofd om haar blik te volgen en zag dat ze naar Mo keek, die in de hoek zat. Waarom deed ze dat?

‘Dan nog iets anders,’ zei Iris Kastelein. ‘Ik heb de directeur van de Hopperkliniek zover gekregen dat hij uitzoekt hoe die drugs in je cel terechtgekomen zijn.’

‘Verblijf,’ zei Mo vanuit de hoek. ‘We noemen het hier altijd verblijf.’

‘Ook goed.’ Iris Kastelein leek het opeens ook warm te hebben. Ze was hier dan ook komen aanzetten in een donkerblauw broekpak met een witte blouse eronder. Chic-tralala zei Rosita altijd. Zij hield daar niet van. Van Rosita mocht je veel zijn, zelfs een gekkie, maar aan chique mensen had ze een hekel. ‘Ze voelen zich altijd beter dan de rest. Waarom? Omdat ze toevallig wat meer geld op de bank hebben staan? Omdat de parels om hun nek écht zijn? Je kunt niet eens het verschil zien. M’n rug op kunnen ze.’

Ik vroeg me af of Iris Kastelein zich beter voelde dan de rest.

‘Hoe dan ook,’ zei Iris Kastelein, ‘ik heb hem uitgelegd dat jij absoluut niets met die drugs te maken hebt. Je gebruikt niet en je dealt niet. Er is nooit iets uit een urineonderzoek gekomen en de sociotherapeuten hebben nooit melding gemaakt van symptomen die zouden kunnen wijzen op drugsgebruik. Dat is toch zo?'

'Ja.'

'Precies. Ik wil dat er tot in detail wordt uitgezocht wat er gebeurd is. En aangezien er overal beveiligingscamera's hangen, mag dat niet zo'n groot probleem zijn. Ik wil een lijst van wie er precies in je cel, pardon verblijf, zijn geweest in de dagen voordat de drugs werden aangetroffen. Ik wil weten bij welke mensen op jouw afdeling de afgelopen periode wél drugsgebruik is geconstateerd. Ik ga dit tot op de bodem uitzoeken.' Ze sloeg haar armen over elkaar en keek me op een vreemde manier aan. Het was alsof er een lachje rond haar mond speelde, maar dat klopte niet met haar ogen. Als mensen lachen, knijpen ze hun ogen een beetje samen. Die van Iris Kastelein stonden wijd open.

'Wat ben je nu?' vroeg ik.

'Hoe bedoel je?'

'Wat ben je nu? Boos? Verdrietig? Bang? Blij?'

'Vastbesloten,' antwoordde ze.

'O.'

'Wist je dat ik Victor Asscher heb gesproken?'

'De vader van Anna.'

'Correct. Hij is nog steeds erg emotioneel onder de dood van Rosita en Anna.'

'Ze hadden ruzie,' zei ik. 'Twee dagen voordat Rosita doodging. Hij is midden in de nacht weggegaan en nooit meer teruggekomen.'

Iris leunde ver over de tafel heen, haar ogen lichtjes samengeknepen. 'Waar zou die ruzie over zijn gegaan?'

'Ze heeft iets aan iemand verteld. Dat hoorde ik hem schreeuwen. Midden in de nacht, dwars door de muur heen.'

Blijkbaar deden mijn woorden Iris Kastelein een groot plezier. Ze leunde nog verder naar voren. 'Je meent het.'

Ik knikte.

'En daar hadden ze ruzie over?'

Weer knikte ik.

'Interessant.'

Deze keer knikte ik niet.

'Ik had al het gevoel dat er iets niet aan hem klopte. Denk je dat Rosita gedreigd heeft om de vrouw van Victor over de verhouding te vertellen?'

'Hoe moet ik dat weten?' Ik speurde de witte muur af op zoek naar spinnen. Misschien kon ik er wel een vangen en meenemen naar mijn cel. Dan had ik toch nog een huisdier.

Iris Kastelein zat weer normaal op haar stoel. 'Ik weet dat je het heel moeilijk vindt. Maar we moeten praten over de dag dat Rosita en Anna doodgingen. Jij hebt ze gevonden, hè?'

Opeens kreeg ik het weer heel warm. Ik voelde zweetdruppels over mijn rug lopen, terwijl ik alleen nog maar mijn hemd aanhad. 'Ja,' bracht ik toen uit. 'Ja.'

'Hoe ging dat?'

'Ik zag dat de deur openstond en liep naar binnen. Daar lagen ze.'

'En waren ze al dood?'

Ik zag weer al dat bloed voor me. Zelfs toen ik mijn hoofd schudde raakte ik het niet kwijt.

'Ray?' vroeg Mo. 'Heb je de vraag gehoord?'

'Ja,' fluisterde ik. 'Ze waren al dood.'

'Heb je nog iets gezien voordat je naar binnen ging? Liepen er mensen op straat? Buren? Bekenden? Onbekenden?'

Ik dacht diep na, maar het was moeilijk om de gebeurtenissen van 17 mei 1998 terug te halen nu er iemand tegenover me zat. 's Nachts in het duister van mijn cel, dan was alles helder en overzichtelijk.

'Nee,' zei ik, al was ik verre van zeker. 'Ik geloof het niet.'

Iris Kastelein maakte een aantekening op haar notitieblok. Ik begon moe te worden van dit gesprek. 'Ik wil terug naar mijn verblijf.'

'Hou alsjeblieft nog even vol.'

Ik nam me voor om sterk te zijn, om al haar vragen te beantwoorden. Maar de kneedmachine in mijn hoofd belette me het nadenken.

'Ik denk dat het inderdaad wel genoeg is geweest,' zei Mo vanuit de hoek. 'We willen het stressniveau van Ray niet te veel verhogen.'

'Oké. Natuurlijk.'

Ik stond op. 'Dag Iris.'

Terwijl ik door de bewaker werd weggeleid, hoorde ik haar tegen Mo zeggen: 'Dat was de eerste keer dat hij mijn naam zei.'

43

'Iris! Joehoe!'

Ik kende bijna niemand die vandaag de dag nog zoiets riep, dus kwam ik al gauw tot de conclusie dat het wel een van de vriendinnen van mijn moeder moest zijn die me riep. Ik was in de lunchpauze Albert Heijn in gerend om de ingrediënten te kopen voor een snelle, voedzame maaltijd die zowel Aron als ik lekker vond. Spaghetti bolognese dus. We aten het minstens twee keer per week.

Ik draaide me om en zag Lien staan. Ze had een zak aardappelen in haar hand en stond als een bezetene naar me te zwaaien, terwijl ze slechts vijf meter verderop stond.

'Wat enig om je te zien, lieverd!'

'Dag, Lien. Ik wist niet dat je hier je boodschappen deed.' Lien woonde enkele straten bij mijn moeder vandaan in Buitenveldert. Deze Albert Heijn lag ver buiten haar natuurlijke habitat.

'Ik ga vanmiddag gezellig stempelen met mijn mongolen,' zei ze met een knipoog, waarbij ze er niet in slaagde het niet-knipperende oog open te houden.

'O?'

'Heeft je moeder je dat niet verteld? Ik geef knutselles aan geestelijk gehandicapten. Iedere woensdagmiddag.'

'Mijn moeder vertelt me eigenlijk nooit wat. Vooral de essentiële dingen niet.'

'Ach ja. Jullie zijn allebei ook zulke sterke persoonlijkheden. Jij hebt het misschien zwaar met je moeder, maar zij vindt het soms ook best lastig met jou. Toch zeg ik altijd tegen Ageeth hoe fijn het is dat ze jou heeft. Carla woont helemaal in Rotterdam en heeft het altijd druk. Daar heb ik maar weinig aan.'

'Carla. Hoe gaat het met haar?'

'Gewéldig! Alleen jammer dat ze me nog steeds niet oma heeft gemaakt. Ze geniet te veel van het leven om aan kinderen te beginnen, zegt ze altijd.'

'Tja.'

'En hoe gaat het met jou, lieve schat? Je bent altijd maar aan het rennen en doen. Dat had je als kind al. Net een bezig bijtje, zei ik altijd tegen je moeder.'

De benaming sprak me wel aan. Welnee, ik ben geen halfoverspannen werkende single moeder, ik ben een bezig bijtje.

'Aan Carla had ik mijn handen vol, maar jij was meteen al heel zelfstandig. Ik zie mezelf nog volledig uitgeput zitten na de bevalling. Maar Ageeth niet, hoor. Die liep erbij alsof haar leven een margarinecommercial was.'

'Hoe lang kennen mijn moeder en jij elkaar eigenlijk al?'

Lien trok diepe rimpels in haar voorhoofd en staarde ingespannen naar het systeemplafond van Albert Heijn. 'Toch wel een jaar of vijfendertig. Je moeder was net in Buitenveldert komen wonen. Ik kende haar buurvrouw goed, die is alweer jaren dood, maar wat zou ik jou vermoeien met al die ouwewijvendetails. Die buurvrouw was jarig en zo hebben we elkaar ontmoet. Ageeth kende toen nog bijna niemand. En ik was net gestopt met werken na het trouwen, want zo ging dat nog in die tijd. Vandaar dat we elkaar opzochten. En nadat jij en Carla het huis uit waren, zijn we begonnen met de bridgeclub, maar dat is weer een heel verhaal op zich.'

'Was ze toen al samen met mijn vader?'

De frons in Liens voorhoofd werd nog dieper, alsof ik haar had gevraagd om driehonderdvijfendertig te vermenigvuldigen met zesduizendachthonderdendrieënnegentig. 'Joh, je vader was nog helemaal niet in beeld toen ik Ageeth ontmoette. Die leerde ze pas een halfjaar nadat ze in Buitenveldert kwam wonen kennen. Ik zie haar nog voor me staan met van die rode blosjes op haar wangen: "Lien," zei ze, "met deze man ga ik trouwen. Deze man gaat goed voor mij zorgen."'

Ik vreesde dat ik de frons van Lien had gekopieerd nu. 'Dus woonde ze eerst nog ergens anders in Buitenveldert.'

'Nee...' zei Lien theatraal. 'Nee... die bungalow had ze al. Dat was wat in die tijd. Een vrouw met een eigen huis, zonder man. Stiekem waren we allemaal een beetje jaloers op haar.'

Ik vroeg me af hoe mijn moeder in staat was geweest om een Buitenveldertse bungalow te financieren. Inmiddels deden dergelijke woningen meer dan een miljoen. Zover ik wist had ze ooit een secretaresseopleiding gevolgd, maar over een baan had ik haar niet gehoord. Ik was er altijd klakkeloos van uitgegaan dat mijn vader het huis had gekocht. Wie weet had mijn moeder à la Rosita ergens een rijke oom gehad die haar een leuk bedrag had nagelaten. 'Hoe heeft ze dat ooit kunnen betalen, denk je?'

Lien haalde haar schouders op. 'Ze zal wel goed gespaard hebben.'

'Waarvan?'

'Ja, dat weet ik niet, hoor. Ze had een goede baan gehad, zei ze.'

En die goede baan had ze dan ook nog eens gecombineerd met de zorg voor een klein kind. Het leek me zeer onwaarschijnlijk. 'Raar,' zei ik.

'Natuurlijk klinkt dat raar. Maar dat moet ook wel. Als je ouder wordt, kun je maar beter gek worden ook.' Ze keek op haar horloge. 'O gut, is het al zo laat? Ik moet gaan, kindje. Mijn mongooltjes wachten.'

Ze riep nog iets in de trant van 'Oehoe!' – ik nam aan dat het een afscheidsgroet was in zestigpluskringen – en liep met kordate passen de groenteafdeling door, de zak aardappelen in haar hand.

Terwijl ik in hoog tempo een struik bleekselderij, een pot spaghettisaus, een half pond biologisch rundergehakt en geraspte Parmezaanse kaas in mijn mandje gooide, vroeg ik me af of Lien op de hoogte was van het bestaan van Ray. Ik had sterk de indruk van niet.

Terug op kantoor belde ik de Kadastertelefoon. Binnen één minuut werd mij vriendelijk medegedeeld dat het huis in 1971 was aangeschaft voor 150.000 gulden. Zonder hypotheek. Destijds moest dat een astronomisch bedrag geweest zijn.

'Mijn bloem!' Ik had Lode niet aan horen komen. Het was sowieso niet zijn gewoonte om mijn kamer zomaar binnen te wandelen. Doorgaans werd ik in zíjn kantoor ontboden.

Lode ging op de rand van mijn bureau zitten en kruiste het ene been over het andere. Hij droeg rode sokken.

'Hoe vordert je onderzoek inzake Boelens?'

'Hmm,' zei ik.

'Vertel op. Wie heb je gesproken, wat leert het dossier, eerste indrukken?'

'Het verhaal is behoorlijk eenduidig, wie ik ook spreek. Ray Boelens is een gestoorde zonderling, zijn buurvrouw gebruikte hem, dumpte hem en de stoppen sloegen door. Hij heeft nergens bekend, maar zijn verklaringen zijn behoorlijk belastend. Ook heeft hij een duidelijk motief, was hij aanwezig op de plaats delict en heeft hij min of meer verklaard dat hij het moordwapen in bezit heeft. Niet handig allemaal.'

'Wie heb je zoal gesproken?'

'Mensen uit de straat. Vrienden en familie van het slachtoffer...'

'En?'

'Tja. De stiefvader is geen frisse jongen. Heeft in de gevangenis gezeten voor heling en handel in verdovende middelen. Omdat Rosita en Anna zijn uitgeroeid, is hij de erfgenaam van het fortuin van de oom van zijn overleden vrouw. Klinkt als een motief, zou je zeggen. Ware het niet dat het me onwaarschijnlijk lijkt dat je de moord alvast van tevoren pleegt en wacht tot de oom vervolgens vanzelf overlijdt. Dat is wel erg langetermijnplanning.'

'Hmm.'

'Dan de minnaar. Boelens hoorde Asscher en Rosita kort voor de moord ruziemaken waarbij hij iets riep in de trant van: "Je had het haar niet moeten vertellen." Misschien heeft Rosita zijn vrouw verteld over hun verhouding. Een plausibel motief zou je denken. Helaas was Asscher op het tijdstip van de moord op vakantie op Kreta.'

'Huurmoordenaar?'

Ik haalde mijn schouders op. 'Zou kunnen.'

Lode pakte de Artis-foto van mij en Aron van mijn bureau en

keek er even naar. 'Wat denk jij? Zou Ray Boelens inderdaad onschuldig kunnen zijn? Is er ook maar iets wat in die richting wijst?'

'Behalve zijn eigen verklaring?'

Lode knikte en zette de foto weer neer.

'Om eerlijk te zijn: helemaal niets. Nou ja, behalve dat hij niet rookt en de dader een sigaret heeft uitgedrukt op het lijk van het meisje. Niet dat dat een overtuigend argument is.'

'Duidelijk,' zei Lode. 'En wat zegt je gevoel?'

'Ik kan niet zeggen dat ik nog helder kan denken.'

Hij veerde overeind en schudde woest zijn hoofd. 'Nee! Niet dénken. Je intuïtie! Kom op, Iris. Wat voel je als je naar Ray Boelens kijkt?'

'Dan vóél ik me verward,' antwoordde ik vermoeid.

'We zijn nu op het punt dat we ofwel een heel team erop zetten ofwel het opgeven. Zoals ik je nu beluister, opteer ik voor het laatste.'

Ik aarzelde. Als zou uitkomen dat Ray mijn broer was en ik had onnodig veel tijd aan zijn zaak besteed, zou ik een probleem hebben. Maar ik wilde Ray niet in de steek laten. Niet nu ik wist dat Asscher en Rosita ruzie hadden gehad vlak voor haar dood. Opgeven kon altijd nog. 'Ik wil nog een keer met Asscher praten. Hij heeft een sterk motief en, zoals je zei, hoeft hij natuurlijk niet zelf de moord gepleegd te hebben. Hij kan ook opdracht hebben gegeven.'

'Zal ik het dossier ook even doornemen?'

'Graag.'

'Ik neem het je heus niet kwalijk als we deze zaak niet van de grond krijgen. Herzieningszaken zijn de allermoeilijkste. Dat weet iedereen. Zelfs als het overduidelijk is dat de veroordeelde onschuldig is, dan nog is het niet gezegd dat je de zaak rond krijgt. Ik heb weleens een zaak gehad waarbij het dossier van geen kanten klopte. Het was zo klaar als een klontje dat de verdachte nooit op de plaats delict geweest kon zijn. Ten tijde van de moord zat de verdachte namelijk in de tram. Hij was daar door een getuige gezien én hij had een afgestempelde strippenkaart. Alles zat keurig in het dossier. Maar toch heb ik die zaak niet voor het Hof gekregen.'

'Nee?'

'Geen novum. Ik heb advertenties geplaatst om nieuwe getuigen te vinden, de hele reutemeteut. Maar als je niets nieuws aan de bestaande feiten kunt toevoegen, heb je niks.'

'Ik weet het.'

'Natuurlijk weet je dat. Ik neem het dossier door en zal zo snel mogelijk bij je terugkomen met mijn bevindingen.'

'Dank je.'

44

De nacht nadat Rosita botweg het gordijn voor me had dichtgetrokken, sliep ik slecht. Je zou denken dat ik aan háár moest denken, maar ik dacht aan de dag dat mijn moeder me naar de Dwingelerheide had gebracht.

We hadden een kleine tas bij ons met een paar van mijn spullen. Onderbroeken voor een week, drie lange broeken, vijf T-shirts en twee truien. En de vogelencyclopedie. 'De rest breng ik je later nog wel, Ray.'

De kleine tas had me de hoop gegeven dat mijn verblijf op de Dwingelerheide tijdelijk zou zijn. Mijn moeder wist immers dat ik niet zonder mijn technisch lego kon en ook niet zonder mijn fossielenverzameling.

Maar toen ik haar vroeg hoe lang ik zou blijven, had ze me niet aangekeken. Met haar ogen strak op de weg gericht, zei ze: 'Geen idee.'

Ik was een grote jongen voor mijn leeftijd. Groot genoeg om voorin te zitten. Daarom was het voor andere mensen extra moeilijk te begrijpen dat ik emotioneel achterliep. Tenminste, dat had ik mijn moeder ooit tegen de buurvrouw horen zeggen. Ze had het later ook aan mij uitgelegd. Mensen zien een groot kind, maar snappen niet dat je vanbinnen nog heel klein bent.

Mijn moeder en ik waren een gezin geweest, toch had ze me voortgedreven over de Dwingelerheide en de gezellige slaapzaal, het gevarieerde menu en de schommels in de tuin geprezen.

Ze had de kleine tas in de kast gezet, waarin ik mijn spullen mocht bewaren. De kast had vroeger op slot gekund, maar omdat de meeste jongens hun sleutel kwijtraakten, was het internaat daarvan afgestapt.

'Als we straks "dag" zeggen tegen je moeder, moet je niet gaan huilen, hoor,' zei de verpleegster die ons een rondleiding in de Dwingelerheide had gegeven. Ze sloeg haar arm om mijn schouder, alsof ze wilde zeggen dat ik nu bij haar hoorde en niet meer bij mijn moeder. Ik schudde haar meteen van me af.

'We lopen nu samen naar de uitgang. Daar geef je je moeder een knuffel en zwaai je haar uit. Als een grote vent. Stel haar niet teleur.'

Ik wachtte tot mijn moeder haar zou uitleggen over die emotionele achterstand, maar mijn moeder hield haar mond. In plaats daarvan zei ze: 'Leuk, die zelfbeschilderde bakjes met tuinkers.'

De verpleegster glimlachte. 'We doen heel veel knutselprojecten met de kinderen. En tuinkers is natuurlijk heerlijk en gezond op brood.'

'Ik hecht veel belang aan gezonde voeding. Al is Ray niet bepaald dol op groente. Ik laat hem eerst altijd de gezonde dingen eten, en daarna mag hij pas aan zijn vlees beginnen.'

'Ik zal het doorgeven,' zei de verpleegster.

'Het zal ook helpen als hij mag meehelpen met koken. Of als je hem groente laat verbouwen in de tuin.' Mijn moeders stem klonk anders dan normaal. Ik keek haar aan en zag dat haar mond strak stond en ze opvallend vaak met haar ogen knipperde.

We waren bij de uitgang aangekomen.

Ik geloofde nog steeds niet echt dat mijn moeder me achter zou laten. Ik dacht dat het iets zou zijn als de Laatste Waarschuwing: 'Voor deze ene keer mag je mee naar huis. Maar weet dat als je nog één keer iets stouts doet, je hier voor altijd moet blijven.'

'Nu is het tijd voor het afscheid.'

Mijn moeder pakte mijn hoofd beet met beide handen en drukte een kus op mijn mond. Toen sloeg ze haar armen zo stijf om me heen dat ik bang was dat ik zou stikken. Mijn moeders borstkas bewoog heftig op en neer.

'Moeilijk hè,' zei de verpleegster. Ze gaf mijn moeder een klopje op haar rug.

Mijn moeder hield me zo stevig en lang vast dat het er niet op leek dat ze me ooit los zou laten. Maar uiteindelijk deed ze het toch. Er zaten zwarte vegen op haar wangen en haar ogen waren rood.

'Gaat u nu maar,' zei de verpleegster. 'Dat is het beste.'

Mijn moeder opende haar mond om iets te zeggen, maar er kwam geen geluid. Ze draaide zich om en liep met snelle tred en met gebogen hoofd het pad af naar de parkeerplaats.

Ik zwaaide, al keek mijn moeder geen enkele keer om. Pas toen ze al op de parkeerplaats stond, keek ze naar me en riep: 'Lief zijn, hoor Ray! Lief zijn!'

Ik wás lief. Ik huilde toch niet? Precies zoals de verpleegster me had opgedragen.

Het huilen kwam pas tijdens de nachten erna.

45

Te midden van de vele Volkswagens en een enkele Saab stond een Jaguar. Ik ging er gemakshalve van uit dat Victor Asscher het merk trouw was gebleven. Het was een luxe uitgevoerd model, met beige lederen fauteuils. Afgezien van een verfrommeld windjack achterin was het in de auto smetteloos schoon, alsof hij zo bij de dealer vandaan kwam.

De man was netjes, zeer netjes. Ik dacht aan alle Mars-wikkels, lege Appelsientje-pakjes en zelfs bananenschillen die op de vloer van mijn auto lagen. Ik was zijn absolute tegenpool, maar ik reed dan ook geen Jaguar, maar een oude Golf.

Waarschijnlijk was hij juist door zijn geordendheid in staat geweest al die jaren een dubbelleven te leiden, bedacht ik. Hij ruimde alle troep netjes achter zich op.

‘Ik heb je alles al verteld wat er te vertellen valt.’ Victor liep met een strak gezicht langs me heen. Zijn autosleutel in de aanslag.

‘Dat vraag ik me af.’

‘Laat ik het herformuleren. Ik heb je al meer verteld dan ik van plan was. En verder ben ik geenszins verplicht om mee te werken aan jouw onderzoek. Als je nog vragen hebt, verwijs ik je graag naar mijn advocaat.’ Hij drukte op de ontgrendelingsknop van de sleutel. De koplampen van de Jaguar lichtten op.

Ik ging voor het bestuurdersportier staan, zodat hij niet in kon stappen. ‘Een advocaat, toe maar.’

‘Laat me alsjeblieft met rust.’

‘Ik laat je graag met rust. Maar eerst heb ik nog wat antwoorden nodig. Heeft Rosita gedreigd om jullie verhouding en het bestaan van Anna aan je vrouw op te biechten?’

‘Waar slaat dat nou weer op?’

‘Ik kan het ook aan je vrouw zelf vragen als jij er geen zin in hebt.’

‘Als je dat maar uit je hoofd laat.’

‘Nou?’

‘Er ging bijna geen dag voorbij dat ze er niet mee dreigde. Rosita dreef graag haar zin door. Maar ik wist dat ze het nooit echt zou doen.’

‘Werkelijk? Waarom dan die enorme ruzie vlak voor haar dood? Die ging daar toch over?’

‘Ik kan me er niets meer van herinneren.’

‘Vreemd. De meeste mensen zouden zo’n aanvaring toch niet snel vergeten als nog geen twee etmalen later hun geliefde wordt vermoord. Rosita dreigde jullie relatie aan Milly op te biechten, waar of niet? Dat kwam jou natuurlijk niet zo handig uit.’

‘En wat dan nog? Wil je beweren dat ík Rosita heb vermoord? En dat ik mijn eigen kind heb vermoord? Nu moet je ophouden.’

‘Ik kan me voorstellen dat je toch de angst hebt gehad dat Rosita naar Milly zou stappen. Dat lijkt me geen prettig gevoel. En het vuile werk kun je natuurlijk ook gewoon aan iemand anders overlaten.’

‘Ik vraag je nog één keer om opzij te gaan.’ Hij pakte zijn telefoon uit zijn broekzak en toetste een nummer in. ‘En anders kun je ervaren hoe het is om door de bewaking van het terrein af geleid te worden. Ook geen prettig gevoel, kan ik je verzekeren.’

‘Goed, ik ga.’

Hij borg zijn toestel weer op. ‘Graag.’

Een oudere man passeerde ons op het parkeerterrein. Hij was gekleed in een driedelig pak en liep met een wandelstok. Hij keek ons aandachtig aan.

‘Dag meneer Van Benschop,’ zei Victor Asscher. Van Benschop? Ik bestudeerde het gezicht van de man en herinnerde me dat ik hem ook weleens bij ons op kantoor had gezien, voor een afspraak met Martha Peters. Zou Asscher zijn accountant zijn?

'Zeg, zeg, zo ga je toch niet met de dames om, Asscher.' Zijn blik bleef even op mij rusten. 'En al helemaal niet met zo'n charmant exemplaar als dit.'

'Ook goedenavond,' zei ik.

Hij bleef even staan en keek me doordringend aan. 'Ken ik u?'

'Ik werk bij Bartels & Peters. Misschien hebt u me daar weleens gezien.'

Hij stak zijn hand uit. 'Twan van Benschop.'

'Iris Kastelein.'

Hij herhaalde mijn naam alsof het van levensbelang was hem niet te vergeten. Toen zei hij vrij abrupt: 'Ik wens u verder een prettige avond, mevrouw Kastelein. Asscher.' Hij knikte naar Victor en vervolgde zijn weg over de parkeerplaats.

'Wij zouden nu ook afscheid nemen,' zei Asscher dreigend.

Het parkeerterrein was geheel verlaten nu. Het leek me inderdaad het verstandigst.

46

Het was moeilijk te zeggen of ik de nacht voor de moord op Rosita en Anna slecht of zelfs helemaal niet had geslapen. In mijn hoofd speelde een aaneenschakeling van de ergste gebeurtenissen uit mijn leven. Dat waren er nogal wat.

Er waren erge gebeurtenissen omdat ik werd geslagen of uitgelachen of in een cel werd gegooid. Maar wat misschien nog wel erger was, waren de dagen waarop niets gebeurde. Dat ik daar maar zat in de huiskamer van de Dwingelerheide, waarvan mijn moeder zei dat het er gezellig was. Maar wat had ik aan gezelligheid? Alsof ik gelukkig zou worden van een stapel gebloemde kussens en een kopje thee met een mariakaakje.

Ik was uitgeput toen ik die nacht om kwart over drie naar mijn werk liep. Het huis van Rosita was donker. Het gordijn in de keuken zat dicht, waardoor ik weer moest denken aan de manier waarop Rosita de dag ervoor het gordijn van de woonkamer met een harde ruk had dichtgetrokken, zodat ze mij niet meer hoefde te zien.

Ik beet hard op mijn lip. *La Souche* wachtte op me, naast de vierhonderd croissants die gebakken moesten worden, de twaalf soorten brood en de *tartelettes*. De madeleines zou ik overslaan. Nooit meer zou ik een madeleine bakken, voor niemand.

De dagelijkse routine wachtte. Eerst deed ik de lichten van de bakkerij aan en warmde ik de ovens voor. Daarna haalde ik *La Souche* uit haar temperatuurkast. Normaal gesproken praatte ik met haar. 'Heb je lekker geslapen, *ma chérie*? Ben je nog comfortabel?'

Haar geur en veerkrachtige structuur gaven me de antwoorden.

Die ochtend was ik niet in staat tot conversatie. Ik mengde de ingrediënten voor de twaalf soorten brood: de *pains aux céréales*, de *kurkuma*, *la rade*, de *royale* en al het andere. Daarna begon het bakproces. Gedurende de vroege ochtend ging er ieder halfuur weer een nieuwe partij brood de oven in. *La Souche* was ondanks mijn zwijgen in een opperbeste stemming. Weldra vulde het heerlijke aroma van versgebakken, lichtzuur, lichtzoet brood de ruimte. Ik merkte dat ik rustig werd van de simpele handelingen van het bakken en de vertrouwde geur van mijn eigen brood.

Om halfzeven, toen de eigenaar van de bakkerij binnenkwam, lag ik perfect op schema. De eerste honderd croissants waren gereed en ik zou nog een paar uur blijven werken aan de dagvoorraad. Daarna zou ik me richten op de voorbereidingen voor de volgende dag.

De eigenaar en ik spraken niet veel met elkaar. Het was niet zoals met Margreet, die zelden ophield met praten ongeacht tegen wie. De eigenaar en ik begroetten elkaar en ik zag door de glazen wand hoe hij de manden in de schappen legde en kleingeld in de kassa stopte.

De eerste klanten kwamen binnen voor hun verse croissants en *pains au chocolat* en ik vroeg me af of Rosita vandaag in de bakkerij zou komen. Misschien zou ze een kop koffie met me drinken en zou alles weer normaal zijn. Al was ik boos, ik hield hoop. Net zoals ik al die dagen, maanden en jaren op de Dwingelerheide had gehoopt dat mijn moeder me weer mee naar huis zou nemen. Ik had kunnen weten dat het zinloos was.

Omdat vanaf het moment dat de winkel was geopend ik constant op het raam zat te letten, had ik moeite om mijn aandacht bij het brood te houden. Ik liet de volgende partij croissants te lang in de oven staan. De zoemer was afgegaan, ik had het ergens in mijn achterhoofd geregistreerd, maar het was niet tot me doorgedrongen dat ik de croissants uit de oven had moeten halen.

Pas toen de eigenaar de bakkerij binnen kwam rennen, viel het me op dat de hele ruimte blauw stond. 'Ray! Wat is hier aan de hand?' Hij rukte de oven open en zei: 'Godverdomme! Heb je de tijd niet goed ingesteld?' Hij trok een plaat met zwarte croissants naar buiten.

Mijn benen begonnen te trillen.

'Wat is er met je aan de hand? Ben je ziek of zo? Moet je naar huis?'

'Nee,' zei ik. In de achttien jaar dat ik in de bakkerij had gewerkt was ik nog nooit eerder weggegaan. 'Laat me maar.'

'Let je dan nu wat beter op? De hele winkel stinkt.'

Ik plensde wat koud water in mijn gezicht en haalde diep adem. Concentreer je, zei ik tegen mezelf. Concentreer je op de dagelijkse handelingen. Ik dacht aan de woorden van Pierre: het is net als wijn maken. Tijd en temperatuur. Tijd en temperatuur.

Ik slaagde erin nog vijftig croissants en twintig baguettes te bakken. Ze zagen er niet perfect uit, zoals anders. Fletser, onregelmatig van vorm. De eigenaar trok zijn wenkbrauwen op, maar zei er niets van.

Tegen tienen was ik klaar om aan het croissantdeeg voor de volgende dag te beginnen. Ik haalde *La Souche* uit de temperatuurkast. Ze zag er vermoeid uit. Ik had haar eerder op de ochtend gevoed, maar het had haar geen goed gedaan. Ze was flets en compact en rook zurig. Niet friszuur, maar onaangenaam.

'Wat is er met je?' fluisterde ik. '*Ma bébé*, wat is er toch met je aan de hand?'

Ik sloot mijn ogen en wachtte op het antwoord. Zou ik de temperatuurkast niet goed ingesteld hebben? Had ze nog honger? Moest ik de zuurgraad naar beneden brengen? Ik opende mijn ogen en bestudeerde *La Souche* aandachtig. Suiker, dacht ik toen. Ze heeft zoet nodig. Ik gaf haar twee eetlepels suiker en zette haar terug in de temperatuurkast.

Het uur erna deed ik niet veel meer dan hopen dat ze zou opknappen. Op deze manier kon ik geen croissantdeeg met haar maken. Tegelijkertijd hield ik de winkel in de gaten en wachtte tot Rosita zou komen.

Om elf uur was Rosita nog steeds niet verschenen en verkeerde *La Souche* in een nog slechtere conditie dan daarvoor. Ze was verder ingezakt en leek moeite te hebben met ademen. Ik wierp een blik in de winkel, waar mijn baas en een van de meisjes in hoog tempo de bewoners van de Prinsessenbuurt aan het bedienen waren. Ze hadden schijnbaar niets door van het drama dat zich in de bakkerij aan het voltrekken was.

Chérie, smeekte ik. Laat me niet vallen. Blijf bij me. Er rolde een traan over mijn wang. Ik voelde het gebeuren, maar had niet de tegenwoordigheid van geest om het weg te vegen. Het mengsel van water, eiwitten, natrium, kalium, lysozym en al dat andere druppelde in het moederdeeg. De eerste paar seconden verweerde ze zich dapper. 'Nee!' schreeuwde ik. 'Nee! Nee!' De tranen bleven naar beneden vallen en ik zag hoe ze langzaam maar zeker instortte. Ik was niet in staat om te stoppen met huilen of *La Souche* in veiligheid te brengen. Het was alsof ik verlamd was. Ik had haar misschien nog kunnen redden als ik op tijd bij zinnen was gekomen. Maar het lukte me niet. Ik had het laten gebeuren.

Ik was weer rustig toen ik mijn bakkersschort uitdeed en door de winkel langs de rij klanten naar buiten liep. Mijn baas riep nog: 'Waar ga je heen?' Ik had hem niets meer te zeggen.

Het was rustig in de Koningin Wilhelminastraat. De bewoners waren massaal naar de markt die eens per week in de stad werd gehouden. De lucht was bewolkt en de wind was koud, terwijl het al mei was. Ik realiseerde me dat ik mijn jas in de bakkerij had laten hangen, maar had geen zin om terug te gaan.

Ik had al aan het begin van de straat gezien dat de voordeur van Rosita en Anna openstond. Ik probeerde alle wijze lessen te bedenken die ik ooit van de psychiater op de Dwingelerheide had geleerd. Bijvoorbeeld: als je het moeilijk vindt om met iemand om te gaan, blijf dan ver uit de buurt.

Ik had niet het tuinpad van Rosita op moeten lopen. Ik herinner me dat ik nog steeds hoopte dat alles op een vergissing berustte. Dat Rosita me terug zou nemen en we weer bijna een gezin zouden zijn. Terwijl ik het tuinpad opliep verwijderde ik nog een paar dode blaadjes uit de heg. Nu *La Souche* dood was, had ik alle tijd om haar tuin weer eens op orde te maken.

'Rosita?' riep ik. Ze antwoordde niet. Ze antwoordde alweer

niet. Mijn hoop sloeg meteen weer om in boosheid. Zij had mij voorgelogen en nu deed ze alsof ik niet meer bestond. Maar ik bestond. Ik bestond wel degelijk. Zo makkelijk zou ze niet van me afkomen.

Ik duwde de voordeur langzaam open.

47

Het was de laatste tijd redelijk goed gegaan met Aron op de crèche, al was mijn relatie met Petra, Maaike en de andere navelpiercing behoorlijk bekoeld. Er werd me geen thee meer aangeboden. En het viel me op dat ze kortere stukjes in zijn schriftje schreven dan daarvoor. Voorheen werd er nog weleens een anekdote gemeld. Nu volstonden de dames met mededelingen in de trant van: 'Het is vandaag behoorlijk goed gegaan, behalve dan dat Aron zijn bestek op de grond gooide tijdens het middaghapje.'

Zelf bleef ik stug volhouden met uitgebreide verslagen van bezoeken aan de kinderboerderij en doorzichtige opmerkingen als: 'Aron vond het weer zo gezellig bij jullie. Hij kwam heel blij thuis.'

Voorheen waren de dagen dat Aron bij mijn moeder verbleef een aangenaam rustpunt in de week geweest. Meestal zaten ze samen op de bank een boekje te lezen als ik thuiskwam of deden ze een spel genaamd 'Vlieg je mee, kleine ijsbeer?' Mijn moeder had dan al gekookt en ik hoefde niet veel meer te doen dan mijn jas op te hangen en aan te schuiven.

Het eten werd doorgaans opgeluisterd met gesprekjes over algemeenheden en om een uur of zeven stapten Aron en ik in de auto naar huis. Maar sinds ik het bestaan van Ray had ontdekt, was het gedaan met de koetjes en kalfjes. Het lukte me niet meer om over het weer te praten terwijl ik met zoveel vragen zat.

Dat mijn moeder het onderwerp simpelweg wilde doodzwijgen, irriteerde me mateloos. Ik wilde graag haar beweegredenen begrijpen, maar dan moest ik wel weten wat ze waren. Het leek haar echter niet te raken dat haar eigen zoon in een tbs-kliniek zat, laat staan dat mijn emoties werden erkend.

'Het was weer een interessante week,' vertelde ik onder de maaltijd van slavinken, gebakken aardappeltjes, wortels en peultjes.

'Daar gaan we weer,' zei mijn moeder en ze begon fanatiek in haar vlees te zagen.

'Weet je dat het helemaal niet goed gaat met Ray? De sociotherapeut is bang dat hij niet tegen het leven in de tbs-kliniek is opgewassen.'

'Weet je dat ik gister voor die kalknagel bij de huisarts ben geweest?' zei mijn moeder op luide toon. 'Hij heeft me een tinctuur voorgeschreven die ik tweemaal daags moet aanbrengen.'

'Gelukkig wordt hij binnenkort naar een andere afdeling overgeplaatst. Daar krijgt hij eindelijk de structuur en de rust die hij nodig heeft. Had hij dat als kind al, mam? Dat hij veel structuur nodig had?'

'Dus ik vandaag naar de apotheek. Met Aron. Zegt de dame achter de balie: "U weet hoe u verder die schimmelnagel moet behandelen?" Ik zei: "Pardon mevrouw, dit is een kálknagel. En ik zou het op prijs stellen als u uw stem dempte in plaats van vertrouwelijke informatie zomaar door de apotheek te blèren."'

'Mam, ik probeer je iets te vertellen.'

'En ik probeer jou iets te vertellen.' Het is dat ze mijn moeder was, anders zou ik zweren dat ze me minachtend aankeek.

'Ik wil meer,' zei Aron.

Mijn moeder schepte nog wat groente en aardappelen voor hem op en prakte alles door elkaar.

'Hoe komt het dat hij bij jou wel goed eet?' vroeg ik. 'Ik moet iedere hap erin praten.'

'Dat is nou het ironische van het moederschap. Tegen de tijd dat je het opvoeden onder de knie hebt, zijn je kinderen het huis uit en dan zit je daar met al die kennis en ervaring.'

'Daarom is het in veel culturen normaal dat de oma's de opvoeding ter hand nemen. Zeg maar wanneer je kunt beginnen.'

'Ammehoela.'

'Maar het scheelt als je een partner hebt, denk je niet? Als je niet altijd alles alleen hoeft te doen en iemand hebt om mee te overleggen. Iemand die je bovendien af en toe laat uitslapen of oppast als je naar de sportschool wilt, zodat je je niet de hele tijd zo overspannen voelt en je nog slank blijft bovendien. Jij kunt die vergelijking natuurlijk goed maken. Bij mij had je papa en bij Ray had je niemand, toch? Of wel? Wie is Ray z'n vader eigenlijk?'

Mijn moeder perste haar lippen op elkaar.

'Geen goed onderwerp?'

Mijn moeder pakte een servetje en veegde Arons mond af. 'Wat heb je goed gegeten, schattebout. Nu mag je van tafel.'

Aron klom van zijn stoel af. 'Mag ik op schoot, oma?'

'Natuurlijk.' Ze spreidde haar armen en liet Aron op haar knieën klimmen. Daarna trok ze hem dicht tegen zich aan.

Ik bekeek het tafereeltje met gemengde gevoelens. Haar eerste kind had ze weggedaan en verzwegen. Haar tweede kind had ze met ijskoude perfectie grootgebracht. Maar haar kleinkind was haar alles. Ik zag haar zelden of nooit tekortschieten jegens Aron. Ik was er blij om, maar het was tegelijkertijd oneerlijk.

'Wie is de vader van Ray en waar is hij?' zei ik op scherpere toon dan verstandig was.

'Doe boerenpaard, oma,' zei Aron.

Mijn moeder zong een versje alsof ze van de prins geen kwaad wist en liet Aron op haar knieën wiebelen totdat hij het uitgilde van plezier.

Geërgerd ging ik de borden afruimen.

'Haal jij de vanillevla?' riep mijn moeder nog naar de keuken.

'Rotwijf,' zei ik tegen de koelkast.

'Wat voor werk deed jij eigenlijk voordat je papa ontmoette?' probeerde ik opnieuw toen ik samen met mijn moeder de keuken aan het opruimen was.

'Ik ben een tijdje secretaresse geweest.' Het antwoord kwam niet van harte.

'Weet je dat je me dat nooit eerder hebt verteld? Bij wat voor bedrijf werkte je dan?'

'Dat doet er niet toe.' Mijn moeder begon fanatiek met een vaatdoekje met groene zeep over de tegels te wrijven. 'Zeg, ik kan me niet meer herinneren wanneer ik voor het laatst een normaal gesprek met jou heb gevoerd. Tegenwoordig lijkt alles wel een kruisverhoor. Het valt me mee dat je nog geen schijnwerper op mijn gezicht zet.'

'Je hebt het helemaal mis, mam. Dít is juist een normaal gesprek. Tenminste, het zou een normaal gesprek moeten zijn over jou en mij. Over de dingen die ertoe doen. Al die gesprekken over de omfietswijnen bij de HEMA en de ooglidcorrectie van Lien, díé zijn niet normaal.'

'Pardon?'

'Jij wilt nooit ergens over praten. Zelfs niet nu ik allerlei dingen over jouw leven ontdek die voor mij óók belangrijk zijn. Wie ben je eigenlijk, mama? Want ik weet gewoon niet meer naar wie ik zit te kijken.'

Mijn moeder duwde mij het vaatdoekje in handen en liep weg. 'Doe jij de keuken verder maar alleen.'

Ik keek om me heen. Alles was al blinkend schoon.

48

'Ik heb goed nieuws voor je.'

Ik zette me schrap. Wat anderen als goed nieuws beschouwden was vaak het slechtste nieuws dat je kon bedenken. Maar de ogen van Mo straalden zo dat ik het idee kreeg dat het weleens echt waar zou kunnen zijn.

'Je gaat binnenkort naar een nieuwe afdeling. Een afdeling waar je beter op je plaats bent. Dokter Römerman wil er straks een gesprek met je over hebben. Ik zal daar ook bij zijn.'

Ik knikte. Je moest iemand hebben die je kon vertrouwen en ik had Mo.

'Zal ik je wat verklappen?' Mo leunde voorover tot zijn gezicht dicht bij het mijne was. Ik vond het onprettig. 'Op de nieuwe afdeling krijg je een groter verblijf. En drie maal raden waar je dan de ruimte voor hebt.'

Ik durfde niet te denken aan datgene wat ik het allerliefste wilde van de hele wereld.

Mo imiteerde met zijn handen het zwemmen van een vis. 'Maar ik heb niets gezegd, goed?'

Hij liep de woonkamer uit naar het kamertje van de sociotherapeuten en ik bleef alleen achter, staand voor het raam zoals ik meestal deed. Mijn vissen! Bedoelde hij echt dat ik mijn vissen terug zou krijgen?

Ik stak mijn handen in de lucht en begon te rennen door de woonkamer, als een voetballer die een doelpunt heeft gescoord. Ik joelde en rende. Joelde en rende. Net zo lang totdat Richard met zijn handen voor zijn oren begon te kermen: 'Hou op! Hou op!' En Mo uit het kamertje kwam en zei: 'Ray, ik snap dat je blij bent, maar doe nou even rustig.'

'Ik doe mijn best,' antwoordde ik.

'Je mag het nog aan niemand vertellen, hè?'

'Oké.'

Dokter Römerman legde me uit wat het zou betekenen als ik op de nieuwe afdeling geplaatst werd. De afdeling heette 'Autisten' en was bestemd voor mensen die niet goed zijn in gevoelens. Net als ik.

Ik zou er een strakkere dagindeling krijgen en therapie blijven volgen.

'Prima!' wilde ik roepen. 'Vertel nou over mijn vissen!' Maar Mo, die naast me zat, hield me goed in de gaten, dus wachtte ik af.

'Bij ons eerste gesprek heb je een verzoek bij mij ingediend,' zei dokter Römerman. 'Je wilde graag je aquarium in je verblijf hebben.'

Ik leunde voorover. 'Ja? Ja? Ja?'

'We hebben besloten dat we aan dat verzoek gaan voldoen.'

'Je krijgt dus je vissen terug,' zei Mo met een vette knipoog.

'Maar,' zei dokter Römerman, 'we zullen eerst de afmetingen van het aquarium moeten bekijken. Het kan zijn dat het te groot is en we je toestemming geven voor een kleiner. Heb je daar problemen mee?'

Ik schudde mijn hoofd. François! Maria! Hannibal! King Kong! Chili! Saturnus! Venus! Peanut! Rozijn! Margje!

'Duidelijk,' zei Römerman. Hij zette zijn hoornen leesbril op en begon te schrijven op zijn notitieblok. 'Ik denk dat we je volgende week dinsdag overplaatsen. Als je het prettig vindt, zou je vandaag met Mo een bezoekje kunnen afleggen aan de nieuwe afdeling. Zou je dat willen?'

'Dan kunnen we meteen bekijken waar je je aquarium kunt plaatsen in je nieuwe verblijf,' voegde Mo eraan toe.

Ik werd weer overweldigd door een niet te omschrijven gevoel van blijdschap. Ik sloeg in een impuls mijn armen om Mo heen en legde mijn hoofd op zijn schouder.

'Nou, nou,' zei dokter Römerman met een lachje.

Mo klopte me op mijn rug. 'Fijn dat je zo blij bent, Ray.'

De afdeling Autisten zag er niet anders uit dan de introductieafdeling. Er stond hetzelfde bankstel, uitgevoerd in blauw met een dun rood lijntje, de licht eiken salontafel, het vloerkleed van okergeel brandwerend polyester... Zelfs de planten stonden op dezelfde plaats.

De meeste bewoners waren naar therapie of de arbeid, vertelde de sociotherapeut van de Autisten me. Het was een wat oudere man met een baardje. Hij had een zware stem en sprak op rustige, duidelijke toon. Er waren maar twee bewoners aanwezig. Zij hadden een pauze tussen hun verschillende dagactiviteiten en brachten die op de afdeling door.

De mannen begroetten ons niet. Ze leken zich totaal niet van onze aanwezigheid bewust. Een van hen zat op de bank en las een dik boek over varens. De ander maakte een puzzel van 1500 stukjes.

Het beviel me.

'Je zult hier meer vrijheid krijgen dan op de introductieafdeling,' vertelde de nieuwe sociotherapeut me. 'Maar we beginnen rustig. De eerste weken word je nog intensief door mij en mijn collega's begeleid. Als dat goed gaat, mag je alleen dingen ondernemen. Dus zelfstandig de bibliotheek bezoeken of naar de kantine.'

'Mag ik mijn cel zien?'

'Je verblijf. Ik moet je wel waarschuwen. Het ziet er nu nog niet zo mooi uit. We laten het schilderen en je krijgt nieuw meubilair.'

We liepen een gang in waar aan weerskanten metalen deuren zaten met luikjes erin. Mijn cel was helemaal aan het einde. De sociotherapeut toetste een code in en de deur zwaaide open.

Ik stapte de kale ruimte binnen. Het stonk er naar zweet en er zat een enorme vochtvlek op de muur. 'Er is nog niets aan gedaan,' zei de sociotherapeut. 'Maar dat had ik je al verteld.'

Ik begon te lopen. Van de ene kant van mijn cel naar de andere. Ik kon precies acht stappen zetten. Ik was er dus drie stappen op vooruitgegaan. Ook was de nieuwe cel breder en zat er een raam in, dat uitkeek op een kale muur.

‘Wat vind je ervan?’ vroeg Mo.

‘Heel goed,’ zei ik.

‘We gaan het natuurlijk nog mooi voor je opknappen. Dan zie je dit ook niet meer.’ De sociotherapeut wees naar de enorme vlek op de muur, alsof die me nog niet was opgevallen.

‘Super,’ zei Mo. ‘Als we straks nou hier je bed plaatsen, dan heb je daar ruimte voor het aquarium.’

‘Zoiets had ik al begrepen,’ zei de nieuwe sociotherapeut. ‘Het zoutwateraquarium. Wat voor vissen heb je?’

‘Van alles. Dwergkeizers, doktersvissen, anemoonvissen, blennies...’

‘We hebben hier nog een bewoner met vissen. Maar die heeft een kom met twee goudvissen erin.’

Mo keek op zijn horloge. ‘We moeten terug, Ray. Mijn dienst zit er bijna op.’

Ik keek nog één keer om me heen naar de kale, smerige ruimte.

Het leek me wel wat.

49

In straf tempo liepen Lode en ik door het Vondelpark. 'Ik ben vandaag te energiek om te blijven zitten tijdens het praten. Bovendien zitten al mijn broeken te strak en geloof ik niet in diëten.'

Hij vertelde me hijgend zijn bevindingen uit het dossier. Ik moest moeite doen om hem bij te houden. 'Het aantal getuigen is zeer beperkt, zoals je zelf al terecht constateerde, en de verklaring van Boelens is overduidelijk gemanipuleerd. Tunnelvisie.' Hij maakte een groot armgebaar. 'Het toverwoord van iedere strafpleiter van de eenentwintigste eeuw.'

Ik knikte instemmend, terwijl ik ternauwernood een plas op de grond kon ontwijken.

'Er zijn dan ook wel behoorlijk steekhoudende aanwijzingen die duiden op de betrokkenheid van Boelens bij de moord op moeder en dochter Angeli. Om te beginnen is hij aanwezig geweest op de plaats delict. Dat is forensisch vastgesteld, en niet zo'n klein beetje ook, we praten over een bloedspoor van het ene huis naar het andere.' Lode bleef opeens stilstaan en leunde met zijn handen op zijn bovenbenen naar voren, snakkend naar adem.

'Misschien moeten we het tempo toch iets verlagen. Het is met lichaamsbeweging ook belangrijk dat je het langere tijd vol kunt houden,' zei ik.

'Niets ervan.' Lode hees zich weer overeind. Zijn gezicht was rood en zijn haar zat zo in de war dat de kale plek op zijn schedel zichtbaar was. 'Alleen trek ik morgen wel mijn sportschoenen aan. Dit doen we voortaan iedere dag.'

‘Heerlijk.’

‘Neem je me in de maling?’

‘Natuurlijk niet.’

Lode zette de pas er weer in. Het was nog rustig in het park, ook al scheen de zon weer voor het eerst sinds tijden.

‘Enfin. Laten we het over het moordwapen hebben. Het IKEA-mes. In het forensisch rapport had je kunnen lezen dat het niet geheel zeker is of de slachtoffers inderdaad met het mes van Boelens zijn omgebracht. Het Nederlands Forensisch Instituut geeft een waarschijnlijkheid van tweeënzeventig procent. Dat is veel, maar het is geen honderd procent. Daar tel ik bij op dat er geen DNA-sporen van de slachtoffers op het mes zijn gevonden. Dat zou natuurlijk kunnen als Boelens het mes grondig heeft schoongemaakt. Zelf adviseer ik mijn cliënten altijd Jif.’ Lode pauzeerde even zodat ik om de grap kon lachen.

‘Nu is alles van IKEA troep, dat weet iedereen. Waarom is het Höteknöte-bureaulampje zo voordelig? Omdat je er een uur voor in de rij moet staan en het een levensduur heeft van exact anderhalve dag, twee uur, drie minuten en veertien seconden. Ik zou me zo kunnen voorstellen dat als het mes is gebruikt om maar liefst eenentwintig keer op iemand in te steken, en de mens bestaat misschien dan wel voor minstens zestig procent uit water, maar toch ook uit hele harde botten en taaie weefsels, enfin…’ Lode hijgde zo hard dat het steeds moeilijker werd om hem te verstaan.

‘Laten we iets langzamer lopen. Zodat we in ieder geval normaal kunnen praten,’ zei ik.

‘Geen sprake van. Ik kan me zo voorstellen dat het mes beschadigd is geraakt. Misschien is de punt verbogen of is het lemmet los komen te zitten. Misschien kunnen we TNO tests laten doen om vast te stellen wat de impact van zoveel geweld zou zijn op het IKEA-mes. Maar…’ Hij keek me streng aan. ‘Stel, we kunnen aantonen dat het mes het moordwapen niet geweest kan zijn, dan nog zitten we met de aanwezigheid van Boelens op de plaats delict.’

‘Er zat ook nog iets anders op het mes. Iets met een ingewikkelde chemische naam, ik kon niet zo snel achterhalen wat het was,’ zei ik.

'Ja, dat. Ik heb het even nagevraagd aan een kennis van een Forensisch Servicebureau. Gevulkaniseerd rubber.'

'Wat?' Ik bleef staan.

'Kom op,' zei Lode zonder ook maar een seconde in te houden. 'Even doorzetten.'

Ik moest rennen om hem in te halen. 'Zoals in autobanden?' vroeg ik.

'Autobanden, rubberplaten, leidingen...'

Ik bleef weer staan. 'Je meent het.'

Deze keer was Lode zo vriendelijk om op me te wachten. Zijn gezicht was rood aangelopen.

'Wist je dat Boelens een tijdje daarvoor de autobanden van de minnaar van Rosita heeft lekgestoken? Als het rubber daarvan nog op het mes zit, kan dat onmogelijk het moordwapen geweest zijn.'

'Want...?'

'Want als hij inderdaad het mes zo goed heeft gereinigd dat er geen DNA-sporen van Rosita en Anna meer op te vinden zijn, waarom zitten er dan nog wel rubbersporen op? Die hadden er dan toch ook afgewassen moeten zijn?'

'Interessant,' zei Lode. 'Maar we weten natuurlijk niet hoe hardnekkig dat rubber is. Misschien is het wel onmogelijk om dergelijke rubberresten te verwijderen, hoe vlijtig je ook met je schuursponsje tekeergaat. Bovendien is het geen novum.'

'Hoezo niet?'

Lode schudde geërgerd zijn hoofd en begon weer te lopen, gelukkig nu in een normaal tempo. 'Iris... het staat toch al in het dossier. Alleen heeft de advocaat niet de moeite genomen om er aandacht aan te besteden. Dom van hem. Jammer voor Boelens. En niet meer relevant voor ons. Waar ik meer in geïnteresseerd ben, is de aanwezigheid van Boelens op de plaats delict. Wat deed die man daar?'

'Dat is mij ook nog steeds niet helemaal duidelijk. Hij is niet bepaald een makkelijke prater.'

'Misschien moet ik hem eens bezoeken.'

'Ik weet niet of dat zin heeft. Hij is bijzonder wantrouwend. Hij vertelt zelfs zijn psychiater niet wat er is gebeurd. Het enige wat hij maar blijft herhalen is dat hij onschuldig is.'

Lode keek me onderzoekend aan. 'Of zijn er andere redenen waarom je liever niet wilt dat ik een bezoekje afleg aan de heer Boelens?'

Ik voelde mijn hoofd rood worden. 'Hoezo?'

'Zomaar.'

Ik probeerde te bedenken of het verstandig was om op te biechten dat Ray mijn broer was. Uit Lodes woorden meende ik op te maken dat hij het al wist. Maar hoe moest hij het weten? Voor de zekerheid zei ik luchtig: 'Redenen genoeg. Je kent me.'

'Maak je geen zorgen. Ik help je heus wel met de herzieningszaak van je broer,' zei hij op soortgelijke nonchalante toon.

Ik hapte naar adem, al had ik het kunnen weten. 'Hoe weet je dat?'

Lode legde vaderlijk zijn hand op mijn schouder. 'Kom, we gaan terug naar kantoor.' Na een paar stappen liet hij mijn schouder los. 'Ik wist het zodra ik de achternaam hoorde.'

'Boelens.'

'Precies.'

'Je wist het meteen al?'

'Uiteraard.' Hij leek erg blij met zichzelf.

Ik probeerde verbanden te leggen, maar kwam niet ver. 'Maar hij heeft niet dezelfde achternaam als ik. Ken jij mijn moeder dan?'

'Op die vraag kan ik je geen antwoord geven. Beroepsgeheim.'

'Doe niet zo flauw. Hoe weet jij de meisjesnaam van mijn moeder?'

'Vergeet niet dat ik al heel lang in de advocatuur zit en Martha ook. Wij kennen zo langzamerhand wel wat mensen.'

'En dus ook mijn moeder.'

'Ik ken je moeder niet persoonlijk. Ik ken weer mensen die haar kennen en ach...'

Ik moest denken aan het vreemde gesprek dat ik een tijdje geleden met Martha had gehad. Wat zei ze nou? Dat ze weinig andere keus hadden gehad dan mij aan te nemen? Had mijn moeder daar iets mee te maken? Dat zou belachelijk zijn. 'Vertel nou. Dit kun je niet maken.'

'Misschien kon jij het niet maken om te verzwijgen dat je nieuwe cliënt je halfbroer is. Wat zei je ook al weer, "een prestigieuze zaak". Ik heb al die tijd gehoopt dat je het uit jezelf zou vertellen.'

Ik had hier geen weerwoord op. Ik schaamde me.

Zwijgend liepen we terug naar kantoor. Voordat we naar binnen gingen zei Lode: 'Maar het is je vergeven, kind.' Hij zuchtte: 'Ook dit is je vergeven,' alsof mijn dienstverband bij Bartels & Peters één grote aaneenschakeling was van leugen en bedrog.

'Wat nu?' zei ik toen we bij het punt waren gekomen waar ik een trap op moest en hij linksaf moest slaan naar zijn kamer.

'Gewoon doorgaan, kindje. Ik zal je rubbertheorie neerleggen bij Forensic Services. Daarnaast probeer jij Boelens aan de praat te krijgen over de dag des onheils. Wat deed de man op de plaats delict? Waarom is hij eerder uit zijn werk gekomen, terwijl hij normaal niet voor drieën 's middags de bakkerij verliet? Dat moeten we weten.'

'Het is heel moeilijk om informatie bij hem los te peuteren,' zei ik. 'De helft van de tijd lijkt het alsof hij niet eens begrijpt wat ik zeg.'

'Ook dat maakt de zaak er niet makkelijker op. Ik denk toch dat ik hem zelf wil ontmoeten, voordat we verder investeren in het onderzoek. Niet omdat ik denk dat ik beter met hem kan praten dan jij, maar omdat een second opinion altijd goed is. Vooral omdat je misschien te emotioneel bent. Niet voor niets hebben we de regel: geen familie als cliënt.'

'Ik zal regelen dat je de volgende keer mee kunt,' zei ik.

'Prima.' Met een hooghartig knikje nam Lode afscheid.

50

We zaten aan het ontbijt. Normaal gesproken haatte ik de momenten dat we met de hele afdeling aan tafel moesten zitten, maar nu ik wist dat ik mijn vissen binnenkort zou krijgen was alles draaglijk.

'Dus je bent binnenkort vertrokken.' Rembrandt kwam de laatste dagen vaak naast me zitten. Doorgaans beantwoordde ik zijn vragen niet, maar deze keer knikte ik.

'Ik vraag me af waar vriend Stefan' – hij gebaarde in de richting van de sociotherapeut met de bril – 'dan zijn voorraadje moet bewaren. Er komt vast wel een andere sukkel voor jou in de plaats, denk je niet?'

De sociotherapeut met de bril keek onze kant uit. Zijn ogen waren samengeknepen achter het ronde montuur.

Rembrandt vervolgde op fluistertoon: 'Hij heeft natuurlijk wel door dat we het over hem hebben. Kijk nou naar die geniepige varkensoogjes. Ze knallen bijna uit zijn kop.'

'Geen gesmoes aan tafel,' zei de sociotherapeut met de bril. 'We zijn hier niet op een meisjeskostschool.'

'Was het maar waar. Al die zwetende behaarde kerels komen me behoorlijk m'n strot uit. Wat jij?' Hij stootte mij aan. Ik verkrampte en keek strak naar mijn snee fabrieksbrood met pindakaas. 'En over meisjes gesproken... wanneer werkt onze blonde stoot weer?'

'Je weet dat die zogenaamd stoere praatjes je geen goed doen. Dit is je eerste waarschuwing,' zei de sociotherapeut met de bril.

'Waarvoor? Ik heb toch niets verkeerds gedaan?' De zwarte cowboy hief zijn handen in de lucht, alsof hij daarmee zijn onschuld wilde benadrukken.

'Je weet heel goed waar ik het over heb.'

'Geen probleem, man. Ik doe precies wat je zegt.' Rembrandt wachtte tot de sociotherapeut weer met Henk, zijn buurman, zat te praten, en boog zich naar me toe. 'Als ik jou was, zou ik iets doen aan die Stefan. Die heeft jou er toch maar mooi ingeluisd. Of je moet het fijn vinden in die isoleercel. Is dat het, Reetje? Krijg je er een kick van om die papieren kleding langs je pik te voelen schuren?' Rembrandt nam een hap van zijn boterham en kauwde met open mond. Ik keek snel de andere kant op. 'Straks ben je van de afdeling weg en is het te laat.'

Ik hoopte dat het ontbijt snel voorbij zou zijn. Maar ik zag de sociotherapeut met de bril een nieuwe boterham uit het mandje pakken. Het zou nog zeker vijf minuten duren.

'Weet je wat jij moet doen?' Rembrandts naar kaas stinkende adem blies in mijn gezicht. Ik leunde zo ver mogelijk naar de andere kant en probeerde de beelden van de vissen in mijn hoofd terug te halen.

'Je moet hem ermee confronteren. Vertel hem dat je weet dat hij het was. Moet je eens opletten hoe hij dan reageert.'

Venus. Saturnus. Hannibal. King Kong. Peanut. Rozijn. Chili.

'Rembrandt. Waarschuwing nummer twee. Geen gesmoes aan de ontbijttafel. De volgende waarschuwing zal leiden tot bloktijden in je verblijf.'

'O ja?' Rembrandt stond op. Iedereen stopte met eten. Behalve Richard, die zoals altijd figuren uit zijn boterhammen sneed. Ik zag een kerstboom met leverworst op zijn bord liggen.

Rembrandt trok in één beweging zijn broek naar beneden en haalde zijn geslacht tevoorschijn. 'Weet je wat jij kunt? Je kunt de fuk op.' Hij wapperde het bruine ding heen en weer. 'De fuk op,' herhaalde hij.

'Zo kom je in de problemen,' zei de andere sociotherapeut. Hij was nieuw op de afdeling. Ik had hem niet vaak gezien.

'De fuk op. De fuk op. De fuk op.' Bij ieder woord zwaaide Rembrandt de piemel op nog geen dertig centimeter afstand van me heen en weer.

Ik dook onder de tafel.

'Ik geef je nu één kans om je broek weer omhoog te trekken, anders zal ik de bewaking moeten inschakelen en we weten allemaal hoe dat afloopt.'

'De fuk op,' hoorde ik Rembrandt nog een keer zeggen. Van onder de tafel zag ik hoe hij zijn broek weer omhoogtrok. Ik haalde opgelucht adem.

'Goed,' zei de sociotherapeut met de bril. 'Je bloktijden gaan meteen in voor minstens een week. Het ontbijt is afgelopen.'

Ik bleef zitten waar ik zat. Pas toen iedereen de tafel verlaten had, kwam ik tevoorschijn.

Omdat ik corvee had, moest ik alles terugbrengen naar het kleine keukentje, de vaatwasser inruimen en het beleg in de koelkast en de voorraadkast zetten. Opeens stond de sociotherapeut met de bril ook in het kleine keukentje. Ik vroeg me af of hij had gehoord wat Rembrandt zei over dat ik hem moest controleren voordat hij raar begon te doen met zijn piemel. Snel stopte ik het brood in de broodtrommel en concentreerde me op mijn taken.

'Wat was dat nou tijdens het ontbijt?'

Daar begon het gedonder weer. Ik probeerde aan mijn vissen te denken en hoopte dat hij snel weer weg zou gaan.

'Gaan we dovemannetje spelen? Als je maar weet dat geen woord van wat Rembrandt zegt waar is.'

Ik deed de koelkast open en legde de leverworst, achterham en kaas erin.

'Maar goed, daar kwam ik niet voor. Wat ik je wilde vertellen is dat je bezoek krijgt vandaag.'

Ik had er niet op gerekend dat Iris Kastelein die dag zou komen. Het was goed nieuws. Nu kon ik haar vertellen dat ik mijn vissen terug zou krijgen. Het zou haar plezier doen, dat wist ik zeker.

'Je moeder. Het is de eerste keer dat ze komt, toch?'

Ik bevroor. De pot jam die ik in mijn handen had gehad, viel op de grond. Hij maakte een harde klap op de tegels en de rode smurrie spatte in het rond.

'Schrik je daarvan?'

Ik zei niets, maar keek naar de rozerode vlekken, terwijl ik dacht aan de laatste keer dat mijn moeder me had bezocht in de gevangenis. ‘Het is over,’ had ze gezegd. ‘Ik kan je niet meer komen bezoeken. Ik hou het niet meer vol.’ Deze keer had ze niet gehuild of me vastgehouden.

‘Hoor je me?’ De sociotherapeut met de bril tikte me op mijn arm.

Er volgde een lange stilte, waarin ik me afvroeg wat ik moest doen of zeggen.

Hij schraapte zijn keel. ‘Juist. Goed. Ik kom je tegen elven halen. Maak je de keuken weer netjes schoon?’

51

Mijn moeder bridgete iedere woensdagavond van halfacht tot halfelf in de recreatiezaal van een bejaardenhuis enkele straten verderop. De club had een jolige naam, iets in de trant van 'Levend grijs'. De naam sloeg op het feit dat bridgen je hersencellen jong houdt, naast de overduidelijke referentie aan de haarkleur van de meeste leden. Zelf liet mijn moeder haar haar nog altijd blond verven. Een blondine tot in de dood, noemde ze zichzelf. Ik had haar zelfs moeten beloven eventuele uitgroei bij te werken voordat ze opgebaard zou worden na haar overlijden.

In de bungalow in Buitenveldert brandde het licht in de gang en een enkel lampje in de huiskamer. Als je wilt benadrukken dat je niet thuis bent, moet je vooral één lamp aanlaten, als een vuurtoren die aan schepen op zee vertelt waar de haven ligt. Ik had dit weleens tegen haar gezegd, maar ze had het belachelijk gevonden. Volgens haar durfden inbrekers niet naar binnen bij het zien van licht, al was het maar één dappere schemerlamp in de hoek van de kamer.

Bienie paste op Aron, al was ik er niet helemaal gerust op dat het goed zou gaan. De laatste keer dat ze op hem had gepast had hij 's ochtends een plakkaat kauwgom in zijn haar gehad. Omdat Bienie me plechtig had beloofd hem geen kauwgom meer te geven voor het slapengaan en mijn moeder overduidelijk niet de aangewezen persoon was om op te passen nu ik in haar huis ging inbreken, had ik de gok maar gewaagd. Bienie was gelijk enthousiast.

Ik had Aron zelf al in bed gelegd en honderdduizend liedjes met hem gezongen totdat zijn ogen dichtvielen. Ik hoopte dat hij zich rustig zou houden. Bienie was een geweldige vriendin, maar veel talent voor het omgaan met kinderen had ze niet.

Ik stak de sleutel in het slot van mijn moeders huis en keek om me heen. Een man met een hondje passeerde, maar leek geen aandacht voor me te hebben. Snel draaide ik het slot open en stapte naar binnen.

Ik was nerveus. Al was de kans klein dat mijn moeder eerder thuis zou komen van het bridgen, de kans wás aanwezig. Ze zou op zijn minst onaangenaam verrast zijn.

Omdat mijn moeder weigerde om nog maar een woord over Ray of de vader van Ray te wisselen, had ik besloten dat ik zelf een kleine zoekactie zou ondernemen. Bij mijn vorige speurtocht in mijn moeders huis, was ik gefocust geweest op Ray zelf. Nu wilde ik zien of er iets te vinden was dat leidde naar de vader van Ray.

Ik liep op mijn tenen door de woonkamer – niet dat iemand mij kon horen – en scheen met de zaklantaarn op het bureautje van mijn moeder.

Het aquarium had iets spookachtigs zo in het donker. Een groen-blauwe gloed scheen de kamer in als in een onderwatergrot. De vissen zwommen rustig rond, zich van geen kwaad bewust.

Ik trok laden open en bekeek de inhoud. Mijn moeders bankafschriften, garantiebewijzen, rekeningen van gas, water en licht. Een bakje elastiekjes en paperclips. Een herhaalrecept voor oxazepam, dat ik meteen maar in eigen zak stak. Een kaart van Amstelveen, strippenkaarten en een ansichtkaart die een oud-collega van mijn vader twee jaar geleden uit Spanje had gestuurd. 'Blanes, 30 graden' stond erop. Ik bladerde door haar adressenboekje. Er stonden zo veel namen in die ik niet kende, dat ik er niet veel wijzer van werd.

Ik had bedacht dat ik verder zou gaan met de keukenladen en vervolgens met de verzameling oud papier in mijn moeders kantoortje, toen mijn oog op de gouden pen viel die op het bureaublad lag. Ik had mijn moeder er vaak genoeg mee zien schrijven, maar nu pas zag ik dat de pen leek op die van Peter van Benschop. Ik draaide hem rond tussen mijn vingers totdat ik de letters zag oplichten in het schijnsel van de zaklantaarn. Rederij Van Benschop.

Hoe kwam mijn moeder hieraan? Deze pennen waren te kostbaar om met duizenden tegelijkertijd weggegeven te worden. Ze moest het persoonlijk gekregen hebben. Ik pakte mijn moeders adressenboekje en begon gerichter te zoeken. Hoe heette de oude man op de parkeerplaats van Asscher nou ook al weer? Onder de T vond ik hem. Twan, zonder vermelding van achternaam.

'Aha,' zei ik hardop. Hoeveel Twans zouden er zijn in Nederland? Ik pakte mijn mobiel en toetste het telefoonnummer in. 'U hebt het nummer gebeld van Rederij Van Benschop. Wij zijn telefonisch bereikbaar van…'

Mijn moeder kende Twan van Benschop. De Van Benschops waren van oudsher een van de grootste klanten van Bartels & Peters. Zou mijn moeder hebben gevraagd aan Twan van Benschop om een baan voor mij te regelen bij Bartels & Peters? De ideale baan voor een alleenstaande moeder nog wel. Bijna om de hoek en parttime. Terugdenkend was de manier waarop ik hem had gekregen bijna te mooi om waar te zijn. Voordat ik Aron kreeg, werd ik regelmatig benaderd door headhunters of concurrerende kantoren. Nadat ik zwanger was geworden, werd het verdacht stil.

Mijn moeder had er al een paar keer op aangedrongen dat ik een andere baan ging zoeken. Ik had halfslachtig wat geïnformeerd hier en daar, maar geen enkel advocatenkantoor zat te wachten op een jonge moeder die parttime wilde werken. Vlak voordat ik met zwangerschapsverlof ging, belde echter Lode. Hij zocht júíst een parttime advocate. Ik was te blij en opgelucht om verbaasd te zijn. Collega-advocaten reageerden bijna jaloers. 'Je gaat parttime bij een kantóór werken? Ongelooflijk.'

Hoe langer ik erover nadacht, hoe zekerder ik het wist. Het was bepaald geen toeval geweest dat ik deze baan aangeboden had gekregen. Martha had erop gezinspeeld, Lode kende blijkbaar mijn moeder via via en Van Benschop had als een gebeten hond gereageerd toen hij mijn naam hoorde. De grote vraag was nu: Hoe kende mijn moeder Twan van Benschop en waarom had ze zoveel invloed op hem?

De twee uur die Bienie had doorgebracht met Aron waren zonder calamiteiten verlopen. Hij was nog even wakker geweest en ze had hem diksap gegeven. Ik was blij verrast.

'Ik kan alleen maar naar de waarheid gissen,' zei ik nadat ik Bienie verslag had gedaan van het bezoekje aan mijn moeders huis. 'De vraag is natuurlijk: hoe goed kent mijn moeder hem? Ik begin zo langzamerhand te denken...'

'... dat Twan van Benschop de vader van Ray is.'

'Ongelooflijk, maar het lijkt er wel op. Wat weet jij over die Twan? Jij hebt toch research gedaan naar – hoe noemde je ze – je "aanstaande schoonfamilie"?'

Bienie zette haar handen tegen haar slapen – dan kon ze beter denken zei ze altijd – en sloot haar ogen. 'Twan van Benschop...' mompelde ze een paar keer. 'Om te beginnen heet Twan eigenlijk niet Van Benschop.'

'Wat?'

'Hij heette anders, zoiets als Bloemenveld, Papegaaienpis of wat dan ook, doet er niet toe. In ieder geval heeft hij de naam van zijn vrouw aangenomen toen hij met haar trouwde.'

'Goh. Ik mag aannemen dat hij daar een goede reden voor had?'

'Wat dacht je? Pa Van Benschop, de ouweheer van Barbara en Lillian, stond erop dat zijn schoonzonen zijn achternaam zouden aannemen als ze het familiebedrijf wilden overnemen.'

'Oké...'

'Het komt weer helemaal terug,' zei Bienie en ze liet haar slapen los. 'Ik herinner me nu ook weer dat Twan bij Van Benschop werkte en min of meer door paps aan Barb geïntroduceerd is.'

'Echte liefde.'

'Echte liefde,' beaamde Bienie.

'Wie zegt er nou "nee" tegen een bruidsschat als Rederij Van Benschop?'

'Ik niet tenminste.'

'Mijn moeder is secretaresse geweest. Misschien wel bij de Van Benschops. Zo zou ze Twan van Benschop ontmoet kunnen hebben.'

'Maar wat ga je nu doen? Je moeder ermee confronteren? Twan bellen?'

‘Misschien wel allebei.’

‘Weet je wat helemaal een raar idee is?’ vroeg Bienie. ‘Als Twan de vader is van Ray, dan is Ray de neef van *Pissing Peter.*’

Ik greep mijn hoofd met beide handen vast en kreunde.

‘Maak je geen zorgen, ze hebben geen bloedband,’ zei Bienie er geruststellend achteraan.

De volgende ochtend om halftien kreeg ik een secretaresse aan de lijn. ‘De heer Van Benschop is alleen nog op dinsdag en woensdagmiddag aanwezig. Ik vrees dat u volgende week terug zult moeten bellen.’

‘Ik moet hem echt dringend spreken,’ zei ik. ‘Misschien kunt u hem doorgeven dat Iris Kastelein van Bartels & Peters contact met hem zoekt over een belangrijke zaak.’

‘Ik heb het genoteerd. Maar ik kan u niets beloven. De heer Van Benschop doet precies waar hij zelf zin in heeft.’

‘Dat geloof ik graag.’

Twan van Benschop belde me dezelfde dag nog terug. Ons gesprek was kort. Nog voordat ik hem kon uitleggen waarom ik hem wilde spreken, zei hij: ‘Bemoei je er niet mee.’

‘Wat bedoelt u?’

‘Je weet donders goed waar ik het over heb. Als je een verstandig meisje bent, laat je deze zaak rusten.’

‘Uw reactie is dermate heftig dat ik haast wel tot de conclusie moet komen dat u de vader van Ray bent.’

‘Er valt hier helemaal niets uit te concluderen,’ snauwde hij en verbrak de verbinding.

52

Mijn moeder zei niets toen ze de bezoekerskamer binnenkwam. Ze gaf me een kort knikje en ging op de stoel tegenover me zitten. Het eerste wat me opviel was de reusachtige gouden bij die ze op haar rode trui had gespeld. Daarna zag ik dat haar haar iets korter was dan de laatste keer dat ik haar had gezien. Het zat in strakke golven om haar hoofd. Ik voelde de drang om het aan te raken.

Ze vouwde haar handen samen, met haar ellebogen op tafel geleund. 'Je zult je wel afvragen wat ik hier kom doen.'

Ik merkte dat ik zat te trillen en ging op mijn handen zitten om te voorkomen dat ze in het rond zouden fladderen. Zou ze me omhelzen? Zou ze zeggen dat ik haar zoon was en dat ze er altijd voor me zou zijn, ook al woonden we niet meer bij elkaar?

'Ik heb begrepen dat je je zusje hebt ontmoet.' Ze lachte kort, ik twijfelde eraan of het een echte lach was. 'En dat ze het in haar hoofd heeft gehaald om jou te helpen bij je zaak.'

Ik knikte. Iris Kastelein. Mijn zusje.

'Dáár wil ik het met je over hebben.' Mijn moeder keek me strak aan met haar blauwe ogen met het donkere randje eromheen. Zij had zich nooit laten misleiden door mijn postuur. Ze wist precies hoe klein ik was.

'Maar eerst even iets anders. Heb ik het nou goed begrepen dat je je aquarium in je verblijf mag hebben?'

'Ja! Volgende week.' Een angstig gevoel bekroop me. 'Dat is toch goed, mama?'

Ze glimlachte. 'Natuurlijk, schat. Natuurlijk mag jij je aquarium hebben. Als je je aan de regels houdt, tenminste.'

'Dat doe ik ook. Dat doe ik echt.'

'Fijn. Ik weet dat je je best doet, Ray.'

'Ja.' Ik haalde mijn handen onder mijn benen vandaan. Ze bleven rustig op mijn schoot liggen.

'Maar nu zijn er nieuwe regels. Regels die je nog niet kent.'

'Oké.'

'Kunt u even koffie voor ons halen?' vroeg mijn moeder toen aan de sociotherapeut met de bril.

'Prima,' zei hij. Samen met de bewaker verliet hij de kamer. Het verbaasde me. Mo haalde nooit drinken voor bezoekers. En hij ging sowieso nooit de kamer uit.

'De nieuwe regel, Ray,' zei mijn moeder nadrukkelijk, 'is dat jij nooit meer beweert dat je onschuldig bent.'

Ik vroeg me af of ik haar goed had begrepen. Het kwam vaker voor dat ze iets anders zei wat niet klopte. Bijvoorbeeld dat ik het fijn zou krijgen en vervolgens was het dan helemaal niet zo. 'Maar ik héb het niet gedaan, mama!'

'De nieuwe regel is,' herhaalde mijn moeder rustig en nadrukkelijk, 'dat jij de moord wel hebt gepleegd. Alleen dan mogen de vissen bij je blijven. Snap je dat?'

Ik schudde mijn hoofd en ging voor de zekerheid weer op mijn handen zitten.

'Ray, jij hebt Rosita en Anna vermoord. Dat ga je nu aan je zusje schrijven. Je gaat haar vertellen dat ze moet ophouden met dat belachelijke onderzoek. En dat het beter is dat jullie elkaar niet meer zien. Nooit meer.' Mijn moeder legde een notitieblok voor me neer en een pen. 'Schrijf op wat ik zeg.'

'Nee,' zei ik. 'Ik heb het niet gedaan. Ik heb het écht niet gedaan. Dat weet je best. En ik wil ook geen brief schrijven aan Iris Kastelein. Ik wil dat ze blijft en me helpt.'

Ze bleef me onbewogen aankijken. 'Goed dan. Ik had dit niet willen doen, maar je laat me geen andere keus.' Ze boog zich opzij om weer iets uit haar tas te pakken. Het was een broodtrommeltje.

Waar was de sociotherapeut met de bril? Waar was de bewaker?

Mijn moeder lichtte de deksel van de trommel en haalde er een bevroren koelelement uit. Daaronder zat een klein pakketje van keukenpapier met een motief van jonge poesjes. Ze vouwde het open. 'Je hebt hier zelf om gevraagd.'

Een verminkte vis werd op tafel gelegd. Ondanks dat hij aan de zijkanten was opengesneden, herkende ik hem meteen. Het was Hannibal en ik kon zijn darmpjes zien.

De volgende vis die uit het keukenpapier tevoorschijn kwam, was King Kong. Ook zijn lichaam was opengesneden. Ik kon er niet naar kijken. Niet King Kong. Niet mijn majestueuze King Kong die ik voor Anna had gekocht.

'Je schrijft nu precies op wat ik zeg of je hebt straks geen vis meer over voor in je aquarium.' Ik wist dat mijn moeder het meende. Dit was de Laatste Waarschuwing.

Terwijl mijn moeder de brief formuleerde en ik de woorden opschreef zonder nog door te hebben wat ze betekenden, probeerde ik niet te huilen. King Kong! Hannibal! Mijn allermooiste vissen. Altijd waren ze er voor me geweest, rustig rondzwemmend in de volmaakte wereld waar alle waarden klopten en je iedere dag op exact dezelfde tijd te eten kreeg.

'Zo,' hoorde ik de stem van de sociotherapeut met de bril zeggen. Hij kwam de kamer binnen, gevolgd door de bewaker. Mijn moeder had me net verteld dat ik de brief moest ondertekenen.

Ik schreef mijn naam onder aan de brief met de letters van iemand die heel klein is vanbinnen.

De sociotherapeut met de bril kuchte en keek nadrukkelijk naar de dode vissen die op tafel lagen. Snel rolde mijn moeder ze in het keukenpapier en stopte ze terug in de broodtrommel.

'Bent u klaar, mevrouw Boelens?' vroeg de sociotherapeut met de bril.

'Zeker.' De stem van mijn moeder klonk volstrekt normaal. Ze pakte het notitieblok en scheurde het bovenste blaadje eraf. 'Die kan op de post.'

Mijn mond ging open en er kwam een brullend geluid uit. Ik sloeg met mijn handen op tafel. 'Nee! Nee! Nee!'

'Geef hem maar wat kalmerends,' zei mijn moeder. Ze stond op en legde haar hand op mijn schouder. 'Het is het beste zo. Geloof me nou maar. Over een paar dagen heb je je aquarium en ben je alles weer vergeten.'

Ze marcheerde de kamer uit met de sociotherapeut met de bril in haar kielzog.

De bewaker liet me een tijdje doorbrullen. Op een gegeven moment tikte hij op mijn schouder. 'Het is tijd om te stoppen.'

Het lukte me niet, zelfs al deed ik precies wat ze me op dagtherapie hadden geleerd. Ik ademde diep in door mijn neus. Daarna blies ik uit door mijn mond. Zo haalde ik een paar keer adem, trillend en onregelmatig. Het ging even goed, maar daarna begon ik weer te schreeuwen en met mijn vuisten op tafel te slaan.

'Hou nou op!' De bewaker schudde me door elkaar. 'Hou nou op, godverdomme!'

Ik knikte en probeerde echt te stoppen, maar ik was te zeer overstuur en in de war.

De bewaker sloeg me met zijn vlakke hand in mijn gezicht. Ik zag het niet aankomen. Mijn hoofd sloeg achterover en ik greep met mijn handen naar de plek waar hij me had geraakt. 'Zo,' zei hij. 'Nu kunnen we terug naar je verblijf.'

53

'Ik begrijp hier helemaal niets van,' zei ik tegen Mo. Hij schoof naar me toe en pakte even mijn hand vast. Het was lief dat hij meteen was gekomen nadat ik had gebeld. Al was het vreemd om hem opeens op mijn Brinta-bank te zien zitten.

'Tja.'

'Is er iets gebeurd? Op de afdeling? Bij de psychiater?'

'Niet dat ik weet. Hij was juist zo blij dat hij was overgeplaatst naar een andere afdeling.'

'Welke afdeling is dat dan?'

'Autisten. Je zult zien dat het daar prettiger voor hem is. De bewoners zijn er over het algemeen vrij rustig en op zichzelf. Bovendien mag hij nu zijn aquarium in zijn verblijf zetten.'

'Wat geweldig voor hem! Zou het daar iets mee te maken hebben? Misschien ziet hij geen noodzaak meer om vrij te komen nu hij zijn vissen eindelijk terug heeft.'

'Dat zou kunnen. Maar dan hoeft hij het contact met jou toch niet te verbreken?'

Ik las de brief die Ray me had gestuurd opnieuw en begreep er nog steeds niets van. Al die tijd had hij volgehouden dat hij onschuldig was en nu opeens werd op één A4'tje de moord bekend en me verteld dat hij geen contact meer met me wilde. 'Heb ik iets verkeerds gedaan, denk je?'

'Natuurlijk niet. Je deed het juist hartstikke goed. Ik vond het heel knap hoe je met hem praatte. Hij deed zo zijn best om contact met je te maken en je vragen te beantwoorden, hoe moeilijk dat ook voor hem was. Jij bent de enige die in al die maanden naar hem heeft omgekeken. Dat vergeet hij heus niet zomaar.'

'Ik heb gefaald.' Het klonk dramatischer dan de bedoeling was en ik schoot er nog bij vol ook. Dat was wel het laatste wat ik wilde in de aanwezigheid van Mo.

Je kon merken dat hij gewend was om te gaan met emotionele mensen. Hij schudde zijn hoofd. 'Natuurlijk heb je niet gefaald. Ik heb je net uitgebreid geprezen en vervolgens kom je tot die conclusie. Waarom zeg je dat nou?'

Ik zuchtte diep. 'Ik ben gewoon heel erg moe, denk ik.'

'Natuurlijk ben je dat. Heel begrijpelijk. Je zult het onder normale omstandigheden al druk genoeg hebben, en daar komen dan ook nog al die vermoeiende emoties bij. Zal ik thee voor je zetten of zo?'

'Wat ben jij lief.' Het bracht ons geloof ik allebei in verlegenheid. Ik voelde het bloed weer naar mijn wangen stijgen en Mo keek me opeens niet meer aan. 'Uhm, sorry,' zei ik er snel achteraan.

Hij schraapte zijn keel. 'Je hoeft je niet te verontschuldigen, hoor. Ik...'

Ik weet niet wat me bezielde. Of het nou kwam doordat ik voor het eerst enige onzekerheid in zijn stem bespeurde of doordat ik me realiseerde dat dit misschien wel de laatste keer was dat ik hem zou zien, ik boog me naar hem toe en kuste hem op zijn mond.

Er was een korte aarzeling. Toen kuste hij me terug en sloeg zijn armen om me heen. Het voelde goed. We gingen over tot tongzoenen. Ook dat voelde goed. Geweldig zelfs.

Na een tijdje lieten we elkaar los. 'Goed, ik zou thee voor je zetten.' Mo stond op van de bank en liep naar de keuken. Even later kwam hij terug met het foeilelijke plastic dienblaadje – mijn moeders cadeau van de kuurreis van vorig jaar – met een pot thee erop en twee mokken.

'Het enige wat nog ontbreekt is een schortje.'

'Ik heb er nog naar gezocht.'

Hij zette het dienblad op het tafeltje naast de bank neer en ging weer zitten. Hij streelde me over mijn wang. 'Eigenlijk doe ik nooit huisbezoeken.'

'Daar kan ik me wat bij voorstellen.' We kusten elkaar weer. 'Volstrekt onverantwoord.'

'Vinden we elkaar nu leuk?'

'Lief,' zei ik. 'Ik vind je lief.'

'Ik jou ook. En leuk. En laten we mooi niet vergeten.'

'Weet je wat nou het ironische is? Al die tijd had ik niet de kleinste aanwijzing dat Ray onschuldig zou kunnen zijn. Wie ik ook sprak, wat ik ook onderzocht, alles wees naar hem. En net wanneer ik een opening vind in de zaak, of eerlijk gezegd mijn baas, verandert hij van gedachten en kan ik er dus weer mee stoppen.'

'Ach schat, denk je nog steeds dat hij onschuldig is?' We lagen naakt tegen elkaar aan in mijn bed na afloop van een zeer prettige vrijpartij.

'Ja. Toch wel. Ik kan me gewoon niet voorstellen dat hij tegen me gelogen heeft. Volgens mij kán hij niet eens goed liegen. Wat denk jij?'

'Misschien loog hij ook niet, maar geloofde hij zelf op dat moment ook dat hij onschuldig was. Maar denk even na, Iris, natuurlijk heeft hij het gedaan. Tel alles maar bij elkaar op. Een ontwikkelingsstoornis, een buurvrouw die hem helemaal gek heeft gemaakt, een heks van een moeder.'

'Hé! Dat is ook mijn moeder, ja.'

'Sorry. Ik hoorde alleen dat ze nogal... heftig is.'

'Is? Wat bedoel je daarmee? Je kent haar toch niet? Mijn moeder heeft geen contact meer met Ray. Al jaren niet.'

'Ze is anders pas bij hem op bezoek geweest.'

Ik ging rechtovereind zitten in bed. 'Wat! Waarom weet ik daar niets van?'

'Kom nou weer even lekker bij me liggen. Wat is daar zo vreemd aan?'

'Geloof me: alles. Maar hoe kom je erbij dat ze zo vreselijk is? Wie heeft dat gezegd?'

Hij haalde zijn schouders op. 'Stefan, mijn collega, liet iets in die richting vallen.'

'Wat zei hij dan?'

'Geen idee. Sorry. Ik weet alleen nog de strekking van wat hij zei. En dat was dus dat Rays en dus ook jouw moeder een ontzettende heks is. Sorry.'

'Hoe komt hij daarbij?'

'Hij was bij het bezoek, denk ik.'

'Waarom zou hij zeggen dat mijn moeder een heks is? Deed ze niet aardig?'

'We hebben het er niet lang over gehad, we zijn niet zo dik met elkaar. Maar Stefan was er vrij duidelijk over dat je moeder voor geen meter spoort. In zijn ogen dan.'

Ik vroeg me af wat mijn moeder had gedaan. Je zou denken dat ze heel beschaafd overkwam. Het was wat daaronder zat, wat griezelig was. 'Zou mijn moeder iets tegen Ray gezegd kunnen hebben, waardoor hij me niet meer wil zien?'

'Dat zou kunnen. Waarom niet?'

'Zijn er opnamen van hun ontmoeting gemaakt, denk je? Er hangen toch overal camera's?'

'Die worden iedere vierentwintig uur gewist, vrees ik.'

Ik kon niet meer in bed blijven, hoe aanlokkelijk het ook was. Ik trok mijn badjas aan en liep door mijn slaapkamer heen en weer terwijl ik in hoog tempo door alle informatie in mijn hoofd heen ploegde. Hoe dan ook, ik moest weten wat er was voorgevallen tussen mijn moeder en Ray. Ik greep mijn telefoon en duwde die in Mo's hand. 'Bel de bewaking.'

'Dat heeft geen zin.'

'Bel toch maar. Misschien hebben ze de tapes nog.'

'Ik heb het nummer van de kliniek niet bij de hand.'

'Ik wel.'

'Moet het echt nu?'

'Ja. Sorry.' Ik nam de telefoon van hem over en toetste het nummer in. 'Ik kom pas weer terug in bed als jij de bewaking hebt gesproken.'

Het telefoongesprek duurde enkele minuten. Mo legde in het kort de situatie uit en zei vervolgens alleen maar dingen als 'Tja.' 'Zo…' en 'Oké.'

Ik hield het bijna niet meer uit toen hij de verbinding verbrak. 'Kom nou maar weer terug in bed, want jij hebt ontzettend veel geluk gehad, dame.'

'Echt?'

'Blijkbaar loopt er een onderzoek naar Stefan vanwege mogelijke betrokkenheid bij drugshandel en bewaren ze alle banden waar hij op staat.'

'Geweldig! Wanneer krijgen we ze?'

'Dat is weer wat anders. We krijgen ze niet. Wel mag ik morgen "toevallig" binnenlopen wanneer ze wederom geheel "toevallig" de tapes aan het bekijken zijn.'

'Super!' riep ik.

'Waarom? Ik kan het eerlijk gezegd niet volgen.'

'Ik denk dat mijn moeder Ray onder druk heeft gezet om het contact met mij te verbreken,' zei ik. 'En ik hoop dat daar iets van op de band terug te zien is.'

'Er staat anders geen geluid op de tapes.'

'Dan huur ik toch gewoon een liplezer in.'

'Je bent gek. En nu kom je terug in bed.' Hij pakte me beet en trok me naast zich. 'En doe die rare grote badjas ook maar weer uit.'

54

Ik zat voor mijn aquarium naar de vissen te kijken. Naar Venus en Peanut die af en toe hun kopjes uit de grot staken en daarna weer snel naar binnen zwommen. Naar Margje die haar rare kleine rondjes zwom. Naar François en Chili die allebei een stuk groter waren geworden in de bijna negen jaar dat ik ze niet had gezien. Gelukkig werden vissen heel oud. We konden nu nog jaren met elkaar doorbrengen.

'Je raakt vanzelf gewend,' zei ik tegen ze. 'Het is moeilijk in het begin, maar straks vind je het fijn hier.'

Terwijl ik gelukzalig voor mijn aquarium zat – en ik mocht de hele dag blijven zitten als ik wilde, had de sociotherapeut van de afdeling Autisten gezegd, als ik maar op tijd at en twee uur per dag naar therapie ging – dacht ik nog één keer terug aan de ochtend dat Rosita en Anna vermoord waren. Het zou de laatste keer zijn, besloot ik. Ik had deze film te vaak gezien. Ik moest verder met mijn leven.

In gedachten duwde ik de deur open naar het kleine halletje. Ik zag ze liggen. Zo stil. Zo dood. Hoe had ik me gevoeld? Verbijsterd. Wezenloos. Alsof het allemaal niet echt was. Maar ook boos. Alsof Rosita de ultieme manier had gevonden om mij voor altijd buiten te sluiten.

'Dag Anna, dag Rosita,' fluisterde ik alsnog. 'We waren bijna een gezin. Je kunt zeggen wat je wilt, je hebt me uitgelachen en vernederd, maar ik weet hoe het écht zit.'

Ik had Rosita aangeraakt die ochtend in de Koningin Wilhelminastraat. Ik had mijn hand in het kuiltje tussen haar sleutelbeenderen, de *fossa suprasternaus*, gelegd, het mooiste plekje ter wereld. Haar huid was nog warm. Ik weet niet hoe lang ik daar gezeten heb. Ik weet wel dat het leek alsof ik op een gegeven ogenblik ontwaakte. De geur van bloed drong mijn neus binnen en ik moest kokhalzen.

Ik rende naar mijn eigen huis. Toen ik in de hal kwam, stond er een vuilniszak die ik daar niet had neergezet. Ik hoorde water stromen.

'Ray!' Mijn moeder was aan het afwassen. Ik schrok van haar en zij schrok van mij. Ze liet iets in de gootsteen vallen en veegde haar handen af aan een theedoek. 'Wat doe jij hier?'

Ik keek haar roerloos aan en wilde iets zeggen, maar kon niet uit mijn woorden komen.

'Waarom ben je niet op je werk?'

'Het ging niet meer,' zei ik.

'Je zit onder het bloed.'

'En jij hebt mijn kleren aan.' Het was vreemd. Mijn moeder stond daar in mijn spijkerbroek en trui. Beide waren haar veel te groot.

'Ik was vies geworden,' zei ze. 'Ik wilde je verrassen, maar toen werd ik vies en nu ben ik aan het schoonmaken.'

'O.' Ik kon niet helder denken.

'Je hebt een enorm bloedspoor gemaakt.' Mijn moeder rende de gang in en opende de deur. 'O god, je kunt je voetstappen zien van hun huis naar het jouwe. O god.' In de keuken wikkelde ze kranten om wat het ook maar was dat ze in de gootsteen had gegooid.

'Waarom ben je niet op je werk gebleven? Je had op je werk moeten blijven vandaag. Jezus, Ray.' Ze had tranen in haar ogen. Ze pakte het pakketje uit de gootsteen en liep ermee naar de gang. Ik ging achter haar aan en zag hoe ze het in de vuilniszak deed.

'Ik kan niet langer blijven. Het spijt me. Ik...' Het kwam zelden voor dat mijn moeder niet wist wat ze moest zeggen.

'Je had hier niet moeten zijn.' Ze schudde haar hoofd. 'Ik kan niets meer voor je doen nu.' Ze pakte de vuilniszak op en liep ermee door de woonkamer naar de tuindeur. 'Ik moet gaan. Het spijt me. Ik had dit anders gewild.'

Voordat ze naar buiten liep, zei ze nog streng: 'Jij hebt me niet gezien vandaag, wat ze je ook vragen.'

Ik wist niets beters te doen dan voor mijn aquarium te gaan zitten en de vissen aan te roepen totdat ik weer rustig werd.

Nu ik de vissen weer bij me had in mijn cel, hoefde ik hun namen niet meer tot in het oneindige te noemen. Ik was al rustig. Er kon me niets meer gebeuren. Eindelijk was ik veilig.

Ik sloot mijn ogen en luisterde naar het monotone geluid van de pomp. In de Koningin Wilhelminastraat had het aquarium beneden gestaan en hoorde ik het niet als ik in bed lag. Het was fijn dat het aquarium nu op nog geen twee meter van mijn bed vandaan stond, zodat we elkaar altijd konden zien, mijn vissen en ik. Ik hield van de geluiden van de technische installatie. Ik hield van het metaalachtige licht dat zachtjes uit het aquarium scheen.

Daglicht, had Van de Akker me ooit verteld. De lampen in het aquarium bootsten het daglicht na van vijf meter onder de zeespiegel op een zonnige dag. Het beviel me zoveel beter dan het gewone licht, dat ik besloot de gordijnen nooit meer open te doen.

55

Het begon een gewoonte te worden om niet meer aan te bellen bij de bungalow in Buitenveldert. Het enige verschil met mijn vorige bezoek was dat het nu klaarlichte dag was. Ik stak mijn sleutel in het slot en opende de deur. Vrijwel meteen hoorde ik mijn moeder roepen. 'Wie is daar?' De onzekerheid in haar stem plezierde me.

Ik liep door het halletje naar de woonkamer. Daar trof ik mijn moeder op de bank aan. Naast haar lag een krant die ze blijkbaar had zitten lezen. Ze staarde me verbijsterd aan.

'Vervelend als mensen zomaar je huis binnenlopen, hè mam?' zei ik. 'Het moet behoorlijk angstaanjagend zijn om een sleutel in dat slot te horen draaien, terwijl je helemaal alleen thuis bent en niemand verwacht. Of ken je dat soort gevoelens niet? Heb je eigenlijk wel gevoel?'

'Jezus, Iris.' Mijn moeder legde met een theatraal gebaar haar hand op haar hart. 'Ik schrik me wezenloos. Wat bezielt je om hier midden op de dag binnen te komen stampen? Je weet dat ik wil dat je aanbelt.'

'Ik weet wel meer over jou.'

'Pardon? Begin je weer? Je moet ophouden, hoor je me? Nou is het genoeg geweest met die flauwekul. Moet je niet werken?'

Er kwam geluid uit de keuken, alsof er iets opzij werd geschoven. Ik bleef even staan en luisterde. Het was weer stil. Ik had me vergist. Mijn blik viel op de lege plek in de kamer waar al die jaren het aquarium had gestaan. Je kon de contouren nog precies zien, de wand zou opnieuw geverfd moeten worden. 'Fijn dat Ray zijn aquarium terug heeft, vind je niet, mama?'

Mijn moeder gaf geen antwoord.

'Zo edelmoedig van je dat je het hebt afgestaan. Ik weet hoe dol je op die vissen was. Vooral op de dode.' Ik ging tegenover mijn moeder op de fauteuil zitten en sloeg mijn benen over elkaar. 'Ik vraag me af onder welke voorwendselen je de mensen in Utrecht zover hebt gekregen om ze aan je te laten opsturen? Wat heb je verteld? Dat je ze wilde begraven in je achtertuin met een leuk grafzerkje en bloemen?'

'Waar heb je het over?' Mijn moeder pakte de krant die naast haar lag weer op.

'Of heb je de waarheid verteld? Heb je gezegd dat je ze nodig had om je zoon te bedreigen? Geen wonder dat je ze meteen op mocht komen halen.'

Ze liet de krant een stukje zakken. 'Je gaat te ver. Je bent mijn eigen kind, maar denk niet dat ik zal aarzelen om de politie te bellen als je zo doorgaat.'

'Nee, jij zult niet aarzelen om je eigen kind aan te geven. Dat weten we nu wel.'

'Ik pak de telefoon.'

'Moet je doen. Kunnen wij in de tussentijd nog een leuk gesprekje met elkaar voeren. Want mama, ik ben de laatste maanden een aantal interessante feiten over je te weten gekomen – leg die krant maar even opzij. Dat je een zoon hebt. Dat die zoon een vader heeft. Dat die vader Twan van Benschop is. Dat Twan van Benschop jou een leuk bedragje heeft geschonken om je af te kopen toen je zwanger werd. Dat hij – en daar moet ik je nog voor bedanken, mama – een leuk baantje voor mij heeft geregeld toen ik zwanger werd. Hebben jullie al die tijd contact gehouden? Zien jullie elkaar nog steeds?'

'Hou op,' zei mijn moeder. 'Hou op, hou op, hou op.'

'Geen sprake van. Dit is nog maar het begin van de belangwekkende verzwegen feiten uit het leven van Ageeth Antonia Boelens.'

'Waar jij niets mee te maken hebt.'

'Daar vergis je je in. Ik heb hier alles mee te maken. Niet omdat ik je dochter ben, maar omdat Ray mijn broer is.'

'Bespaar me de sentimentaliteit. Jij kent Ray niet.'

'Weet je wat ik bedacht? Dat jij eigenlijk precies hetzelfde bent als Rosita. Ook jij bent op jonge leeftijd bezweken voor de charmes van een getrouwde man en zwanger geraakt. Had je daarom zo'n hekel aan haar?'

'Amateurpsychologie.'

'Probeer mee te werken, mama. Dat lijkt me beter. Omkopen van het personeel van een tbs-kliniek en het bedreigen van patiënten zijn strafbare feiten. Je wilt vast niet dat die aan het licht komen. En denk niet dat ik op mijn beurt zal aarzelen om mijn eigen moeder aan te geven.'

'Die illusie heb ik zeker niet.'

'In dat geval zul je meewerken. Vraag één: Heb je nog steeds contact met Twan van Benschop?'

Ik zag aan de vertrokken mond van mijn moeder dat ze woedend was. Toch antwoordde ze. 'Ja.'

'Vertel verder, waar, wanneer, hoe vaak.'

'Niet zo vaak meer als vroeger. Maar nog steeds hebben we contact.' Ze sprak met duidelijke tegenzin.

'Had je een affaire met hem tijdens je huwelijk met papa?'

'Ja.' Ze stak uitdagend haar kin naar voren.

Ik wist even niet meer wat ik moest zeggen en dacht aan mijn lieve vader. Hij had mijn moeder aanbeden, hij had alles voor haar gedaan wat ze maar wilde, op het irritante af. 'Hoe heb je het volgehouden? Hoe lang duurt dit al?'

'Vijfenveertig jaar,' zei mijn moeder met enige trots in haar stem.

'Je bent geschift. Wat dacht je? Dat hij ooit de rederij op zou geven om met jou verder te gaan?'

'Nee. Ik heb altijd geweten dat hij dat nooit zou doen.'

'En toch bleef je hem zien. Waarom?'

'Omdat ik van hem hou,' snauwde ze.

Ik schudde mijn hoofd. 'Het is moeilijk te geloven dat jij in staat bent om van iemand te houden. Ray heb je weggestopt, mij heb je nooit enige warmte gegeven, je liefhebbende echtgenoot heb je al die jaren bedrogen en... Aron. Je houdt wél van Aron. Het is dat je dat doet, anders zou ik denken dat je een robot was.'

Mijn moeder gaf geen enkele reactie. Ze knipperde niet eens met haar ogen. Ik kreeg de neiging om haar hard in haar gezicht te slaan.

'Dat was nog maar vraag één, mama. We gaan nu over tot de echt belangrijke vragen. Waarom mag Ray geen contact meer met mij hebben? Waarom moet ik stoppen met mijn onderzoek?'

Mijn moeder zweeg.

'Ik kan een groot deel ook wel zelf invullen, hoor. Dacht je nou echt dat je mij voor de gek kunt houden?' Ik haalde diep adem en sprak langzaam en nadrukkelijk. 'Ik mag niet verdergaan met mijn onderzoek omdat je bang bent dat er bepaalde zaken aan het licht zullen komen die nogal... onhandig voor je zijn. Je affaire met Twan van Benschop bijvoorbeeld. Maar ik zat me af te vragen of dat de enige reden is. Weet je, iemand afslachten met een Början-mes is vrij lastig. IKEA, weet je wel? TNO heeft een aantal proeven gedaan met het Början-mes en is tot de conclusie gekomen dat je daarmee niet eenentwintig keer door iemands ribbenkast heen kunt steken. Bij de zevende of achtste keer breekt het lemmet af. Bovendien had Rays mes het al zwaar te verduren gehad bij het ezeltje-prik met de Jaguar van Victor Asscher. Nee, mama. Het moordwapen is waarschijnlijk een kwaliteitsmes, van een vergelijkbaar formaat als de Början. Forensic Services denkt aan een Wüsthof, om precies te zijn het keukenmes van drieëntwintig centimeter uit de serie Cordon Bleu. Aan één stuk gesmeed. Onverwoestbaar.

Ik las dat in het rapport en dacht bij mezelf: verdomd, ik kén iemand met een dergelijk Duits kwaliteitsmes.'

Mijn moeder zat roerloos op de bank.

'Dat je dat mes niet hebt weggegooid. Ongelooflijk. Stel je voor dat je een nieuw had moeten kopen voor, wat kost het ding, tachtig euro. Als ik denk aan al die keren dat ik jou met dat ding paprika's heb zien snijden en tomaten en prei. Ziek vind ik het.'

Nog steeds reageerde mijn moeder in het geheel niet. Ik knipte met mijn vingers vlak voor haar gezicht. 'Blijf nog even bij de les, mam. We zijn nog steeds niet klaar. Want wat je me nog moet vertellen is het waarom. Dat is het enige wat ik nog wil weten.'

'We zijn wel degelijk klaar.'

Ik schrok. Ik schrok zo dat ik bijna achterover op de glazen salontafel viel.

Twan van Benschop kwam de keuken uit gelopen en ging voor me staan met het drieëntwintig centimeter lange keukenmes uit de Cordon Bleu-serie van Wüsthof. 'Bedoel je dit mes soms?'

Ik probeerde niet te laten merken dat ik trilde. 'Precies, ja. Die met de lichtjes gebogen punt.'

Van Benschop kwam dichterbij. Het mes dreigend voor zich uit gestoken. Ik kon bijna niet geloven dat de oude man mij iets aan zou doen en al helemaal niet in het bijzijn van mijn moeder. Misschien dat ik daarom de fout maakte om niet naar de voordeur te rennen.

'Maar waarom? Vertel me op zijn minst waarom.' Hoe ontzettend dom was het geweest dat ik naar het huis van mijn moeder was gekomen. Ik had haar willen confronteren met wat ik over haar te weten was gekomen en had gehoopt dat ze een passende verklaring zou hebben voor alles. Op de aanwezigheid van Van Benschop had ik natuurlijk niet gerekend.

'Rosita heeft haar dood zonder meer verdiend. Zonder meer.'

'Werkelijk? Geldt dat ook voor haar dochter? De kleine Anna met het blonde engelenhaar.'

Mijn moeder koos ervoor dat te negeren. 'Er waren meer dan genoeg redenen om Rosita Angeli een enkele reis naar het hiernamaals aan te bieden. Laten we ermee beginnen dat ze een gevaar vormde voor Ray. De situatie tussen hen was bijzonder explosief geworden en ik wilde niet dat Ray dingen zou doen waar hij later spijt van zou krijgen. Je weet niet hoe hij is.'

'Wat heb je toch altijd het beste met hem voor. Gelukkig zit hij nu onschuldig in de Hopperkliniek en...'

'Hou je mond.' Twan van Benschop zwaaide dreigend met het mes.

'Doe even normaal,' zei ik stoer, al maakte de aanblik van het grote mes me nerveus.

'Dan was er nog het feit dat die lieve, fantastische Rosita via haar minnaar op de hoogte was gesteld van onze relatie.' Ze maakte een hoofdbeweging naar Twan van Benschop. 'Zij dacht daar mij het leven mee zuur te gaan maken én nog een leuk zakcentje te verdienen. Ook dat is dus mooi niet doorgegaan.' Mijn moeder, de moordenares, somde de feiten koeltjes op.

'Waarom heb je Ray ervoor op laten draaien? Hoe kon je?'

Mijn moeder schudde haar hoofd. Met enige goede wil zou je kunnen zeggen dat ze verdrietig keek. 'Dat was nooit de bedoeling. Ik heb er alles aan gedaan om de moord niet naar hem te laten wijzen.'

'De sigaret,' zei ik. 'Wat ben jij ziek.'

'Ik kon niet anders, Iris. Ik heb nooit gewild dat Ray als schuldige aangemerkt zou worden. Hoe had ik kunnen weten dat hij die dag eerder uit zijn werk zou thuiskomen? Dat deed hij anders nooit. Maar zie je niet dat Ray veel beter af is in die kliniek? Nu heeft hij zijn vissen en kan hij rust vinden.'

'Maar jij daarentegen,' zei Twan van Benschop, 'hebt je hand overspeeld. Je laat ons geen keus. We hebben je allebei nog zo gewaarschuwd.' Hij kwam achter me staan en pakte me vast in een wurggreep. Hij was verdomd sterk voor zijn leeftijd. De kromme punt van het mes prikte tegen mijn keel. Ik probeerde oogcontact te maken met mijn moeder. Stoïcijns keek ze voor zich uit. 'Mam?' Ik was weer het vijftienjarige meisje in het crackhouse op de Wallen. 'Mam?'

Ze zei niets.

Ik stootte mijn ellebogen naar achteren, in de ribbenkast van Van Benschop. Hij gaf geen krimp. Het enige wat er gebeurde was dat het mes dieper in mijn keel sneed. Ik voelde iets warms over mijn hals naar beneden lopen. 'We gaan naar de keuken. Hier geeft het te veel rotzooi. Lopen.'

Ik keek mijn moeder aan. Ze moest ingrijpen. Ze zou me niet laten vermoorden. Uiteindelijk zou ze iets doen. Net als toen in het crackhouse.

Twan duwde mij vooruit. 'Mama?' smeekte ik. 'Zeg iets! Dit kun je toch niet laten gebeuren?'

'Kop dicht.' Van Benschop schopte me in mijn knieholte. 'Dit heb je aan jezelf te danken.'

Ik keek mijn moeder aan en wist dat ze me zou redden. Natuurlijk zou ze dat doen. Haar mond ging open en weer dicht.

Ik werd weer een stukje de keuken in geduwd.

'Nee, Twan,' zei mijn moeder na een eeuwigheid. Haar stem klonk huilerig en nauwelijks overtuigend. Maar ze had het gezegd. 'Stop.'

Het was wat ik nodig had. De greep van Van Benschop verslapte even. Ik stampte hard op zijn voet en wist me aan zijn greep te ontworstelen. 'Godverdomme!' riep hij. 'Godverdomme!'

Ik rende de voordeur door, de straat op.

De politie arriveerde binnen enkele minuten. Mijn moeder en Twan hadden geen poging gedaan om te vluchten.

'Het spijt me, mama,' zei ik, toen mijn moeder door twee agenten naar de politieauto geëscorteerd werd. Ze leek oud en weerloos, een kant van haar die ik niet kende. 'Het spijt me dat je leven zo gelopen is. Je had ook gewoon gelukkig kunnen zijn. Realiseer je je dat?' Mijn stem sloeg over, ik had het misschien wel meer tegen mezelf dan tegen haar. 'Je had ook gewoon gelukkig kunnen zijn.'

56

Het zag er bijna net zo uit als in mijn aquarium, vijf meter onder de zeespiegel. Alleen was alles veel groter en kon je kijken zo ver je maar wilde. Ook kende ik de vissen nog niet. Terwijl ik rondzwom, benoemde ik ze in gedachten. 'Jij daar, kleine zebravis. Je zwemt heel hard weg, maar ik heb je wel gezien. Ik noem je Henk. O, en papegaaivis, jij die aan het koraal knabbelt, jij heet voortaan Rembrandt.'

Sinds ik hier was, dook ik iedere dag, net zo lang tot de duikinstructeur op zijn horloge tikte en gebaarde dat we naar boven moesten zwemmen.

Ik vond het nooit erg om terug te gaan. Aan de waterkant wachtten Iris en Mo en Aron. Dan liepen we met z'n vieren naar het strand en bouwden Aron en ik kastelen, net als ik vroeger met Anna had gedaan, alleen waren ze nu van zand in plaats van lego. Ik speelde strandtennis met Mo en zwom met Iris Kastelein die wel degelijk mijn zusje was naar het vlot dat iets verderop in de baai lag.

We bleven daar een tijdje zitten, met onze benen bungelend in het water en onze gezichten naar de laaghangende zon gedraaid. Nog even en hij zou in het water verdwijnen. Iris zei dat deze tijd van de dag het *magic hour* heette.

Ik moest het vragen. 'Zijn we nu een gezin?'

Ze keek me aan, met haar helderblauwe ogen met het donkere randje eromheen, net als de ogen van mama, maar dan veel liever.

'Een gezin is denk ik meer een vader en moeder met kinderen, dus zo kun je ons niet noemen, denk ik. Maar we zijn natuurlijk wel familie.'

Ik slikte moeizaam en staarde naar mijn voeten.

Toen zei Iris: 'Wat doe ik nou ingewikkeld? Natuurlijk zijn we een gezin. Misschien niet helemaal doorsnee, maar we hóren wel bij elkaar. Wat vind jij?'

Ik schraapte mijn keel. 'Ik heb altijd al bij een gezin willen horen.'

'Ik ook,' zei ze. 'Ik ook.'

DANK AAN

Siska Mulder en Raymond Leta
Sébastien Roturier van Le fournil de Sébastien
Mr. Geert-Jan Knoops, mr. Joyce Rijken en mr. Jessica Niezen
Aquarium Holgen
Jildou Heerschop
Elsa den Boer
Sonja Verhagen